Andreï Makine

Das französische Testament

Roman

Aus dem Französischen von
Holger Fock und Sabine Müller

Hoffmann und Campe

Die Originalausgabe erschien unter dem Titel
Le testament français beim Verlag Mercure de France, Paris

Die Deutsche Bibliothek – CIP-Einheitsaufnahme
Makine, Andreï:
Das französische Testament: Roman / Andreï Makine
Aus dem Franz. von Holger Fock und Sabine Müller.
– 5. Aufl. – Hamburg: Hoffmann und Campe, 1997
Einheitssacht.: Le testament français <dt.>
ISBN 3-455-05135-9

Copyright © Éditions Mercure de France 1995
Für die deutsche Ausgabe
Copyright © 1997 by Hoffmann und Campe Verlag, Hamburg
Lektorat: Tania Schlie
Schutzumschlaggestaltung: Büro Hamburg unter Verwendung
eines Fotos von Ralph Gibson
Satz: Fotosatz Reinhard Amann, Aichstetten
Druck und Bindung: Clausen & Bosse, Leck
Printed in Germany

Für Marianne Véron und Herbert Lottmann
Für Laura und Thierry de Montalembert
Für Jean-Christophe

»... mit kindlichem Vergnügen und tief bewegt
nenne ich hier ihren richtigen Namen, stellver-
tretend für die Namen vieler anderer, die genauso handeln mußten und durch die Frankreich gerettet worden ist ...«

MARCEL PROUST
Die wiedergefundene Zeit

»Soll der Sibirier vielleicht den Himmel um Oli-
ven bitten, und der Provenzale um Klukwa?«

JOSEPH DE MAISTRE
Die Abende von Sankt-Petersburg

»Ich befragte den russischen Schriftsteller nach
seiner Arbeitsweise und war verblüfft, daß er
seine Bücher nicht selbst übersetzt hat, denn er
sprach ein astreines Französisch, nur ein bißchen langsamer, wegen seines feinsinnigen
Geistes.
Er gestand mir, daß ihn die Académie und ihr
Wörterbuch erschauern ließen.«

ALPHONSE DAUDET
Dreißig Jahre in Paris

Andreï Makine · *Das französische Testament*

I

1

Ich war noch ein Kind, da ahnte ich, daß dieses eigentümliche Lächeln einen sonderbaren kleinen Sieg für jede Frau darstellte. Ja, eine kurzzeitige Revanche für die enttäuschten Hoffnungen, die Grobheit der Männer, die Seltenheit des Wahren und Schönen im Leben. Wäre ich damals imstande gewesen, es auszudrücken, ich hätte diese Art zu lächeln »weiblich« genannt ... Doch zu jener Zeit haftete meine Sprache noch zu sehr an den Gegenständen. Ich begnügte mich damit, in unseren Photoalben die Gesichter der Frauen zu erforschen und das Aufleuchten der Schönheit in einigen von ihnen zu entdecken.

Diese Frauen wußten alle, was sie tun mußten, um schön zu sein, nämlich, kurz bevor das Blitzlicht sie blendete, jene geheimnisvolle französische Silbenfolge sprechen, deren Sinn nur wenige kannten: »pe-tite-pomme ...« Statt sich in heiterer Verzückung oder ängstlicher Verkrampfung zu verziehen, rundete sich der Mund anmutig wie durch ein Wunder. Das ganze Gesicht war wie verwandelt. Die Brauen wölbten sich leicht, die Wangen dehnten sich. Man sagte »petite pomme«, und ein Hauch von träumerischer Abwesenheit verschleierte den Blick, ließ die Gesichtszüge edler erscheinen, tauchte die Aufnahme in das gedämpfte Licht verflossener Tage.

Auf diesen photographischen Zauber hatten sich die unterschiedlichsten Frauen verlassen. Jene Moskauer Verwandte zum Beispiel, die auf der einzigen Farbaufnahme in unseren Alben zu sehen ist. Sie war mit einem Diplomaten verheiratet, sprach, ohne den Mund aufzumachen und stöhnte schon gelangweilt, bevor jemand auch nur ein Wort gesagt hatte. Auf dem Photo von ihr bemerkte ich jedoch sofort den Zauber des »petite pomme«.

Ich entdeckte seinen Widerschein in den Zügen der unbekannten Tante, einer unscheinbaren Kleinstädterin, über die nur gesprochen wurde, wenn von den Frauen die Rede war, die nach dem Männer verschlingenden letzten Krieg keinen Ehemann gefunden hatten. Selbst Glacha, die Bäuerin in der Familie, trug auf den wenigen Aufnahmen, die uns von ihr geblieben waren, dieses wunderbare Lächeln. Schließlich war da noch ein ganzer Schwarm junger Cousinen, die in den endlos langen Sekunden des Stillhaltens ihre Lippen aufwarfen beim Versuch, sich den flüchtigen französischen Charme zu geben. Als sie ihr »petite pomme« murmelten, glaubten sie noch, das künftige Leben würde allein aus solchen anmutigen Augenblicken gewebt sein ...

In diese endlose Reihe von Blicken und Gesichtern drängte sich gelegentlich das Bild einer Frau mit ebenmäßigen, feinen Gesichtszügen und großen, grauen Augen. Als junges Mädchen war ihr Lächeln, in den ältesten Alben, erfüllt vom geheimnisvollen Zauber des »petite pomme«. Mit den Jahren verblaßte dieser Ausdruck, und in den immer neueren und näher an unsere Gegenwart rückenden Alben wurde er von einem Schleier aus Melancholie und Schlichtheit überschattet.

Aber diese Frau, eine in der verschneiten, unermeßlich weiten Landschaft Rußlands verlorene Französin, hatte ihnen das Zauberwort beigebracht, das schön machte. Meine Großmutter mütterlicherseits ... Sie war zu Beginn des Jahrhunderts in Frankreich geboren worden als Kind von Norbert und Albertine Lemonnier. Das Geheimnis des »petite pomme« war wahrscheinlich die allererste Legende, die unsere Kindheit bezauberte. Und sicher lieferte sie die ersten Worte aus jener Sprache, die meine Mutter scherzhaft meine »Großmuttersprache« nannte.

Eines Tages fiel mir ein Photo in die Hände, das ich nicht hätte sehen sollen... Ich verbrachte die Ferien bei meiner Großmutter in einer Stadt am Rande der russischen Steppe, in die es sie nach dem Krieg verschlagen hatte. Es war an einem heißen Sommertag, die Sonne neigte sich langsam dem Abend entgegen und tauchte das Zimmer in malvenfarbenes Rot. Dieser etwas unwirkliche Schein legte sich über die Photos, die ich am offenen Fenster betrachtete. Es waren die ältesten Aufnahmen in unseren Alben. Sie hatten die Revolution von 1917 überstanden, führten in die unvordenklichen Zeiten des Zaren zurück und ließen sie wieder lebendig werden, vor allem aber durchstießen sie den damals sehr dichten Eisernen Vorhang und brachten mich einmal zu einer gotischen Kathedrale, ein anderes Mal auf die Wege eines Gartens, dessen vollkommene Geometrie mich ratlos machte. Ich tauchte in die Ahnengeschichte unserer Familie ein...

Und plötzlich dieses Photo!

Ich erblickte es, als ich aus reiner Neugier einen großen Umschlag öffnete, der zwischen der letzten Seite und dem Einband herausgerutscht war. Es handelte sich um einen der unvermeidlichen Stapel von Abzügen, die man nicht für wert erachtet, auf den spröden Karton der Albumblätter geklebt zu werden: Landschaften, deren Herkunft man nicht mehr kennt, Gesichter, an denen niemand hängt oder an die sich keiner erinnert. Ein Stapel, den man endlich einmal sichten müßte, um über den Verbleib all dieser armen Seelen zu entscheiden...

Zwischen diesen Unbekannten und den längst in Vergessenheit geratenen Landschaften sah ich sie. Eine junge Frau, deren Kleidung sich auf eigenartige Weise von der Eleganz der Leute unterschied, die auf den anderen Photos zu sehen waren. Sie trug eine weite, wattierte Jacke in schmutzigem Grau und eine Tschapka mit heruntergeklappten Ohrenschützern. Sie hatte sich mit einem Baby ablichten lassen, das sie, eingemummt in eine Wolldecke, an die Brust drückte.

»Wie hat sie es nur geschafft«, fragte ich mich, »sich bei diesen Männern und Frauen in Frack und Abendrobe einzuschleichen?« Was hatte sie zwischen all diesen Aufnahmen von Prachtstraßen, diesen Wandelhallen, diesen südländischen Ausblicken zu suchen? Sie schien aus einer anderen Zeit, aus einer anderen Welt, unerklärlich. In ihrer Aufmachung, die heutzutage nur noch Frauen tragen, die im Winter auf den Straßen den Schnee schippen, schien sie ein Eindringling in unserer Ahnengeschichte zu sein ...

Ich hatte meine Großmutter nicht hereinkommen hören. Sie legte ihre Hand auf meine Schulter. Ich schreckte auf, dann zeigte ich ihr das Photo und fragte:

»Wer ist diese Frau?«

Für einen Augenblick blitzte in dem sonst unerschütterlich ruhigen Blick meiner Großmutter Bestürzung auf. Aber fast unbekümmert fragte sie zurück:

»Welche Frau?«

Wir hielten beide inne und spitzten die Ohren. Ein eigenartiges Knistern lag im Raum. Meine Großmutter wandte sich um und rief plötzlich und, wie mir schien, voller Freude:

»Ein Totenkopf! Sieh mal, ein Totenkopf!«

Ich sah einen großen, braunen Falter, eine abendliche Sphinx, die zitternd einen Weg in die trügerische Tiefe des Spiegels suchte. Mit ausgestreckter Hand stürzte ich mich auf ihn und fühlte schon das Kitzeln seiner samtigen Flügel in meinen Handflächen ... Jetzt erst bemerkte ich die außergewöhnliche Größe des Schmetterlings. Ich pirschte mich heran und konnte einen Aufschrei nicht unterdrücken: »Das sind ja zwei! Es sind siamesische Zwillinge!« Die beiden Falter schienen tatsächlich aneinander zu kleben. Ihre Leiber wurden von fieberhaften Zuckungen geschüttelt. Zu meiner Überraschung schenkte mir diese doppelte Sphinx keinerlei Aufmerksamkeit und versuchte nicht zu entkommen. Bevor ich sie einfing, konnte ich die weißen Flecken auf ihrem Rücken betrachten, den berühmten Totenkopf.

Die Frau in der wattierten Jacke war vergessen. Ich verfolgte den Flug der freigelassenen Sphinx, die sich in der Luft in zwei Schmetterlinge teilte, und mit dem Verständnis eines Zehnjährigen begriff ich den Grund für diese Vereinigung. Das erklärte für mich auch die Bestürzung meiner Großmutter.

Die Jagd auf die Sphinx der sich paarenden Schmetterlinge rief in mir die Erinnerung an zwei weiter zurückliegende Ereignisse wach, die zu den geheimnisvollsten meiner Kindheit zählen. Die erste, in mein achtes Lebensjahr zurückreichende Erinnerung beschränkt sich auf einige Zeilen aus einem alten Lied, das meine Großmutter manchmal kaum hörbar sang oder vielmehr vor sich hin murmelte, wenn sie über ein Kleidungsstück gebeugt auf ihrem Balkon saß, einen Kragen flickte oder Knöpfe annähte. Insbesondere der letzte Vers des Lieds verzückte mich:

... Und dort würden wir schlafen bis ans Ende der Welt.

Dieser unendliche Schlaf der Liebenden überstieg meine kindliche Vorstellungskraft. Ich wußte bereits, daß Menschen, die sterben (wie die alte Nachbarsfrau, deren Verschwinden man mir im letzten Winter so ausführlich erklärt hatte), für immer einschlafen. War dies der Schlaf der Liebenden aus dem Lied? In der Folge bildeten die Liebe und der Tod eine seltsame Einheit in meinem Köpfchen. Die schöne, melancholische Melodie tat das ihre, um meine Verwirrung zu steigern. Die Liebe, der Tod, die Schönheit... Dazu dieser Abendhimmel, der Wind, der Duft der Steppe, den ich mit dem Lied in mir aufnahm, als hätte ich erst in diesem Augenblick zu leben begonnen.

Die zweite Erinnerung reichte noch viel weiter zurück in eine unbestimmte Zeit. Sie war so nebelhaft, daß ich mich selbst darin nicht klar erkennen konnte, und bestand nur aus dem überwältigenden Eindruck des Lichts, dem würzigen Duft von Kräutern und jenen Silberfäden, die das tiefe Blau des Himmels kreuzten – Jahre später sollte ich daran einen Altweibersommer erkennen. Obgleich unbegreiflich und verworren, war mir dieser Widerschein eines Herbsttages doch lieb, denn ich konnte mir einreden, daß es sich dabei um eine vorgeburtliche Prägung handelte. Ja, daß er ein Echo meiner französischen Abkunft war. Denn die Bestandteile dieser Erinnerung waren mir in einer Erzählung meiner Großmutter wiederbegegnet: Die Herbstsonne auf ihrer Reise in die Provence, der Duft der Lavendelfelder, selbst das Flimmern des Altweibersommers in der wohlriechenden Luft. Aber ich hätte mich nie getraut, ihr von meinem kindlichen Wissen um die Vergangenheit zu erzählen.

Im darauffolgenden Sommer sahen meine Schwester und ich meine Großmutter eines Tages weinen... zum ersten Mal.

In unseren Augen war sie eine Art gerechte und wohlwollende Göttin, immer sich selbst gleich und vollkommen erfüllt von ihrem heiteren Wesen. Ihre längst sagenumwobene Lebensgeschichte machte sie erhaben über die Kümmernisse gewöhnlicher Menschen. Wir sahen keine Tränen. Nur das schmerzliche Zucken ihrer Lippen, das leichte Beben auf ihren Wangen, das schnelle Auf und Ab ihrer Lider...

Wir saßen auf dem Teppich zwischen zerknüllten Papierchen und waren in ein aufregendes Spiel vertieft: Wir wickelten kleine Kieselsteine aus weißen »Tütchen« und verglichen sie – mal war es ein Quarzsplitter, mal ein glatter, angenehm in der Hand liegender Kiesel. Auf den Tüten standen Namen, die wir in unserer Ahnungslosigkeit für geheimnisvolle mineralogische Benennungen hielten: Fécamp, La Rochelle, Bayonne... In einer dieser Hüllen entdeckten wir auch einen rauhen, eisernen Splitter mit Rostspuren. Wir dachten, den Namen dieses eigenartigen Metalls zu lesen:»Verdun«... Viele Steine aus der Sammlung lagen bereits ausgepackt da, als unsere Großmutter hereinkam. In unser Spiel war Bewegung gekommen: Wir verhandelten gerade, welche Steine die schönsten seien, und prüften ihre Härte, indem wir sie aneinanderschlugen. Manchmal zerbrachen sie dabei. Jene, die uns häßlich erschienen – der»Verdun« zum Beispiel – wurden aus dem Fenster geworfen und landeten einen Stock tiefer im Dahlienbeet. Schon waren mehrere Tütchen zerrissen...

Großmutter erstarrte, als sie das von zerknüllten, weißen Papierchen übersäte Schlachtfeld erblickte. Wir sahen zu ihr auf. In diesem Augenblick schienen ihre grauen Augen sich mit Tränen zu füllen – gerade soviel, daß ihr Blick unerträglich für uns wurde.

Nein, sie war keine unerschütterliche Göttin. Auch sie konnte in Bedrängnis geraten, von jäher Traurigkeit ergriffen werden. Auch sie, von der wir geglaubt hatten, sie bewege sich immer so ruhig und bedächtig durch den Tag, auch sie geriet bisweilen an den Rand der Tränen!

Seit jenem Sommer zeigte mir das Leben meiner Großmutter immer neue, unerwartete Facetten. Und vor allem viel persönlichere.

Zuvor erschöpfte sich ihre Vergangenheit in wenigen Andenken und familiären Erbstücken, wie dem seidenen Fächer, der mich an ein zartes Ahornblatt erinnerte, oder die denkwürdige »Tasche vom Pont-Neuf«. Man erzählte sich, Charlotte Lemonnier habe sie im Alter von vier Jahren auf besagter Brücke gefunden. Sie soll ihrer Mutter vorausgeeilt, dann plötzlich wie angewurzelt stehengeblieben sein und gerufen haben: »Eine Tasche!« Über ein halbes Jahrhundert später klang ihre wohltönende Stimme wie ein zartes Echo davon irgendwo in einer Stadt unter der Sonne der endlos weiten Steppen Rußlands. In dieser schweinsledernen Tasche mit blau emailliertem Bügel bewahrte meine Großmutter ihre Sammlung alter Steine auf.

An diese alte Umhängetasche waren ihre frühesten Erinnerungen geknüpft, und uns eröffnete sie die märchenhafte Welt ihrer Vergangenheit: Paris, Pont-Neuf ... Ein im Entstehen begriffenes Sternsystem, das uns staunen ließ, und dessen noch verschwommene Umrisse sich vor unserem gebannten Blick abzeichneten.

Übrigens gab es unter diesen Überresten aus der Vergangenheit (ich erinnere mich, wie lustvoll wir über den glatten Goldschnitt kitschiger Schmöker wie *Mémoires d'un caniche*, *La Soeur de Gribouille* etc. streichelten) ein noch älteres Zeugnis. Das Photo stammte schon aus Sibirien: Albertine, Norbert und vor ihnen, auf einer Erhöhung, einem seltsam hohen Gueridon-Tisch – ein Arrangement, wie es bei Photographen üblich ist –, ein Kind von zwei Jahren in Spitzenhaube und Rüschenkleid: Charlotte. Diese Aufnahme auf dickem Papier mit dem Namen des Photographen und dem Abdruck aller Auszeichnungen, die er jemals erhalten hatte, beschäftigte uns sehr: »Was verbindet diese hinreißende Frau mit den klaren und feinsinnigen, von seidigen Locken umrahmten Zügen mit diesem Greis, dessen weißer Bart in zwei steife Haarstränge geteilt ist, die aussehen wie die Stoßzähne eines Walrosses?«

Wir wußten bereits, daß der Greis, unser Urgroßvater, sechsundzwanzig Jahre älter war als Albertine. »Als ob er seine eigene Tochter geheiratet hätte!« wandte meine Schwester empört ein. Ihre Verbindung erschien uns anrüchig, unnatürlich. Unsere Lesebücher aus der Schule wimmelten von Erzählungen über die Heirat eines jungen Mädchens ohne Mitgift mit einem reichen, geizigen Greis, den es nach jungem Blut gelüstete. Sie waren so zahlreich, daß wir uns keine andere eheliche Verbindung innerhalb der bürgerlichen Gesellschaft vorstellen konnten. Wir gaben uns alle Mühe, in Norberts Gesichtszügen die Spuren einer abgründigen Verderbtheit, die Fratze einer kaum verhohlenen Zufriedenheit ausfindig zu machen. Doch sein Gesicht blieb unwandelbar schlicht und offen wie das der unerschrockenen Abenteurer aus den Bebilderungen unserer Jules-Verne-Bücher. Außerdem war der alte Mann mit dem langen weißen Bart zur Zeit der Aufnahme gerade einmal achtundvierzig Jahre alt ...

Albertine aber, das mutmaßliche Opfer bürgerlicher Sitten, sollte schon bald am abschüssigen Rand eines offenen Grabes stehen, in das bereits die ersten Schaufeln Erde geschippt wurden. Angeblich hatte sie sich mit solcher Kraft gegen die sie zurückhaltenden Hände gewehrt und so herzzerreißende Schreie ausgestoßen, daß selbst die Russen, die auf dem Friedhof jener abseits gelegenen sibirischen Stadt zur Trauerfeier versammelt waren, wie betäubt davon gewesen sein sollen. Zwar waren sie in ihrer Heimat tragische Szenen bei Begräbnissen gewohnt, auch Tränenströme und erschütternde Klagen, doch vor der gemarterten Schönheit dieser jungen Französin standen sie wie versteinert da. Sie soll sich auf das Grab geworfen und in ihrer klangvollen

Sprache geschrien haben: »Stoßt mich hinunter! Werft mich hinterher!«

Dieses entsetzliche Wehklagen hallte noch lange in unseren kindlichen Ohren nach.

»Vielleicht ... hat sie ihn geliebt ...«, sagte eines Tages meine Schwester, die älter war als ich. Und dabei errötete sie.

Mehr noch als die ungewöhnliche Verbindung zwischen Norbert und Albertine weckte Charlotte auf diesem Photo vom Beginn des Jahrhunderts meine Neugier. Vor allem ihre nackten, kleinen Zehen. Ob es die Ironie des Zufalls war oder unbeabsichtigte Koketterie, jedenfalls hatte sie mit aller Kraft die Zehen angezogen. Diese harmlose Beobachtung verlieh der Aufnahme, die alles in allem sehr gewöhnlich war, eine besondere Bedeutung. Da ich für meine Gedanken keine Worte fand, begnügte ich mich damit, mir im Stillen immer wieder dieselben Gedanken vorzusprechen: »Ein kleines Mädchen, das an einem für immer vergangenen Sommertag, am 22. Juli 1905, im hintersten Winkel Sibiriens, aus welchem Grund auch immer auf diesem seltsamen Gueridon-Tisch sitzt. Jawohl, eine winzige Französin, die an jenem Tag ihren zweiten Geburtstag feiert, ein Kind, das den Photographen anblickt und aus einer Laune heraus, ohne erkennbaren Grund seine unglaublich zierlichen Zehen anzieht, und das mich diesen Tag kosten, seine Wärme, sein Wetter, seine Farbe spüren läßt ...«

Das Geheimnis dieses Kindes und seiner Ausstrahlung erschien mir so schwindelerregend, daß ich die Augen schloß. Dieses Kind war ... unsere Großmutter. Dieselbe, die sich an jenem Abend vor unseren Augen bückte und schweigend die auf dem Teppich verstreuten Bruchstücke der Steine aufhob. Fassungslos und beschämt drückten wir uns mit dem Rücken an die Wand, unfähig, ein Wort der Entschuldigung hervorzubringen oder meiner Großmutter beim Einsammeln der versprengten Andenken zu helfen. Obwohl sie den

Blick gesenkt hatte, ahnten wir, daß ihr die Tränen in den Augen standen.

An dem Abend unseres frevelhaften Spiels hatten wir keine wohlgesonnene Fee aus vergangenen Zeiten mehr vor uns, die uns Geschichten von Blaubart oder Dornröschen erzählte, sondern eine verletzte und trotz ihrer Seelenstärke empfindsame Frau. Für sie war jener bange Augenblick eingetreten, in dem der Erwachsene sich plötzlich verrät, in dem seine Schwäche durchscheint und er wie der König nackt vor den aufmerksamen Augen eines Kindes steht. In diesem Moment erinnert er an einen Seiltänzer, der einen falschen Schritt getan hat und der in den Sekunden, in denen er das Gleichgewicht sucht, nur durch den Blick des ob seiner unverhofften Macht betretenen Zuschauers vor dem Absturz bewahrt wird.

Sie schloß die »Tasche vom Pont-Neuf«, brachte sie in ihr Zimmer zurück und rief uns dann zu Tisch. Nach einer Weile des Schweigens wandte sie sich mit ausgeglichener und ruhiger Stimme auf französisch an uns, während sie mit den üblichen Handgriffen Tee eingoß:

»Unter den Steinen, die ihr weggeworfen habt, war einer, den ich gerne wiederhätte...«

Und im selben unbeteiligten Tonfall, immer noch auf französisch, wenngleich wir während der Mahlzeiten (da häufig unverhofft Freunde oder Nachbarn zu Besuch kamen) meistens russisch sprachen, erzählte sie von der Parade der Grande Armée und dem kleinen braunen Kieselstein namens »Verdun«. Wir begriffen kaum etwas von dem, was sie berichtete – aber wir waren gebannt von ihrem Tonfall. Unsere Großmutter sprach mit uns wie mit Erwachsenen! Wir hatten einen hübschen, schnauzbärtigen Offizier vor Augen, der sich aus den Reihen des Siegesmarsches löste, auf eine junge, in der begeisterten Menschenmenge eingezwängte Frau zuging und ihr einen braunen Metallsplitter schenkte...

Mit einer Taschenlampe bewaffnet, durchkämmte ich nach dem Abendessen mehrmals das Dahlienbeet vor unserem Haus, aber der »Verdun« blieb verschwunden. Ich entdeckte ihn am nächsten Morgen auf dem Bürgersteig – ein kleiner, rostiger Stein zwischen Zigarettenstummeln, Glasscherben, Sandspuren. Zu meinen Füßen stach er aus diesem gewöhnlichen Umfeld hervor wie ein Meteorit aus einem unbekannten Sonnensystem, und dabei wäre er beinahe im Kies einer Allee verschollen geblieben ...

Auf diesem Wege erfuhren wir von den versteckten Tränen unserer Großmutter und konnten uns ihren französischen Geliebten vorstellen, der unserem Großvater Fjodor vorausging: Ja, der feurige Offizier der Grande Armée, der Mann, der Charlotte den rauhen Splitter aus Verdun in die Hand gedrückt hatte, lebte in ihrem Herzen. Diese Entdeckung war verwirrend. Wir hatten das Gefühl, durch ein Geheimnis, das vielleicht sonst niemand in der Familie kannte, mit ihr verbunden zu sein. Hinter den Jahreszahlen und Geschichten unserer Familie sahen wir nunmehr das Leben in seiner ganzen schmerzlichen Schönheit hervorscheinen.
Am Abend setzten wir uns zu unserer Großmutter auf den kleinen Balkon ihrer Wohnung. Von Blumen umrankt, schien er über dem heißen Dunst der Steppen zu schweben. Eine glühende Kupfersonne streifte den Horizont, verweilte einen Moment unentschlossen, bis sie urplötzlich unterging. Die ersten Sterne zitterten am Himmel. Der Abendwind trug starke, eindringliche Düfte zu uns herauf.
Wir schwiegen. Solange es hell war, stopfte unsere Großmutter eine Bluse, die auf ihren Knien lag. Als sich dann der ultramarine Schatten über uns gelegt hatte, hob sie den Kopf von ihrer Handarbeit, und ihr Blick verlor sich in der Weite der dunstverhangenen Ebene. Ängstlich darauf bedacht, ihr

Schweigen nicht zu stören, musterten wir sie von Zeit zu Zeit mit verstohlenen Blicken: Würde sie uns ein neues, noch strenger gehütetes Geheimnis anvertrauen oder ihre Lampe mit dem türkisen Lampenschirm holen und uns, als wäre nichts geschehen, einige Seiten von Daudet oder Jules Verne vorlesen, die uns an den langen Sommerabenden häufig begleiteten? Ohne es uns einzugestehen, lauerten wir auf ihr erstes Wort, darauf, wie es wohl klingen würde. Wie der Zuschauer auf den nächsten Schritt des Seiltänzers, so warteten wir mit einer fast unerbittlichen Neugierde und einem unbestimmten Unbehagen, als ob wir dieser Frau, die mit uns alleine war, eine Falle gestellt hätten.

Sie schien jedoch nicht einmal zu bemerken, daß wir gespannt warteten. Ihre Hände ruhten reglos auf den Knien, ihr Blick war durchscheinend wie der Himmel. Der Anflug eines Lächeln überzog ihre Lippen ...

Nach und nach gaben wir uns der Stille hin. Wir beugten uns über das Geländer und sperrten die Augen weit auf, um möglichst viel Himmel zu sehen. Der Balkon schwankte leicht, gab unter unseren Füßen nach, begann zu schweben. Der Horizont rückte heran, als würde uns ein nächtlicher Windhauch zu ihm tragen.

Über seiner Linie lag dieses blasse Flimmern – man hätte es für die funkelnden kleinen Wellen eines Flusses halten können. Ungläubig suchten wir mit den Augen die Dunkelheit ab, die über unserem schwebenden Balkon wogte. Tatsächlich, im hintersten Winkel der Steppe schimmerte ein dunkles Gewässer, stieg in den Himmel auf, verbreitete die herbe Kühle der Regenzeit. Seine Oberfläche schien langsam heller zu werden – in ein fahles, winterliches Licht zu tauchen.

Nun sahen wir aus dieser phantastischen Flut schwarze Gebäudekomplexe aufragen, die spitzen Pfeile der Kathedralen, Laternenmasten – eine Stadt! Vor uns lag eine riesige

Geisterstadt, und trotz des Wassers, in dem ihre Straßen untergegangen waren, schien sie friedlich zu ruhen.

Da merkten wir erst, daß jemand begonnen hatte, zu uns zu sprechen. Unsere Großmutter erzählte!

»Ich muß damals ungefähr so alt gewesen sein wie ihr heute. Es war im Winter 1910. Die Seine hatte sich in ein Meer verwandelt. Die Pariser fuhren in Booten. Die Straßen sahen aus wie Flüsse, die Plätze wie große Seen. Am meisten hat mich jedoch die Stille beeindruckt ...«

Auf unserem Balkon lauschten wir dieser Stille des schlummernden, überschwemmten Paris ... Dem Plätschern der Wellen, als ein Boot vorüberfuhr, einer Stimme, die am Ende einer überschwemmten Straße verhallte.

Wie ein nebelverhangenes Atlantis stieg das Paris unserer Großmutter aus den Fluten.

2

Sogar der Präsident mußte seine Mahlzeiten kalt einnehmen!«

Das war der erste Satz, der in der Hauptstadt unseres französischen Atlantis ertönte. Wir stellten uns einen ehrwürdigen Greis vor, dessen Züge die noble Erscheinung unseres Urgroßvaters Norbert und den pharaonischen Ernst eines Stalin vereinten, einen Greis mit schneeweißem Bart, der bei kümmerlichem Kerzenschein zu Tische saß.

Die Meldung stammte von einem ungefähr vierzigjährigen Mann mit lebhaftem Blick und entschlossener Miene, der auf den Photos in den ältesten Alben unserer Großmutter zu sehen war. Nachdem er mit einer Barke an der Mauer eines Gebäudes angelegt hatte, lehnte er eine Leiter an die Hauswand und kletterte zu einem Fenster im ersten Stock. Der Mann hieß Vincent, war Charlottes Onkel und Reporter beim *Excelsior*. Seit Beginn jener Sintflut durchfurchte er per Boot die Straßen der Hauptstadt auf der Suche nach dem wichtigsten Tagesereignis. Die kalte Mahlzeit des Präsidenten war ein solches. Und das verblüffende Photo auf einem der vergilbten Zeitungsausschnitte war von Vincents Boot aus aufgenommen worden. Es zeigte drei Männer bei einer heiklen Bootspartie auf einer ausgedehnten, von Gebäuden umstellten Wasserfläche. Die Bildunterschrift lautete: »Die Herren Abgeordneten begeben sich zur Sitzung der Nationalversammlung.«

Vincent schwang sich über die Fensterbrüstung und landete in den Armen seiner Schwester Albertine und Charlottes, die während ihres Parisaufenthalts bei ihm Zuflucht gefunden hatten... Die Stille von Atlantis füllte sich mit Geräuschen, Gefühlen und Worten. Jeden Abend brachten die Erzählungen unserer Großmutter neue Einzelheiten aus dieser längst untergegangenen Welt ans Licht.

Und dann gab es noch jenen verborgenen Schatz. Einen Koffer voll alter Papiere unter Charlottes Bett, der uns bei unseren Streifzügen durch ihr Schlafzimmer seiner wuchtigen Größe wegen einschüchterte. Wir zerrten an den Schlössern, öffneten den Deckel. Nichts als ein Haufen Papier! Die Erwachsenenwelt schlug uns in ihrer ganzen Langeweile und beängstigenden Ernsthaftigkeit entgegen und raubte uns mit ihrem muffigen, staubigen Geruch den Atem... Hätten wir damals ahnen können, daß unsere Großmutter die Aufnahme von den drei Abgeordneten im Boot ausgerechnet zwischen diesen alten Zeitungen und Briefen aus unvordenklichen Zeiten für uns hervorkramen würde?
Natürlich war es Vincent, der in Charlotte das Vergnügen an solchen kurzen Pressemeldungen geweckt und sie dazu angeregt hatte, diese flüchtigen Schlaglichter auf die Wirklichkeit auszuschneiden und zu sammeln. Mit den Jahren, so hatte er wohl gedacht, würden sie eine ganz andere Anschaulichkeit gewinnen, so wie jene Silbermünzen, die mit einer Patina von Jahrhunderten überzogen waren.

An einem dieser Sommerabende, der von duftender Steppenluft erfüllt war, unterbrach ein Gespräch unter dem Balkon unsere Träumereien:
»Nein, ich schwöre dir, sie haben es im Radio gesagt: Er hat einen Ausflug ins All unternommen!« hörten wir unter uns einen Fußgänger auf der Straße.

Und eine andere, zweifelnde Stimme antwortete im Vor-
übergehen:
»Du willst mich wohl zum Narren halten oder was? Er hat
einen Ausflug... Da oben gibt es doch nichts, worauf man
gehen könnte. Das wäre ja, als ob einer ohne Fallschirm aus
einem Flugzeug springen würde...«
Die Unterhaltung holte uns in die Wirklichkeit zurück. Wir
lebten in einem riesigen Weltreich, das sich gerade voller
Stolz die Eroberung des unermeßlichen Himmels über unseren Köpfen an die Brust geheftet hatte. Dieses Reich besaß
eine gefürchtete Armee, Eisbrecher mit Atomantrieb, die
den Nordpol aufrissen, Fabriken, die bald mehr Stahl pro-
duzieren würden als alle Länder der Erde zusammen. Seine
Weizenfelder wogten vom Schwarzen Meer bis zum
Pazifik... und es besaß diese endlose Steppe.
Und auf unserem Balkon erzählte eine Französin von einem
Boot, das durch eine überschwemmte Großstadt kreuzte
und an der Hauswand eines Gebäudes festmachte... Kopf-
schüttelnd versuchten wir, uns darüber im klaren zu werden, wo wir waren. Hier? Oder dort? Der leichte Wellen-
schlag erstarb in unseren Ohren.

Nein, es war nicht das erste Mal, daß wir diese Teilung in
unserem Leben bemerkten. Bei unserer Großmutter zu sein,
bedeutete bereits, sich zu fühlen, als lebte man woanders.
Wenn sie über den Hof ging, setzte sie sich niemals auf die
Bank der Babuschkas, die unabdingbar in einen russischen
Hinterhof gehört. Nichtsdestotrotz grüßte sie sehr herzlich,
erkundigte sich nach der Gesundheit derjenigen, die sie seit
ein paar Tagen nicht gesehen hatte, und zeigte sich hilfsbe-
reit, indem sie ihnen zum Beispiel verriet, wie man eingeleg-
ten Reizkern ihren scharfen Beigeschmack nimmt... Aber
sie blieb stehen, während sie sich freundlich mit ihnen unterhielt. Und die alten Klatschbasen auf dem Hof billigten

diesen Unterschied. Jedem war klar, daß Charlotte nichts mit einer russischen Babuschka gemein hatte.

Das bedeutete nicht, daß sie abgeschieden von der Welt lebte oder an sozialen Vorurteilen festhielt. Manchmal schallte am frühen Morgen eine Stimme über den Hof und riß uns Kinder aus dem Schlaf:

»Die Milch ist da!«

Im Halbschlaf erkannten wir Awdotia, die Milchfrau aus dem Nachbarort, an der unverwechselbaren Klangfarbe ihrer Stimme. Dann kamen die Hausfrauen mit ihren Milchkannen zu den beiden riesigen Aluminiumbehältern, die diese kräftige fünfzigjährige Bäuerin von einem Haus zum anderen schleppte. Einmal konnte ich nicht mehr einschlafen, nachdem mich ihr Ruf geweckt hatte ... Ich hörte unsere Tür leise ins Schloß fallen, dann drangen Stimmen aus dem Eßzimmer. Wenig später flüsterte jemand in seliger Zufriedenheit:

»Ach, wie schön es bei dir ist, Schura! Als würde man auf einer Wolke liegen ...«

Neugierig schielte ich hinter dem Vorhang hervor, der unser Zimmer abteilte. Mit halbgeschlossenen Augen lag Awdotia auf den Dielen, Arme und Beine weit ausgestreckt. Ihr ganzer Leib, von den staubigen, nackten Füßen bis zum Haar, das sich über den Boden ergoß, gönnte sich eine nachhaltige Ruhepause. Ein entspanntes Lächeln lag auf ihren halboffenen Lippen.

»Wie schön es bei dir ist, Schura!« wiederholte sie leise und nannte meine Großmutter bei dem Kosenamen, den die Leute meistens anstelle ihres ungewöhnlichen Vornamens benutzten.

Ich ahnte die Erschöpfung in diesem massigen, mitten im Eßzimmer liegenden weiblichen Körper. Und ich verstand, warum Awdotia sich nur in der Wohnung meiner Großmutter eine so ungezwungene Verschnaufpause gestatten konnte. Hier war sie vor dummen Bemerkungen und übler Nachrede sicher... Mit unter der Last der riesigen Kannen gekrümmtem Rücken brachte sie ihren mühseligen Rundgang hinter sich. War die Milch verteilt, stieg sie mit tauben Beinen und schweren Armen die Treppen zu »Schura« hinauf. Der blanke, stets saubere Fußboden war noch angenehm kühl vom Morgen. Awdotia kam herein, grüßte meine Großmutter, streifte ihre großen Schuhe ab, streckte sich aus. »Schura« brachte ihr ein Glas Wasser und setzte sich auf einen kleinen Schemel neben sie. Sie unterhielten sich leise, bis Awdotia wieder Kraft für den Rückweg geschöpft hatte...

An jenem Tag schnappte ich einige Sätze des Gesprächs auf, das meine Großmutter mit der entkräfteten, in seligem Vergessen ausgestreckten Milchfrau führte. Die Frauen sprachen über die Feldarbeit, über die Buchweizenernte... Ich war verblüfft, Charlotte in einer Weise über das Bauernleben reden zu hören, die von gründlicher Sachkenntnis zeugte. Vor allem aber paßte ihr immer vollkommen klares, sehr feinsinniges Russisch überhaupt nicht zur saftigen, urwüchsigen und bilderreichen Sprache Awdotias. Ihr Gespräch berührte unvermeidlich den Krieg: Die Milchfrau hatte ihren Mann an der Front verloren. Ernte, Buchweizen, Stalingrad... Und am selben Abend würde sie uns vom überschwemmten Paris erzählen oder einige Seiten aus Hector Malot vorlesen! Jetzt aber sah ich eine dunkle, weit zurückliegende Vergangenheit aus der Tiefe ihres früheren Lebens aufsteigen, die russisch war.

Awdotia erhob sich, umarmte meine Großmutter und machte sich wieder auf den Weg. Mit einer Telega, wie die russischen Leiterwagen heißen, fuhr sie, in einem Meer aus hohen Gräsern und Blumen versinkend, unter der heißen Steppensonne über endlose Felder. Ich beobachtete sie beim Hinausgehen: Dieses Mal streichelte sie mit ihren kräftigen bäuerlichen Fingern zögerlich und behutsam die zarte Porzellanfigur auf der Kommode am Eingang – eine Figurine aus der Zeit der Jahrhundertwende, die eine von Blättern umrankte Wassernymphe darstellte und eines der wenigen, wie durch ein Wunder erhalten gebliebenen Prachtstücke aus vergangenen Tagen war...

Es mag sich seltsam anhören, aber wir verdankten es Gawrilitsch, dem Trunkenbold der Straße, daß wir begriffen, von welcher Tragweite die ungewöhnliche Herkunft unserer Großmutter war, die sie von den anderen unterschied. Dieser Mann machte uns schon angst, wenn seine wankende Gestalt hinter den Pappeln im Hof hervortrat. Ein Mann, der der Miliz trotzte und mit seinem eigenwilligen Zickzackkurs den Verkehr auf der Hauptstraße zum Erliegen brachte, der gegen die Behörden wetterte, mit seinen Donnerflüchen die Scheiben erzittern ließ und die Bank der Babuschkas leerfegte. Doch wenn derselbe Gawrilitsch meiner Großmutter begegnete, blieb er stehen, hielt so gut es ging seinen wodkagetränkten Atem zurück und grüßte sie betont hochachtungsvoll:
»Guten Tag, Charlotta Norbertowna!«
Er war tatsächlich der einzige im Hof, der sie mit ihrem französischen Namen anredete, wenn auch in leicht russischer Anverwandlung. Ja, mehr noch, er hatte sich, niemand wußte warum und wie, den Namen von Charlottes Vater gemerkt und bildete damit jenen fremdartigen Vatersnamen: »Norbertowna«. Aus seinem Mund war das der Gipfel an Höflichkeit und Ergebenheit. Sein trüber Blick begann zu leuchten, seine riesenhafte Gestalt fand einigermaßen das Gleichgewicht, und nach einem langen, unregelmäßigen Kopfnicken rang er seiner vom Alkohol ausgelaugten Zunge diese klangvolle Meisterleistung ab:
»Wie geht es Ihnen, Charlotta Norbertowna?«

Meine Großmutter erwiderte seinen Gruß und wechselte sogar einige Worte mit Gawrilitsch, die nicht ohne erzieherische Hintergedanken waren. Bei solchen Anlässen bot unser Hof einen einzigartigen Anblick: Vom stürmischen Auftritt des Betrunkenen aufgeschreckt, flüchteten die Babuschkas über die Außentreppe des großen Holzhauses auf der gegenüberliegenden Seite des Hofs, die Kinder versteckten sich hinter den Bäumen, und hinter den Fensterscheiben sah man Gesichter, in denen sich Neugier und Schrecken die Waage hielten. In der Arena: unsere Großmutter im Gespräch mit einem ganz umgänglichen Gawrilitsch. Ein Dummkopf war er nicht. Seit langem hatte er begriffen, daß seine Rolle über die des Trunkenbolds und Krakeelers hinausging. Er fühlte sich in gewisser Weise unentbehrlich für das seelische Gleichgewicht auf dem Hof, er war zu einer wichtigen Person, zu einer Type, ja, zu einer Attraktion geworden; er war das Sprachrohr des unberechenbaren, launischen Geschicks an dem der russischen Seele soviel liegt. Und plötzlich stand diese Französin vor ihm, mit dem ruhigen Blick aus grauen Augen, eine trotz des schlichten Kleides elegante Dame, zierlich und so anders als die übrigen Frauen ihres Alters, als die Babuschkas, die er soeben von ihrer Hühnerstange verscheucht hatte.

Eines Tages wollte er Charlotte einmal mehr sagen als den üblichen Gruß, er hustete in seine große Faust und brummte:

»Nun sind Sie also ganz allein bei uns in der Steppe, Charlotta Norbertowna ...«

Dieser unbeholfenen Äußerung verdanke ich es, daß ich mir (was ich nie zuvor getan hatte) meine Großmutter im Winter, ohne uns, allein in ihrem Zimmer vorstellen konnte.

In Moskau oder in Leningrad hätte alles einen anderen Lauf genommen. Die bunte Menschenmenge der Großstadt hätte den Unterschied zwischen Charlotte und den anderen ausgelöscht. Doch es hatte sie in das kleine Saranza verschlagen, dem idealen Ort für ein Leben, in dem ein Tag dem anderen gleicht. Deshalb blieb ihre Vergangenheit gegenwärtig, als wäre es gestern gewesen.

Saranza: Von der unendlichen Weite vor ihren Türen überwältigt, lag die Stadt wie erstarrt am Rand der großen Steppen. Gewundene, staubige Wege, die sich endlos die Hügel entlangschlängelten, Holzzäune, die vom Grün der Gärten überwachsen waren. Sonnige, verschlafene Straßen und Menschen, die an ihren Enden auftauchten und so langsam näher kamen, daß man meinte, sie würden einen nie erreichen.

Das Haus meiner Großmutter lag am Stadtrand in einer Flur namens »Westliche Schwende«: eine treffliche Fügung (Westen-Europa-Frankreich), die uns sehr gefiel. Das dreistöckige Gebäude aus dem ersten Jahrzehnt unseres Jahrhunderts sollte nach den Plänen eines ehrgeizigen Gouverneurs den Anfang einer Prachtstraße im modernen Stil bilden. Ja, das Gebäude war ein fernes Echo auf den modischen Geschmack zu Beginn des Jahrhunderts. Als wären all die Wölbungen, Rundungen und Bögen der aus Europa stammenden Architektur ihren Quellen davongeschwommen und in abgeschwächten Formen, halb untergegangen in den tiefsten Winkeln Rußlands gelandet. Als wäre dieses Fließen erst im Eiswind der Steppe erstarrt an einem Haus, das seltsame ovale Bullaugen zierten, und um dessen Eingänge sich Rosen aus Stuck rankten ... Aus den Plänen des aufgeschlossenen Gouverneurs war nichts geworden. Die Oktoberrevolution machte kurzen Prozeß mit all den dekadenten Auswüchsen der bürgerlichen Kunst. Und dieses Gebäude, ein erster Abschnitt der erträumten Prachtstraße, war das einzige seiner Art geblieben. Nach mancherlei Ausbesserung blieb außerdem nur ein Schatten seines ursprünglichen Aussehens bewahrt. Vor allem der von amtlicher Seite geführte Feldzug gegen »den architektonischen Überfluß« (den wir als Kinder selbst miterlebten) hatte ihm schwer zugesetzt. Alles galt als »überflüssig«: Die Arbeiter hatten die rankenden Rosen entfernt, die Bullaugen zugemauert... Und da es immer Leute gibt, die besonders viel Eifer an den Tag legen (ihnen ist es auch zu verdanken, daß solche Feldzüge erfolgreich sind), hatte sich der Nachbar von unten die größte Mühe gegeben, die Hauswand vom augenfälligsten architektonischen Luxus zu befreien, und hatte zwei hübsche Bacchanten abgeschlagen, die sich von beiden Seiten des Balkons unserer Großmutter melancholisch zulächelten. Dazu mußte er eine wahre Heldentat vollbringen und unter großer Gefahr, mit einer langen Eisenstange bewaffnet, seinen Fenstersims erklimmen. Die beiden Köpfe waren nacheinander abgehauen worden und zu Boden gefallen. Einer war auf dem Asphalt in tausend Scherben zersprungen, der andere im dichten Blattwerk der Dahlien gelandet, die seinen Aufprall dämpften. Sobald es dunkel geworden war, bargen wir den Kopf und trugen ihn zurück. Bei unseren langen Sommerabenden auf dem Balkon sah uns seither dieses steinerne Gesicht mit seinem verhaltenen Lächeln und seinen sanften Augen aus den Blumentöpfen an, als lauschte es Charlottes Erzählungen...

Auf der gegenüberliegenden Seite des von Linden und Pappeln beschatteten Hofs stand ein großes, zweistöckiges, mit den Jahren schwarz gewordenes Holzhaus, dessen kleine Fenster düster und argwöhnisch zu uns herüberblickten. Dieses und ähnliche Häuser hatte der Gouverneur durch die Klarheit des modernen Stils ersetzen wollen. In dem über zwei Jahrhunderte alten Bauwerk wohnten Babuschkas, die mit ihren dicken Kopftüchern, ihren totblassen Gesichtern und ihren adrigen, fast blauen Händen im Schoß so urtümlich aussahen, als wären sie einem Märchen entsprungen. Wenn wir dieses geheimnisvolle Haus aus irgendeinem Anlaß betraten, schnürte es mir jedesmal die Kehle zu von dem strengen und schweren, doch keineswegs unangenehmen Geruch, der die zugestellten Flure durchzog. Es war der Duft der alten Zeit, einer finsteren Zeit, in der die Menschen auf eine sehr schlichte Art und Weise mit Dingen wie Tod, Geburt, Liebe und Schmerz umgegangen sind. Eine bedrückende Atmosphäre, die jedoch von einer eigentümlichen Lebendigkeit erfüllt war, herrschte im Haus, aber sie paßte wie keine andere zu den Bewohnern dieser riesigen Isba. Der Atem Rußlands... Dann staunten wir über die große Zahl und die unregelmäßige Anordnung der Türen. Die Räume, in die sie führten, waren in stickiges Dunkel getaucht. Ich spürte die körperliche Enge, in der sich das Leben hier abspielte, beinahe am eigenen Leib. Gawrilitsch wohnte im Keller, den drei Familien mit ihm teilten. Das schmale Fenster seines Zimmers befand sich direkt über dem Boden und war mit Beginn des Frühjahres von wuchernden Gräsern versperrt. Wenige Meter entfernt hockten die Babuschkas auf ihrer Bank und schielten von Zeit zu Zeit unruhig herüber – denn nicht selten ließ sich im offenen Fenster zwischen den Halmen das breite Gesicht des »Krakeelers« blicken. Sein Kopf schien aus dem Boden zu wachsen. Doch in solch besinnlichen Augenblicken war Gawrilitsch die Ruhe selbst. Er drehte den Kopf herum, als wollte er den Himmel und das Feuer des Abendrots in den Zweigen der Pappeln betrachten... Einmal, wir waren bis zum Speicher unter dem von der Sonne aufgeheizten Dach der großen, schwarzen Isba vorgedrungen, stemmten wir den schweren Deckel einer Dachluke auf. Am Horizont steckte ein feuerroter Himmel die Steppe mit seiner Glut an, man hätte glauben können, daß bald Rauch die Sonne verdunkeln würde...

Unter dem Strich hatte die Revolution nur eine einzige Neuerung in den abgelegenen Winkel von Saranza gebracht. Die Kirche, die den Hof auf einer Seite abschloß, war ihrer Kuppel beraubt worden. Auch die Ikonostase hatte man entfernt und an ihrer Stelle ein großes, weißes Seidentuch gespannt – eine Leinwand, genäht aus den Vorhängen, die in einer der bürgerlichen Wohnungen des »dekadenten« Gebäudes beschlagnahmt worden waren. Das Kino »Barrikade« konnte seine ersten Zuschauer begrüßen...

Ja, unsere Großmutter war die Frau, die sich friedlich mit Gawrilitsch unterhalten konnte, die allen politischen Feldzügen widerstand und die unser Kino einmal augenzwinkernd »diese geköpfte Kirche« genannt hatte. Damals sahen wir über dem wuchtigen Bauwerk gleich die Umrisse einer goldenen Kuppel und eines Kreuzes in den Himmel ragen.

Diese kleinen Zeichen verrieten uns viel mehr als ihre Kleidung oder ihr Aussehen, wie anders sie war. Französisch war für uns eher ein familiärer Dialekt. Schließlich besitzt jede Familie ihre kleinen sprachlichen Eigenarten, ihren Zungenschlag und ihre Spitznamen, und dieser persönliche Sprachschatz endet immer an der Schwelle des Hauses.

Das Bild unserer Großmutter bestand aus solchen harmlosen Eigenarten – die einen hielten es für Eigentümlichkeit, die anderen für Überspanntheit. Bis zu dem Tag, an dem wir entdeckten, daß ein kleiner rostiger Stein ihr Tränen in die Augen treiben konnte und daß die französische Sprache, unsere häusliche Mundart, allein durch den Zauber ihres

Klangs eine sich langsam mit Leben füllende Geisterstadt aus einer dunklen, brausenden Flut aufsteigen ließ.

An jenem Abend verwandelte sich Charlotte von einer Dame aus einem geheimnisvollen, fremden Land in die Botin eines Atlantis, das die Zeit verschlungen hatte.

3

Neuilly-sur-Seine bestand aus einem guten Dutzend Holzhäusern, echten russischen Isbas, umgeben von Zäunen, auf denen Wäsche trocknete, unter Dächern, die mit schmalen Holzlatten gedeckt und durch die Unbilden der Witterung im Winter silbergrau geworden waren, und mit Fenstern in hübschen, von Holzschnitzereien verzierten Rahmen. Junge Frauen schleppten an einem Joch tropfende Wassereimer über die staubige Hauptstraße. Männer luden schwere Getreidesäcke auf einen Leiterwagen. Träge trottete eine Herde zu ihrem Stall. Wir hörten das dumpfe Bimmeln der Glöckchen, ein Hahn krähte heiser. Der Wohlgeruch eines Holzfeuers hing in der Luft – bald war es Zeit für das Abendessen.

Einmal hatte unsere Großmutter von ihrer Heimatstadt erzählt und gesagt:

»Ja, damals war Neuilly noch ein einfaches Dorf ...«

Sie hatte französisch gesprochen, aber wir kannten nur russische Dörfer. Und in Rußland ist ein Dorf nun einmal eine Ansammlung von Isbas – sogar das Wort *derewnja* (Dorf) kommt von *derewo* (Baum, Gehölz). Obwohl das Bild durch Charlottes weitere Erzählungen nach und nach zurechtgerückt wurde, hielt sich die Verwechslung hartnäckig. Bei der Nennung von »Neuilly« stellte sich sofort das Dorf mit den Holzhäusern, der Herde und dem Hahn ein. Und als Charlotte im darauffolgenden Sommer zum erstenmal einen gewissen Marcel Proust erwähnte, »man konnte ihn übrigens in Neuilly auf dem Boulevard Bineau Tennis spielen sehen«, stellten wir uns diesen Dandy mit den großen, schmachtenden Augen (sie hatte uns ein Photo von ihm gezeigt) inmitten von Holzhäusern vor!

Häufig schimmerte die russische Gegenwart durch die zarte Patina unseres französischen Wortschatzes. Dem Bild des Staatspräsidenten fügten wir in unserer Vorstellung Züge hinzu, die Stalin ähnlich waren. Neuilly war mit Kolchosbauern bevölkert. Auch unser Paris, aus dem das Wasser langsam abfloß, war sehr russisch gestimmt – nach dem neuerlichen, weltbewegenden Zusammenbruch schöpfte es für kurze Zeit Atem, freute sich über das Kriegsende und darüber, der tödlichen Bedrohung entronnen zu sein. Wir irrten durch die immer noch feuchten, von Sand und Schlick bedeckten Straßen. Die Bewohner stapelten Möbel und Kleider vor ihren Haustüren, um sie zu trocknen – wie es die Russen tun nach einem Winter, der kein Ende nehmen will.

Und als Paris von neuem aufblühte und wieder die frühlingshafte Frische durch die Stadt wehte, deren Duft wir ohne Zutun erahnten, drosselte eine mit Girlanden geschmückte Lokomotive die Fahrt, und ein märchenhafter Zug stoppte vor den Toren der Stadt in der Bahnhofshalle der Gare du Ranelagh.

Ein junger Mann in schlichter Militäruniform stieg aus und setzte seine Füße auf den unter ihm ausgerollten roten Teppich. Eine ebenfalls noch sehr junge Frau in weißem Kleid mit Federboa begleitete ihn. Aus der eindrucksvollen Abordnung, die zur Begrüßung vor dem Portal des Bahnhofsgebäudes wartete, löste sich ein älterer Herr in Frack mit einem prächtigen Schnauzbart und einem schönen blauen Band über der Brust und eilte dem Paar entgegen. Ein milder Wind wiegte die Orchideen und Amarante, die die Reihen schmückten, und streichelte den Federbusch am weißen Samthut der jungen Frau. Die beiden Herren drückten sich die Hand ...

Der Staatschef aus dem wiederaufgetauchten Atlantis, Präsident Félix Faure, begrüßte Nikolaus II., Zar aller Russen, und seine Gemahlin.

Erst mit dem von den höchsten Würdenträgern der Republik umringten Zarenpaar lernten wir Paris richtig kennen ... Viele Jahre später erfuhren wir, wann der kaiserliche Besuch wirklich stattgefunden hatte: Nikolaus und Alexandra waren nicht nach der Überschwemmung im Frühjahr 1910, sondern im Oktober 1896 nach Paris gekommen, also lange bevor unser französisches Atlantis wieder zum Leben erwacht war. Doch was kümmerte uns die wirkliche Abfolge der Dinge! Für uns zählte nur, wie sich die ausführlichen Erzählungen unserer Großmutter aneinanderreihten, und deshalb tauchte Paris eines schönen Tages wie im Märchen bei strahlender Sonne aus dem Wasser auf, und im selben Augenblick hörten wir von fern den Pfiff der Lokomotive des Zaren. Diese Abfolge war für uns ebenso selbstverständlich wie die Erscheinung eines Proust unter den Bauern von Neuilly.

Am Rande einer verschlafenen Stadt, die von der Welt durch die Stille der Steppe abgeschnitten war, schwebte Charlottes schmaler Balkon im herben Duft über der Ebene. Jeder Abend glich dem sagenhaften Glaskolben eines Alchemisten, in dem die Vergangenheit auf wundersame Weise immer wieder eine andere Gestalt annahm. Diese magischen Verwandlungen waren für uns nicht weniger rätselhaft als die Zusammensetzung des Steins der Weisen. Charlotte faltete eine alte Zeitung auseinander, rückte unter die Lampe mit dem türkisen Schirm und las die Speisekarte des Festessens vor, das in Cherbourg zu Ehren des russischen Herrscherpaares gegeben worden war:

41

Krabbensuppe
Kasserol Pompadour
Loire-Forelle in Sauterne geschmort
Filet vom Deichlamm auf Steinpilzen
Wachteln mit Trauben à la Lucullus
Poularden aus Le Mans auf Cambacérès-Art
Granités von Lunel
Punsch nach Römerart
Gebratenes Steinhuhn und Ortolan mit Trüffeln gefüllt
Leberpastete aus Nancy
Grüner Salat
Spargelspitzen in Sauce Mousseline
Eiscreme Succès
Dessert

Wie hätten wir diese geheimnisvollen Formeln auflösen sollen? Steinhuhn und Ortolan! Wachteln mit Trauben à la Lucullus! Unsere Großmutter war eine verständnisvolle Frau und bemühte sich, uns Vergleichbares zu nennen, indem sie auf die einfachen Grundnahrungsmittel verwies, die man in den Läden von Saranza finden konnte. Gierig verschlangen wir diese mit der frischen Brise des Ozeans (Cherbourg!) gewürzten Speisen, doch es war keine Zeit zu verweilen, wir mußten dem Zaren hinterher.

Mit ihm hielten wir den Atem an vor den vielen Männern in schwarzen Fräcken, die alle schlagartig stillstanden, als er beim Empfang den Elysée-Palast betrat – mehr als zweihundert Senatoren und dreihundert Abgeordnete, stellen Sie sich das einmal vor! (Nach unserer eigenen Geschichtsschreibung waren sie vor wenigen Tagen noch mit dem Boot zu ihrer Sitzung gerudert ...) Selbst die Stimme unserer Großmutter, die immer ruhig und ein wenig nachdenklich klang, bebte leicht angesichts der dramatischen Situation:

»Ihr müßt nämlich wissen, da standen sich plötzlich zwei Welten gegenüber. (Auf dem Photo könnt ihr es sehen. Schade, daß die Zeitung so lange geknickt war...) Der Zar, der absolutistische Herrscher, trifft die Vertreter des französischen Volkes! Die Vertreter der Demokratie...!«

Die grundlegende Bedeutung dieser Eegegnung blieb uns verborgen. Doch nun entdeckten wir unter den fünfhundert auf den Zar gerichteten Augenpaaren auch diejenigen, die ohne böse Hintergedanken nicht in den allgemeinen Jubel einstimmten. Und die es sich aufgrund ihrer geheimnisvollen »Demokratie« erlauben durften! Diese Ungezwungenheit verblüffte uns. Wir durchforsteten die Reihen der Männer im festlichen Anzug nach möglichen Störenfrieden. Hätte der Präsident sie nicht erkennen und vor die Tür des Elysée-Palasts setzen müssen?

Am folgenden Abend brannte die Lampe unserer Großmutter wieder auf dem Balkon. Sie hielt einige Seiten einer Zeitung in der Hand, die sie aus dem sibirischen Koffer gezogen hatte. Und während sie sprach, begann der Balkon sich langsam vom Haus zu entfernen und in der Dunkelheit über der duftenden Steppe zu schweben.

Nikolaus hatte an der mit wunderbaren Obst- und Blumengirlanden posamentierten Ehrentafel Platz genommen. Mal hörte er die liebenswürdige Stimme von Madame Faure zu seiner Rechten, mal den samtigen Bariton des Präsidenten, der sich mit der Zarin unterhielt. Die Gäste waren geblendet vom Glanz des Kristalls und dem vielen massiven Silber...

Zum Nachtisch stand der Präsident auf, hob das Glas und erklärte:

»Der Besuch Eurer Majestät hat, unter dem Beifall eines ganzen Volkes, das Bündnis besiegelt, das unsere Länder in einträchtigem Streben und wechselseitigem Vertrauen auf ihre Zukunft geschlossen haben. Das Bündnis zwischen einem gewaltigen Reich und einer aufstrebenden Repu-

blik... Bekräftigt durch die erprobte Zuverlässigkeit... Als
Sprecher der gesamten Nation versichere ich Eurer Majestät
noch einmal... Ich erhebe mein Glas auf Seine Majestät Kaiser Nikolaus und Seine Majestät Alexandra Fedorowna...
Auf die Größe Seiner Herrschaft... Auf die Güte Ihrer Majestät, der Kaiserin...«
Das Orchester der Garde Républicaine stimmte die russische Nationalhymne an... Und die Galavorstellung der
Oper am Abend war eine Huldigung an den Zaren und
seine Gattin.
Zwei Fackelträger eilten dem Herrscherpaar voraus und geleiteten es die Treppen hinauf. Wie ein Wasserfall rauschten
links und rechts die runden, weißen Schultern der Damen
an ihnen vorüber, mit Blumen an den Ausschnitten, prachtvollen, duftenden Frisuren, blitzenden Schmuckstücken auf
nackter Haut, und das alles vor einem Hintergrund aus Uniformen und Fräcken. Die Echos eines mächtigen »Es lebe
der Zar« schwollen unter der majestätischen Decke an und
hoben sie in den Himmel... Als das Orchester am Ende des
Schauspiels die Marseillaise spielte, wandte sich der Zar
zum Präsidenten und reichte ihm die Hand.
Meine Großmutter löschte die Lampe und wir saßen einige
Minuten in der Dunkelheit beisammen. Jetzt konnten alle
Fliegen entkommen, die unter dem Lampenschirm beinahe
verglüht wären. Allmählich gewöhnten sich unsere Augen
an die Dunkelheit. Die Sterne leuchteten wieder in ihrem
jeweiligen Sternbild. Die Milchstraße nahm ein phosphoreszierendes Licht an. Und in einer Ecke unseres Balkons,
zwischen den verschlungenen Stengeln der Wicken, schenkte uns der gestürzte Bacchant sein steinernes Lächeln.
Charlotte blieb auf der Türschwelle stehen und seufzte leise:
»Wißt ihr, diese Marseillaise ist eigentlich ein Marschlied.
Sie gleicht ein wenig den Liedern der russischen Revolution.
In solchen Zeiten hat niemand Angst vor Blut...«

Sie trat ins Zimmer. Dort hörten wir sie verhalten die Verse sprechen, als wären sie eine fremd gewordene alte Litanei.

»... *l'étendard sanglant est levé ... Qu'un sang impur abreuve nos sillons ...*«

Wir warteten, bis die Worte in der Dunkelheit verhallt waren, dann riefen wir wie aus einem Munde:

»Und Nikolaus? Wußte der Zar, wovon das Lied handelte?«

Das französische Atlantis offenbarte sich uns als Palette von Klängen, Farben und Gerüchen. Im Gefolge unserer Führer entdeckten wir die verschiedenen Elemente, aus denen das geheimnisvolle französische Wesen sich zusammensetzte.

Der Elysée-Palast erstrahlte im Glanz der Kronleuchter und Spiegel. Die Oper, das waren die bezaubernden Schultern der Frauen, der berauschende Duft ihrer prachtvollen Frisuren. Und Notre-Dame fühlte sich an wie kalter Stein unter einem stürmischen Himmel. Fast konnten wir ihr rauhes, poröses Mauerwerk berühren – wie einen riesigen Felsblock, den, so schien es uns, die Zersetzung in Jahrhunderten kunstvoll geformt hatte ...

Diese für uns sinnlich wahrnehmbaren Facetten bildeten die noch verschwommenen Umrisse der französischen Welt. Der neu erstandene Kontinent füllte sich mit Gegenständen, mit Leben. Die Zarin kniete auf einem rätselhaften »Betschemel«, für den es bei uns keine Entsprechung gab. »Das ist eine Art Stuhl, dem die Beine abgesägt wurden«, erklärte Charlotte, und verblüfft stellten wir uns ein verstümmeltes Möbelstück vor. Wie Nikolaus rangen wir mit der Lust, den goldbesetzten Purpurmantel anzufassen, den Napoleon am Krönungstag getragen hatte. Wir hatten den Drang, diese Heiligtümer zu berühren. Noch fehlte der entstehenden Welt die Stofflichkeit. In der Sainte-Chapelle rief das grobe

Korn eines alten Pergaments dieses Verlangen hervor – von Charlotte erfuhren wir, daß die großen Buchstaben vor tausend Jahren von Hand gemalt worden waren, und zwar von der Russin Anna Jaroslawna, die als Gemahlin Heinrichs I. Königin von Frankreich war.

Am aufregendsten war jedoch, daß Atlantis vor unseren Augen gebaut wurde. Nikolaus nahm eine goldene Kelle und verstrich Mörtel auf einem großen Granitblock, dem Grundstein zum Pont Alexandre III . . . Dann reichte er die Kelle an Félix Faure weiter und sagte: »Jetzt sind Sie an der Reihe, Herr Präsident!« Der Wind, der das Wasser der Seine kräuselte, trug die Worte des Handelsministers fort, der unter freiem Himmel mit seiner Stimme lautstark gegen das Schlagen der Fahnen ankämpfte.

»Eure Hoheit! Frankreich wünscht, mit einem der größten Bauwerke seiner Hauptstadt Eures erlauchten Vaters zu gedenken. Im Namen der Regierung der französischen Republik bitte ich Eure Majestät den Zaren, uns die Ehre zu erweisen, zusammen mit dem Staatspräsidenten den Grundstein des Pont Alexandre III zu legen, der Paris mit dem Gelände der Weltausstellung des Jahres 1900 verbinden wird. Wir wünschen uns, daß dieses große Werk der Kultur und des Friedens den Beifall Eurer Majestät findet und mit Eurer gnädigen Zustimmung unter die Schirmherrschaft Ihrer Majestät der Zarin gestellt wird.«

Der Präsident konnte gerade noch zweimal symbolisch auf den Granitblock schlagen, als sich ein unerhörter Zwischenfall ereignete. Eine Person, die weder zum kaiserlichen Gefolge noch zu den versammelten französischen Würdenträgern gehörte, pflanzte sich vor dem Herrscherpaar auf, duzte den Zaren und küßte mit weltgewandter Geschicklichkeit der Zarin die Hand! Wir waren so erstaunt über diese Unbotmäßigkeit, daß wir den Atem anhielten.

Allmählich klärte sich der Zwischenfall auf. Über die Zeit

hinweg und ungeachtet unserer lückenhaften Französisch-kenntnisse wurden uns die Worte des Eindringlings nach und nach übermittelt. Begierig fingen wir ihr spätes Echo auf:

Erlauchtester Herrscher, Alexander des Dritten Sohn,
In der Sprache der Götter und durch meiner Stimme Ton
Spricht Frankreich, um den großen Staatsbesuch zu ehren,
Denn Könige zu duzen, kann dem Dichter keiner verwehren.

Wir seufzten erleichtert. Der unverschämte Kerl war kein anderer als der Dichter José Maria de Hérédia, dessen Namen wir von Charlotte erfuhren.

Nur Sie, Madame, an seiner Seite, Sie ganz allein
Können das Fest mit Ihrer erhabenen Schönheit weih'n
Und ich begrüße, Sie gestatten! in Eurer Majestät
Die Güte Gottes, aus der Ihre Anmut besteht.

Der Rhythmus der Strophen benebelte uns die Sinne. Auf wunderbare Weise vermählten sich im Gleichklang der Reime weit voneinander entfernt liegende Wörter: Strom – Dom, Gold – hold ... Wir fühlten, daß die Fremdartigkeit unseres französischen Atlantis nur in solchen künstlichen Satzgebilden ausgedrückt werden konnte:

Euch zu Füßen liegt Paris! Und in der Stadt erschallen
Fröhlich und ausgelassen Volkes Akklamationen,
Aus Palästen wie aus schlichten Fenstern wallen
Vereint die drei Farben unserer beiden Nationen.

Unter goldenen Pappeln fließt dieser Strom, die Seine,
Und bringt die Freudenrufe des Volkes von seinen Ufern,
Das, edle Gäste, entzückt zu Euch sieht von nah und fern,
Denn ganz Frankreich grüßt Euch aus tiefstem Herzen!

Mit vereinten Kräften wird es vollenden das strahlende Werk
Des Friedens, denn diese Brücke, die den weiten Bogen schlägt
Vom nunmehr vergehenden ins alsbald kommende Jahrhundert,
Wird gebaut, damit sie lange Zeit den Bund der Völker trägt.

Doch bevor Du, Zar, nun an dieses historische Ufer trittst,
Und edlen Herzens dem entsprichst, worum alle hier Dich
                                              bitten,
Gewahre noch einmal den Traum, der dieser Brücke
                                              verbunden ist,
Die Frankreich Deinem Vater widmet, Alexander dem
                                              Dritten.

Sei wie Dein Vater, stark und menschlich, ein Sieger,
Laß in der Scheide stecken Dein erlauchtes Schwert
Und stütz Dich drauf wie ein friedliebender Krieger.
Sieh doch, in Deiner Hand liegt und dreht sich die Erd'.

Der kaiserliche Arm verteilt die Gewichte darauf gleich,
Und Deiner, doppelt so stark, wird nicht müde vom Tragen,
Denn vermacht hat Alexander Dir mit seinem Reich
Die Ehre, eines freien Volkes Liebe errungen zu haben.

»Die Ehre, eines freien Volkes Liebe errungen zu haben« –
diese Worte, beinahe waren sie in der Melodie der Verse untergegangen, ließen uns aufhorchen. Die Franzosen waren
also ein freies Volk ... Jetzt begriffen wir, warum der Dichter
es gewagt hatte, dem Oberhaupt des mächtigsten Reiches
der Erde Ratschläge zu erteilen. Und warum es eine Ehre
war, von jenen freien Bürgern geliebt zu werden. An diesem
Abend, an dem die Steppe noch vor Hitze glühte, kam uns
diese Freiheit vor wie der beißende, kalte Windstoß, unter
dem sich die Seine kräuselte, und dieses berauschende, ein
wenig irre Lüftchen schwellte uns die Brust ...

Später haben auch wir den bombastischen Schwulst dieses Vortrags ermessen können. Damals hinderte uns das hochtrabende Pathos des Gedichts jedoch nicht, in seinen Strophen das »gewisse französische Etwas« zu entdecken, für das wir noch keinen Namen hatten. War es der französische Esprit? Die französische Höflichkeit? Wir konnten es noch nicht benennen.

Der Dichter hielt inne, wandte sich zur Seine und wies mit ausgestreckter Hand zum Invalidendom am gegenüberliegenden Ufer. Seine gereimten Ausführungen gelangten zu einem überaus schmerzhaften Punkt der französisch-russischen Vergangenheit: Napoleon, das brennende Moskau, die Beresina ... Ängstlich bissen wir uns auf die Lippen und harrten darauf, wie er diese gefährliche Situation meistern würde. Das Antlitz des Zaren wirkte mit einemmal verschlossen. Alexandra senkte den Blick. Wäre es nicht besser gewesen, stillschweigend darüber hinwegzugehen, so zu tun, als wäre nichts vorgefallen, und von Peter dem Großen schnurstracks zur Entente cordiale überzugehen? Hérédia aber wollte offenbar ausdrücklich darauf hinweisen:

In der Ferne bewahret, unter dem Himmel der Vernunft,
Der strahlende Dom die Helden aus vergangner Zeit,
Als Russen und Franzosen in ritterlichem Streit,
Kämpften ohne Haß und gaben ihr Blut für die Zukunft.

Wir waren wie vor den Kopf gestoßen und beschäftigten uns ständig mit derselben Frage: »Warum hassen wir die Deutschen so abgrundtief, wenn wir uns ihre Überfälle in Erinnerung rufen, sei es den vor siebenhundert Jahren, den Alexander Newskij zurückschlug, sei es jenen vom letzten Krieg? Warum können wir niemals vergessen, wie die polnischen und schwedischen Eindringlinge vor dreieinhalb

Jahrhunderten ihre Macht mißbrauchten? Ganz zu schweigen von den Tataren ... Und warum hat die Erinnerung an die verheerende Katastrophe von 1812 dem Ruf der Franzosen bei uns Russen nicht geschadet? Lag es vielleicht an der sprachlichen Eleganz des »ritterlichen Streits ohne Haß«?

Vor allen Dingen jedoch zeigte sich, daß jenes »gewisse französische Etwas« mit der Anwesenheit einer Frau zu tun hatte. Alexandra war überall dabei und stand im Mittelpunkt einer taktvollen Aufmerksamkeit; keine Rede, in der sie nicht, wenn auch weniger hochtrabend als ihr Gemahl, so doch mit ausgesuchter Höflichkeit begrüßt wurde. Sogar in den Hallen der Académie française, wo wir am Geruch des alten Mobiliars und der dicken, staubigen Bücher beinahe erstickten, erlaubte ihr das »gewisse Etwas«, Frau zu bleiben. Ja, sie blieb es selbst im Kreise jener alten Herren, die wir uns griesgrämig, kleinkariert und, wegen der Haare in ihren Ohren, schwerhörig vorstellten. Der Vorsitzende erhob sich und erklärte mit verdrossener Miene die Sitzung für eröffnet. Dann hielt er inne, als wollte er seine Gedanken sammeln, die – davon waren wir überzeugt – die Zuhörer schnell die Härte der Holzstühle spüren lassen würden. Der Staub machte die Luft stickig. Plötzlich hob der alte Mann den Kopf, ein spöttischer Funken leuchtete in seinem Blick auf, und er sprach:

»Majestät! Hochverehrte Dame! Vor nahezu zweihundert Jahren besuchte Peter der Große eines Tages ohne Vorankündigung diesen Ort. Er nahm unter den Mitgliedern der Académie Platz und verfolgte ihre Arbeit ... Eure Majestät erweisen uns heute darüber hinaus eine noch größere Ehre, denn Sie kommen nicht allein.« Nun wandte er sich an die Kaiserin und fuhr fort: »Ihr Besuch, Madame, wird zum gemessenen Ernst unserer Beratungen etwas Ungewöhnliches hinzufügen ... Er wird ihnen Anmut verleihen.«

Nikolaus und Alexandra wechselten einen raschen Blick. Und als hätte er gespürt, daß es Zeit war, auf das Wesentliche zu kommen, legte der Redner noch mehr Nachdruck in seine zitternde Stimme und stellte die überaus rhetorische Frage:

»Darf ich mir erlauben, es auszusprechen? Das Zeichen Ihrer Sympathie gilt nicht allein der Académie, sondern der Sprache unserer Nation... Offenbar ist es für Sie keine fremde Sprache, und wir spüren Ihren unbestimmten Wunsch, in einen noch engeren Austausch mit der französischen Kultur und ihrem Geist zu treten.«

»Die Sprache unserer Nation!« Über die Seiten hinweg, die unsere Großmutter vorlas, traf mich der Blick meiner Schwester, die denselben Geistesblitz hatte wie ich: »Offenbar ist es für Sie keine fremde Sprache...« Das also war der Schlüssel zu unserem Atlantis! Die Sprache war jener geheimnisvolle Stoff, der unsichtbar und allgegenwärtig jeden Winkel des soeben von uns entdeckten Universums mit seinem Grundton erfüllte. Diese Sprache, die die Menschen prägte, die den Dingen ihre Form gab, die in Versen dahinplätscherte, die durch die von Menschenmassen erfüllten Straßen hallte, die eine junge Zarin vom anderen Ende der Welt lächeln ließ... Aber vor allem pochte sie in unserem Herzen, und wie eine wunderbare Pflanze trieb sie schon Blätter und Blüten, und wir wußten, daß wir mit ihr die Frucht einer ganzen Welt ernten würden. Diese Pflanze war das Französische.

Dem blühenden Zweig der Sprache verdankten wir es, daß wir am Abend die Loge in der Comédie-Française betraten, die für das kaiserliche Paar vorbereitet war. Wir schlugen das Programmheft auf: *Eine Laune* von Musset, Ausschnitte aus dem *Cid*, der dritte Akt aus *Die gelehrten Frauen*. Damals hatten wir das alles noch nicht gelesen. Als sich der Tonfall von Charlotte leicht veränderte, ahnten wir jedoch, welche

Bedeutung diese Namen für die Einwohner von Atlantis hatten.

Der Vorhang hob sich. Das gesamte Ensemble stand in den Kostümmänteln auf der Bühne. Der Doyen trat hervor, verbeugte sich und sprach von einem Land, das wir nicht auf Anhieb erkannten:

Es gibt ein schönes Land, das ist weit wie eine Welt,
Wo das Auge dem Horizont endlos folgen kann,
Ein Land, dessen Seele Schätze enthält.
Groß war es in der Vergangenheit,
In Zukunft wird es noch größer sein.

Durch goldgelbe Ähren, durch weißesten Schnee,
Geh'n seine Söhne, Herr oder Knecht, mit festem Schritt.
Möge es beschützen eine gnädige Fee
Und auch seine goldene Ernte
Aus einer Erde, die kein Unheil litt.

Zum erstenmal in meinem Leben warf ich einen Blick von außen auf unser Land und sah es von weitem wie ein Ausländer. In eine große europäische Hauptstadt versetzt, sah ich auf es zurück, sah die Endlosigkeit seiner Weizenfelder und Schneewüsten im Mondlicht. Ich sah Rußland, wie ein Franzose es sieht! Ich befand mich woanders, hatte mein russisches Leben abgestreift. Dieser Riß brannte so sehr und war zugleich so aufregend, daß ich die Augen schließen mußte. Ich fürchtete, nicht mehr zu mir zurückzufinden, für immer in diesem Pariser Abend gefangen zu bleiben. Ich kniff die Augen zusammen und atmete tief durch. Der warme, nächtliche Steppenwind füllte wieder meine Lungen.

An diesem Tag beschloß ich, ihr den Zauber zu entreißen. Ich wollte schneller sein als Charlotte, wollte die festlich geschmückte Stadt vor ihr betreten, wollte nicht mehr warten, bis ihr türkisfarbener Lampenschirm hypnotisch leuchtete, um beim Gefolge des Zaren zu sein.

Der Tag war nichtssagend, grau – einer jener farblosen und traurigen Sommertage, an die man sich erstaunlicherweise erinnert. Die Luft war erfüllt vom Duft der nassen Erde und blähte die weißen Vorhänge am offenen Fenster – der Stoff bewegte sich, bauschte sich auf und fiel wieder zusammen, als wäre eine unsichtbare Gestalt ins Zimmer gekommen.

Ich war froh, allein zu sein, und begann, mein Vorhaben umzusetzen. Ich zog den sibirischen Koffer auf den Bettvorleger. Mit dem leisen Knacken, das wir jeden Abend hörten, sprangen die Schlösser auf. Ich schlug den großen Deckel zurück, beugte mich über die alten Papiere – wie ein Pirat über seine Schatzkiste . . .

Zuoberst lagen Aufnahmen, die ich kannte: Zar und Zarin vor dem Panthéon, dann am Seine-Ufer. Doch was ich suchte, befand sich weiter unten in diesem von Druckerschwärze verfärbten Papierwust. Wie bei einer archäologischen Grabung trug ich Schicht für Schicht ab. Aufnahmen von Nikolaus und Alexandra an mir unbekannten Orten tauchten auf. Mit der darunterliegenden Schicht verschwanden sie aus meinem Blickfeld. Als nächstes sah ich lange Panzerkreuzer bei ruhigem Seegang, komische Flugzeuge mit kurzen Flügeln, Soldaten in Schützengräben. Auf der Suche nach den Spuren des Zarenpaars begann ich zu wühlen, und dabei brachte ich die Zeitungsausschnitte durcheinander. Für einen Augenblick tauchte der Zar wieder auf. Er saß zu Pferde vor einer Reihe kniender Infanteristen, mit einer Ikone in der Hand . . . Sein Gesicht schien mir alt und düster geworden zu sein. Ich wollte ihn aber jung sehen, begleitet von der schönen Alexandra, von Menschen umjubelt, von begeisterten Versen verherrlicht.

Ganz unten im Koffer stieß ich endlich wieder auf ihre Fährte. Diese Schlagzeile mußte es sein: »Hoch lebe Rußland!« Ich faltete das Blatt auf meinem Schoß auseinander, wie Charlotte es immer tat, und mit halblauter Stimme begann ich die Verse zu entziffern:

> Ach! Gütiger Gott, welch freudige Nachricht,
> Welcher Jubel erfüllt unser aller Herz,
> Wenn endlich die Zitadelle bricht,
> Wo der Sklave stöhnt in seinem Schmerz!
> Zu erleben, wie ein Volk sich erhebt,
> Und mit gutem Recht die Flamme trägt!
> Freunde, wenn das kein Grund zum Feiern ist,
> Jetzt werden auch bei uns die Fahnen gehißt!

Erst als ich beim Refrain angelangt war, kamen Zweifel in mir auf, und ich stutzte: »Hoch lebe Rußland«? Aber wo war dieses Land mit den goldgelben Ähren und dem weißesten Schnee? Wo war dieses Land, dessen Seele Schätze enthielt? Und was hatte dieser vor Schmerz stöhnende Sklave hier zu suchen? Wer war der Tyrann, dessen Sturz hier gefeiert wurde? Verwirrt sprach ich laut den Refrain:

> Salut, seid gegrüßt!
> Volk und Soldaten von Rußland!
> Salut, seid gegrüßt!
> Gerettet habt Ihr Euer Vaterland!
> Seid gegrüßt! Und Ruhm und Ehre
> Der Duma, die in neuer Freiheit
> Morgen schon zu Eurem Wohl regiere
> Und Eure Ketten sprengt für alle Ewigkeit.

Plötzlich sprangen mir die Großbuchstaben ins Auge, die über den Versen standen:

NIKOLAUS II. DANKT AB. DAS JAHR 89 IN RUSSLAND:
DIE REVOLUTION. RUSSLAND FINDET ZUR FREIHEIT. KE-
RENSKI – EIN RUSSISCHER DANTON. DER STURM AUF DIE
PETER-UND-PAULS-FESTUNG, DIE RUSSISCHE BASTILLE.
DAS ENDE DER AUTOKRATIE.

Die meisten dieser Wörter sagten mir nichts. Das Wesentliche jedoch begriff ich: Nikolaus war nicht mehr Zar, und
die Nachricht von seinem Sturz löste eine überschwengliche
Welle von Freude bei jenen aus, die ihm am Tag zuvor noch
zugejubelt, eine lange und segensreiche Herrschaft ge-
wünscht hatten. Denn ich hörte noch deutlich die Stimme
Hérédias, deren Echo auf unserem Balkon nachklang:

Mit freundschaftlichen Banden hat Dein Vater einst
Frankreich und Rußland in derselben Hoffnung vereint.
Drum höre, Zar aus Rußland, wie Frankreich heut'
Mit Deinem auch Deines Vaters Namen benedeit!

Eine solche Kehrtwendung war unfaßbar für mich. Ich
konnte nicht glauben, daß der Zar auf so niedrige Weise verraten wurde. Vor allem nicht vom Präsidenten der Republik!
Die Wohnungstür fiel zu. Hastig sammelte ich alle Artikel
ein, schloß den Koffer wieder und schob ihn unter das Bett.
Da es regnete, blieb Charlotte am Abend im Zimmer und
zündete dort ihre Lampe an. Wir setzten uns neben sie wie
an den Abenden auf dem Balkon. Ich hörte ihr zu: Nikolaus
und Alexandra saßen in ihrer Loge und spendeten der Aufführung des *Cid* Beifall ... Ich betrachtete ihre Gesichter mit
ernüchterter Traurigkeit. Ich hatte ja in ihre Zukunft geblickt. Dieses Wissen wog schwer in meinem Kinderherz.
»Was ist wahr daran?« fragte ich mich, während ich der Erzählung zerstreut folgte (das Herrscherpaar erhebt sich, die
Zuschauer drehen sich zu ihm um, jubeln ihm zu). »Bald

werden diese Zuschauer sie verdammen. Nichts wird von diesen bezaubernden Tagen bleiben! Gar nichts ...«

Ich war dazu verurteilt, das Ende der Geschichte im voraus zu kennen, und deshalb erschien es mir, besonders im Hochgefühl der Feierlichkeiten, im Scheinwerferlicht der Comédie-Française, mit einem Male so aberwitzig und ungerecht, daß ich in Tränen ausbrach, meinen Schemel wegstieß und in die Küche flüchtete. Nie zuvor hatte ich so sehr geweint. Wütend stieß ich meine Schwester zurück, die mich trösten wollte. (Ich verübelte ihr die Sache sehr, obwohl sie noch gar nichts davon wußte!) Unter Tränen stieß ich verzweifelt hervor:

»Alles verlogen! Alles Verräter! Dieser Schnauzbart, dieser Heuchler... Das soll ein Staatspräsident sein? Nichts als Schwindel ...«

Ich weiß nicht, ob Charlotte den Grund meines Grams erraten hatte (zweifellos hatte sie das Durcheinander bemerkt, das ich beim Herumwühlen im sibirischen Koffer hinterlassen hatte, und vielleicht hatte sie sogar die verhängnisvolle Zeitungsseite entdeckt). Jedenfalls rührte sie dieser unerwartete Tränenfluß so sehr, daß sie sich an mein Bett setzte. Sie lauschte einen Augenblick meinem Schluchzen, und als sie in der Dunkelheit meine Hand gefunden hatte, ließ sie einen kleinen rostigen Stein hineingleiten. Ich umschloß ihn ganz fest. Ich mußte die Augen nicht öffnen, um durch die Berührung den »Verdun« zu erkennen. Seitdem gehört er mir.

4

Als die Ferien zu Ende waren, verließen wir unsere Großmutter. Atlantis versank in Herbstnebeln und ersten Schneestürmen – in unserem russischen Alltag.

Denn die Stadt, in die wir zurückkehrten, hatte mit dem geruhsamen Saranza nichts gemein. Diese Stadt erstreckte sich über beide Ufer der Wolga und verkörperte mit ihren eineinhalb Millionen Einwohnern, ihren Waffenfabriken, ihren breiten, von großen Gebäuden im stalinistischen Stil gesäumten Straßenzügen die Größe des Weltreichs. Eine Untergrundbahn im Bau, ein riesiger Hafen am Fluß und stromabwärts ein gigantisches Wasserkraftwerk führten jedem mit Nachdruck die Leistungen unseres Landsmannes vor Augen: Er ist siegreich im Kampf gegen die Naturgewalten, strotzt vor Tatendrang, sieht einer strahlenden Zukunft entgegen und schert sich wenig um die lächerlichen Spuren der Vergangenheit. Wegen ihrer Fabriken war unsere Stadt Sperrgebiet für Ausländer... Aber in dieser Stadt spürte man den Puls des Weltreichs.

Nach unserer Rückkehr bestimmte dieser Pulsschlag unser Tun und Denken. Wir atmeten wieder im verschneiten Rhythmus unseres Vaterlands.

Die französische Ader hinderte weder meine Schwester noch mich, ein Leben zu führen, das dem unserer Altersgenossen glich: Russisch wurde wieder zu unserer Umgangssprache, die Schule formte uns nach dem Muster des jungen Sowjetmenschen, bei paramilitärischen Spielen gewöhnten wir uns an Pulvergeruch, an das Knallen von Übungsgranaten und an die Vorstellung, es gäbe einen Feind im Westen, gegen den wir eines Tages zu kämpfen hätten.

Die Abende auf dem Balkon unserer Großmutter kamen uns nun wie ein Kindertraum vor. Und wenn der Lehrer im Geschichtsunterricht von Nikolaus II. erzählte, »den das Volk Nikolaus den Blutigen nannte«, stellten wir keinerlei Verbindung her zwischen diesem legendären Schlächter und jenem jungen Regenten, der dem *Cid* Beifall gespendet hatte. Für uns waren das zwei Männer, die nichts miteinander zu tun hatten.

Eines Tages jedoch wollte es der Zufall, daß ich sie gedanklich zusammenbrachte. Ohne aufgerufen worden zu sein, begann ich von Nikolaus und Alexandra, von ihrem Parisbesuch zu erzählen. Mein Beitrag kam so unerwartet und war mit so vielen Einzelheiten aus ihrer Lebensgeschichte gespickt, daß der Lehrer fassungslos dastand. Ein erstauntes Kichern ging durch die Bänke: Meine Mitschüler wußten nicht, ob sie meinen Vortrag für einen Akt der Provokation halten sollten oder ob ich einfach nur wirres Zeug faselte. Doch schon war der Lehrer wieder Herr der Lage und hämmerte los:

»Dieser Zar war für die schrecklichen Zusammenstöße auf dem Chodynkafeld verantwortlich – damals wurden mehrere tausend Menschen niedergetrampelt. Er war es auch, der am 9. Januar 1905 auf friedliche Demonstranten schießen ließ – Hunderte wurden getötet. Seine Regierung ist schuld am Massaker an der Lena – mit einhundertzwei Toten. Und daß der große Lenin sich danach genannt hat, ist kein Zufall: Sein Name sollte die Zarenherrschaft für ihre Verbrechen geißeln!«

Nicht der energische Ton dieser Schmährede schüchterte

mich am meisten ein, sondern die verwirrende Frage, die
während der Pause in mir laut wurde, als mich meine Mitschüler belagerten und mit ihrem Spott überhäuften (»Seht
mal den Zaren da! Der hat ja eine Krone auf dem Kopf!«
brüllte einer von ihnen und zog mich an den Haaren): »Ich
weiß, er war ein blutrünstiger Tyrann. Das steht in unseren
Schulbüchern. Aber... Aber wie soll ich diesen kühlen Wind
und seinen über die Seine wehenden Meeresgeruch werten,
wie diese klangvollen Verse, die der Wind davontrug, und
das Knirschen der goldenen Kelle auf dem Granit? Was soll
ich mit diesem längst vergangenen Tag anfangen? Wirkt
seine Atmosphäre nicht bis in die Haarspitzen bei mir
nach?«
Mir ging es nicht darum, jenen Nikolaus II. wieder zu
Würden zu bringen. Ich glaubte, was in meinem Schul-
buch stand und was mein Lehrer sagte. Und dennoch: Jener weit zurückliegende Tag, jener Wind und jener sonnige
Himmel waren nicht zu leugnen! Ich verlor mich in diesen
wirren, teils aus Überlegung, teils aus Bildern bestehenden
Gedankengängen. Während ich meine lachenden Klassenkameraden abwehrte, die mich festhielten und mir ihren
Spott in die Ohren brüllten, fühlte ich plötzlich, wie sehr
ich sie beneidete: »Wie gut sie es haben: Sie brauchen sich
nicht mit diesem stürmischen Tag herumschlagen, mit
dieser so geballten und offensichtlich so nutzlosen Vergangenheit. Könnte ich die Dinge doch auch so unbeirrt
betrachten wie sie. Würde ich bloß nicht sehen, was ich
sehe...«
Mein letzter Gedankengang kam mir so ungeheuerlich vor,
daß ich mich nicht mehr gegen die Angriffe meiner Spötter
wehrte, sondern mich abwandte und durch das Fenster auf
die verschneite Stadt blickte. Ich sah die Welt also anders!
War das ein Vorteil? Oder war es ein Hindernis, ein Makel?
Ich wußte es nicht. Ich dachte, die Ursache dieser doppelten

Sichtweise liege in meiner Zweisprachigkeit: Tatsächlich
stand mir beim Aussprechen des russischen Wortes »царь«
(Zar) ein grausamer Tyrann vor Augen, während das französische Wort »tsar« erfüllt war von Sonne, Rauschen und
Wind, vom Glanz der Lüster, vom Schimmer nackter Frau-
enschultern und von vermischten Düften – von jener unnachahmlichen Grundstimmung unseres Atlantis. Ich begriff, daß ich diesen anderen Blick auf die Dinge verbergen
mußte, wollte ich nicht Spott ernten.

Die geheime Bedeutung der Wörter kam noch einmal
zum Vorschein, als ich einige Zeit darauf in eine Situation
geriet, die ebenso tragikomisch war wie unsere Geschichts-
stunde.
Ich wartete vor einem Geschäft in einer endlosen Schlange,
die sich über die Schwelle wand und innen fortsetzte. Es
mußte dort Lebensmittel geben, die im Winter schwer zu bekommen waren, vielleicht Orangen oder einfach nur Äpfel,
ich erinnere mich nicht mehr. Ich hatte die entscheidende
psychologische Schwelle dieser Warteschlange schon hinter
mir und war durch die Tür getreten, vor der noch Dutzende
von Menschen im matschigen Schnee mit den Füßen
stampften, als meine Schwester zu mir stieß. Zu zweit hatten wir Anspruch auf die doppelte Menge der rationierten
Waren.
Wir verstanden nicht, was die plötzliche Wut der Menge
auslöste. Vielleicht glaubten die Leute hinter uns, meine
Schwester wolle sich vordrängeln – ein unverzeihliches Verbrechen! Empörte Rufe wurden laut, die Schlange rückte zusammen, drohende Gesichter umringten uns. Beide versuchten wir klarzustellen, daß wir Geschwister waren. Doch
die Menge gibt niemals zu, daß sie im Unrecht ist. Am bit-
tersten beschwerten sich diejenigen, die noch nicht bis zur
Schwelle vorgedrungen waren. Aufgebracht machten sie

ihrer Entrüstung Luft, ohne genau zu wissen, gegen wen sich ihr Ärger wandte. Und wie jede Massenbewegung auf aberwitzige Weise über ihr Ziel hinausschießt, so richtete sich jetzt die Wut gegen mich. Ein Beben ging durch die Schlange, die Schultern spannten sich. Ein Stoß, und ich wurde aus der Schlange geschubst, stand neben meiner Schwester vor einer Mauer aus haßerfüllten Gesichtern. Ich versuchte, meinen Platz zurückzuerobern, doch sie wehrten mich mit ihren Ellbogen ab. Ich sah verstört und mit zittern-den Lippen zu meiner Schwester. Unbewußt ahnte ich, daß sie und ich auf besondere Weise verletzbar waren. Sie war zwei Jahre älter als ich und muß damals ungefähr fünfzehn gewesen sein. Sie wirkte daher überhaupt nicht wie eine junge Frau. Andererseits ließen ihre Züge es nicht mehr zu, daß sie als Kind durchging und mit diesem Vorteil die blind-wütige Menge hätte besänftigen können. Um mich war es ähnlich bestellt: Mit meinen zwölfeinhalb Jahren konnte ich mich nicht durchsetzen wie ein vierzehn- oder fünfzehn-jähriger Halbstarker, dessen Jugendlichkeit sein Benehmen entschuldigt.

Wir gingen die Schlange ab in der Hoffnung, uns wenig-stens einige Meter hinter unserem verlorenen Platz wieder einreihen zu können. Doch die Leiber schlossen die Reihen und ließen uns nicht hinein. Bald standen wir im Matsch auf der Straße. Eine Verkäuferin rief:»He, ihr da vor der Tür, ihr könnt nach Hause gehen, wir sind gleich ausverkauft!« Doch es stellten sich immer mehr Leute an.

Hypnotisiert von der anonymen Gewalt der Menge, stan-den wir am Ende der Schlange. Ich fürchtete mich, aufzuse-hen, mich zu rühren. Meine in den Taschen vergrabenen Hände zitterten. Als käme die Stimme von einem anderen Stern, hörte ich plötzlich meine Schwester mit heiterer Me-lancholie sagen:»Erinnerst du dich: Gebratenes Steinhuhn und Ortolan mit Trüffeln gefüllt...?«

Sie lächelte versonnen.

Und während ich ihr blasses Gesicht und ihre Augen betrachtete, die die Farbe des Winterhimmels hatten, spürte ich in mir einen frischen Wind, den Wind von Cherbourg, der nach salzigen Nebeln, nach nassen Strandkieseln und nach dem schrillen Gekreisch der Möwen über dem weiten Ozean schmeckte. Einen Moment lang verblaßte alles um mich. Von hinten drückten die Wartenden und schoben mich langsam auf die Tür zu. Ich ließ es geschehen und sonnte mich in dem diffusen Licht, das sich in mir ausbreitete.

Steinhuhn und Ortolan ... Verstohlen zwinkerte ich meiner Schwester zu und lächelte. Nicht, daß wir uns den Menschen überlegen gefühlt hätten, die sich in der Schlange drängten. Wir waren wie sie, lebten vielleicht sogar in noch bescheideneren Verhältnissen als viele von ihnen. Wir gehörten derselben Klasse an: Leute wie wir stapfen in einer großen Industriestadt durch den matschigen Schnee zu einem Laden und hoffen, dort ihre Einkaufstaschen mit zwei Kilo Orangen füllen zu können.

Dennoch fühlte ich bei den Zauberworten, die vom Festessen in Cherbourg geblieben waren, daß ich anders war als sie. Nicht, weil ich gebildeter war – damals wußte ich noch nicht, wie jene berühmten Steinhühner und Ortolane aussahen. Aber der Moment des Innehaltens mit seinen Lichtern im Nebel und seinen Meeresgerüchen hatte gezeigt, daß es neben dieser breitschultrig daherkommenden Stalin-Stadt, neben dieser nervenaufreibenden Warterei und der stumpfsinnigen Gewalt der Masse noch etwas anderes gab. Statt Wut auf die, die mich aus der Schlange geschubst hatten, empfand ich jetzt erstaunlicherweise Mitleid mit ihnen: Ich brauchte nur leicht die Augen zusammenkneifen, doch sie hatten keine Möglichkeit, diesen Tag mit seinem frischen Algenduft, seinem Möwengekreisch, seiner wolkenverhangenen Sonne zu erleben ... Ich hatte große Lust, es allen zu

sagen. Aber wie? Dafür hätte ich eine völlig neue Sprache er-
finden müssen, von der ich bislang nur die ersten beiden
Wörter kannte: Steinhuhn und Ortolan ...

5

Nach dem Tod meines Urgroßvaters Norbert schloß sich die weiße Unendlichkeit Sibiriens langsam wieder um Albertine. Zwar kehrte sie zwei- oder dreimal nach Paris zurück und nahm Charlotte mit. Doch die Welt des Schnees läßt niemanden mehr los, der einmal von ihren unermeßlichen Weiten, von ihrer stillstehenden Zeit ergriffen wurde.

Außerdem waren die Parisaufenthalte von einer Bitterkeit gezeichnet, die auch unsere Großmutter in ihren Erzählungen nicht verbergen konnte. Gab es Unstimmigkeiten in der Familie, deren Ursachen wir nicht erfahren sollten? Oder war es die sehr europäische Zurückhaltung, die dort zwischen nahen Verwandten herrschte und die für uns Außenseiter aus Rußland mit unserem grenzenlosen Gemeinsinn so unerträglich war? Vielleicht lag es einfach an der verständlichen Haltung bescheidener Leute gegenüber einer von vier Schwestern, die als Glücksritterin ausgezogen war, doch statt eines schönen Traums aus Gold jedesmal nur die Bedrängnisse eines unwirtlichen Landes und ihres verpfuschten Lebens mitbrachte.

Jedenfalls blieb die Tatsache, daß Albertine lieber in der Wohnung ihres Bruders wohnte als im Haus ihrer Familie in Neuilly, selbst bei uns nicht unbemerkt.

Mit jeder Rückkehr nach Rußland schien Sibirien ihr immer unabwendbarer, immer unausweichlicher zu sein, der Ort, an dem sich ihr Schicksal erfüllen sollte. Nicht mehr allein Norberts Grab schmiedete sie an diesen eisigen Boden, sie fühlte auch das trunken machende Gift der mysteriösen russischen Lebenserfahrung in ihren Adern fließen.

Von der Gattin eines stadtbekannten, geachteten Arztes war Albertine zu einer seltsamen Witwe geworden, zu einer Französin, die sich offenbar nicht entschließen konnte, nach Hause zurückzukehren. Und was noch schlimmer war: Sie kam von ihren Parisreisen jedesmal wieder zurück!

Sie war noch zu jung und zu schön, um nicht die Lästerzungen der feinen Gesellschaft von Bojarsk zu reizen. Sie stach zu sehr heraus, um so akzeptiert zu werden, wie sie war. Und bald war sie auch zu arm.

Charlotte stellte fest, daß sie nach jedem Aufenthalt in Paris in eine kleinere Wohnung umzogen. In der Schule, wo sie dank eines ehemaligen Patienten ihres Vaters aufgenommen worden war, nannte man sie bald »diese Lemonnier«. Eines Tages forderte die »Frau Vorsteherin« – so nannte man vor der Revolution die Klassenlehrerin – sie auf, an die Tafel zu kommen. Doch nicht, um sie zu prüfen ... Als Charlotte vor ihr stand, musterte die Vorsteherin ihre Füße und fragte mit einem herablassenden Lächeln:

»Was haben Sie da an Ihren Füßen, Fräulein Lemonnier?«

Dreißig Schüler erhoben sich von ihren Plätzen, reckten die Hälse und sperrten die Augen auf. Auf dem blank gebohnerten Parkett sahen sie zwei wollene Füßlinge, zwei »Schuhe«, die Charlotte selbst genäht hatte. Von den Blicken vernichtet, sah Charlotte zu Boden, und ihre Zehen krampften sich unwillkürlich in den Füßlingen zusammen, als wollte sie ihr Füße zum Verschwinden bringen ...

Damals wohnten sie bereits in einer alten Isba am Stadtrand. Charlotte wunderte sich schon lange nicht mehr darüber, daß ihre Mutter häufig auf einem hohen Bauernbett hinter einem Vorhang ermattet dalag. Und wenn Albertine aufstand, drängten sich die dunklen Schatten ihrer Träume selbst in ihre geöffneten Augen. Sie bemühte sich nicht einmal mehr, ihrer Tochter ein Lächeln zu schenken. Mit einer kupfernen Kelle schöpfte sie aus einem Kübel, trank ausgiebig und verschwand wieder. Charlotte wußte damals schon, daß sie seit geraumer Zeit von einigen glänzenden Schmuckstücken aus einem mit Perlmutt belegten Kästchen lebten ...

Die Isba, die fern von den besseren Stadtteilen Bojarsks lag, gefiel ihr. In diesen engen, gewundenen Straßen, die im Schnee versanken, stach ihr Elend weniger ins Auge. Und schließlich war es wunderbar, nach der Schule die alte, unter den Schritten knarrende Holztreppe hochzusteigen, in den düsteren Eingang aus massigen, unter einer dicken Schicht Rauhreif liegenden Baumstämmen zu treten und die schwere Tür aufzustoßen, die mit einem kurzen Ächzen aufsprang, das klang, als ob sie lebte. In der Stube konnte man einen Augenblick im Dunkeln verweilen, zusehen, wie das Violett der Abenddämmerung das kleine, tiefliegende Fenster immer mehr ausfüllte, und zuhören, wie im Schneegestöber die Fensterscheibe klirrte. An die heiße Wand des großen Ofens gelehnt, fühlte Charlotte die Wärme langsam unter ihrem Mantel hochkriechen. Sie legte ihre steifgefrorenen Hände auf den warmen Stein – der Ofen kam ihr wie das riesige Herz der alten Isba vor. Und unter den Sohlen ihrer Filzschuhe schmolzen die letzten Eisklumpen.

Eines Tages zersprang unter ihren Füßen ein Eisklumpen mit einem ungewöhnlichen Knirschen. Charlotte war überrascht. Denn sie war bereits seit einer guten halben Stunde zu Hause, der Schnee auf ihrem Mantel und ihrer Tschapka war geschmolzen, und alles war schon wieder trocken. Doch dieser Eisklumpen ... Sie bückte sich, um ihn aufzuheben. Es war ein Glassplitter! Der kleine Splitter einer zerbrochenen Ampulle ...

So trat das schreckliche Wort Morphium in ihr Leben. Es erklärte die Stille hinter dem Vorhang, das Gewimmel der Schatten in den Augen ihrer Mutter, dieses sinnlose Sibirien, dem sie sich wie ihrem Schicksal ergeben hatte.

Albertine hatte vor ihrer Tochter nichts mehr zu verbergen. Seitdem sah man Charlotte in die Apotheke gehen und schüchtern murmeln: »Ich komme wegen des Medikaments für Frau Lemonnier...«

Auf dem Rückweg ging sie immer allein über ein weitläufiges, unbebautes Gelände, das zwischen ihrem Weiler und der Stadt mit ihren Lichtern und Geschäften lag. Oft tobte ein Schneesturm über das dürre Brachland. Eines Abends war sie es müde, gegen den Wind anzukämpfen, dessen Eiskristalle ihr ins Gesicht schnitten und dessen Pfeifen sie taub machte. Sie blieb mitten in der Schneewüste stehen, drehte dem Wind den Rücken zu und versank in den Anblick des schwindelerregenden Tanzes der Schneeflocken. Ganz stark fühlte sie jetzt ihr Leben, die Wärme ihres schmächtigen, zu einem winzigen Ich zusammengezogenen Körpers. Sie spürte einen Tropfen, der unter einen Ohrenschützer ihrer Tschapka geraten war und sie kitzelte, sie spürte ihren Herzschlag und, an ihrem Herzen, die zerbrechlichen Ampullen, die sie gekauft hatte. »Das bin ich«, vernahm sie plötzlich eine leise Stimme in sich, »hier stehe ich in den Schneeböen am Ende der Welt, in Sibirien, mit dem mich, Charlotte Lemonnier, nichts verbindet, weder mit diesen rauhen Gegenden noch mit diesem Himmel, noch mit dieser eisigen Erde. Noch mit den Menschen hier. Ich bin hier, ich bin allein, und ich bringe meiner Mutter Morphium...« Einen Moment lang dachte sie, ihr Bewußtsein würde schwanken und sie in einen Abgrund stürzen, in dem die Sinnlosigkeit, die sich ihr mit einem Mal offenbart hatte, ganz natürlich werden würde. Sie schüttelte sich: Nein! Diese sibirische Wüste mußte irgendwo enden, und dort, an ihrem Ende, gab es eine Stadt mit breiten, von Kastanien gesäumten Straßen, hellen

Cafés, gab es die Wohnung ihres Onkels und all die Bücher, die ihren Blicken Wörter zeigten, an denen sie allein wegen der Gestalt der Buchstaben hing. Dort lag Frankreich ...

Die Stadt mit ihren von Kastanien gesäumten Straßen wurde zu einer kleinen goldenen Paillette, die ihren Blick strahlen ließ, und niemand wußte, warum. Charlotte entdeckte ihren Glanz sogar noch im Funkeln einer schönen Brosche auf dem Kleid einer jungen Dame mit launischem und hochnäsigem Lächeln – sie saß auf einem hübschen Sessel in einem elegant möblierten Zimmer mit Seidenvorhängen an den Fenstern.

»*La raison du plus fort est toujours meilleure* (Der Stärkere hat immer recht)«, ließ das junge Persönchen mit gepreßter Stimme vernehmen.

»*... est toujours* la *meilleure*«, verbesserte Charlotte schüchtern, schlug den Blick nieder und fügte hinzu:

»Richtiger wäre es, *meilleure* zu sagen, und nicht *meillaire. Meill-eu-eure* ...«

Sie rundete die Lippen und formte den Klang, der sich in einem weichen »r« verlor. Die junge Sprecherin fuhr mürrisch fort:

»*Nous l'allons vous montrer tout à l'heure* ...«

Sie war die Tochter des Gouverneurs von Bojarsk. Jeden Mittwoch gab Charlotte ihr Französischunterricht. Anfangs hatte sie gehofft, die Freundin dieses behüteten, nur wenig älteren Mädchens zu werden. Jetzt hatte sie alle Hoffnung in den Wind geschrieben und bemühte sich lediglich, ihr guten Unterricht zu erteilen. Die kurzen, verächtlichen Blicke ihrer Schülerin prallten an ihr ab. Charlotte hörte ihr zu, griff von Zeit zu Zeit ein, doch ihre Augen badeten im Schimmer der schönen Bernsteinbrosche. Der Tochter des Gouverneurs war es als einziger Schülerin erlaubt, in der Schule ein Kleid mit offenem Halsausschnitt und dieses

Schmuckstück an der Brust zu tragen. Sorgfältig verbesserte Charlotte alle Grammatik- oder Aussprachefehler. In der goldenen Tiefe des Bernsteins schimmerte eine Stadt im schönen Herbstgewand. Eine Stunde lang müßte sie die Schnuten dieses verwöhnten großen Kindes mit seinen wunderschönen Kleidern ertragen, dann würde sie in der Küche aus den Händen eines Stubenmädchens ihr Päckchen mit den Resten vom Mittagessen erhalten, würde auf die Straße treten und einen günstigen Augenblick abwarten, um in der Apotheke allein zu sein und zu murmeln: »Das Medikament für Frau Lemonnier, bitte...« Danach würde der eisige Wind des Brachlands den Hauch Wärme, den sie aus der Apotheke mitnähme, schnell aus ihrem Mantel vertreiben.

Als Albertine aus der Tür auf die Treppe trat, zog der Kutscher die Brauen hoch und erhob sich vom Kutschbock. Damit hatte er nicht gerechnet. Eine Isba, deren Dach zusammengesunken und moosbedeckt war, eine wurmstichige, von Brennesseln überwucherte Treppe... Und das alles in diesem winzigen Weiler, dessen Straßen unter grauem Sand verschwunden waren...
Die Tür öffnete sich, und im schiefen Türrahmen erschien eine Frau. Sie trug ein langes, elegant geschnittenes Kleid, wie der Kutscher es bisher nur abends bei den schönen Damen gesehen hatte, die in der Innenstadt von Bojarsk aus dem Theater kamen. Sie hatte die Haare zu einem Knoten gebunden, ein breiter Hut bedeckte ihren Kopf. Der Schleier, den sie auf die breiten, anmutig geschwungenen Hutränder zurückgeschlagen hatte, flatterte leicht im Frühlingswind.
»Wir wollen zum Bahnhof!« sagte sie und verblüffte den Kutscher noch mehr mit ihrer schwingenden, ganz fremd klingenden Stimme.
»Zum Bahnhof!« wiederholte das Mädchen, das ihn kurz

zuvor auf der Straße angehalten hatte. Sie sprach ein ausgezeichnetes Russisch mit einem leichten sibirischen Akzent ...

Charlotte wußte, daß dem Erscheinen Albertines auf der Treppe ein langer und schmerzensreicher Kampf vorausgegangen war, daß sie mehrere Anläufe benötigt hatte, um das Haus zu verlassen. Wie jener Mann, den Charlotte im Frühjahr einmal von der Brücke aus beobachtet hatte: Zwischen Eisschollen kämpfte er sich aus dem dunklen Loch des Flusses heraus. An einen langen Ast geklammert, den man ihm entgegenhielt, kroch er bäuchlings über die Eisdecke an die steile Uferböschung. Zentimeter um Zentimeter kämpfte er sich hinauf, schon streckte er seine rote Hand nach den Händen seiner Retter aus. Plötzlich, niemand wußte warum, erbebte sein Körper, er begann zu rutschen und glitt in das dunkle Loch zurück. Der Strom trieb ihn ein Stück weiter ab. Der Kampf begann von neuem ... Ja, Albertine kämpfte wie jener Mann.

Doch an diesem Sommernachmittag, an dem das Grün in der Sonne leuchtete, bewegten beide sich mit neuer Leichtigkeit.

»Und was ist mit dem großen Koffer?« rief Charlotte, als sie auf den Bänken Platz genommen hatten.

»Wir lassen ihn da. Es sind nur alte Papiere und all die Zeitungen von deinem Onkel drin ... Irgendwann kommen wir wieder einmal her und holen ihn.«

Sie überquerten die Brücke, fuhren am Haus des Gouverneurs vorbei. Schon war ihnen, als läge die sibirische Stadt in einer fernen Vergangenheit, und es fiel leicht, mit einem Lächeln alles zu verzeihen ...

Als sie wieder in Paris wohnten, dachten sie also ohne Groll an Bojarsk. Und als Albertine im Sommer wieder nach Rußland reisen wollte (um das Kapitel Sibirien in ihrem Leben

endgültig abzuschließen, wie ihre Familie meinte), war
Charlotte sogar ein wenig neidisch auf ihre Mutter. Sie hätte
auch gerne ein oder zwei Wochen in jener Stadt zugebracht,
deren Bewohner fortan ihrer Vergangenheit angehörten und
deren Häuser, darunter ihre Isba, zu Denkmälern alter Zeiten geworden waren. Eine Stadt, in der ihr nichts mehr weh
tun konnte.

»Mama, vergiß nicht nachzusehen, ob die Mäuse noch ihr
Nest neben dem Ofen haben, du erinnerst dich doch?« rief
sie ihrer Mutter zu, die aus dem Fenster des Eisenbahnwaggons lehnte.

Das war im Juli 1914. Charlotte war elf Jahre alt.

Es gab keinen Bruch in ihrem Leben. Nur der letzte Satz
(»Vergiß nicht die Mäuse!«) kam ihr mit der Zeit immer
dümmer, immer kindischer vor. Schweigen wäre das Richtige gewesen; sie hätte sich das Gesicht am Fenster einprä-
gen, die Züge festhalten sollen. Monate, Jahre vergingen,
und dieser letzte Satz klang noch immer nach demselben
albernen Glück. Charlotte wartete tagaus, tagein.

Denn jene Jahre (»Kriegszeiten« nannten die Zeitungen sie)
glichen einem trüben Nachmittag, einem Sonntag auf den
leergefegten Straßen einer Provinzstadt: Plötzlich kam ein
Wind um eine Hausecke geweht, wirbelte ein wenig Staub
auf, und ein Fensterladen bewegte sich leise. In dieser farblosen Umgebung taucht der Mensch leicht unter, verschwindet er grundlos.

So verschwand Charlottes Onkel – »gefallen auf dem Feld
der Ehre«, »für Frankreich gestorben«, wie es die Zeitungen
umschrieben. Und diese Wendung machte sein Verschwinden noch verwirrender – wie jener Bleistiftspitzer mit dem
Bleistift darin und den feinen Holzspänen daneben auf seinem Schreibtisch, den seit seiner Abreise niemand mehr an-
gerührt hatte. Das Haus in Neuilly leerte sich nach und

nach, Frauen und Männer beugten sich vor, um Charlotte zu umarmen und sie mit ernster Miene aufzufordern, gefaßt zu sein.

In dieser eigenartigen Zeit trugen sich wunderliche Dinge zu. Mit dem Tempo und den Sprüngen eines Films kleidete eine ihrer Tanten sich plötzlich in Weiß, umgab sich mit Verwandten, die wie im Kino jener Epoche hektisch zusammenliefen und sie mit hastigen und abgehackten Bewegungen zur Kirche begleiteten, wo ein schnauzbärtiger Herr mit glattgekämmtem, pomadigem Haar auf sie wartete. Und gleich darauf – Charlotte konnte sich nicht einmal erinnern, daß sie die Zeit gehabt hätten, aus der Kirche zu treten – ging die Jungvermählte in Schwarz und konnte vor Tränen die Augen nicht mehr aufschlagen. Der Kleiderwechsel ging so schnell vonstatten, daß man hätte glauben können, sie sei schon allein gewesen, habe Trauerkleidung getragen und ihre rotgeweinten Augen vor der Sonne geschützt, als sie aus der Kirche trat. Beide Tage verschmolzen zu einem – einem Tag unter strahlendem Himmel, von Glockengeläut und sommerlichen Windböen erfüllt, die das Kommen und Gehen der Gäste noch zu beschleunigen schienen. Und der heiße Wind wehte der jungen Frau erst den weißen Brautschleier, dann den schwarzen Schleier der Witwe ins Gesicht.

Später gaben schlaflose Nächte und eine lange Kette verwundeter Leiber dieser unwirklichen Zeit wieder ihren regelmäßigen Takt. Nun erfüllte der Glockenschlag aus den großen Klassenzimmern des Gymnasiums von Neuilly, das in ein Lazarett umgewandelt worden war, ihre Stunden. Charlottes erste Begegnung mit einem nackten Mann war der Anblick dieser zerfetzten und blutenden Körper... Und am Nachthimmel jener Jahre stehen für immer und ewig zwei bleifarbene deutsche Zeppeline wie Monster zwischen den hellen Lichtkegeln der Scheinwerfer.

Schließlich kam ein Tag, der 14. Juli 1919, an dem Soldaten in endlosen Reihen durch Neuilly in Richtung Hauptstadt marschierten: geschniegelt und gebügelt, mit großtuerischem Blick und blankgewichsten Stiefeln – der Krieg verwandelte sich wieder in eine Parade. War unter ihnen jener Soldat gewesen, der Charlotte den kleinen braunen Stein, diesen mit Rost überzogenen Granatsplitter in die Hand drückte? Waren sie ein Liebespaar? Waren sie verlobt?

Diese Begegnung änderte nichts an dem Entschluß, den Charlotte bereits einige Jahre zuvor gefaßt hatte. Bei der ersten Gelegenheit, die sich ihr völlig unverhofft und überraschend bot, fuhr sie nach Rußland. Es gab noch keine diplomatischen Beziehungen zu dem vom Bürgerkrieg verwüsteten Land. Wir schreiben das Jahr 1921. Eine Abordnung des Roten Kreuzes bereitete eine Reise zur Wolga vor, wo Hunderttausende an Hunger gestorben waren. Charlotte wurde als Krankenschwester eingestellt. Die Antwort auf ihre Bewerbung kam postwendend, denn es meldeten sich nur wenige Freiwillige zu dieser Mission. Vor allem aber sprach sie russisch.

An der Wolga glaubte sie, in die Hölle gekommen zu sein. Aus der Ferne wirkte alles wie friedliche, russische Dörfer mit Isbas, Brunnen und Holzzäunen unter der Dunstglocke des großen Flusses. Was sich dem Auge aus der Nähe bot, halten die Momentaufnahmen fest, die der Photograph der Abordnung an jenen düsteren Tagen machte: Eine Gruppe Bauern und Bäuerinnen in Schaffelljacken steht starr vor einem Berg menschlicher Geripppe, zerstückelter Leiber und unkenntlicher Leichenteile. Dann das Bild des Kindes, das nackt im Schnee saß, mit langem, zerzaustem Haar, dem bohrenden Blick eines Greises und dem Körper eines Insekts. Schließlich der Kopf auf der vereisten Straße – nur ein Kopf mit aufgerissenen, glasigen Augen. Das schlimmste war, daß das Leben nach diesen Aufnahmen weiterging. Der Photograph faltete sein Stativ zusammen, und die Bauern traten aus der Aufnahme hervor – aus dem entsetzlichen Bild ihres Kannibalismus – und kehrten zu ihren alltäglichen, in ihrer Schlichtheit verwirrenden Verrichtungen zurück. Ja, sie lebten weiter! Eine Frau beugte sich über das Kind und erkannte ihren Sohn. Sie wußte nicht, was sie mit diesem Insektengreis anfangen sollte, denn sie hatte sich selbst seit Wochen von Menschenfleisch ernährt. Da entstieg ihrer Kehle das Geheul einer Wölfin. Keine Aufnahme konnte diesen Schrei festhalten... Seufzend schaute ein Bauer in die Augen des Kopfes, der auf der Straße lag. Dann bückte er sich und steckte ihn ungeschickt in einen großen Jutesack. »Ich werde ihn begraben«, murmelte er. »Wir sind doch keine Tataren...«

Man mußte in die Isbas dieser friedlichen Hölle hineingehen, um beispielsweise zu entdecken, daß jene Alte, die hinter der Fensterscheibe die Straße beobachtete, ein junges Mädchen war, das seit Wochen tot am Fenster saß und vergeblich darauf wartete, erlöst zu werden.

Zurück in Moskau, verließ Charlotte das Rote Kreuz. Sie trat aus dem Hotel in die bunte Menschenmenge auf dem Platz und verschwand. Auf dem Markt von Sucharewka, wo der Tauschhandel blühte, erhielt sie zwei Laib Brot für ein silbernes Fünf-Francs-Stück (der Händler biß mit dem Backenzahn auf die Münze, dann prüfte er ihren Klang am Eisen einer Axt). Mit ihnen wollte sie die ersten Tage ihrer Reise bestreiten. Sie war bereits wie eine Russin gekleidet, und so achtete am Bahnhof niemand auf die junge Frau, die im heftigen und wilden Gerangel um einen Platz in dem Wagen ihren Rucksack festzurrte und sich durch das brodelnde Magma um sich schlagender Menschen kämpfte.

Der Zug fuhr los, und sie sah alles. Sie scheute nicht vor der unendlichen Weite dieses Landes zurück, vor seinem fliehenden Raum, in dem die Jahre und Tage versinken. Sie kam trotzdem voran, watete per Eisenbahn, mit der Telega oder zu Fuß durch die stockende Zeit.

Sie sah alles. Eine Herde von Pferden, die geschirrt und gesattelt ohne Reiter über die Ebene galoppierten, einen Augenblick anhielten, dann aufschreckten und ängstlich und zugleich glücklich über die wiedergewonnene Freiheit lossprengten. Eines der fliehenden Tiere zog alle Blicke auf sich. Ein Säbel, der tief im Sattel steckte, krönte seinen Rücken. Das Pferd galoppierte weiter, und die lange, aus dem dicken Leder hochragende und in der tiefstehenden Sonne glänzende Klinge bog sich und schwankte hin und her. Die Menschen folgten gebannt dem Widerschein der scharlachroten Sonne, bis er nach und nach im Dunst über den Feldern verblaßte. Sie wußten, daß dieser Säbel mit seinem bleischweren Griff einen Menschen zweigeteilt, ihn von der Schulter bis zu den Hüften halbiert hatte, bevor er sich in das Leder senkte. Und beide Hälften waren, jede auf einer Seite, in das zertrampelte Gras gefallen.

Charlotte sah auch die toten Pferde, die man aus den Brunnen zog. Und sie sah die neuen Brunnen, die man in der feuchten, schweren Erde aushub. Die Stämme für den Schacht, die die Bauern in das Loch hinunterließen, rochen nach frisch geschlagenem Holz.

Sie sah eine Gruppe Dorfbewohner, die unter Anleitung eines Mannes in schwarzer Lederjacke an einem dicken Seil zogen, das um das Kreuz auf einer Kirchenkuppel geschlungen war. Jedes Ächzen im Gebälk schien sie anzuspornen. Und in einem anderen Dorf erblickte sie am frühen Morgen eine alte Frau mitten zwischen Gräbern; sie kniete vor dem Zwiebelturm einer Kirche, die niedergerissen worden war, auf einem Friedhof ohne Umzäunung, der sich den leisen Klängen der Felder öffnete.

Sie kam durch Dörfer mit Obstgärten voller überreifer Früchte, die zu Boden fielen oder an den Zweigen verdorrten. Eine Zeitlang wohnte sie in einer Stadt, in der eines Tages ein Händler auf dem Markt ein Kind verstümmelte, weil es versucht hatte, einen Apfel zu stehlen. Alle Menschen, die sie traf, schienen einem unbekannten Ziel nachzujagen – dabei belagerten sie Züge und drängelten sich auf Landungsbrücken – oder schienen auf irgendwen zu warten – vor geschlossenen Geschäften und neben Eingängen, die von Soldaten bewacht wurden, manchmal auch einfach nur am Straßenrand.

Der Raum, dem sie trotzte, kannte nur Extreme: Auf eine unbeschreibliche Zusammenballung von Menschen folgte urplötzlich die vollkommene Einöde, wo der Himmel so weit und die Wälder so tief waren, daß man sich keinen Menschen darin vorstellen konnte. Und ohne Übergang mündete diese Leere in einem unerbittlichen Gedränge von Bauern, die im lehmigen Ufer eines von den herbstlichen Regenfällen angeschwollenen Flusses wateten. Ja, auch davon wurde Charlotte Zeuge: Wie wütende Bauern mit langen Stangen einen Prahm ins Wasser zurückstießen, von dem ein nicht enden wollendes Klagegeschrei ertönte. An Bord konnte man Schatten sehen, die mit ihren abgemagerten Händen zur Böschung wiesen. Es waren Typhuskranke, die man ausgesetzt hatte, und die seit mehreren Tagen auf ihrem schwimmenden Friedhof dahintrieben. Bei jedem Versuch anzulegen, taten sich die Menschen am Ufer zusammen, um sie daran zu hindern. Das Schiff setzte seine Todesfahrt fort, auf der die Menschen jetzt auch noch verhungerten. Bald würden sie keine Kraft mehr haben für den Versuch anzulegen, und die letzten Überlebenden würden eines Tages vom mächtigen, regelmäßigen Klatschen der Wellen geweckt werden und den unbeteiligten Horizont des Kaspischen Meeres sehen . . .

An einem in eisigem Glanz erstrahlenden Morgen sah sie am Saum eines Waldes dunkle Schatten in den Bäumen hängen, sah die abgezehrten Fratzen von Gehängten, die niemand begraben wollte. Hoch oben am sonnigen, blauen Himmel sammelte sich langsam eine Schar Zugvögel mit lautem Gekreisch, das die Stille noch unheimlicher machte.

Der schwere und zeitweise aussetzende Atem dieser russischen Welt jagte ihr keine Angst mehr ein. Seit ihrer Abreise hatte sie vieles dazugelernt. Sie wußte, daß es hilfreich war, in einem Waggon oder auf einer Telega einen mit Stroh gefüllten Beutel bei sich zu haben, der mit ein paar Steinen beschwert war. Bei nächtlichen Überfällen würde er den Banditen in die Hände fallen. Sie wußte, daß der beste Platz auf dem Dach eines Eisenbahnwagens der Platz neben der Lüftungsklappe war, denn hier band man die Stricke fest, an denen man schnell hinauf- und hinunterklettern konnte. Und wenn sie das Glück hatte, einen Platz auf dem überfüllten Gang zu bekommen, brauchte sie sich nicht über den Anblick eines verängstigten Kindes zu wundern, das von den auf dem Boden zusammengepfercht sitzenden Leuten in Richtung Tür weitergereicht wurde. Diejenigen, die bei der Tür saßen, würden sie öffnen und das Kind über das Trittbrett halten, bis es sein Geschäft erledigt hatte. Dieses Weiterreichen schien alle sehr zu erheitern, sie lächelten: denn das kleine Wesen, das alles ohne einen Muckser über sich ergehen ließ, weckte ihr Mitleid, und sein so natürliches Bedürfnis rührte sie sehr in dieser menschenfeindlichen Welt... Ebensowenig überraschte sie es, wenn nachts ein Tuscheln das Dröhnen des Zuges unterbrach: Man flüsterte sich die Nachricht vom Tod eines Fahrgastes zu, der im dichten Gedränge der Lebenden erdrückt worden war.
Nur ein einziges Mal auf diesem langen Weg durch Leid, Blut, Krankheiten und Schmutz hatte sie das Gefühl, einen

Schimmer von Frieden und Vernunft zu sehen. Es war schon hinter dem Ural. Am Ausgang eines Weilers, der zur Hälfte durch einen Brand verwüstet worden war, bemerkte sie eine Gruppe von Männern, die an einer laubbedeckten Böschung lagerten. Ihre blassen Gesichter, die sie der milden Sonne des Spätsommers zugewandt hatten, drückten Ruhe und Zufriedenheit aus. Der Bauer, der die Telega lenkte, nickte und erklärte mit erstickter Stimme: »Die armen Leute. Jetzt sind es schon ein gutes Dutzend, die hier umherstreifen. Die Irrenanstalt ist niedergebrannt. Ach, die Verrückten...«

Nein, nichts erstaunte sie mehr. Wenn sie zusammengepreßt im stickigen Dunkel der Waggons saß, hatte sie oft kurze, klare und vollkommen phantastische Träume. Wie den von den riesigen Kamelen unter dem Schnee, die ihre Köpfe verächtlich einer Kirche zuwandten. Aus der offenen Tür traten vier Soldaten und zerrten einen Priester hinter sich her, der sie mit heiserer Stimme beschimpfte. Die Kamele mit den schneebedeckten Höckern, die Kirche, dieser Haufen vergnügter Menschen... Im Schlaf erinnerte sich Charlotte daran, daß diese Höcker einmal untrennbar mit Palmen, Wüste, Oasen verbunden waren...

Da schreckte sie plötzlich aus ihrer Benommenheit hoch: Sie träumte nicht! Sie befand sich mitten im lebhaften Treiben auf einem Markt in einer fremden Stadt. Es schneite gewaltig, Schneeflocken hingen an ihren Wimpern. Leute traten zu ihr und prüften die kleine silberne Münze, die sie gegen Brot eintauschen wollte. Die Kamele überragten das geschäftige Treiben wie aufgebockte Drachenschiffe aus fremden Ländern. Und unter den belustigten Blicken der Menge stießen Soldaten den Priester auf einen mit Stroh bepackten Schlitten.

Nach diesem Traum, der keiner war, erschien ihr jener Spaziergang am Abend wieder ganz alltäglich, ganz wirklich.

Sie überquerte eine Straße, und das Pflaster schimmerte im diesigen Licht einer Straßenlaterne. Sie stieß die Tür zu einer Bäckerei auf. Innen war es warm und hell, und alles schien ihr vertraut, von der Farbe der lackierten Holztheke bis hin zur Anordnung der Kuchen und des Konfekts im Schaufenster. Als wäre sie eine Stammkundin, lächelte die Bäckersfrau sie freundlich an und gab ihr ein Brot. Wieder auf der Straße, blieb Charlotte verwundert stehen: Hätte sie nicht viel mehr Brot kaufen sollen? Zwei, drei oder vier Laibe? Und sich den Namen der Straße mit dieser hervorragenden Bäckerei merken sollen? An der nächsten Straßenecke schaute sie zum Eckhaus hinauf. Aber die Buchstaben sahen seltsam aus, sie flossen ineinander und blinkten. »Wie dumm von mir!« fiel ihr plötzlich ein: »Das ist doch die Straße, in der mein Onkel wohnt...«

Sie schreckte aus dem Schlaf hoch. Der Zug hatte auf offenem Gelände gehalten, ein Stimmengewirr erhob sich: Der Zugführer war von einer Horde Räuber ermordet worden, die jetzt durch die Wagen gingen und einsteckten, was ihnen in die Hände fiel. Charlotte nahm ihren Schal und bedeckte ihren Kopf. Die Enden knotete sie unter dem Kinn, wie es die alten Bäuerinnen tun. Noch einmal mußte sie über ihren Traum lächeln, dann stellte sie die Tasche mit den in Lumpen gewickelten Steinen auf ihren Schoß...

Daß sie in den zwei Monaten, in denen sie durch diesen riesigen Kontinent reiste, verschont geblieben war, lag daran, daß er schon im Blut badete. Für einige Jahre wenigstens hatte der Tod seine Anziehungskraft verloren und war zu gewöhnlich geworden, als daß man sich seinetwegen krummgemacht hätte.

Charlotte ging durch Bojarsk, die Stadt in Sibirien, in der sie ihre Kindheit zugebracht hatte, und diesmal fragte sie sich nicht, ob es Traum oder Wirklichkeit war. Sie fühlte sich zu schwach, um darüber nachzudenken.

Am Haus des Gouverneurs wehte eine rote Fahne über dem Eingang. Rechts und links von der Tür stapften zwei mit Gewehren bewaffnete Soldaten im Schnee ... Einige Fensterscheiben des Theaters waren zerbrochen und in Ermangelung eines Besseren mit Sperrholzleisten aus Bühnenbildern vernagelt worden: hier weiße Blüten auf grünem Blattwerk, wahrscheinlich die Dekoration zu *Der Kirschgarten*, dort die Vorderansicht einer Datscha. Über dem Eingang waren zwei Arbeiter damit beschäftigt, ein langes, rotes Spruchband zu spannen. Charlotte verlangsamte ihren Schritt und las: »Kommt alle zum Treffen der atheistischen Gesellschaft!« Einer der Arbeiter griff nach einem Nagel zwischen seinen Zähnen und hämmerte ihn schwungvoll neben das Ausrufezeichen.

»Na, siehst du, vor Einbruch der Nacht sind wir mit allem fertig, Gott sei Dank!« rief er seinem Kameraden zu.

Charlotte lächelte und ging weiter. Nein, sie träumte nicht.

Ein Soldat, der bei der Brücke postiert war, versperrte ihr den Weg und wollte ihren Ausweis sehen. Charlotte gehorchte und übergab ihn. Wahrscheinlich konnte er nicht lesen, denn er beschloß, ihn zu behalten. Er wirkte selbst ein wenig überrascht über seine Entscheidung. »Wir müssen ihn leider überprüfen, aber anschließend können Sie ihn beim Revolutionsrat wieder abholen«, verkündete er und wiederholte damit offensichtlich, was er zuvor bei einem anderen gehört hatte. Charlotte hatte nicht mehr die Kraft, sich mit ihm herumzustreiten.

Hier in Bojarsk hatte der Winter schon längst begonnen. Doch an jenem Tag war die Luft lau, auf dem Eis unter der Brücke hatten sich große, nasse Taustellen gebildet. Ein Wärmeeinbruch kündigte sich an. Dicke Schneeflocken schwebten gemächlich über dem still daliegenden, weißen

Brachland, das sie in ihrer Kindheit so oft durchquert hatte. Mit ihren beiden schmalen Fenstern schien die Isba sie von weitem kommen zu sehen. Ja, das Haus blickte ihr entgegen, seine zerfurchte Fassade nahm unmerklich den Ausdruck von bitterer Freude über das Wiedersehen an.

Charlotte erhoffte sich nicht viel von diesem Besuch. Seit langem war sie auf die Nachricht gefaßt, die keine Hoffnung mehr ließ: Tod, Wahnsinn, Verschleppung. Vielleicht würde sie schlicht und einfach niemanden antreffen. So etwas bedurfte keiner Erklärung, es war natürlich, wer hätte sich darüber wundern sollen? Sie versagte sich jede Hoffnung, und trotzdem hoffte sie.

Die letzten Tage hatten sie so erschöpft, daß sie nur noch daran dachte, wie warm der große Ofen war, an dessen Seite sie sich lehnen würde, wenn sie auf den Boden niedersank.

Als sie die Außentreppe der Isba erreicht hatte, bemerkte sie unter einem verkümmerten Apfelbaum eine Alte mit einem schwarzen Schal um den Kopf. Die Frau hatte sich zu Boden gebeugt und zerrte einen langen Ast unter dem Schnee hervor. Charlotte rief nach ihr. Doch die alte Bäuerin wandte sich nicht um. Zu schwach war ihre Stimme, und die schwere, sich erwärmende Luft schluckte sie schnell. Charlotte fühlte sich nicht mehr in der Lage, noch einmal zu rufen.

Sie stieß mit der Schulter die Tür auf. Im düsteren und kalten Vorraum waren Berge von Holz gelagert – Bretter von Kisten, Bodendielen, sogar ein Haufen schwarzer und weißer Klaviertasten. Charlotte erinnerte sich, daß sich die Wut des Volkes in den Wohnungen der Wohlhabenden vor allem an den Klavieren entlud. Eines hatte sie, von Axthieben zertrümmert, festgefroren zwischen Eisschollen in einem Fluß treiben sehen.

Nachdem sie in das Zimmer getreten war, berührte sie als erstes die Ofensteine. Sie waren warm. Eine wohltuende Benommenheit breitete sich in Charlotte aus. Sie wollte sich schon am Ofen niedersetzen, als sie auf dem Tisch aus derben, mit der Zeit gedunkelten Brettern ein offenes Buch liegen sah. Es war ein kleiner, alter Band mit sprödem Papier. Sie lehnte sich an eine Bank und beugte sich über die offenen Seiten. Die Buchstaben begannen auf eigenartige Weise zu tanzen, zu verschmelzen – wie in jener Nacht im Zug, als sie von der Straße in Paris geträumt hatte, in der ihr Onkel wohnte. Diesmal war es kein Traum mehr, es waren Tränen. Vor ihr lag ein französisches Buch.

Die Alte mit dem schwarzen Kopftuch kam herein und schien über den Anblick der schlanken, jungen Frau, die sich von ihrer Bank erhob, nicht überrascht zu sein. Von den dürren Zweigen unter ihrem Arm fielen lange Schneefäden zu Boden. Ihr welkes Gesicht sah aus wie das jeder alten Bäuerin in den sibirischen Breiten. Ihre von einem Netz feiner Fältchen überzogenen Lippen zitterten. Aus diesem Mund, aus der ausgetrockneten Kehle dieser Unbekannten, erklang Albertines Stimme, unverändert wie eh und je.

»All die Jahre habe ich nur eines befürchtet: daß du zurückkämst!«

Es waren die ersten Worte, die Albertine an ihre Tochter richtete. Da begriff Charlotte: Was sie seit ihrem Abschied auf dem Bahnsteig vor acht Jahren erlebt hatten, all die zahllosen Gesten, Gesichter, Worte, die Leiden, die Entbehrungen, die Hoffnungen, die Sorgen, die Schreie, die Tränen, das ganze Getöse des Lebens ertönte vor dem Hintergrund eines Echos, das nicht ausklingen wollte: dem Wiedersehen, das sie so ersehnt und doch so gefürchtet hatten.

»Ich wollte jemanden bitten, dir zu schreiben, ich sei gestorben. Aber dann kam der Krieg, dann die Revolution. Und dann wieder Krieg. Jetzt . . .«

»Ich hätte es sowieso nicht geglaubt.«

»Ja, ich habe mir dann auch gesagt, daß du es sowieso nicht glauben würdest.«

Sie ließ die Zweige neben den Ofen fallen und trat zu Charlotte. Als sie damals in Paris aus dem offenen Fenster des Zuges ihre Tochter betrachtet hatte, war sie elf Jahre alt gewesen. Bald würde sie zwanzig sein.

»Hörst du?«, flüsterte Albertine. Ihr Gesicht heiterte sich auf. Zum Ofen gewandt, fragte sie: »Erinnerst du dich an die Mäuse? Sie sind noch immer da ...«

Später, als sie vor dem Feuer hockte, das hinter der kleinen gußeisernen Tür loderte, murmelte Albertine beiläufig, als spräche sie mit sich selbst, und ohne Charlotte anzusehen, die sich auf der Bank ausgestreckt hatte und zu schlafen schien:

»So ist dieses Land: Man kommt leicht hinein, aber niemals wieder heraus ...«

Heißes Wasser war ein völlig neues, unbekanntes Element. Charlotte streckte ihre Hände nach dem Rinnsal aus, das ihre Mutter mit einer kupfernen Kelle langsam über ihre Schultern und ihren Rücken goß. In der Dunkelheit des von einem kleinen brennenden Span beleuchteten Zimmers sahen die heißen Tropfen wie Pinienharz aus. Sie rannen mit einem angenehmen Kitzeln über Charlottes Leib, den sie mit einer Kugel aus blauer Tonerde schrubbte. An Seife konnte man sich kaum noch erinnern.

»Du bist sehr dünn geworden«, sagte Albertine fast unhörbar, und ihre Stimme erstarb.

Charlotte lachte leise. Und als sie ihren Kopf mit dem nassen Haar hob, sah sie in den erloschenen Augen ihrer Mutter Tränen von derselben Bernsteinfarbe schimmern.

In den folgenden Tagen bemühte sich Charlotte, herauszufinden, wie sie Sibirien verlassen könnten (aus Aberglauben wagte sie nicht zu sagen: wie sie nach Frankreich zurückkehren könnten). Sie ging zu dem Haus, das einst dem Gouverneur gehört hatte. Die Soldaten am Eingang lächelten ihr zu. War das ein gutes Zeichen? Der Sekretär des neuen Parteiführers von Bojarsk hieß sie in einem kleinen Raum warten. Charlotte dachte daran, wie sie früher in diesem Zimmer auf das Päckchen mit den Resten vom Mittagessen gewartet hatte ...

Der Parteiführer saß hinter seinem massigen Schreibtisch, als er sie empfing. Sie stand schon im Zimmer, aber er zog weiter mit einem roten Stift dicke Linien auf die Seiten einer Broschüre. Auf seinem Tisch stapelte sich ein Haufen gleicher Hefte.

»Guten Tag, Genossin!« sagte er schließlich und streckte ihr die Hand entgegen.

Sie unterhielten sich. Mit ungläubigem Staunen stellte Charlotte fest, daß die Erwiderungen des Funktionärs wie ein seltsam verformtes Echo ihrer Fragen an ihn klangen. Sie erzählte vom Französischen Hilfswerk, und ein knapper Vortrag über die Ziele des westlichen Imperialismus unter dem Deckmantel der bürgerlichen Menschenliebe hallte zurück. Sie erwähnte ihren Wunsch, nach Moskau zurückzukehren, um ... Sein Echo fiel ihr ins Wort: Interventionistische Kräfte aus dem Ausland und der Klassenfeind im Innern waren dabei, den Aufbau der jungen Sowjetrepublik zu untergraben ... Nachdem die Unterhaltung sich auf diese Weise eine Viertelstunde hingezogen hatte, hätte Charlotte am liebsten geschrien: »Ich will weg hier! Sonst nichts!« Doch sie war in der absurden Logik das Gesprächs gefangen.

»Ein Zug nach Moskau ...«

»Anschläge bürgerlicher Spezialeinheiten auf die Eisenbahnen ...«

»Der Gesundheitszustand meiner Mutter ist schlecht ...«

»Das furchtbare ökonomische und kulturelle Erbe der Zarenzeit ...«

Schließlich war sie am Ende ihrer Kräfte und seufzte kaum hörbar:

»Hören Sie: Geben Sie mir bitte meinen Ausweis zurück ...«
Die Stimme des Parteiführers versagte. Ein Zucken raste
durch sein Gesicht. Wortlos verließ er sein Arbeitszimmer.
Charlotte nutzte seine Abwesenheit und warf einen Blick auf
einen Stapel Broschüren. Mit äußerster Bestürzung las sie den
Titel: »Wie man der sexuellen Ausschweifung in den Partei-
zellen ein Ende setzt (Empfehlungen)«. Also waren es diese
Empfehlungen, die der Parteiführer rot unterstrichen hatte.
»Ihr Ausweis ist unauffindbar«, sagte er, als er eintrat.
Charlotte bestand auf der Aushändigung ihrer Papiere. Jetzt
geschah etwas, das ebenso unerwartet wie folgerichtig war.
Der Parteiführer überhäufte sie mit einer solchen Flut von
Flüchen, daß sie selbst nach zwei Monaten in völlig über-
füllten Zügen wie betäubt davon war. Er hörte nicht auf, sie
zu beschimpfen, als sie schon die Hand am Türgiff hatte.
Dann kam er plötzlich auf sie zu und keuchte:
»Ich kann dich festnehmen und auf der Stelle hinter dem
Scheißhaus im Hof erschießen lassen! Hast du verstanden,
du dreckige Spionin?«
Auf dem Heimweg durch die verschneiten Felder wurde
Charlotte klar, daß in diesem Land eine neue Sprache entstand. Sie kannte diese Sprache nicht, und deshalb war ihr
die Unterhaltung im ehemaligen Arbeitszimmer des Gouverneurs so unsinnig erschienen. Die revolutionäre Bered-
samkeit, die unvermittelt in eine schmuddelige Sprache ent-
gleiste, die »Genossin Spionin«, die Broschüre zur Regelung
der sexuellen Beziehungen der Parteimitglieder, das alles
paßte zusammen. Ja, eine neue Ordnung war angebrochen.
Alles in dieser Welt, was ihr bisher so vertraut war, würde
einen anderen Namen erhalten, jedem Ding, jedem Wesen
würde man ein neues Etikett umhängen.
»Und dieser leichte Schnee?« dachte sie: »Dieses milde Wetter mit seinen schläfrigen Flocken am malvenroten Abendhimmel?« Sie erinnerte sich, wie glücklich sie als Kind war,

85

wenn sie nach dem Unterricht bei der Gouverneurstochter auf die Straße trat und diese Schneeflocken erblickte. »Wie heute...«, sagte sie sich und atmete tief durch.

Einige Tage später erstarrte das Leben. In einer klaren Nacht brach die polare Kälte herein. Die Welt verwandelte sich in einen Eiskristall, in dem mit Rauhreif bedeckte Bäume, reglose, weiße Rauchsäulen über Schornsteinen, der silberne Faden des Horizonts über der Taiga und die Sonne mit dem Moiré ihres schwachen Lichthofs eingeschlossen waren. Der Atem trug die menschliche Stimme nicht mehr, er gefror auf den Lippen.
Ihre ganze Sorge galt dem täglichen Überleben, dem Bewahren einer winzigen Wärmezone um ihre Körper.
Daß sie durchkamen, verdankten sie vor allem der Isba. Alles an ihr war dafür geschaffen, endlos lange Winter und nicht enden wollende Nächte zu überstehen. Sogar das Holz ihrer dicken Rundstämme barg die harte Erfahrung mehrerer sibirischer Generationen. Albertine hatte ein Gespür für den verborgenen Atem des alten Gebäudes, sie hatte gelernt, in enger Verbundenheit mit der trägen Hitze und der lebhaften Stille des großen Ofens zu leben, der die Hälfte des Zimmers einnahm. Und wenn Charlotte ihre Mutter bei ihren täglichen Verrichtungen beobachtete, sagte sie sich häufig mit einem Lächeln: »Sie ist eine waschechte Sibirierin!« Bereits am ersten Tag waren ihr die vielen Bunde getrockneter Kräuter im Hauseingang ins Auge gefallen. Sie erinnerten an die Bündel, mit denen die Russen sich beim Baden abreiben. Als die letzte Scheibe Brot verzehrt war, begriff sie den eigentlichen Zweck dieser Garben. Albertine ließ sie in heißem Wasser ziehen, und am Abend aßen sie, was sie später scherzhaft »Sibirische Suppe« nannten – einen Sud aus Stengeln, Körnern und Wurzeln. »Langsam kenne ich alles in- und auswendig, was in der Taiga

wächst«, sagte Albertine, als sie die Suppe in ihre Teller schöpfte: »Es ist mir ein Rätsel, warum die Leute hier so wenig darauf zurückgreifen ...«

Ein wenig verdankten sie ihre Rettung auch dem Kind, das sie bei sich aufnahmen. Sie fanden die kleine Zigeunerin eines Tages halb erfroren auf der Außentreppe. Sie kratzte mit ihren steifen, vor Kälte blauen Fingern an den steinharten Holzbrettern der Tür. Um sie durchzubringen, tat Charlotte etwas, was sie für sich selbst nie getan hätte. Sie ging auf den Markt und bettelte, hier um eine Zwiebel, da um einige Kartoffeln, dort um ein Stück Speck. Sie wühlte in der Abfalltonne neben der Parteikantine, unweit der Stelle, wo der Parteiführer gedroht hatte, sie zu erschießen. Manchmal half sie für einen Brotlaib beim Entladen von Eisenbahnwaggons. Das Kind, das anfangs nur noch Haut und Knochen war, schwankte einige Tage auf dem schmalen Grat zwischen Dasein und Nichts, dann tauchte es langsam und mit zaghafter Verwunderung wieder ein in den merkwürdigen Fluß der Tage, der Worte und der Düfte, den man Leben nannte ...

An einem sonnendurchfluteten Tag im März, an dem der Schnee unter den Füßen knirschte, kam eine Frau (seine Mutter oder seine Schwester?), um das Kind abzuholen, und ging ohne ein Wort der Erklärung mit ihm weg. Charlotte holte sie am Ortsausgang ein und schenkte dem Kind die große Puppe mit dem abgeblätterten Wangenrot, mit der die kleine Zigeunerin während der langen Winterabende gespielt hatte. Die Puppe stammte noch aus Paris und war, neben den alten Zeitungen im »sibirischen Koffer«, eines der letzten Erinnerungsstücke an ihr früheres Leben.

Albertine wußte, daß der richtige Hunger erst im Frühjahr kommen würde ... Die Kräuterbunde an den Wänden im Hauseingang waren aufgebraucht, auf dem Markt gab es nichts mehr zu kaufen. Im Mai verließen sie ihre Isba, ohne zu wissen, wohin sie gehen sollten. Der Boden auf dem Weg, den sie gingen, war noch schwer von den Frühjahrsgüssen, hier und da bückten sie sich, um ein paar zarte Triebe Sauerampfer zu pflücken.

Ein Kulak stellte sie auf seinem Hof als Tagelöhner ein. Er war ein kräftiger und wortkarger Sibirier, das Gesicht zur Hälfte hinter einem Bart versteckt, aus dem knappe und entschiedene Sätze drangen.

»Ich zahle euch nichts«, sagte er ohne Umschweife. »Ihr arbeitet für Essen und Unterkunft. Und ich nehme euch nicht, weil ihr so schöne Augen habt. Ich brauche Leute, die zupacken.«

Sie hatten keine Wahl. In den ersten Tagen fiel Charlotte wie tot auf ihr Lager, wenn sie von der Arbeit heimkehrte, und ihre Hände waren voll aufgeplatzter Blasen. Albertine, die den ganzen Tag über große Säcke für die nächste Ernte nähte, pflegte sie so gut sie konnte. Eines Abends war Charlottes Erschöpfung so groß, daß sie französisch zu sprechen begann, als sie dem Hofbesitzer begegnete. Der Bart des Bauern wurde von einer starken Regung geschüttelt, die Augen rückten auseinander – und er lächelte:

»Gut, morgen ruhst du dich aus. Falls deine Mutter in die Stadt will, geht ruhig . . .« Nach einigen Schritten, drehte er sich noch einmal um:

»Weißt du eigentlich, daß die jungen Leute vom Dorf jeden Abend einen Tanz veranstalten? Geh doch mal hin, wenn du Lust hast . . .«

Wie verabredet, zahlte der Bauer ihnen nichts. Als sie im Herbst ihr Bündel schnürten, um in die Stadt zurückzukehren, deutete er auf eine Telega, deren Ladung mit neuem Nesseltuch verdeckt war.

»Er wird euch fahren«, sagte er mit Blick auf den alten Bauern, der auf dem Kutschbock saß.

Albertine und Charlotte bedankten sich und stiegen auf den mit Obstkisten, Säcken und Paketen beladenen Karren.

»Soll das alles auf den Markt?« fragte Charlotte, um das verlegene Schweigen vor dem Abschied zu beenden.

»Nein. Das ist euer Lohn.«

Sie hatten keine Zeit zu antworten. Der Kutscher nahm die Zügel, der Karren schwankte, setzte sich in Fahrt und rollte über den heißen Staub des Feldwegs ... Unter der Plane fanden Charlotte und ihre Mutter drei Säcke Kartoffeln, zwei Säcke Weizen, ein Honigfaß, vier riesige Kürbisse und mehrere Kisten Gemüse, Bohnen und Äpfel. In einer Ecke waren ein halbes Dutzend Hühner an den Beinen zusammengebunden. Der Hahn in der Mitte blickte wütend und gekränkt um sich.

»Ich werde trotzdem ein paar Bund Kräuter trocknen«, sagte Albertine, als sie sich schließlich wieder von dem Schatz losreißen konnte. »Man kann nie wissen ....«

Zwei Jahre später starb sie. Es war an einem ruhigen, klaren Augustabend. Charlotte kam aus der Bibliothek nach Hause, wo man sie mit der Sichtung der Bücher aus den zerstörten Adelssitzen beauftragt hatte. Sie fand ihre Mutter auf einer kleinen Bank an der Wand der Isba sitzend, ihr Kopf lehnte an den glatten Holzstämmen. Ihre Augen waren geschlossen. Sie mußte eingeschlafen und nicht mehr aufgewacht sein. Ein leichter Windhauch aus der Taiga bewegte die Seiten eines Buchs, das sie aufgeschlagen im Schoß hielt. Es war das französische Buch mit dem verblaßten Goldschnitt.

Im darauffolgenden Frühjahr heirateten sie. Er stammte aus einem Dorf am Ufer des Weißen Meeres, zehntausend Kilometer entfernt von der sibirischen Stadt, in die ihn der Bürgerkrieg geführt hatte. Charlotte merkte sehr schnell, daß sich in seinen Stolz, ein »Volksrichter« zu sein, ein leichtes Unbehagen einschlich, dessen Ursache er selbst zur damaligen Zeit nicht hätte benennen können. Beim Hochzeitsessen schlug einer der Gäste in ernstem Ton vor, mit einer Schweigeminute Lenins Tod zu gedenken. Alle erhoben sich ... Drei Monate nach ihrer Heirat wurde er ans andere Ende des Weltreichs, nach Buchara, versetzt. Charlotte bestand darauf, den großen, mit alten französischen Zeitungen gefüllten Koffer mitzunehmen. Ihr Gatte hatte nichts dagegen einzuwenden, doch im Zug konnte er ihr sein fortdauerndes, tiefes Unbehagen kaum verhehlen und machte ihr deutlich, daß es von nun an eine Grenze zwischen ihrem früheren Leben in Frankreich und dem gemeinsamen Leben hier gebe, die unüberwindlicher sei als jedes Gebirge. Er suchte Worte für das, was uns bald ganz natürlich vorkommen sollte: für den Eisernen Vorhang.

6

Kamele im Schneesturm, Fröste, die den Saft der Bäume gefrieren ließen, bis die Stämme barsten, Charlotte, die mit steifen Händen lange Holzscheite auffing, die von einem Waggon heruntergeworfen wurden ...

So wurden an langen Winterabenden in unserer verrauchten Küche die Geschichten aus der Vergangenheit wieder lebendig. Vor dem verschneiten Fenster lag eine der größten Städte Rußlands, aus dem trüben Wolgabecken ragten die Wohnfestungen der stalinistischen Architektur in die Höhe. Da tauchte mitten im Durcheinander eines endlosen Abendessens unter den Perlmuttwolken des Tabaks der Schatten jener geheimnisvollen Französin auf, die es ins tiefste Sibirien verschlagen hatte. Der Fernseher brachte die Tagesmeldungen, übertrug die Sitzungen des letzten Parteitags, doch das Rauschen im Hintergrund fand in den Gesprächen unserer Gäste nicht den geringsten Widerhall.

Ich kauerte in einer Ecke der überfüllten Küche, lehnte mit der Schulter am Regal, auf dem der Fernseher stand, lauschte gespannt und bemühte mich, nicht aufzufallen. Ich wußte, daß über kurz oder lang ein Erwachsener seinen Kopf aus dem blauen Dunst strecken würde und mit scherzhafter Empörung riefe:

»Seht euch diesen kleinen Nachtschwärmer an! Jetzt ist es schon nach Mitternacht, und er ist immer noch wach. Hopp, ins Bett, aber ein bißchen dalli! Wir werden dich rufen, wenn dir ein Bart gewachsen ist...!«

Aus der Küche verscheucht, hatte ich Mühe einzuschlafen und bewegte ständig eine Frage in meinem kleinen Kopf: »Warum sprechen sie so gerne über Charlotte?«

Zuerst hatte ich gedacht, das Schicksal der Französin sei ein idealer Gesprächsstoff für meine Eltern und ihre Gäste. Ansonsten genügte es tatsächlich, an ihre Erinnerungen vom letzten Krieg zu rühren, und schon gab es Streit. Mein Vater, der vier Jahre an vorderster Front bei der Infanterie zugebracht hatte, schrieb den Sieg dem Fußvolk zu, das durch den Dreck gekrochen war und, wie er sagte, von Stalingrad bis Berlin die Erde mit seinem Blut getränkt hatte. Ohne ihn kränken zu wollen, bemerkte sein Bruder daraufhin, daß, »wie jedermann weiß«, die Artillerie die Wunderwaffe der modernen Kriegsführung sei. Die Diskussion wurde hitzig. Über kurz oder lang sahen sich die Artilleristen als Drückeberger beschimpft, während die Infanterie wegen der schlammigen Wege, die das Heer nehmen mußte, zur »Infekterie« wurde. In diesem Moment griff üblicherweise ihr bester Freund, einst Pilot eines Abfangjägers, mit seinen Argumenten ein, und das Gespräch ging in einen sehr gefährlichen Sturzflug über. Dabei waren sie noch nicht bei den Verdiensten angelangt, die sie sich an ihren jeweiligen Frontabschnitten erworben hatten, und hatten sich noch nicht der Rolle Stalins während des Kriegs zugewandt...

Ich fühlte, wie sehr diese Aufrechnung sie plagte. Denn sie wußten, welchen Anteil auch immer sie am Sieg hatten, die Würfel waren gefallen: Ihre ausgedünnte, geopferte Generation würde es bald nicht mehr geben, und mit ihr verschwänden sowohl der Infanterist als auch der Artillerist und der Pilot. Meine Mutter ging ihnen sogar voraus und folgte damit dem Schicksal jener Anfang der zwanziger

Jahre geborenen Kinder. Mit fünfzehn Jahren war ich mit meiner Schwester allein. In ihrer Fehde gab es so etwas wie ein stillschweigendes Wissen um die nahe Zukunft ... Charlottes Leben, dachte ich, stimmte sie versöhnlich und bot sich als unbelasteter Gesprächsstoff an.

Mit den Jahren begann ich einen völlig anderen Grund für das französische Lieblingsthema ihrer endlosen Wortgefechte zu erkennen. In der Weite Rußlands muß Charlotte ihnen einfach wie eine Außerirdische erschienen sein. Sie hatte mit der grausamen Geschichte dieses Riesenreichs, seinen Hungersnöten, seinen Revolutionen, seinen Bürgerkriegen nichts am Hut. Wir waren Russen, wir hatten keine andere Wahl, aber sie? Mit Charlottes Augen, die bisweilen einfältiger, häufig jedoch scharfsichtiger als ihre waren, sahen sie ein Land, das nicht wiederzuerkennen war. In ihrem Blick spiegelte sich eine beängstigende Welt wider, die eine ursprüngliche Wahrheit in sich barg – ein außergewöhnliches Rußland, das sie erst entdecken mußten.

Ich hörte ihnen zu und entdeckte dabei das Schicksal, das Charlotte in Rußland ereilt hatte. Doch ich entdeckte es auf meine Weise. Einzelheiten, die kaum angesprochen worden waren, dehnten sich in meinem Kopf und bildeten ein geheimes Universum. Andere Begebenheiten, denen die Erwachsenen große Aufmerksamkeit schenkten, beachtete ich dagegen nicht.

So berührten mich die furchtbaren Beschreibungen des Kannibalismus in den Dörfern an der Wolga kaum. Es mag seltsam erscheinen, aber ich hatte gerade *Robinson Crusoe* gelesen, und die Stammesbrüder von Freitag mit ihren fröhlichen Menschenfresser-Ritualen hatten romanhafte Vorstellungen in mir geweckt, die mich gegen die wirklichen Grausamkeiten unempfänglich machten.

Und von Charlottes Flucht aufs Land beeindruckte mich die

harte Arbeit auf dem Bauernhof am wenigsten. Nein, ich erinnerte mich viel mehr an ihren Abstecher zu den jungen Leuten im Dorf. Sie war noch am selben Abend hingegangen und mitten in eine metaphysische Diskussion geraten: Es ging um die Frage, welcher Tod denjenigen ereilen würde, der es wagte, Punkt Mitternacht auf den Friedhof zu gehen. Charlotte hatte lächelnd erklärt, sie könne noch in derselben Nacht zwischen den Gräbern allen übernatürlichen Kräften trotzen. Abwechslung war selten. Die jungen Leute, die insgeheim hofften, irgendein makabres Schauspiel zu erleben, hatten ihren Mut mit stürmischer Begeisterung begrüßt. Sie steckten die Köpfe zusammen, um einen Gegenstand zu finden, den die leichtsinnige Französin auf einem der Gräber des Dorffriedhofs zurücklassen könnte. Es war keine einfache Aufgabe, denn alles, was vorgeschlagen wurde, konnte durch einen gleichartigen Gegenstand ersetzt werden: ein Tuch, ein Stein, ein Geldstück ... Außerdem könnte die gerissene Ausländerin auch im Morgengrauen hingehen und jenen Schal dort anbinden, während alle schliefen. Es mußte ein besonderer Gegenstand gefunden werden ... Am nächsten Morgen sah eine ganze Abordnung im düstersten Winkel des Friedhofs die »kleine Tasche vom Pont-Neuf« an einem Kreuz hängen.

Das Bild von dieser Handtasche auf einem Friedhof mitten in Sibirien weckte in mir eine Ahnung vom unglaublichen Schicksal, dem die Dinge unterworfen sind. Sie kamen in der Welt herum, häuften unter der Oberfläche ihres alltäglichen Nutzens alle Abschnitte unseres Lebens an und vereinten weit voneinander entfernt liegende Augenblicke.

Zweifellos entgingen mir viele der malerischen Denkwürdigkeiten, die die Erwachsenen an der Vermählung meiner Großmutter mit dem Volksrichter entdeckten. Charlottes Liebe, wie mein Großvater ihr den Hof machte, das in jenem sibirischen Landstrich so ungewöhnliche Paar – von all dem

94

prägte sich mir nur eine Einzelheit ein: In gebügeltem Rock und auf Hochglanz polierten Schuhen begibt sich Fjodor zum entscheidenden Stelldichein. Wenige Schritte hinter ihm folgt, gemessenen Schrittes und sich der Bedeutung des Augenblicks bewußt, sein Gerichtsschreiber, der junge Sohn des Popen. Er trägt den riesigen Rosenstrauß. Denn auch verliebt darf ein Volksrichter nicht wie ein gewöhnlicher Operetten-Liebhaber aussehen. Charlotte erblickt sie von weitem, begreift auf der Stelle den Grund dieser Aufführung und nimmt mit spöttischem Lächeln den Strauß entgegen, den Fjodor soeben von dem Gerichtsschreiber bekommen hat. Der macht sich schüchtern davon, ist aber so neugierig, daß er dabei rückwärts geht.

Hierher gehört vielleicht auch das Hochzeitsbild, das einzige, das mir von ihm geblieben ist (alle anderen Aufnahmen, auf denen Großvater zu sehen war, wurden später bei seiner Verhaftung beschlagnahmt): ihre einander leicht zugeneigten Gesichter, und auf den Lippen der sagenhaft jungen und schönen Charlotte das Lächeln des »petite pomme«...

Übrigens war mir nicht alles verständlich, was während dieser langen nächtlichen Gespräche an meine kindlichen Ohren drang. Die Kurzschlußhandlung von Charlottes Vater zum Beispiel... Der geachtete und wohlhabende Arzt erfuhr eines Tages von einem Patienten, der ein hoher Polizeibeamter war, daß der lange Demonstrationszug der Arbeiter, der in Kürze auf dem Hauptplatz von Bojarsk eintreffen würde, an einer der Kreuzungen von Maschinengewehrsalven in Empfang genommen werden sollte. Kaum war sein Patient weg, warf Doktor Lemonnier seinen weißen Kittel in die Ecke, sprang, ohne seinen Fahrer zu rufen, in seinen Wagen und raste durch die Straßen, um die Arbeiter zu warnen.

Das Blutbad fand nicht statt... Häufig fragte ich mich,

warum dieser »Bourgeois«, dieser Privilegierte, so gehandelt hatte. Wir waren gewohnt, die Welt in Schwarzweiß zu sehen: Es gab Reiche und Arme, Ausbeuter und Ausgebeutete, kurz: Klassenfeinde und Gerechte. Die Tat von Charlottes Vater verwirrte mich. Aus der Masse, die so praktisch in gute und schlechte Menschen aufgeteilt war, tauchte plötzlich der Mensch mit seiner unberechenbaren Freiheit auf.

Ebensowenig verstand ich, was sich in Buchara ereignet hatte. Ich ahnte nur, daß es entsetzlich gewesen sein mußte. Oder war es Zufall, daß die Erwachsenen, wenn sie darauf zu sprechen kamen, sich in Andeutungen ergingen, die sie sich durch ein Nicken bestätigten? Eine Art Tabu lag über der Sache, um die ihre Worte kreisten, wenn sie die Kulisse beschrieben: Zuerst sah ich einen Fluß in seinem Bett aus glatten Kieselsteinen, dann einen Weg, der endlos durch die Wüste führte. In Charlottes Augen begann die Sonne zu flimmern, und auf ihren Wangen brannte der heiße Sand, und der Raum zwischen Himmel und Erde war von Pferdegewieher ausgefüllt... Bald verblaßte die mir unbegreifliche Szenerie, deren körperliche Bedrängnis ich dennoch spürte. Die Erwachsenen seufzten, gingen zu anderen Gesprächsthemen über, gossen sich ein weiteres Glas Wodka ein.

Mir wurde schließlich klar, daß dieser Zwischenfall im Wüstensand Zentralasiens auf geheimnisvolle und äußerst persönliche Weise für immer ein Markstein in der Geschichte unserer Familie war. Ich bemerkte auch, daß man nie darüber sprach, wenn Onkel Sergej, Charlottes Sohn, unter den Gästen war.

Im Grunde habe ich diese nächtlichen Gespräche unter Freunden nur belauscht, weil ich mehr über die französische Vergangenheit meiner Großmutter wissen wollte. Der russische Teil ihres Lebens beschäftigte mich weniger. Ich war wie der Forscher, den bei der Untersuchung eines Meteoriten einzig jene kleinen, schimmernden Kristalle interessieren, die auf seiner Balsaltoberfläche eingeschmolzen sind. Und wie man von einer weiten Reise träumt, deren Ziel noch unbekannt ist, so träumte ich von Charlottes Balkon, von ihrem Atlantis, wo ich im letzten Sommer einen Teil von mir zurückgelassen hatte.

II

1

Im Sommer darauf hatte ich große Angst, dem Zaren erneut zu begegnen ... Ja, ich hatte Angst, den jungen Kaiser und seine Gemahlin in den Straßen von Paris wiederzusehen. Es war die Furcht vor der Begegnung mit einem Freund, dessen Arzt uns von seinem nahen Tod unterrichtet hat, und der uns, da er zu seinem Glück nichts davon weiß, in seine Zukunftspläne einweihen möchte.

Wie hätte ich Nikolaus und Alexandra noch folgen können, jetzt, da ich ihr Schicksal kannte? Da ich wußte, daß selbst ihre Tochter Olga nicht verschont bleiben würde. Ja, daß sogar die damals noch nicht geborenen Kinder Alexandras dieses tragische Schicksal ereilen würde?

An jenem Abend sah ich meine Großmutter zwischen den Blumen auf ihrem Balkon sitzen und in einer kleinen Gedichtsammlung blättern, die in ihrem Schoß lag. Insgeheim freute ich mich darüber. Hatte sie sich an den Vorfall im letzten Sommer erinnert? Hatte sie meine Verlegenheit bemerkt? Oder wollte sie uns einfach nur eines ihrer Lieblingsgedichte vorlesen?

Ich setzte mich neben sie auf den blanken Boden und stützte meinen Ellbogen auf den steinernen Kopf des Bacchanten. Meine Schwester lehnte auf der anderen Seite des Balkons am Geländer und starrte gedankenverloren in den heißen Steppendunst.

Charlottes Stimme war singend wie der Ton der Verse:

Es gibt eine Weise, für die ich
Den ganzen Rossini, Mozart und Weber hingäbe,
Eine sehr alte Weise, schmachtend und düster klagend,
Die für mich allein geheime Reize hat ...

Dieses Gedicht von Nerval zauberte ein Schloß aus der Zeit
Ludwig des XIII. in das abendliche Dunkel, und mit ihm
seine Schloßherrin: »blond, mit dunklen Augen, in altertüm-
lichem Gewand ...«
Da riß mich die Stimme meiner Schwester aus meiner poeti-
schen Beschaulichkeit.
»Was ist eigentlich aus diesem Félix Faure geworden?«
Sie stand noch immer leicht über das Geländer gebeugt in
der Ecke des Balkons. Zerstreut zupfte sie hie und da eine
welke Blüte von den Winden ab, warf sie den Balkon hinunter und verfolgte ihren kreisenden Fall durch die Nacht-
luft. Sie war in die Träumereien eines jungen Mädchens
vertieft und hatte das Gedicht nicht gehört. In diesem Sommer war sie fünfzehn Jahre alt. Warum hatte sie an den Präsidenten gedacht? Wahrscheinlich nahm ihre Vorstellung
von Männlichkeit dank eines launischen Spielzugs ihrer
träumerischen Schwärmerei mit diesem schönen, eindrucksvollen Mann, seinem vornehmen Schnauzer und
seinen großen Augen plötzlich konkrete Gestalt an. Zudem
stellte sie die Frage auf russisch – als könnte sie das drän-
gende Rätsel ihrer geheimen Wünsche damit besser ausdrücken: »Was ist eigentlich aus diesem Félix Faure geworden?«
Charlotte lächelte und warf mir einen kurzen Blick zu. Dann
schloß sie das Buch in ihrem Schoß und suchte leicht seufzend mit den Augen den Horizont, an dem ein Jahr zuvor
Atlantis aufgetaucht war.
»Einige Jahre nach dem Besuch von Nikolaus II. in Paris
starb der Präsident ...«

Sie zögerte kurz, und die unwillkürliche Pause steigerte unsere Spannung.

»Er starb überraschend im Elysée-Palast in den Armen seiner Geliebten Marguerite Steinheil ...«

Dieser Satz läutete das Ende meiner Kindheit ein.

»Er starb in den Armen seiner Geliebten ...«

Die tragische Schönheit dieser Worte brachte mich völlig durcheinander. Eine neue Welt brandete in mir auf.

Übrigens schockierten mich an dieser Enthüllung in erster Linie die Umstände seines Liebestodes: Er war im Elysée-Palast gestorben! Am Amtssitz des Präsidenten! Auf dem Gipfel dieser Pyramide von Macht, Ruhm, weltweiter Anerkennung. Ich stellte mir einen mit Gobelins, Vergoldungen, Spiegelfluchten prunkvoll ausgestatteten Raum vor, und inmitten dieser Pracht – einen Mann (den Staatspräsidenten) und eine Frau in leidenschaftlicher Umarmung ...

Ich war so verdutzt, daß ich unwillkürlich begann, dieses Bild ins Russische zu übertragen, das heißt, ich ersetzte die Hauptpersonen durch vergleichbare Persönlichkeiten meiner Nation. Eine Reihe in schwarze Anzüge gezwängte Gespenster trat mir vor Augen. Alles Politbürosekretäre, Herren des Kremls: Lenin, Stalin, Chruschtschow, Breschnew. Trotz ihrer völlig unterschiedlichen Charaktere und gleichgültig, ob von der Bevölkerung geliebt oder gehaßt, hatte jeder dieser vier Männer eine Epoche in der Geschichte des Sowjetreichs geprägt. Eines aber war ihnen gemeinsam: Eine weibliche Gestalt an ihrer Seite war unvorstellbar, und eine Geliebte erst recht. Es fiel uns erheblich leichter, uns Stalin in Begleitung eines Churchill in Jalta oder eines Mao in Moskau vorzustellen, als gemeinsam mit der Mutter seiner Kinder ...

»Der Präsident starb in den Armen seiner Geliebten Marguerite Steinheil ...« Dieser Satz klang wie eine verschlüsselte Botschaft aus einem anderen Sonnensystem.

Charlotte erhob sich und suchte im sibirischen Koffer nach Zeitungen aus jenen Tagen, in der Hoffnung, uns eine Aufnahme von Madame Steinheil zeigen zu können. Während ich mit meiner französisch-russischen Übersetzung der Liebesszene beschäftigt war, fiel mir plötzlich ein, was einer meiner Klassenkameraden, ein schlaksiger Faulpelz, eines Abends bemerkt hatte. Nach einer Sportstunde mit Gewichtheben, der einzigen Disziplin, in der er glänzte, gingen wir gemeinsam die düsteren Schulflure entlang. Als wir am Porträt Lenins vorbeikamen, hatte mein Kamerad überaus geringschätzig durch die Zähne gepfiffen und getönt:
»Ha, ha, Lenin! Der hatte keine Kinder. Er wußte überhaupt nicht, wie man mit einer Frau schläft ...«
Er hatte die sexuelle Handlung, zu der Lenin seiner Meinung nach nicht fähig war, mit einem sehr derben Wort bezeichnet. Niemals hätte ich gewagt, dieses Wort in den Mund zu nehmen. Auf Wladimir Iljitsch angewandt, bekam es eine ungeheuerliche Obszönität. Ich war sprachlos. Das frevlerische Wort hallte durch die langen, verlassenen Flure. »Félix Faure ... Der Staatspräsident ... In den Armen seiner Geliebten ...« Unser französisches Atlantis erschien mir mehr denn je wie eine *terra incognita*, in der unsere russische Vorstellungswelt keine Gültigkeit mehr besaß.

Der Tod von Félix Faure machte mir bewußt, daß ich kein Kind mehr war: Ich war dreizehn Jahre alt, ich konnte mir vorstellen, was es hieß, »in den Armen einer Frau zu sterben«. Man konnte sich also mit mir über solche Dinge unterhalten. Charlottes Mut, ohne jede Heuchelei davon zu erzählen, bestätigte mich in meiner Ansicht, daß sie keine Großmutter wie die anderen war. Nein, eine russische Babuschka hätte sich nie auf ein solches Gespräch mit ihrem Enkel eingelassen. Ihre ungezwungene Ausdrucksweise deutete auf ein Verhältnis zum Körper, zur Liebe und zum anderen Geschlecht, das mir fremd war – deutete auf unerklärliche »französische Ansichten«.

Am Morgen ging ich in die Steppe, um ungestört über die wunderbare Wandlung nachzudenken, die der Tod des Präsidenten in meinem Leben bewirkt hatte. Zu meiner großen Verwunderung war die Szene, sobald ich sie auf russisch betrachtete, in Worten kaum noch wiederzugeben. Ja, sie war unsagbar! Sie verschwand unter der unerklärbaren Schamhaftigkeit der Worte, wurde plötzlich von einer seltsamen moralischen Empörung weggewischt, wie von der Zensur gestrichen. Kurzum, die Szene schwankte zwischen abgründiger Obszönität und beschönigenden Umschreibungen, als wäre dieses Liebespaar einem rührseligen und schlecht übersetzten Liebesroman entsprungen.

»Nein«, sagte ich mir, während ich mich im Gras ausstreckte, das im warmen Wind wogte, »nur auf französisch konnte er in den Armen von Marguerite Steinheil sterben...«

Das Liebespaar aus dem Elysée-Palast erschloß mir das Geheimnis eines jungen Dienstmädchens, das von ihrem Herrn in der Badewanne überrascht wurde und sich ihm mit der Furcht und der glühenden Sehnsucht eines sich endlich erfüllenden Wunsches hingab. Bereits im Frühjahr hatte ich den Roman von Maupassant gelesen und war dabei auf ein eigenartiges Trio gestoßen. Ein Pariser Dandy sehnte sich das ganze Buch hindurch nach der unerreichbaren Liebe eines weiblichen Wesens, das mit dekadenter Durchtriebenheit aufwartete, und er bemühte sich endlos, das Herz dieser leichtfertigen, einer empfindlichen Orchidee gleichenden Dame zu gewinnen, die er sich schon als seine Liebesdienerin vorgestellt hatte, doch sie ließ ihn stets vergeblich schmachten. Und daneben stand das Dienstmädchen, die junge Badende mit dem strammen, gesunden Körper. Bei meiner ersten Lektüre hatte ich nur Augen für dieses Dreigespann, das mir aufgesetzt und kraftlos erschien, denn die beiden Frauen konnten sich nicht einmal für Rivalinnen halten.

Von nun an betrachtete ich dieses Pariser Dreigespann mit anderen Augen. Sie wurden anschaulich, sinnlich, greifbar – sie wurden lebendig! Jetzt leuchtete mir das ängstliche Glück des jungen Dienstmädchens ein, das sie erschaudern ließ, als sie aus der Badewanne gehoben und patschnaß in ein Bett getragen wurde. Ich fühlte, wie die Tropfen kitzelten, die über ihre vollen Brüste rannen, ich spürte die Schwere ihrer Hüften in den Armen des Mannes, ich sah sogar die rhythmischen Wellenbewegungen in der Wanne, aus der sie entführt worden war. Nach und nach beruhigte sich das Wasser... Und die andere, die unerreichbare Dame, die mich früher an eine zwischen Buchseiten gepreßte Blume erinnert hatte, gewann eine untergründige, undurchdringliche Sinnlichkeit. Ein warmer Duft umhüllte ihren Körper, ein betörender Wohlgeruch, der ihrem pochenden Blut, ihrer seidigen Haut und der verführerischen Langsamkeit ihrer Sätze entsprang.

Die folgenschwere Liebesbeziehung des Präsidenten, die sein Herz hatte zerspringen lassen, überformte mein bisheriges Bild von Frankreich. Es war hauptsächlich das Frankreich aus einer Romanwelt gewesen. Die Romanfiguren, deren Wege sich in jenem Land kreuzten, schienen an diesem denkwürdigen Abend aus einem langen Dämmerschlaf zu erwachen. Mochten sie zuvor auch noch so sehr ihre Dolche zücken, Strickleitern hochklettern, Arsen schlucken, Liebesgeständnisse machen, mit dem abgeschlagenen Kopf ihres Geliebten auf dem Schoß in Kutschen umherfahren, sie blieben in der Welt der Bücher. Ob sie exotisch waren, hinreißend oder vielleicht komisch, sie berührten mich nicht. Wie der Pfaffe bei Flaubert, jener Landpfarrer, dem Emma

106

ihre Qualen gestand, konnte ich nicht begreifen, was diese Frau bedrängte: »Was will sie noch mehr, sie hat doch alles: ein schönes Haus, einen fleißigen Gatten, die Achtung der Nachbarn ...«

Das Liebespaar aus dem Elysée-Palast half mir, *Madame Bovary* zu verstehen. Blitzschnell erfaßte ich diese Einzelheit: wie der Friseur mit fettigen Fingern geschickt das Haar von Emma langzieht und glättet. Die Luft in dem engen Salon ist drückend, Kerzenlicht verjagt die heraufziehende Dunkelheit. Die Frau vor dem Spiegel kommt von ihrem jungen Liebhaber und richtet sich jetzt für ihre Rückkehr nach Hause. Ja, ich ahnte, was eine Ehebrecherin empfindet, die abends zwischen dem letzten Kuß eines Rendezvous im Hotel und den ersten, völlig alltäglichen Sätzen, die sie an ihren Gatten richten muß, beim Friseur sitzt ... Ohne daß ich es mir erklären konnte, verstand ich, was in der Seele dieser Frau vorging, als hätte sie eine Saite in mir zum Schwingen gebracht. Mein Herz schlug mit ihr. »Emma Bovary, das bin ich!« flüsterte mir eine Stimme vergnügt ins Ohr, die von Charlottes Erzählungen herrührte.

Der Strom der Zeit in unserem Atlantis hatte seine eigenen Gesetze. Genauer gesagt, die Zeit verrann nicht, sondern wogte um jede Begebenheit, die Charlotte sich in Erinnerung rief. Das Ereignis mochte noch so zufällig sein, es wurde für immer zum Bestandteil des Alltags in diesem Land. An seinem Nachthimmel zog ständig ein Komet vorüber, wenngleich unsere Großmutter uns unter Hinweis auf einen Zeitungsausschnitt das genaue Datum der Himmelserscheinung mitteilen konnte: 17. Oktober 1882. Wir konnten uns den Eiffelturm nicht mehr ohne den verrückten Österreicher vorstellen, der von seiner gezähnten Spitze sprang und vor einer Menge Gaffer in den Tod stürzte, weil sein Fallschirm ihn im Stich gelassen hatte. Père-Lachaise sah für uns nicht wie ein stiller Friedhof aus, den nur das ehrerbietige Flüstern einiger Besucher mit Leben füllt. Nein, dort zwischen den Gräbern liefen bewaffnete Menschen in alle Richtungen, richteten das Feuer aufeinander, versteckten sich hinter den Grabstelen. Nachdem wir die Schlacht zwischen den Kommunarden und den Versailler Truppen einmal erzählt bekommen hatten, war sie in unseren Köpfen ein für allemal mit dem Namen »Père-Lachaise« verknüpft. Den Widerhall dieser Schießerei hörten wir auch noch in den Katakomben von Paris. Laut Charlotte fochten sie sogar in diesen Labyrinthen miteinander, und die Kugeln zertrümmerten Totenschädel aus mehreren Jahrhunderten. Und wie der nächtliche Himmel über unserem Atlantis vom Licht des Kometen und der deutschen Zeppeline strahlte, so war der strahlend blaue Tag erfüllt vom gleichmäßigen Zirpen eines Eindeckers, mit dem ein gewisser Louis Blériot den Ärmelkanal überflog.

Die Auswahl der Begebenheiten war mehr oder weniger willkürlich. Ihre Abfolge gehorchte vor allem unserem fieberhaften Wissensdurst, unseren zusammenhanglosen Fragen. Doch welche Bedeutung ihnen auch immer innegewohnt haben mochte, nie entgingen sie der allgemeinen Regel: Der Aufprall des kristallenen Lüster, der während der Faust-Vorstellung in der Oper von der Decke fiel, erklang umgehend in allen Pariser Theatern. Das eigentliche Schauspiel lag für uns im leisen Klirren der riesigen Glastrauben, die reif waren, von der Decke zu fallen, wenn eine Koloratur oder ein Alexandriner ertönte... Wir wußten, daß der Dompteur im Pariser Stadtzirkus unausweichlich von den wilden Tieren zerrissen wurde – wie jener »Neger namens Delmonico«, der von seinen sieben Löwen angefallen worden war.

Charlotte schöpfte ihre Kenntnisse zum einen aus dem sibirischen Koffer, zum anderen aus ihren Kindheitserinnerungen. Manche ihrer Berichte führten in noch fernere Zeiten zurück, denn sie beruhten auf Erzählungen ihres Onkels oder Albertines, die sie selbst von ihren Eltern übernommen hatten.

Uns aber kümmerten die genauen Zeitabläufe wenig. Nach atlantischer Zeit war auf wunderbare Weise alles zugleich gegenwärtig. Fausts mitreißender Bariton erfüllte den Saal: »Laß mich, laß mich dein Gesicht betrachten...«, und der Lüster fiel herab, die Löwen warfen sich auf den Unglücksraben Delmonico, der Komet durchschnitt den Nachthimmel, der Fallschirmspringer sprang vom Eiffelturm, ein Räuberpaar nutzte die Gunst der sommerlichen Unbekümmertheit und stahl bei Nacht die Mona Lisa aus dem Louvre, dem Fürsten Borghese schwoll die Brust aus Stolz über den Sieg bei der ersten Autorallye Peking – Paris über Moskau ... Und irgendwo im Dämmerlicht eines verschwiegenen Raums des Elysée-Palasts umschlang ein Mann mit einem hübschen weißen Schnauzbart seine Geliebte und hauchte mit diesem Kuß sein Leben aus.

Diese Gegenwärtigkeit der sich auf ewige Zeit wiederholenden Ereignisse war zweifellos eine optische Täuschung. Doch dank der unwirklichen Betrachtungsweise entdeckten wir ein paar wesentliche Charakterzüge der Bewohner unseres Atlantis. In der Welt unserer Erzählungen wurden die Straßen von Paris ständig von Bombenexplosionen erschüttert. Die Anarchisten, die sie warfen, waren ebenso zahlreich wie die leichtlebigen Putzmacherinnen oder die Kutscher auf ihren Droschken. Die Namen einiger dieser Störenfriede klangen für mich lange Zeit nach Bombenlärm oder Säbelrasseln: Ravachol, Santo Caserio ...
In den dröhnenden Straßen stießen wir auf eine der Besonderheiten dieses Volks: Immer hatte es etwas zu fordern, es war nie zufrieden mit dem, was es erreicht hatte, aber es war

jeden Augenblick bereit, in den Herzstücken der Stadt zusammenzuströmen, um jemanden zu entmachten, an etwas zu rütteln oder etwas durchzusetzen. Aus dem Blickwinkel des vollkommenen sozialen Friedens in unserer Heimat wirkten die Franzosen wie geborene Aufrührer, eingefleischte Rebellen, berufsmäßige Randalierer. Auch der sibirische Koffer mit seinen Zeitungen, die von Streiks und Attentaten, von Schlachten auf den Barrikaden berichteten, war wie eine große Bombe mitten im friedlich vor sich hin dösenden Saranza.

Und schließlich stießen wir, einige Straßenzüge entfernt von den Detonationen und noch immer in dieser zeitlosen Gegenwart, auf das kleine Bistro, dessen Namen uns Charlotte beim Erzählen mit einem Lächeln vorlas: *Au Ratafia de Neuilly*. »Der Ratafia ist ein Fruchtlikör«, erklärte sie, »und er wurde vom Wirt in silbernen Muschelschalen serviert.«

Die Menschen unseres Atlantis konnten also eine Vorliebe für ein besonderes Café haben, sie konnten seinen Namen mögen, seine besondere Atmosphäre schätzen. Und sie konnten ihr Leben lang an der Erinnerung festhalten, daß man dort an der Straßenecke Ratafia aus silbernen Muschelschalen trank – nicht aus geschliffenen Gläsern und auch nicht aus Kelchen, sondern aus hauchdünnen Muschelschalen. Unsere neueste Entdeckung war jene Geheimwissenschaft, durch die der Ort der Bewirtung, das Essensritual und die Gemütslage der Gäste miteinander verbunden waren. »Ob ihre Lieblingsbistros sich wohl durch eine besondere Stimmung oder zumindest durch eine persönliche Note auszeichnen?« fragten wir uns. In Saranza gab es ein einziges Café. Trotz seines hübschen Namens, es hieß *Schneeflöckchen*, besaß es für uns keinerlei besondere Anziehungskraft, sowenig wie das Möbelgeschäft daneben oder die Sparkasse gegenüber. Es schloß um acht, und sein Innenleben weckte unsere Neugier erst, wenn es bei Dunkelheit im blauen Schein des Nachtlichts lag. Was die fünf oder sechs Gaststätten in der Stadt an der Wolga angeht, in der meine Familie lebte, so glichen sie sich alle: Punkt sieben öffnete der Türsteher einer ungeduldig wartenden Menschenmenge die Türen, dröhnende Musik und der Geruch nach angebranntem Fett strömte auf die Straße, und um elf Uhr ergoß sich dieselbe Menschenmenge schwankend und verdreckt über die Außentreppe. Das Blaulicht der Polizei verlieh diesem unwandelbaren Rhythmus einen phantastischen Anstrich ... Die silbernen Muschelschalen im *Ratafia de Neuilly*, wiederholten wir im stillen.

Charlotte erklärte uns die Zusammensetzung des ungewöhnlichen Getränks. Ganz von selbst streifte sie dabei die Welt der Weine. Im Bann der bunten Fülle von Bezeichnungen, Geschmäckern und Blumen lernten wir jene außergewöhnlichen Wesen kennen, deren Gaumen noch die feinsten Unterschiede schmecken konnte. Es waren noch immer dieselben Menschen, die auch die Barrikaden errichtet hatten! Und als wir uns an die Etiketten auf einigen Flaschen erinnerten, die auf den Regalen im *Schneeflöckchen* ausgestellt waren, merkten wir plötzlich, daß sie ausschließlich französische Namen trugen: »Champanskoje«, »Konjak«, »Silvaner«, Aligoté«, »Mouskat«, »Kagor« ...

Ein Widerspruch verblüffte uns am meisten: Ausgerechnet diese Anarchisten hatten es verstanden, ein ebenso vielschichtiges wie durchdachtes System von Getränken hervorzubringen. Darüber hinaus boten nach Charlotte die zahllosen Weine unendlich viele Kombinationsmöglichkeiten mit den Käsesorten! Mit ihren geschmacklichen Besonderheiten und lokalen Eigenarten bildeten diese wiederum eine echte Käse-Enzyklopädie, in der fast jeder Käse einzigartig war ... Rabelais, der oft durch unsere Abende am Steppenrand geisterte, hatte also nicht gelogen.

Wir stellten fest, daß das Essen, die schlichte Nahrungsaufnahme, eine Inszenierung, ein heiliger Akt, eine Kunst sein konnte. Wie in jenem *Café Anglais* am Boulevard des Italiens, wo Charlottes Onkel häufig mit seinen Freunden zu Abend speiste. Er hatte seiner Nichte von der sagenhaften Rechnung über zehntausend Francs erzählt, dem Betrag für hundert ... Frösche! »Es war eisig kalt damals«, erinnerte er sich, »alle Flüsse waren zugefroren. Es brauchte fünfzig Arbeiter, um die dicke Eisschicht aufzuhacken und die Frösche aufzuspüren.« Ich wußte nicht, was uns mehr erstaunte: die unvorstellbare Mahlzeit, die all unseren Eßgewohnheiten zuwiderlief, oder das Heer der Muschiks beim Spalten der Eisblöcke auf der gefrorenen Seine.

Um die Wahrheit zu sagen, in unseren Köpfen herrschte ein heilloses Durcheinander: der Louvre, der *Cid* an der Comédie-Française, die Barrikaden, die Schußwechsel in den Katakomben, die Abgeordneten im Boot, ein Komet und die Lüster, die einer nach dem anderen von der Decke fielen, dazu Ströme von Wein, der letzte Kuß des Präsidenten ... Und die Frösche, die aus ihrem Winterschlaf gerissen wurden! Wir hatten es mit einem Volk zu tun, das eine unglaubliche Vielfalt an Gefühlen, Meinungen und Ansichten kannte, und auf ebenso viele Arten und Weisen konnte es sich ausdrücken, schöpferisch sein und lieben.

Darüber hinaus, so erfuhren wir von Charlotte, gab es den berühmten Koch Urbain Dubois, der Sarah Bernhardt eine Suppe aus Krabben und Spargel gewidmet hatte: »Stellt euch einen Borschtsch vor, der jemandem gewidmet ist wie ein Buch ...« Eines Tages folgten wir einem jungen Dandy durch die Straßen unseres Atlantis ins *Café Weber*, das gerade sehr in Mode war, wie Charlottes Onkel meinte. Der junge Mann bestellte das übliche: Weintrauben und ein Glas Wasser. Es war Marcel Proust. Wir betrachteten die Weintrauben und das Wasser, und unter unseren begeisterten Blicken verwandelten sie sich in ein Gericht von unvergleichlicher Eleganz. Es war also nicht die Vielfalt an Weinen oder der rabelaische Überfluß an Speisen, der zählte, sondern...

Erneut dachten wir an diesen französischen Esprit, dessen Geheimnis wir zu durchdringen trachteten. Als wollte sie unsere Suche noch mehr anspornen, war Charlotte bereits zu einem Restaurant namens *Paillard* an der Chaussée-d'Antin weitergegangen. Dort hatte sich eines Abends die Prinzessin Caraman-Chimay von dem Zigeunergeiger Rigo entführen lassen...

Noch besaß ich nicht den Mut, daran zu glauben, aber insgeheim fragte ich mich, ob all das, was mir im Kern vollkommen französisch erschien und was wir so sehr begehrten, sich nicht aus einer Quelle speiste – der Liebe? Denn offenbar führten alle Wege in unserem Atlantis ins Reich der Sinne.

Über Saranza lag die vom Steppenduft gewürzte Nacht. Ihre Gerüche vermischten sich mit dem Duft, der von einem mit Edelsteinen und Hermelinen bedeckten Frauenkörper ausging. Charlotte erzählte von den Eskapaden der göttlichen Otero. Ungläubig bestaunte ich diese letzte große Kurtisane, die sich mit ihren wohlgerundeten Formen auf einem eigenwilligen Sofa räkelte. Ihr außergewöhnliches Leben war nur der Liebe geweiht. Und um ihren Thron tummelten sich Männer – die einen zählten die letzten Napoleondore ihres verpraßten Vermögens, die anderen führten langsam einen Revolverlauf an ihre Schläfe. Und selbst bei dieser allerletzten Verrichtung legten sie eine Eleganz an den Tag, die den Trauben eines Prousts würdig war: Einer dieser unglücklichen Liebhaber hatte sich am selben Ort das Leben genommen, an dem er Caroline Otero zum erstenmal begegnet war!

Im übrigen kannte der Liebeskult in diesem exotischen Land keine sozialen Schranken, und jenseits der von Luxus überbordenden Boudoirs wurden wir in den Arbeitervierteln der ehemaligen Faubourgs Zeuge, wie sich zwei rivalisierende Banden aus Belleville wegen einer Frau gegenseitig umbrachten. Der einzige Unterschied bestand darin, daß die Haare der schönen Otero rabenschwarz schimmerten, während die Mähne des umkämpften Liebchens wie reifer Weizen im Licht der Abendsonne glänzte. Die Gangster aus Belleville nannten sie Goldhelm.

An diesem Punkt regte sich unser Widerspruchsgeist. Wir waren bereit zu glauben, daß es Menschen gab, die Frösche aßen, aber die Vorstellung, Banditen könnten sich wegen der schönen Augen einer Frau gegenseitig die Kehle durchschneiden, ging zu weit!

In unserem Atlantis war dies jedoch offensichtlich nicht weiter verwunderlich: Hatten wir nicht bereits Charlottes Onkel mit glasigem Blick, den Arm in ein blutiges Tuch gewickelt, aus der Droschke schwanken sehen? Er kam von einem Duell im Wald von Marly zurück, wo er die Ehre einer Dame verteidigt hatte ... Und General Boulanger erst, dieser verhinderte Diktator, hatte er sich nicht am Grab seiner Geliebten eine Kugel in den Kopf gejagt?

Eines Tages überraschte uns ein Regenguß. Wir waren zu dritt und kehrten von einem Spaziergang zurück. Der Weg führte durch die alten Straßen von Saranza, die nur von großen, über die Jahre schwarz gewordenen Isbas gesäumt wurden. Unter dem Vordach eines dieser Häuser suchten wir Zuflucht. Die eine Minute zuvor noch in der Hitze dampfende Straße lag jetzt im kalten Dämmerlicht. Hagelschauer fegten über sie hinweg. Sie war gepflastert wie in alten Zeiten – mit großen, runden Granitsteinen. Bei Regen stieg einem der strenge Geruch nach feuchtem Gestein in die Nase. Der Blick auf die Häuser verschwamm hinter einem wässrigen Schleier, und der Duft versetzte einen in eine Großstadt, auf die an diesem Abend ein Herbstregen niederprasselte. Charlottes Stimme, die anfangs kaum den Lärm der Tropfen übertönen konnte, klang wie ein von Regenböen ersticktes Echo.

»Durch einen solchen Regenschauer bin ich in Paris auf eine Inschrift an der nassen Wand eines Hauses in der Allée des Arbalétriers aufmerksam geworden. Meine Mutter hatte sich mit mir in einem Portal untergestellt, und während wir darauf warteten, daß es zu regnen aufhörte, gab es nichts zu sehen als diese Gedenktafel. Ich lernte die Inschrift auswendig: ›In dieser Passage starb in der Nacht vom 23. zum 24. November 1407 beim Verlassen des Hôtel de Barbette Herzog Ludwig von Orléans, Bruder König Karls VI., durch die Hand von Johann ohne Furcht, Herzog von Burgund.‹ Er kam von der Königin Isabeau von Bayern ...«

Unsere Großmutter verstummte, doch während die Tropfen weiterplätscherten, klangen uns noch immer die märchenhaften Namen in den Ohren, die zu einem tragischen Monogramm aus Liebe und Tod verwoben waren: Ludwig von Orléans, Isabeau von Bayern, Johann ohne Furcht ...

Scheinbar grundlos fiel mir plötzlich der Präsident ein. Es war ein glasklarer, ganz einfacher, naheliegender Gedanke: Ob bei den Feierlichkeiten zu Ehren des Kaiserpaars, im Gefolge auf den Champs-Elysées, vor dem Grab Napoleons oder in der Oper, in Gedanken war er ständig bei seiner Geliebten Marguerite Steinheil. Er sprach mit dem Zaren, hielt Reden, stand der Zarin Rede und Antwort, wechselte einen Blick mit seiner Gemahlin. Doch in jedem Augenblick war sie gegenwärtig.

Der Regen prasselte auf das bemooste Dach der alten Isba, unter dessen Schutz wir auf der Außentreppe standen. Ich vergaß, wo ich war. Die Stadt, durch die ich früher in Begleitung des Zaren gegangen war, verwandelte sich zusehends. Jetzt betrachtete ich sie mit dem Blick des verliebten Präsidenten.

Diesmal hatte ich bei meiner Rückkehr aus Saranza das Gefühl, von einer Forschungsreise zurückzukehren. Ich hatte jede Menge Kenntnisse gesammelt, hatte Einblick in die Sitten und Gebräuche erhalten, besaß eine, wenn auch unvollständige Vorstellung von der geheimnisvollen Welt, die Abend für Abend im hintersten Winkel der Steppe lebendig wurde.

Jeder Heranwachsende ordnet die Dinge für sich ein – eine Art Selbstschutz vor der Vielschichtigkeit der Erwachsenenwelt, die er am Ausgang der Kindheit herbeisehnt. Ich tat dies vielleicht noch mehr als andere, denn das Land, das es für mich zu entdecken gab, existierte nicht mehr, und ich mußte die Anordnung dieser berühmten Stätten und Heiligtümer im dichten Nebel der Vergangenheit vornehmen.

Auf die Galerie von Menschenbildern in meiner Sammlung bildete ich mir besonders viel ein. Dort gab es neben dem Präsidenten-Liebhaber, den Abgeordneten im Boot und dem Dandy mit den Weintrauben auch weitaus bescheidenere, wenngleich nicht weniger ungewöhnliche Leute. Zum Beispiel jene Kinder mit ihrem schwarz umrandeten Lächeln, die schon ganz jung in Bergwerken arbeiteten. Auch der Zeitungsjunge zählte dazu (wir wagten es nicht, uns einen Irren vorzustellen, der »Die Prawda! Die Prawda!« rufend durch die Straßen liefe). Ein Hundescherer, der sein Handwerk an den Quais ausübte, ein Feldhüter mit Trommel, um eine »Kommunisten-Suppe« versammelte Streikende ... Sogar ein Hundekot-Händler war dabei. Ich war sehr stolz darauf, zu wissen, daß man damals mit dieser seltsamen Ware Leder geschmeidig machte ...

Das größte Erlebnis in jenem Sommer war jedoch meine Einweihung in das Geheimnis, was es bedeutet, Franzose zu sein. Die zahllosen Facetten dieses ungreifbaren Zugehörigkeitsgefühls hatten sich zu einem lebendigen Ganzen ver-

dichtet. Trotz aller Überspanntheiten war es eine sehr gere-
gelte Lebensform.

Frankreich war für mich nicht mehr ein bloßes Kuriositätenkabinett, sondern ein Wesen aus Fleisch und Blut, von dem
irgendwann ein Stückchen in mich verpflanzt worden war.

2

Ich verstehe überhaupt nicht, warum sie sich in diesem Saranza vergraben hat. Sie hätte ebensogut hier bei euch leben können.«

Ich saß auf meinem Hocker neben dem Fernsehapparat und wäre beinahe aufgesprungen. Denn ich verstand sehr wohl, was Charlotte in der kleinen Provinzstadt festhielt. Es wäre mir ein Leichtes gewesen, den in unserer Küche versammelten Erwachsenen zu erklären, warum sie dort geblieben war. Ich hätte auf die trockene Luft der weiten Steppe hingewiesen, wo in stummer Klarheit die Vergangenheit heraufdämmerte. Ich hätte von den staubigen Straßen gesprochen, die nirgendwo hinführten und alle in dieselbe endlose Ebene einmündeten. Von der Stadt, in der die Geschichte mit dem Schleifen der Kirchtürme und der Beseitigung des »architektonischen Überflusses« jeden Begriff von Zeit getilgt hatte. Jener Stadt, in der zu leben bedeutete, ständig alles noch einmal zu erleben, was man früher durchgemacht hatte, während man gedankenlos seine alltäglichen Besorgungen erledigte.

Ich sagte nichts. Ich fürchtete, aus der Küche verscheucht zu werden. Die Erwachsenen, das war mir seit einiger Zeit aufgefallen, duldeten mich jetzt eher bei sich. Mit vierzehn Jahren schien ich das Recht erlangt zu haben, bei ihren spätabendlichen Gesprächen dabeisein zu dürfen. Unter der Bedingung freilich, daß ich unsichtbar blieb. Ich war froh über

118

den Wandel und wollte dieses Vorrecht auf keinen Fall gefährden.

Während des abendlichen Zusammenseins wurde ebenso häufig wie früher von Charlotte gesprochen. Noch immer bot sich unseren Gästen das Leben meiner Großmutter als ein Gesprächsstoff an, der ihre Selbstachtung schonte.

Zumal die junge Französin den Vorzug hatte, in ihrem Leben die entscheidenden Augenblicke der Geschichte unseres Landes zu versammeln. Sie hatte unter dem Zaren gelebt und die stalinistischen Säuberungen überstanden, sie hatte den Krieg mitgemacht und war Zeuge des Sturzes so vieler Halbgötter gewesen. Vor dem Hintergrund des blutigsten aller Jahrhunderte in der Geschichte des Reiches gewann Charlottes Leben in ihren Augen epische Ausmaße.

Als diese Frau vom anderen Ende der Welt in der offenen Tür eines Waggons stand und den an ihr vorbeirauschenden Sanddünen nachblickte, war ihr Blick leer. (»Wer zum Teufel hat sie bloß in diese verdammte Wüste geschleppt?« hatte der Fliegerkamerad und Freund meines Vaters einmal ausgerufen.) Neben ihr stand, ebenso reglos, ihr Gatte Fjodor. Der Wind, der sich im Wagen verfing, brachte keine Kühlung, obwohl der Zug schnell fuhr. Sie blieben einen langen Augenblick im Licht und in der Hitze der Türöffnung stehen. Der Wind streifte wie Sandpapier über ihre Stirn. Als sie in die Sonne sahen, löste sich ihr Blick in unzählige Lichtergarben auf. Doch sie rührten sich nicht, als sollten Wind und Sonne eine schmerzhafte Vergangenheit abschleifen und verbrennen. Buchara lag hinter ihnen.

Nach ihrer Rückkehr nach Sibirien verbrachte sie endlose Stunden hinter einem dunklen Fenster und hauchte von Zeit zu Zeit die dicke Reifschicht an, um ein kleines Loch offenzuhalten. Durch dieses wässrige Guckloch blickte sie auf eine schneebedeckte Straße. Es war Nacht. Manchmal schlitterte ein Auto langsam heran, näherte sich ihrem

119

Haus und machte nach kurzem Zögern kehrt. Es schlug drei Uhr früh. Wenige Minuten später vernahm sie das schrille Knirschen des Schnees auf der Treppe. Sie schloß kurz die Augen, dann öffnete sie die Tür. Es war die Zeit, zu der ihr Mann immer nach Hause kam ... Mal verschwanden die Leute von ihrem Arbeitsplatz, mal rollte auf den verschneiten Straßen ein schwarzer Wagen heran, der sie mitten in der Nacht zu Hause abholte. Sie war überzeugt, daß ihm nichts zustoßen würde, solange sie am Fenster auf ihn wartete und mit ihrem Atem den Reif auftaute. Wie alle anderen Funktionäre im ganzen riesigen Reich stand er um drei Uhr auf, ordnete seine Akten auf dem Schreibtisch und ging. Alle wußten, daß der Arbeitstag des Staatschefs im Kreml um drei Uhr morgens endete. Ohne Überlegung übernahm ein jeder eilfertig diesen Arbeitsrhythmus. Niemand bedachte, daß zwischen Moskau und Sibirien mehrere Zeitzonen lagen, daß »um drei Uhr morgens« deshalb überhaupt nichts mehr bedeutete. Und daß Stalin sich gerade von seinem Bett erhob und seine Morgenpfeife stopfte, wenn in den sibirischen Städten die Nacht anbrach und seine treuen Anhänger mit dem Schlaf kämpften auf Stühlen, die zu Folterinstrumenten wurden. Der Staatschef schien vom Kreml aus den Lauf der Zeit und sogar den der Sonne zu bestimmen. Wenn er zu Bett ging, war es auf allen Uhren des Planeten drei Uhr früh. Zumindest war damals jeder dieser Meinung.

Einmal war Charlotte vom nächtlichen Warten so erschöpft, daß sie einige Minuten vor dieser planetarischen Stunde einschlief. Einen Augenblick später schreckte sie auf. Sie hörte die Schritte ihres Gatten im Kinderzimmer, ging hinein und sah, wie er sich über das Bett ihres Sohnes beugte, ein Junge mit glattem, schwarzem Haar, der niemandem in der Familie ähnlich sah.

Fjodor wurde nicht am hellichten Tag in seinem Büro verhaftet, er wurde auch nicht am frühen Morgen durch ein
herrisches Trommelfeuer an der Tür aus dem Schlaf gerissen. Nein, es war an Heiligabend. Er war in den roten Mantel des Weihnachtsmanns geschlüpft und hatte sein Gesicht
hinter einem langen Bart versteckt. Die Kinder – ein zwölf-
jähriger Junge und seine jüngere Schwester, meine Mutter –
erkannten ihn nicht und waren begeistert. Charlotte rückte
gerade die große Tschapka auf dem Kopf ihres Mannes zu-
recht, als sie in die Wohnung traten. Sie brauchten nicht zu
klopfen, die Tür war offen, man erwartete Gäste.

Diese Verhaftung, die sich in der Geschichte des Landes in
nur einem Jahrzehnt schon millionenfach wiederholt hatte,
fand an diesem Abend unter dem Weihnachtsbaum vor den
Augen zweier Kinder statt, die sich mit Pappmasken verkleidet hatten – der Junge als Hase, das Mädchen als Eichhörnchen. Mitten im Zimmer stand starr vor Schreck der
Weihnachtsmann, der genau wußte, was nun folgen würde,
und der beinahe froh darüber war, daß die Kinder seine
blassen Wangen hinter dem Baumwollbart nicht sehen
konnten. Mit gefaßter Stimme wandte sich Charlotte an den
Hasen und das Eichhörnchen, die auf die Eindringlinge
starrten, ohne die Masken abzunehmen:

»Wir gehen jetzt nach nebenan, Kinder. Es ist Zeit für das
bengalische Feuer.«

Sie hatte es auf französisch gesagt. Die beiden Polizisten
wechselten einen vielsagenden Blick...

Fjodor blieb durch einen Umstand verschont, der ihn eigentlich das Leben hätte kosten müssen: die Staatsangehörigkeit seiner Frau... Er hatte sofort daran gedacht, als
vor einigen Jahren die Leute, Familie für Familie, Haus für
Haus, zu verschwinden begannen. Charlotte wies zwei Kar-
dinalfehler auf, die den »Volksfeinden« besonders häufig

vorgeworfen wurden: Sie stammte aus einer »bourgeoisen« Familie und stand mit dem Ausland in Verbindung. Mit einem »bourgeoisen Element« verheiratet zu sein, das zu allem Überfluß auch noch Französin war, mußte zwangsläufig irgendwann zu einer Anklage wegen »Spionage im Dienste des französischen und britischen Imperialismus« führen. Diese Formulierung war seit langem üblich.

Aber gerade an dieser völligen Offensichtlichkeit blieb die gutgeölte Maschine der Repression hängen. Denn um einen Prozeß anzustrengen, mußte für gewöhnlich nachgewiesen werden, daß der Angeklagte seine Beziehungen zum Ausland über mehrere Jahre hinweg geschickt verborgen gehalten hatte. Bei einem Mann, der aus Sibirien stammte und nur seine Muttersprache sprach, der sein Land nie verlassen und auch keinen Vertreter des kapitalistischen Auslands je getroffen hatte, setzte ein solcher Beweis, selbst wenn er ganz und gar gefälscht war, ein bestimmtes Wissen und Können voraus. Und Fjodor verheimlichte nichts. Charlottes Ausweis verzeichnete schwarz auf weiß ihre Staatsangehörigkeit: französisch. Die russische Schreibweise des Geburtsorts Neuilly-sur-Seine unterstrich zudem ihr Ausländertum. Ihre Reisen nach Frankreich, ihre »bourgeoisen« Vettern, die noch immer dort lebten, ihre Kinder, die so gut französisch wie russisch sprachen – all das lag offen zutage. Die Geständnisse, die gewöhnlich nach wochenlangen Verhören unter der Folter erpreßt wurden, lagen in diesem Fall glücklicherweise von Beginn an auf dem Tisch. Die Maschine trat auf der Stelle. Fjodor wurde zwar eingesperrt, nachdem er jedoch immer mehr zur Last fiel, versetzte man ihn einfach ans andere Ende des Reichs, in eine Stadt an der polnischen Grenze.

Sie verbrachten eine Woche gemeinsam: die Zeit, die sie brauchten, um quer durch das Land zu reisen. Darauf folgte ein langer Tag in großem Durcheinander, an dem sie die neue Wohnung bezogen. Am nächsten Morgen reiste Fjodor, den man umgehend aus der Partei ausgeschlossen hatte, wegen seiner Wiederaufnahme nach Moskau. »Eine Sache von zwei Tagen«, sagte er zu Charlotte, die ihn zum Bahnhof begleitete. Als sie nach Hause kam, stellte sie fest, daß er sein Zigarettenetui vergessen hatte. »Nicht schlimm«, dachte sie, »in zwei Tagen ist er zurück.« Und diese zum Greifen nahe Zukunft (in der Fjodor ins Zimmer treten, sein Zigarettenetui auf dem Tisch liegen sehen, sich an den Kopf fassen und ausrufen würde: »Und ich Dummkopf habe es überall gesucht!«), dieser Morgen im Juni würde der erste Tag einer langen, glücklichen Zukunft sein ...

Als sie sich wiedersahen, waren vier Jahre vergangen. Fjodor sollte sein Zigarettenetui nicht mehr wiedersehen, denn Charlotte hatte es während des Krieges gegen einen Laib Schwarzbrot getauscht.

Die Erwachsenen unterhielten sich. Im Hintergrund lief leise der Fernseher, berichtete über die Tagesereignisse, feierte die neusten Erfolge der staatlichen Industrie oder übertrug ein Konzert aus dem Bolschoitheater. Die Bitternis der Vergangenheit schmolz im Wodka. Ich spürte, daß selbst die neu hinzugestoßenen Gäste diese Französin mochten, die, ohne zu murren, das Schicksal Rußlands zu ihrem gemacht hatte.

Ich erfuhr viel aus diesen Erzählungen. Jetzt konnte ich ermessen, warum in unserer Familie jedes Weihnachtsfest von einer leichten Anspannung überschattet gewesen war. Als ob ein heimtückischer Luftzug nach Einbruch der Dunkelheit die Türen in einem leerstehenden Haus immer wieder auf und zu geworfen hätte. Obwohl mein Vater bester Stimmung war, und trotz der Geschenke, trotz der Knallkörper und dem funkelnden Tannenbaum spürten wir immer ein nicht faßbares Unbehagen. Als könnte mitten in der Feier, während man sich zuprostete und die Korken knallten, jemand an die Tür klopfen. Ich glaube sogar, daß meine Eltern, ohne es sich einzugestehen, die übliche Ruhe während der verschneiten ersten Januartage mit einer gewissen Erleichterung aufnahmen. Meine Schwester und ich mochten jedenfalls die Zeit nach den Feiertagen mehr als die Feiertage selbst ...

Die Tage meiner Großmutter in Rußland – von einem bestimmten Augenblick an waren sie ganz einfach ihr Leben und nicht mehr nur eine »Zwischenstation« vor der Rückkehr nach Frankreich – hatten für mich eine geheime Melodie, die die anderen nicht wahrnahmen. Wenn in unserer verrauchten Küche jene Tage wieder auflebten, war Charlotte von einer Art unsichtbaren Aura umgeben. Ich war verzückt und staunte über diese Frau: »Dieselbe Frau, die monatelang an einem vereisten Fenster ausharrte und auf den sagenhaften Glockenschlag um drei Uhr morgens wartete, war das rätselhafte und geliebte Wesen, das einst die silbernen Muschelschalen in einem Café in Neuilly gesehen hatte!«

Niemals sprachen sie über Charlotte, ohne sich zu erzählen, was in jenen Morgenstunden geschah ...

Ihr Sohn erwachte plötzlich mitten in der Nacht. Er sprang von seinem Klappbett auf und ging barfuß, mit ausgestreckten Armen zum Fenster. Dabei stieß er in der Dunkelheit an das Bett seiner Schwester. Auch Charlotte schlief nicht. Sie lag mit offenen Augen da und versuchte zu verstehen, woher das dumpfe, immerzu gleichförmige Geräusch kam, unter dem die Wände zu erbeben schienen. Sie spürte, wie dieser träge heranrollende Lärm sie von Kopf bis Fuß zittern ließ. Die Kinder standen auf und rannten zum Fenster. Charlotte hörte, wie ihre Tochter erstaunt ausrief: »Oh! So viele Sterne! Sie bewegen sich ja ...«

Ohne Licht zu machen, stellte sich Charlotte zu ihnen. Im

Vorbeigehen sah sie einen metallenen Schimmer auf dem Tisch: Fjodors Zigarettenetui. An jenem Morgen erwartete sie ihn aus Moskau zurück. Sie blickte zum Fenster hinaus. Lichterketten zogen über den nächtlichen Himmel.

»Flugzeuge«, sagte der Junge mit seiner ruhigen, immer gleich klingenden Stimme: »Ganze Geschwader...«

»Aber wohin fliegen sie denn alle?«, seufzte das Mädchen und sperrte schlaftrunken die Augen auf.

Charlotte legte die Hände auf die Schultern ihrer Kinder.

»Geht schlafen! Wahrscheinlich sind es Manöver unserer Truppen. Schließlich sind wir hier nahe an der Grenze. Entweder sind es Manöver oder vielleicht Übungen für eine Truppenparade...«

Der Junge räusperte sich. Leise sagte er, wie zu sich selbst und, wie immer, mit jener gefaßten Traurigkeit, die bei einem Halbwüchsigen so überraschend war:

»Vielleicht ist auch Krieg.«

»Rede keinen Unsinn, Sergej«, unterbrach ihn Charlotte: »Jetzt aber schnell ins Bett! Morgen holen wir euren Vater vom Bahnhof ab.«

Sie knipste eine Nachttischlampe an und schaute auf die Uhr: »Jetzt ist es halb drei. Also: heute schon...«

Es blieb ihnen keine Zeit mehr, wieder einzuschlafen. Die ersten Bomben zerrissen die Nacht. Die Geschwader, die schon seit einer Stunde über die Stadt flogen, hatten weiter im Hinterland gelegene Regionen zum Ziel. Dort sollte ihr Überfall einem Erdbeben gleichen. Erst gegen halb vier Uhr morgens begannen die Deutschen, die Grenze zu bombardieren und ihren Bodentruppen den Weg zu ebnen. Und das schlaftrunkene Mädchen, das fasziniert die eigenartigen, viel zu regelmäßigen Sternbilder betrachtete, meine Mutter, befand sich unter den funkelnden Lichtern auf der Schwelle zwischen Frieden und Krieg.

Es war schon fast unmöglich, das Haus zu verlassen. Die

Erde schwankte, der Reihe nach fielen die Ziegel vom Dach und zerbrachen mit einem dumpfen Krachen auf den Stufen der Außentreppe. Der Lärm der Explosionen legte sich über alle Gesten und Worte und erstickte sie.

Schließlich gelang es Charlotte, die Kinder vor sich her ins Freie zu schieben; sie selbst schleppte einen großen, schweren Koffer unter dem Arm. In den Fenstern der Häuser gegenüber gab es keine Scheiben mehr. Ein Vorhang wehte im langsam aufkommenden Morgenwind. Der helle Stoff bauschte sich leicht und bewahrte darin die sanfte Ruhe eines Morgens aus der Zeit des Friedens.

Die Straße zum Bahnhof war von Glasscherben und herabgefallenen Ästen übersät. Manchmal versperrte ein in der Mitte gespaltener Baum den Weg. An einer Stelle mußten sie einen Bogen um einen riesigen Bombentrichter machen, dort wurde die Menge der Flüchtenden dichter. Als sie vor dem Loch auseinanderströmten, schubsten sich die schwer bepackten Menschen gegenseitig und merkten plötzlich, daß sie nicht allein waren. Sie versuchten, sich zu verständigen, doch der ohrenbetäubende Hall einer Stoßwelle, die plötzlich zwischen den Häusern durchbrach, machte sie mundtot. Hilflos fuchtelten sie mit den Armen und rannten weiter.

Als Charlotte am Ende der Straße den Bahnhof sah, spürte sie am ganzen Leib, daß ihr bisheriges Leben von jetzt an unwiederbringlich der Vergangenheit angehören würde. Nur die Außenmauern des Bahnhofsgebäudes standen noch, und aus den leeren Höhlen der Fenster starrte der bleiche Morgenhimmel ...

Die Nachricht war in aller Munde, hundertfach wiederholt durchstieß sie den Lärm des Bombenhagels: Der letzte Zug nach Osten war soeben abgefahren. Mit irrwitziger Pünktlichkeit hatte er sich an den regulären Fahrplan gehalten. Die Menschenmenge brandete gegen die Trümmer des Bahnhofs, blieb stehen, dann riß das Heulen eines Flugzeugs sie zu Boden, sprengte sie auseinander. Sie flohen in die angrenzenden Straßen und unter die Bäume einer Grünanlage.

Charlottes Blick irrte suchend umher. Zu ihren Füßen lag ein Schild: »Gleise nicht überqueren! Lebensgefahr!« Doch die Gleise waren von den Explosionen aus dem Boden gerissen worden und ragten als wirre Schienenstränge im steilen Bogen am Betonpfeiler eines Viadukts empor. Sie zeigten in den Himmel und ihre Schwellen sahen aus wie eine phantastische Treppe, die geradewegs in die Wolken führte.

»Dort steht ein abfahrbereiter Güterzug«, hörte sie plötzlich die ruhige und fast unbeteiligte Stimme ihres Sohnes murmeln.

In der Ferne sah sie einen Zug mit großen, braunen Güterwaggons, die von Menschen umlagert wurden. Sie packte den Griff ihres Koffers, die Kinder setzten ihre Rucksäcke auf.

Als sie den letzten Wagen erreicht hatten, setzte sich der Zug gerade in Bewegung, und man hörte das erleichterte Aufatmen der verängstigten Menschen im dichten Gedränge hinter der Schiebetür. Mit dem hoffnungslosen Gefühl, daß der Zug schneller sein würde als sie, stieß sie ihre Kinder zu dieser Öffnung. Ihr Sohn kletterte hinauf und packte den Koffer. Seine Schwester mußte sich schon beeilen, um die Hand zu fassen, die der Junge ihr entgegenstreckte. Charlotte packte das Kind an der Taille, hob es hoch, und drückte es gerade noch in den überfüllten Wagen. Sie mußte jetzt rennen und versuchen, sich an dem großen eisernen Riegel festzuklammern. All dies geschah im Bruchteil einer Sekunde, doch die Zeit reichte, um die starren Gesichter der Geretteten, die Tränen ihrer Tochter und mit übernatürlicher Schärfe die rissige Holzwand des Waggons zu sehen ...

Sie stolperte, fiel auf die Knie. Was folgte, geschah so schnell, daß sie sich nicht erinnern konnte, den weißen Kies

127

auf dem Bahndamm gestreift zu haben. Zwei Hände packten sie kraftvoll unter den Armen, der Himmel machte einen jähen Sprung, und sie spürte, wie sie in den Wagen gedrückt wurde. Im blitzartig aufflackerndem Licht sah sie in der offenen Schiebetür die Mütze eines Eisenbahners, die Umrisse eines Mannes, die sich für einen Sekundenbruchteil im Gegenlicht abzeichneten.

Gegen Mittag kam der Zug durch Minsk. Im dichten Qualm schimmerte eine rötliche Sonne wie die eines anderen Planeten. Und wie seltsame, dunkle Schmetterlinge schwebten große Ascheflocken durch die Luft. Es war unfaßbar, daß nach wenigen Stunden Krieg von der Stadt nichts weiter übrig geblieben war als die endlosen Reihen verkohlter Häusergerippe.

Langsam, als tastete er sich voran, fuhr der Zug durch diese verrußte Dämmerung, in der die Sonne einen nicht mehr blenden konnte. Sie waren bereits an dieses zögerliche Fortkommen und an den Himmel voll brummender Flugzeuge gewöhnt. Ja, sogar an das gellende Pfeifen über dem Waggon und den darauffolgenden Kugelhagel auf das Dach.

Als sie aus der verbrannten Stadt fuhren, stießen sie auf die Überreste eines von Bomben zerfetzten Zuges. Mehrere Wagen waren auf den Bahndamm gekippt, andere waren liegengeblieben, hatten sich grauenhaft ineinander verkeilt und blockierten die Gleise. Einige Krankenschwestern waren da, gingen angesichts der großen Zahl umherliegender Leichen hilflos und wie benommen den Zug auf und ab. In den ausgebrannten Abteilen erkannte man die Umrisse von Menschen, manchmal hing ein Arm aus einem zerbrochenen Fenster. Über den ganzen Boden verstreut lagen Gepäckstücke. Auffällig waren vor allem die vielen Puppen auf den Schwellen und im Gras ... An einem der Wagen, die noch auf den Gleisen standen, war das Emailschild mit dem

Bestimmungsort zu lesen. Fassungslos stellte Charlotte fest, daß es jener Zug gewesen war, den sie an diesem Morgen verpaßt hatten. Der letzte Zug in Richtung Osten, der sich an den Vorkriegsfahrplan gehalten hatte.

Bei Einbruch der Nacht wurde der Zug schneller. Charlotte spürte, wie ihre Tochter sich an ihre Schulter schmiegte und dabei fröstelte. Sie stand auf, um an den großen Koffer zu kommen, auf dem sie saßen. Es war Zeit, warme Kleidung und zwei Kekspackungen für die Nacht herauszuholen. Charlotte öffnete den Deckel, streckte ihre Hand hinein und erstarrte. Einen kurzen Aufschrei, mit dem sie die Leute neben sich weckte, konnte sie nicht unterdrücken.

Der Koffer war voll mit alten Zeitungen! In der Aufregung am Morgen hatte sie den sibirischen Koffer mitgenommen.

Sie traute ihren Augen nicht, zog ein vergilbtes Blatt heraus und las im grauen Dämmerlicht: »Abgeordnete und Senatoren aller Fraktionen folgten bereitwillig dem Aufruf der Herren Loubet und Brisson ... Die Vertreter der wichtigsten staatlichen Organe trafen sich im Salon Murat ...«

Traumwandlerisch schloß Charlotte den Koffer, setzte sich wieder und blickte mit ungläubigem Kopfschütteln um sich.

»In meinem Rucksack ist eine alte Jacke. Und beim Weggehen habe ich das Brot aus der Küche mitgenommen ...«

Es war die Stimme ihres Sohnes. Er mußte ihre Verzweiflung erraten haben.

In der Nacht schlief Charlotte für einen kurzen Traum ein. Klänge und Farben von einst flossen ineinander ... Jemand, der sich zum Ausgang schob, weckte sie. Der Zug war auf freiem Feld stehengeblieben. Hier war die Nacht nicht so tiefschwarz wie in der Stadt, aus der sie geflohen waren. Die Ebene, die sich hinter dem fahlen Rechteck der offenen Tür ausbreitete, zeigte jene aschgraue Tönung der Nächte im hohen Norden. Als sich ihre Augen an die Finsternis gewöhnt hatten, sah sie neben der Strecke im Schatten eines Wäldchens die Umrisse einer in tiefem Schlummer liegenden Isba. Davor stand ein Pferd auf einer Wiese, die sich den Bahndamm entlangzog. Es war so still, daß man das leise Rascheln der ausgerupften Halme und das weiche Stampfen der Hufe auf dem feuchten Boden hören konnte. Nicht ohne Bitternis, aber mit einer Ruhe, über die sie sich selbst wunderte, hörte Charlotte eine innere Stimme mit großer Klarheit sagen: »Erst die Hölle der brennenden Städte, und wenige Stunden später dieses Pferd, das in der kühlen Nacht auf einer von Tau bedeckten Wiese grast. Dieses Land ist zu groß, um besiegt zu werden. Gegen den Frieden dieser endlosen Ebene werden ihre Bomben machtlos sein . . .«

Nie zuvor hatte sie sich diesem Land so nahe gefühlt.

In den ersten Kriegsmonaten zog die nicht enden wollende Kolonne verstümmelter Leiber, die sie vierzehn Stunden täglich pflegte, durch ihren Schlaf. Zügeweise wurden die Verwundeten in die ungefähr hundert Kilometer von der Frontlinie entfernt liegende Stadt gebracht. Häufig begleitete Charlotte den Arzt zum Bahnhof, um die Waggons voller schwerverwundeter Soldaten in Empfang zu nehmen. Manchmal sah sie auf dem gegenüberliegenden Gleis noch einen Zug, vollbesetzt mit Soldaten, die man gerade einberufen hatte und die in entgegengesetzter Richtung an die Front unterwegs waren.

Der Reigen verstümmelter Leiber brach auch nicht ab, wenn sie schlief. Sie versammelten sich vor Anbruch der Nacht, tanzten durch ihre Träume und warteten am Morgen auf sie: der junge Infantrist mit dem herausgerissenen Unterkiefer, dessen Zunge über dem schmutzigen Verband hing, ein anderer – ohne Augen, ohne Gesicht . . . Vor allem aber jene immer zahlreicher werdenden Verletzten, die Arme und Beine verloren hatten – schauerliche Rümpfe ohne Gliedmaßen mit vor Schmerz und Verzweiflung stumpf gewordenem Blick.

Es waren vor allem die Augen, die den zarten Schleier ihrer Träume zerrissen. Wie Sternbilder funkelten sie in der Dunkelheit, verfolgten sie überall hin, unterhielten sich schweigend mit ihr.

Eines Nachts (endlose Panzerkolonnen fuhren durch die Stadt) war ihr Schlaf leichter denn je – er bestand nur aus kurzen Augenblicken des Vergessens, aus denen sie unter dem metallenen Gelächter der Panzerketten immer wieder hochschreckte. Vor dem fahlen Hintergrund eines dieser Traumgesichte erkannte Charlotte plötzlich all die Blicke wieder. Ja, sie hatte diese Sternbilder schon einmal gesehen in einer anderen Stadt, in einem anderen Leben. Sie erwachte und wunderte sich, keinen Lärm mehr zu hören. Die Panzer waren von der Straße verschwunden. Es herrschte eine betäubende Stille. In dieser geballten und stummen Finsternis war es Charlotte, als sähe sie noch einmal die Augen der Verwundeten aus dem Ersten Weltkrieg. Die Zeit im Lazarett von Neuilly kehrte wieder. »Das war gestern«, dachte Charlotte.

Sie stand auf und ging zum Fenster, um ein Oberlicht zu schließen. Ihre Hand hielt auf halbem Wege inne. Mit gewaltigen Schneeböen (es war der erste Schnee im ersten Kriegswinter) überzog der Sturm die noch dunkle Erde mit einem weißen Kleid. Der von schneeschweren Wolken verhangene Himmel zog ihren Blick in unbekannte Tiefen. Sie dachte daran, wie Menschen lebten. Wie sie starben. Daran, daß es irgendwo unter diesem stürmischen Himmel Wesen ohne Arme und Beine gab, die mit offenen Augen in die Nacht starrten.

Da kam ihr das Leben wie eine eintönige Folge von Kriegen

vor, wie ein endloses Verbinden stets offener Wunden. Und es war erfüllt vom Dröhnen des Stahls auf dem nassen Pflaster... Eine Schneeflocke verirrte sich auf ihren Arm. Ja, so war es: endlose Kriege, Wunden, und dazwischen, in einem Augenblick der inneren Einkehr, der erste Schnee.

Nur zweimal während des Krieges erloschen die Blicke der Verletzten in ihren Träumen. Das erstemal, als ihre Tochter an Typhus erkrankte und es galt, um jeden Preis Brot und Milch aufzutreiben (seit Monaten ernährten sie sich nur von Kartoffelschalen). Das zweitemal, als sie einen Totenschein von der Front erhielt... Obwohl sie bereits seit dem Morgen im Lazarett war, blieb sie die ganze Nacht über dort und hoffte, vor Erschöpfung umzufallen, denn sie fürchtete sich, nach Hause zurückzukehren, die Kinder zu sehen und mit ihnen darüber sprechen zu müssen. Gegen Mitternacht setzte sie sich schließlich an den Ofen, lehnte den Kopf gegen die Wand, schloß die Augen, und sofort befand sie sich auf einer Straße... Sie lauschte dem morgendlichen Treiben auf den Bürgersteigen, sog die von einer blassen, milchigen Sonne erwärmte Luft ein. Während sie durch die noch schlafende Stadt wanderte, erkannte sie mit jedem Schritt ihre einfache Topographie wieder: das Bahnhofscafé, die Kirche, den Marktplatz. Sie verspürte eine eigenartige Freude beim Lesen der Straßennamen, beim Betrachten der spiegelnden Fenster und des Laubs auf einem Platz hinter der Kirche. Ihr Begleiter bat sie, ihm die Namen zu übersetzen. Jetzt wußte sie, was diesen Spaziergang durch die noch schlafende Stadt mit soviel Glück erfüllt hatte...

Als Charlotte erwachte, hatte sie noch die letzten Worte, die sie im Traum gesprochen hatte, auf den Lippen. Und als sie begriff, wie weit ihr Traum – gemeinsam mit Fjodor an einem klaren Herbstmorgen durch diese französische Stadt zu gehen – von der Wirklichkeit entfernt war, als sie die vollkommene Unmöglichkeit dieses doch so einfachen Spaziergangs einsah, zog sie ein kleines Stück Papier aus ihrer Tasche und las zum hundertstenmal in verschwommenen Druckbuchstaben die Todesnachricht und den Namen ihres Mannes, der mit violetter Tinte von Hand eingetragen war. Schon wurde sie vom anderen Ende des Flurs gerufen. Der nächste Zug mit Verletzten kam gleich an.

»Samoware!« – so nannten mein Vater und seine Freunde bei ihren nächtlichen Unterhaltungen die Soldaten ohne Arme und Beine, diese lebende Rümpfe, deren Augen alle Verzweiflung der Welt vereinten. Ja, es waren wirklich Samoware: mit Oberschenkelstümpfen, die wie die Beine jenes Kupfergefäßes aussahen, und Armstummeln, die seinen Henkeln ähnelten.

Unsere Gäste sprachen mit einer Mischung aus seltsamer Großspurigkeit, Belustigung und Bitternis über sie. Die grausame und ironische Bezeichnung machte deutlich, daß der Krieg weit weg war, vergessen von den einen, belanglos für die anderen, für unsere junge Generation, die zehn Jahre nach ihrem Sieg auf die Welt gekommen war. Um nicht pathetisch zu erscheinen, erzählten sie, glaube ich, von der Vergangenheit mit jener aufgesetzten Unbekümmertheit, die sich, wie ein russisches Sprichwort sagt, weder um Gott noch Teufel schert. Lange Zeit später entdeckte ich das wahre Geheimnis dieses ernüchterten Tonfalls: Ein »Samowar« war eine Seele, die in einem Stück Fleisch ohne Glieder steckte, war ein Hirn, das keinen Leib mehr beherrschte, war ein kraftloser Blick aus einem schwammigen, breiigen Klumpen Leben. Diese gemarterte Seele nannten sie »Samowar«.

Sich über Charlottes Leben zu unterhalten, hielt sie auch davon ab, ihre eigenen Wunden und leidvollen Erfahrungen hervorzukehren. Zumal im Lazarett, in dem sie arbeitete,

Hunderte von Soldaten aus allen Frontabschnitten gepflegt wurden. Dort hatte sie von zahllosen Schicksalen erfahren und die Lebensgeschichten so vieler Menschen in sich angehäuft.

Zum Beispiel die jenes Soldaten, dessen Bein voller Holzsplitter steckte, und die mich immer wieder beeindruckte. Ein Granatsplitter hatte ihn unterhalb des Knies getroffen und einen Holzlöffel zerschmettert, den er in seinem hohen Stiefelschaft bei sich trug. Es war keine schwere Verletzung, doch alle Holzstücke mußten entfernt werden. »Alle Spleiße«, wie Charlotte sich ausdrückte.

Ein anderer Verwundeter beklagte sich tagelang, sein Bein jucke unter dem Gips, »daß es nicht auszuhalten ist«. Er wand sich, kratzte an dem weißen Panzer, als könnten seine Fingernägel die Wunde erreichen. »Machen Sie den Gips weg«, flehte er, »ich krepiere sonst. Nehmen Sie ihn ab, oder ich schneide ihn selbst mit dem Messer auf!« Der Chefarzt, der sein Skalpell zwölf Stunden am Tag nicht aus den Händen legte, ließ sich nicht überreden, denn er glaubte, einen Jammerlappen vor sich zu haben. »Die Samoware beklagen sich nie«, dachte er. Schließlich gelang es Charlotte, ihn soweit zu bringen, ein kleines Loch in den Gips zu schneiden. Und mit einer Pinzette zog sie weiße Würmer aus dem blutigen Fleisch und reinigte die Wunde.

Bei diesem Bericht sträubte sich alles in mir. Ich zitterte am ganzen Leib angesichts dieses Bildes des Zerfalls. Ich spürte die Hand des Todes im Nacken. Und verwundert stellte ich fest, daß die Erwachsenen an diesen sich stets gleichenden Geschichten – Holzsplitter in der Wunde, Würmer usw. – ihre Freude hatten.

Und dann gab es noch jene Wunde, die einfach nicht heilen wollte. Und das, obwohl sie sich gut schloß. Im Gegensatz zu den anderen Soldaten, die bereits kurz nach der Operation begannen, in den Fluren auf und ab zu gehen, blieb dieser ruhige und ernste Soldat im Bett liegen. Der Arzt beugte sich über das Bein und schüttelte den Kopf. Am Vorabend war die Wunde noch von einer feinen Hautschicht überzogen gewesen, jetzt hatte sie unter den Binden wieder zu bluten begonnen und ihre dunklen Ränder sahen aus wie zerrissene Spitzen. »Eigenartig!« wunderte sich der Arzt, doch er konnte sich nicht länger damit aufhalten. »Erneuern Sie den Verband!« wies er die diensthabende Krankenschwester an und schlängelte sich durch die dicht an dicht stehenden Betten ... In der folgenden Nacht überraschte Charlotte den Verwundeten durch einen Zufall. Alle Krankenschwestern trugen Schuhe mit Absätzen, die mit ihrem hastigem Trommeln die Flure erfüllten. Nur Charlotte in ihren Filzpantoffeln ging lautlos umher. Er hatte sie nicht kommen hören. Sie betrat den finsteren Raum, blieb an der Tür stehen. Vor dem weißen Schnee in den Fenstern hoben sich die Umrisse des auf seinem Bett sitzenden Soldaten deutlich ab. Es dauerte einige Sekunden, bis Charlotte begriff: Der Soldat bearbeitete seine Wunde mit einem Schwamm. Auf dem Kopfkissen rollten sich die Binden, die er abgenommen hatte. Am Morgen unterrichtete sie den Chefarzt. Er hatte eine schlaflose Nacht hinter sich und starrte sie wie durch einen Nebelschleier verständnislos an. Schließlich schüttelte er seine Benommenheit ab und entgegnete barsch:

»Und was, meinst du, soll ich jetzt tun? Ich melde es sofort und lasse ihn abholen. Das ist Selbstverstümmelung ...«

»Er wird vor ein Kriegsgericht kommen ...«

»Na und? Hat er das nicht verdient? Andere krepieren in den Schützengräben, und dieser Deserteur ...!«

Einen Moment herrschte Schweigen. Der Arzt setzte sich und begann mit Händen voller Jodflecken sein Gesicht zu massieren.

»Und wenn man ihm einen Gips machen würde?« sagte Charlotte.

Hinter den Handrücken tauchte das wutentbrannte Gesicht des Arztes auf. Er öffnete den Mund, dann besann er sich eines besseren. Seine entzündeten Augen begannen zu leuchten, er lächelte.

»Du immer mit deinen Gipsen. Einmal muß man einen entfernen, weil es darunter juckt, dann wieder einen anlegen, weil sich einer aufkratzt. Ich muß mich über dich wundern, Charlotta Norbertowna!«

Bei der Visite untersuchte er die Wunde und sagte wie selbstverständlich zur Krankenschwester:

»Er muß einen Gips bekommen. Nur eine Schicht.«

Charlotte erledigte es, bevor sie ging.

Sie schöpfte wieder Hoffnung, als sie anderthalb Jahre nach der ersten Todesmeldung eine zweite erhielt. Fjodor konnte nicht zweimal gefallen sein, also war er vielleicht noch am Leben, dachte sie. Der doppelte Tod wurde zum Versprechen, daß er lebte. Ohne irgend jemand etwas davon zu sagen, begann Charlotte wieder zu warten.

Er kehrte zurück. Nicht, wie die meisten Soldaten, zu Beginn des Sommers aus dem Westen, sondern im September, nach der Niederlage Japans, aus dem Hinteren Orient . . .

Saranza hatte sich wieder von einer Stadt an der Frontlinie in einen friedlichen Flecken hinter der Wolga verwandelt und war erneut in seinen Schlummer am Rande der Steppe gefallen. Charlotte lebte allein. Ihr Sohn (mein Onkel Sergej) war in eine Militärschule eingetreten, ihre Tochter (meine Mutter) war in die benachbarte Stadt gezogen, wie es alle Schüler taten, die eine höhere Schule besuchen wollten.

An einem milden Septemberabend trat sie aus dem Haus und ging die menschenleere Straße hinunter. Bevor es dunkel wurde, wollte sie am Rand der Steppe Dill pflücken, den sie zum Pökeln verwendete. Auf dem Heimweg sah sie ihn... Sie trug einen Strauß langer Stengel, aus dem gelbe Dolden ragten. Ihr Kleid und ihre Gestalt waren durchdrungen von der Reinheit der stillen Wiesen und dem verblassenden Licht des Sonnenuntergangs. Ihre Hände dufteten noch stark nach Dill und Heu. Sie wußte bereits, daß das Leben trotz seiner Härten lebenswert sein konnte, daß man es nur langsam durchschreiten mußte vom Sonnenuntergang bis zum eindringlichen Duft dieser Kräuter, von der unendlichen Stille der Ebene bis zum Gezwitscher eines einsamen Vogels am Himmel, daß sie diesen Himmel in sich aufnehmen konnte, und dann spürte sie seinen Widerschein wie eine hoffnungsvolle und lebendige Kraft in ihrer Brust. Ja, selbst den warmen Staub auf dem schmalen Pfad nach Saranza galt es zu beachten...

Sie blickte auf und sah ihn. Er kam ihr von weitem, vom Ende der Straße entgegen. Wenn Charlotte ihn auf der Türschwelle empfangen hätte, wenn er die Tür geöffnet hätte und eingetreten wäre, wie sie es sich seit langem ausgemalt hatte und wie es alle Soldaten taten, die vom Krieg zurückkehrten, sei es in Wirklichkeit oder im Film, dann hätte sie zweifellos einen Schrei ausgestoßen, hätte sich an seine Brust geworfen und an seine Schulterriemen geklammert, hätte geweint...

Doch er kam ihr von weitem entgegen, gab sich erst nach und nach zu erkennen und ließ seiner Frau die Zeit, wieder mit dieser Straße vertraut zu werden, die ihr durch die Gestalt eines Mannes fremd wurde, der, wie sie jetzt schon sehen konnte, zaghaft lächelte. Sie rannten nicht aufeinander zu, wechselten kein Wort, fielen sich nicht in die Arme. Sie hatten das Gefühl, sich seit einer Ewigkeit entgegenzugehen. Die Straße war menschenleer, das Laub schimmerte goldgelb im Abendlicht, und alles erschien in einer unwirklichen Klarheit. Er nickte, als wollte er sagen: »Ich verstehe.«

Er trug keinen Schulterriemen, nur ein Koppel mit einer matten, bronzenen Schnalle. Seine Schuhe waren vom Staub versengt.

Charlotte wohnte im Erdgeschoß eines alten Holzhauses. Schon seit hundert Jahren hob sich Jahr für Jahr unmerklich der Boden, und das Haus war soweit eingesunken, daß das Fenster ihres Zimmers gerade noch auf den Gehweg reichte... Schweigend traten sie ein. Fjodor stellte seinen Rucksack auf einen Schemel, setzte an, etwas zu sagen, doch dann schwieg er, legte die Finger auf die Lippen und hustete nur. Charlotte begann, das Essen vorzubereiten.

Sie ertappte sich, wie sie auf seine Fragen antwortete, ohne nachzudenken (sie sprachen über das Brot, die Essensmarken, das Leben in Saranza), wie sie ihm Tee anbot und wie sie lächeln mußte, als er meinte, »alle Messer in diesem Haus müßten einmal geschliffen werden«. Doch obwohl sie sich jetzt zum erstenmal, wenn auch zögerlich, unterhielten, war sie überhaupt nicht bei der Sache. Tief in ihre Gedanken versunken, stellten sich ihr ganz andere Fragen: »Dieser Mann mit seinen kurzen, kreideweißen Haaren ist mein Ehemann. Vier Jahre habe ich ihn nicht gesehen. Zweimal wurde er zu Grabe getragen, zuerst in der Schlacht um Moskau, dann in der Ukraine. Und jetzt ist er hier. Er ist zurückgekommen. Warum weine ich nicht vor Freude? Ich sollte... Wie grau sein Haar ist...« Sie ahnte, daß auch er mit seinen Gedanken nicht bei ihrem Gespräch über Essensmarken war. Zur Zeit seiner Rückkehr waren die Freudenfeuer über den Sieg bereits lange erloschen. Das Leben ging wieder seinen alltäglichen Gang. Er kam zu spät. Wie ein zerstreuter Gast, den man zum Mittag eingeladen hat, und der zum Abendessen vor der Tür steht, wenn die Dame des Hauses gerade die letzten späten Gäste verabschiedet. »Ich komme ihm sicher sehr alt vor«, dachte Charlotte plötzlich, doch selbst dieser Gedanke konnte die eigenartige Leere in ihrem Herzen nicht füllen, konnte ihr die unfaßbare Gefühllosigkeit nicht nehmen.

Sie weinte erst, als sie seinen Körper sah. Nach dem Essen stellte sie das Wasser auf den Herd, holte die kleine Zinkwanne, in der sie die Kinder immer gebadet hatte, und stellte sie mitten ins Zimmer. Fjodor zwängte sich in den grauen Behälter, dessen Boden unter seinen Füßen mit einem nachhallenden Klingen ausbeulte. Und während sie einen Strahl warmes Wasser über ihren Mann goß, der sich ungeschickt Schultern und Rücken wusch, begann Charlotte zu weinen. Die Tränen rannen über ihr regloses Gesicht, tropften herab und mischten sich mit dem Seifenwasser in der Wanne.

Es war der Körper eines Unbekannten. Ein Körper, übersät mit Narben und Schmissen – manche tief, mit fleischigen Rändern wie riesige, gierige Lippen, andere an der Oberfläche, kaum zu sehen und durchscheinend wie die Spur einer Schnecke. In einem seiner Schulterblätter gab es eine Einbuchtung – Charlotte wußte genau, von welcher Granate, von welchem Geschoß die Splitter stammten, die solche Verletzungen verursachten. Eine Spur rosafarbener Nahtpunkte lief um die Schulter und verlor sich auf der Brust...

Durch den Tränenschleier betrachtete sie das Zimmer, als sähe sie es zum erstenmal: ein Fenster, das ebenerdig abschloß, ein Strauß Dill, der bereits aus einer anderen Zeit ihres Lebens stammte, ein Tornister auf dem Schemel neben dem Eingang, schwere, staubige Stiefel. Und mitten in diesem zur Hälfte versunkenen Raum, unter dem matten Schein einer nackten Glühbirne – ein Männerleib, den sie nicht mehr kannte, wie aus dem Räderwerk einer Maschine hervorgekommen. Unwillkürlich hörte sie in sich eine staunende Stimme: »Ich, Charlotte Lemonnier, bin hier in dieser

vom Steppengras überwucherten Isba zusammen mit einem
Mann, mit einem Soldaten, dessen Körper von Wunden zer-
furcht ist – und der der Vater meiner Kinder ist, der Mann,
den ich so sehr liebe ... Ich, Charlotte Lemonnier ...«
Eine weiße Kerbe zog sich über eine Augenbraue Fjodors,
wurde nach oben schwächer, und ein Strich teilte die Stirn.
Die Narbe verlieh seinem Blick einen Ausdruck ewigen
Staunens. Als gelänge es ihm nicht, sich an das Leben nach
dem Krieg zu gewöhnen.
Er lebte nicht einmal mehr ein Jahr... Im Winter bezogen
sie die Wohnung, in der Charlotte noch wohnte, als wir sie
später jeden Sommer besuchten. Sie hatten nicht mehr die
Zeit, neues Geschirr und Besteck zu kaufen. Fjodor schnitt
das Brot mit dem Messer, das er von der Front mitgebracht
hatte – es war ein Bajonett.

Das Bild, das mir von meinem Großvater aus dieser unglaublich kurzen Zeit des Wiedersehens blieb, hatte ich aus
den Erzählungen der Erwachsenen: Ein Soldat stieg die
Treppe der Isba hoch, sein Blick senkte sich in den seiner
Frau, und er hatte gerade noch soviel Zeit, zu sagen: »Siehst
du, ich bin zurückgekommen.« Dann sank er nieder und
starb an den Folgen seiner Verletzungen.

3

In jenem Jahr hielt Frankreich mich in einer tiefen, von strebsamer Arbeit erfüllten Einsamkeit fest. Als der Sommer vorbei war, kehrte ich wie ein junger Forschungsreisender mit tausend Fundstücken im Gepäck aus Saranza zurück, angefangen von den Weintrauben Prousts bis hin zur Gedenktafel, die den tragischen Tod des Herzogs von Orleans bezeugte. Im Herbst, und noch mehr im Winter, entwickelte ich einen zwanghaften Bildungseifer, verwandelte mich in einen Archivar, der besessen jeden Hinweis über das Land sammelte, dessen Geheimnis er auf seiner Forschungsreise im Sommer nur wenig erhellen konnte.

Ich verschlang alles, was unsere Schulbücherei an Wissenswertem über Frankreich besaß. Ich tauchte in Regale, die weitaus größer waren als das Regal, das unserer Stadt gewidmet war. Den schlaglichtartigen, impressionistischen Berichten Charlottes wollte ich ein systematisches Wissen entgegensetzen, indem ich von Jahrhundert zu Jahrhundert, von einem Ludwig zum nächsten voranschritt, mich erst einem Schriftsteller, dann seinen Zeitgenossen, dann seinen Schülern oder Epigonen zuwandte.

Diese langen Tage in staubigen, mit Büchern vollgestellten Labyrinthen entsprachen zweifelsohne einer Neigung zum mönchischen Leben, wie sie jeder in diesem Alter besitzt.

Man versucht auszubrechen, bevor einen das Räderwerk der Erwachsenenwelt erfaßt, man sondert sich ab und träumt von künftigen Liebesabenteuern. Aber die Zeit des Wartens, das zurückgezogene Leben wird schnell beschwerlich. Woher sonst rührt der Herdentrieb, dieser Hang zur Gruppenbildung bei Heranwachsenden – das fieberhafte Bemühen, vor der Zeit alle Drehbücher der Erwachsenenwelt nachzuspielen? Nur wenige unter den dreizehn oder vierzehn Jahre alten, über sich und die Welt nachdenkenden Einzelgängern können den Rollen widerstehen, die ihnen mit der ganzen Grausamkeit und Unduldsamkeit der einstigen Kinder aufgezwungen werden.

Ich verdanke es meinem Bemühen um Frankreich, daß ich mir die aufmerksame und offene Einsamkeit des Heranwachsenden bewahren konnte.

Die kleine Gesellschaft meiner Klassenkameraden behandelte mich mal mit zerstreuter Nachsicht (ich war noch »unreif«, ich rauchte nicht und ich erzählte keine scharfen Geschichten, in denen die männlichen und weiblichen Geschlechtsorgane zu selbständig handelnden Wesen wurden), mal mit einer Angriffslust, die mich, aufgrund der vereinten Gewaltbereitschaft, ratlos stimmte: Ich fühlte mich nicht so sehr anders und glaubte daher, soviel Feindseligkeit nicht verdient zu haben. Tatsache ist, daß ich mich nicht für die Filme begeisterte, über die sie in den Pausen sprachen, daß ich die Fußballvereine nicht auseinanderhalten konnte, deren leidenschaftliche Anhänger sie waren. Meine Unkenntnis beleidigte sie. Für sie war es eine Herausforderung. Sie gingen mit ihren Sticheleien und mit ihren Fäusten auf mich los. In diesem Winter begann ich, eine Wahrheit zu erkennen, die mich verunsicherte: Es war keine unschuldige Sache, von einer längst vergangenen Zeit erfüllt zu sein und diesem märchenhaften Atlantis im Herzen Raum zu geben. Ja, es war sogar eine Provokation, ein Ärgernis in den Augen aller, die in der Gegenwart lebten. Eines Tages fielen mir ihre Schikanen so auf die Nerven, daß ich vorgab, mich für das Ergebnis des letzten Spiels zu interessieren. Ich mischte mich in ihre Unterhaltung und verwies auf Namen von Fußballspielern, die ich am Vorabend auswendig gelernt hatte. Doch alle witterten den Betrug. Das Gespräch stockte. Die kleine Gesellschaft lief auseinander. Ich fing kurze mitleidige Blicke auf. Ich fühlte mich noch mehr herabgesetzt.

Nach diesem kläglichen Versuch versenkte ich mich um so mehr in meine Nachforschungen und Bücher. Die flüchtigen Bilder aus den verschiedenen Epochen meines Atlantis genügten mir nicht mehr. Von nun an war ich bestrebt, seine Geschichte bis in die innersten Winkel kennenzulernen. Ich irrte durch die dunklen Gänge unserer alten Bibliothek, um herauszufinden, wie es zu der außergewöhnlichen Vermählung von Heinrich I. und der russischen Prinzessin Anna kam. Ich wollte wissen, welche Mitgift sie von ihrem Vater Jaroslaw I. bekommen haben konnte, der als Jaroslaw der Weise in die Geschichte einging. Und wie jener es bewerkstelligt hatte, seinem von kriegerischen Normannen belagerten Schwiegersohn Pferdeherden aus Kiew zukommen zu lassen. Und wie sich Anna Jaroslawna täglich die Zeit vertrieb in den düsteren, mittelalterlichen Schlössern, in denen sie die russischen Bäder so sehr vermißte... Ich begnügte mich nicht mehr mit dem Bericht, der den tragischen Tod des Herzogs von Orléans unter den Fenstern der schönen Isabeau ausmalte. Nein, jetzt war ich seinem Mörder auf den Fersen, jenem Johann ohne Furcht, dessen Ahnentafel es zu erforschen galt, dessen Heldentaten belegt werden wollten, über dessen Kleidung und Waffen ich mir Klarheit verschaffen mußte, dessen Lehen ich auf der Karte suchte. Ich erfuhr, wie viele Stunden die Divisionen des Marschalls

Grouchy zu spät kamen, Stunden, die Napoleons Niederlage in Waterloo besiegelten ...

Natürlich war die Bibliothek eine Geisel der Ideologie und sehr einseitig bestückt: Über die Zeit Ludwigs XIV. fand ich nur ein einziges Werk, auf dem benachbarten Regal dagegen waren gut zwanzig Bände zur Pariser Commune und ein Dutzend über die Gründung der Kommunistischen Partei Frankreichs greifbar. Doch mein Wissensdurst war so groß, daß ich diese Geschichtsklitterung durchkreuzen konnte. Ich wandte mich der Literatur zu. Die französischen Klassiker waren verfügbar, und bis auf wenige berühmte Verbannte, wie Rétif de La Bretonne, Sade oder Gide, waren sie alles in allem der Zensur entgangen.

Meine Jugend und meine Unerfahrenheit machten mich zum Fetischisten: Ich sammelte Ereignisse aus der Geschichte, aber ich begriff sie nicht vor dem Hintergrund ihrer Zeit. Ich suchte in erster Linie nach Anekdoten, wie sie Fremdenführer über die Sehenswürdigkeiten einer Stadt erzählen. Meine Sammlung umfaßte die rote Weste, die Theophile Gautier getragen hatte, die Spazierstöcke Balzacs, George Sands Wasserpfeife und die Szene, in der sie Musset mit dem Arzt betrog, der ihn eigentlich pflegen sollte. Ich bewunderte, mit welchem Taktgefühl sie ihrem Liebhaber zum Thema des *Lorenzaccio* verhalf. Ich wurde nicht müde, mir die reichbebilderten Szenen vor Augen zu führen, die ich – in großer Unordnung, das ist wahr – in meinem Gedächtnis anhäufte. Wie jenes vom Zusammentreffen des mürrischen und melancholischen Patriarchen Victor Hugo mit Leconte de Lisle unter dem Blätterdach eines Parks. »Wissen Sie, an was ich gerade dachte?« fragte der Alte. Und zur Verlegenheit seines Gesprächspartners erklärte er nachdrücklich: »Ich dachte daran, was ich Gott sagen werde, wenn ich – und das wird vielleicht schon bald sein – sein Reich betrete ...« Daraufhin erwiderte Leconte de Lisle, ironisch und dennoch voller Hochachtung, im Brustton der Überzeugung: »Sie werden sagen: ›Lieber Kollege . . .‹«

Seltsamerweise war es jemand, der nichts über Frankreich wußte, der keinen einzigen französischen Roman gelesen hatte, der mir das Land – darin war ich mir sicher – nicht einmal auf dem Globus hätte zeigen können, der mir ungewollt half, den Kopf aus meiner Anekdotensammlung zu strecken und meine Suche in eine ganz andere Richtung zu lenken. Es war der Faulpelz, der mich einmal darüber belehrt hatte, daß Lenin keine Kinder hatte, weil er keine zeugen konnte.

Die Miniaturgesellschaft meiner Klasse begegnete ihm mit ebenso großer Verachtung wie mir, wenn auch aus völlig anderen Gründen. Sie haßten ihn, weil er ihnen ein recht widerwärtiges Bild vom Erwachsensein bot. Er war zwei Jahre älter als wir, hatte also schon ein Alter erreicht, in dem er sich mehr Freiheiten herausnehmen konnte, aber mein Freund, der Faulpelz, nutzte sie in keiner Weise. Paschka, so nannten ihn alle, führte ein Leben wie jene eigenartigen Muschiks, die bis zu ihrem Tod etwas von ihrer Kindheit bewahren, was einen starken Gegensatz zu ihrer ungeschliffenen, männlichen Erscheinung bildet. Dickköpfig meiden sie die Stadt, die Gesellschaft, die Bequemlichkeit, tauchen in den Wäldern unter und enden dort häufig als Jäger oder Landstreicher.

Paschka trug den Geruch von Fisch, von Schnee und, wenn die Schneeschmelze einsetzte, von Lehm ins Klassenzimmer. Tagelang watete er durch die Uferböschung der Wolga. Zur Schule ging er nur, um seiner Mutter keine Sorgen zu bereiten. Er kam immer zu spät, ging, ohne die geringschätzigen Seitenblicke der zukünftigen Erwachsenen zu bemerken, quer durch das Klassenzimmer und schlüpfte hinter sein Pult in der letzten Reihe. Die Schüler rümpften großtuerisch die Nase, wenn er an ihnen vorüberging, die

Lehrerin seufzte und verdrehte die Augen. Der Geruch von Schnee und feuchter Erde erfüllte allmählich das Klassenzimmer.

Unsere Außenseiterstellung im Klassenverband brachte uns einander näher. Ohne im engeren Sinne Freunde zu werden, wußten wir von unserer beider Einsamkeit und sahen darin ein Erkennungszeichen. Es war die Zeit, in der ich Paschka häufig bei seinen Angelausflügen zu den schneebedeckten Ufern der Wolga begleitete. Mit einer gewaltigen Bohrwinde trieb er Löcher ins Eis, warf seine Angelschnur hinein und verharrte reglos über der runden Öffnung, an der man die Dicke der grünlichen Eisschicht ablesen konnte. Ich stellte mir vor, wie am Ende dieses schmalen Tunnels, der manchmal einen ganzen Meter tief war, ein Fisch sich vorsichtig dem Köder näherte ... Wir zogen Barsche mit getigertem Rücken, gesprenkelte Hechte, und heftig mit ihrer roten Schwanzflosse um sich schlagende Plötzen aus dem Loch, nahmen sie vom Angelhaken und warfen sie in den Schnee. Nach ein paar Zuckungen erstarrten sie, gefroren im eisigen Wind. Auf ihren Rücken bildeten sich Eiskristalle wie phantastische Diademe. Wir sprachen wenig. Die große Stille der verschneiten Ebenen, der silberfarbene Himmel, der tiefe Schlaf des großen Flusses machten Worte überflüssig.

Bei der Suche nach besseren Fischgründen kam Paschka manchmal gefährlich nahe an die langen, dunklen Eisschollen heran, die feucht und von Quellen unterspült waren ... Ich hörte ein Knacken, drehte mich um und sah meinen Kameraden im Wasser rudern und sich mit gespreizten Fingern in den verharschten Schnee krallen. Ich rannte ihm entgegen, legte mich ein paar Meter vor der Einbruchstelle auf den Bauch und warf ihm das Ende meines Schals zu. Gewöhnlich gelang es Paschka herauszuklettern, bevor ich ihn herausziehen konnte. Er schnellte wie ein kleiner Tümmler

146

aus dem Wasser, landete mit dem Bauch auf dem Eis, robbte vorwärts und zog eine lange Wasserspur hinter sich her. Manchmal jedoch machte er mir die Freude, klammerte sich an meinen Schal und ließ sich retten.

Nach einem solchen Bad liefen wir zu einem der verfallenen, alten Boote, die hie und da aus den Schneeverwehungen herausragten. In ihrem schwarzen Bauch entzündeten wir ein großes Holzfeuer. Paschka zog seine dicken Filzstiefel und seine wattierte Hose aus und legte sie neben die Flammen. Dann stellte er seine nackten Füße auf eine Planke und begann, den Fisch zu braten.

Am Lagerfeuer wurden wir gesprächiger. Er erzählte mir von außergewöhnlichen Fängen (ein Fisch, der so groß war, daß er nicht durch das Loch ging, das er gebohrt hatte), von Eisgängen, die unter ohrenbetäubendem Krach Boote, entwurzelte Bäume, ja sogar Isbas mit Katzen auf den Dächern mitrissen ... Ich erzählte von Ritterturnieren (ich hatte gelesen, daß die Gesichter der Ritter früher mit Rost bedeckt waren, wenn sie nach einem Stechen den Helm abnahmen, so sehr hatten sie unter dem Eisen geschwitzt; ich weiß nicht, warum, aber dieses Detail war spannender für mich als das Turnier selbst ...), ja, ich erzählte tatsächlich von mit rostigen Linien gezeichneten männlichen Gesichtern und von einem jungen Recken, der dreimal ins Horn blies, um Verstärkung herbeizurufen. Ich wußte, daß Paschka, der sommers wie winters an den Ufern der Wolga entlangstrich, insgeheim von der Weite des Meeres träumte. Ich war froh, als ich in meiner französischen Sammlung den schrecklichen Kampf zwischen einem Matrosen und einer Riesenkrake für ihn fand. Und weil mein Wissen in erster Linie aus Anekdoten bestand, erzählte ich ihm eine, die zu seiner Leidenschaft und zu unserer Anlaufstelle in dem alten Bootswrack paßte. Einst traf ein englisches Kriegsschiff bei hohem Seegang auf ein französisches Schiff. Bevor die gnadenlose

Schlacht begann, legte der englische Kapitän die Hände trichterförmig an den Mund und rief seinen Todfeinden zu: »Franzosen! Ihr kämpft für Geld. Wir, die Untertanen Ihrer Majestät der Königin, wir kämpfen für die Ehre!« Mit einer salzigen Böe kam umgehend die freudige Antwort des Kapitäns vom französischen Schiff: »Jeder kämpft für das, was er nicht hat, Sir!«

Einmal wäre er beinahe ertrunken. Eine ganze Eisscholle rutschte unter seinen Füßen weg. Wir waren mitten in der Schneeschmelze. Nur sein Kopf ragte noch aus dem Wasser, dann ein Arm, der vergeblich Halt suchte. Unter gewaltiger Anstrengung warf er sich mit der Brust auf das Eis, doch die brüchige Eisschicht brach unter seinem Gewicht entzwei. Schon riß der Strom seine Beine mit, die in den vom Wasser vollgesogenen Stiefeln steckten. Ich hatte keine Zeit mehr, mich aus meinem Schal zu wickeln. Ich legte mich bäuchlings in den Schnee, robbte ihm entgegen und streckte meine Hand aus. In diesem Augenblick sah ich in seinen Augen ein kurzes Entsetzen aufblitzen ... Ich glaube, er hätte es auch ohne meine Hilfe geschafft, er war zu zäh und kannte die Kräfte der Natur zu gut, als daß er sich von ihnen hätte überrumpeln lassen. Diesmal ergriff er meine Hand jedoch ohne das sonst übliche Lächeln.

Wenige Minuten später brannte das Feuer, und Paschka tänzelte mit bloßen Beinen auf einer von Flammen umzüngelten Planke herum. Er hatte nichts weiter am Leib als einen langen Pullover, den ich ihm für die Zeit geliehen hatte, in der seine Kleidung trocknete. Mit seinen roten, aufgeschürften Fingern knetete er einen Lehmklumpen, packte den Fisch darin ein und legte ihn in die Glut ... Das halbzerfallene Boot, dessen Spanten unser primitives Holzfeuer speisten, lag im Schnee versunken, vor und hinter uns erstreckte sich die weiße Wüste der winterlichen Wolga, an deren Ufer Weiden mit feingliedrigen, vor Frost zitternden

Ästen ein lichtes Gestrüpp bildeten. Im Schein der tanzenden Flammen erschien die Dämmerung noch undurchdringlicher, die augenblickliche Behaglichkeit noch überwältigender.

Warum habe ich ihm an jenem Tag diese und keine andere Geschichte erzählt? Sicher hatte es dafür einen Grund gegeben, einen Funken aus unserem Gespräch, der übersprang und mich auf das Thema brachte ... Es war die, übrigens sehr gekürzte, Zusammenfassung eines Gedichts von Hugo, dessen Inhalt mir Charlotte vor sehr langer Zeit einmal erzählt hatte. Ich konnte mich nicht mehr an den Titel erinnern. Mitten im aufständischen Paris, wo die Pflastersteine die außerordentliche Fähigkeit besaßen, sich im Handumdrehen zu Bollwerken aufzutürmen, wurden irgendwo vor zerstörten Barrikaden Aufrührer von Soldaten erschossen. Eine der üblichen Hinrichtungen, brutal und erbarmungslos. Die Männer stellten sich mit dem Rücken an die Wand, starrten einen Augenblick in die Gewehrläufe, die auf ihre Brust zielten, dann hoben sie den Blick zu den fliehenden Wolken – und fielen. Ihre Kampfgefährten nahmen ihren Platz gegenüber den Soldaten ein ... Unter den Verurteilten befand sich ein echter Gavroche, ein Straßenjunge, vor dessen zartem Alter die Soldaten Milde hätten zeigen müssen. Aber nein! Der Offizier befahl ihm, sich in die unheilvolle Warteschlange der Todeskandidaten einzureihen; das Kind hatte denselben Anspruch auf den Tod wie die Erwachsenen. »Du wirst genauso erschossen wie die anderen!« brummte der Henkersmeister. Doch kurz bevor es vor die Wand treten sollte, lief das Kind zu dem Offizier und flehte ihn an: »Erlauben Sie, daß ich meiner Mutter diese Uhr bringe! Sie wohnt keine zwei Schritte von hier, beim Springbrunnen. Ich werde zurückkommen, ich schwöre es Ihnen!«

Dieser kindliche Witz rührte selbst die abgebrühten Herzen

der Soldateska. Sie brachen in schallendes Gelächter aus, die List war wirklich zu einfältig. Der Offizier hielt sich den Bauch vor Lachen: »Geh schon, lauf! Hau ab, du kleiner Tunichtgut!« Sie lachten noch, während sie die Gewehre luden. Plötzlich erstarben ihre Stimmen. Das Kind kehrte zurück, stellte sich neben die Erwachsenen an die Wand und rief: »Da bin ich wieder!«

Paschka schien meinem Bericht kaum zu folgen. Er hatte sich über das Feuer gebeugt und rührte sich nicht. Der Schild einer großen Pelzmütze verbarg sein Gesicht. Als ich jedoch bei der Schlußszene ankam – das Kind kehrt mit blassem, ernstem Gesicht zurück und stellt sich vor die Soldaten –, als ich seine letzten Worte sprach: »Da bin ich wieder!«, erbebte Paschka, sprang auf ... Und dann geschah das Unglaubliche: Mit einem Satz sprang er über den Bootsrand und stapfte barfuß durch den Schnee. Ich hörte so etwas wie ein ächzendes Stöhnen, das der feuchte Wind schnell über der weißen Ebene zerstreute.

Er ging ein paar Schritte, dann blieb er stehen; er war bis zu den Knien in eine Schneewehe eingesunken. Einen Moment stand ich vor Verblüffung wie versteinert da und betrachtete den großen Burschen in dem ausgeleierten Pullover, den der Wind wie ein kurzes Wollkleid bauschte. Die Ohrenschützer seiner Tschapka flatterten ein wenig in der kalten Brise. Ich konnte meinen Blick nicht von seinen nackten, im Schnee steckenden Beine lösen. Ich begriff nicht, was geschehen war, sprang über die Bootskante und rannte zu ihm. Als er meine Schritte knirschen hörte, wandte er sich mit einem Male um. Sein Gesicht war schmerzverzerrt. In seinen ungewöhnlich nassen Augen spiegelten sich die Flammen unseres Lagerfeuers. Rasch wischte er mit dem Ärmel darüber. »Ach, dieser Rauch!« brummte er, kniff die Lider zusammen und ging, ohne mich anzusehen, zum Boot zurück.

Während er seine steifgefrorenen Füße über die Glut hielt, fragte er mich aufbrausend und eindringlich:

»Und dann? Dann haben sie den Jungen erschossen, stimmt's?«

Die Frage überrumpelte mich. Da mein Gedächtnis mich an diesem Punkt im Stich ließ, zögerte ich einen Moment und geriet ins Stottern:

»Äh ... Ich weiß nicht ... Es ist nicht sicher ...«

»Was heißt das, du weißt es nicht? Du hast mir doch das alles erzählt!«

»Nein. Sieh mal, in einem Gedicht ...«

»Das Gedicht ist mir doch scheißegal! Ich will wissen, ob man ihn im Leben erschossen hat oder nicht!«

Über die Flammen hinweg starrte er mich an, und in seinem Blick leuchtete ein Funken Wahnsinn. Seine Stimme war grob und flehentlich zugleich. Ich seufzte, als wollte ich mich bei Hugo entschuldigen, und erklärte daraufhin entschlossen und unmißverständlich:

»Nein, er wurde nicht erschossen. Ein alter Feldwebel war da und erinnerte sich an seinen eigenen Sohn, den er in seinem Heimatdorf zurückgelassen hatte. ›Wer den Jungen anrührt, bekommt es mit mir zu tun!‹ schrie er. Da mußte der Offizier ihn laufen lassen ...«

Paschka senkte den Blick und stocherte mit einem Ast den im Tonmantel gebackenen Fisch aus der Glut. Wortlos zerbrachen wir die Kruste aus gebrannter Erde, die sich mitsamt den Schuppen ablöste, streuten grobes Salz auf das zarte, heiße Fleisch und verspeisten es.

Als die Nacht anbrach und wir in die Stadt zurückgingen, schwiegen wir wieder. Ich stand noch unter dem Eindruck des Wunders, das sich ereignet hatte und das mir die Allmacht der Dichtung gezeigt hatte. Ich ahnte, daß es dabei weder um sprachliche Kunstgriffe noch um eine kunstvolle Anordnung der Wörter ging. Nein, das war es nicht! Denn

Hugos Worte waren zuerst in der lange zurückliegenden Nacherzählung Charlottes verändert worden und dann noch einmal in meiner Zusammenfassung. Sie waren also zweimal falsch wiedergegeben worden. Trotzdem hatte das Echo dieser im Grunde sehr einfachen Geschichte es vermocht, tausende Kilometer vom Ort ihres Entstehens entfernt einem wilden Burschen Tränen in die Augen zu treiben und ihn barfuß in den Schnee zu jagen! Insgeheim bildete ich mir etwas darauf ein, einen Schimmer von dem Glanz weitergegeben zu haben, in dem Charlottes Vaterland erstrahlte.

Außerdem hatte ich seit jenem Abend begriffen, daß es nicht darum ging, in meinen Büchern nach Anekdoten zu suchen. Es ging auch nicht darum, eine Seite schön aneinandergereihter Wörter zu finden, sondern um etwas Tieferes und zugleich viel Unmittelbareres: Es ging um die durchdringende Harmonie des Sichtbaren, die, wenn der Dichter sie erst einmal offenbart hatte, für immer Gültigkeit besaß. Ohne dafür einen Namen zu haben, suchte ich fortan in jedem Buch danach. Später lernte ich, daß man sie Stil nennt.

Ich war nie bereit, die unnützen Spielereien von Wortjongleuren als Stil zu bezeichnen. Denn ich hatte immer Paschka am Ufer der Wolga vor Augen, ich sah seine blauen, in einer Schneewehe eingesunkenen Beine und den Widerschein der Flammen in seinen feuchten Augen... Das Schicksal des jungen Aufrührers hatte ihn mehr bewegt als die Tatsache, daß er eine Stunde zuvor mit knapper Not dem Ertrinken entkommen war!

Als wir uns in dem Vorort, in dem er wohnte, an einer Straßenkreuzung trennten, überreichte mir Paschka meinen Anteil am Fang: einige lange Panzer aus Ton. Dann fragte er schroff, wobei er meinem Blick auswich:

»Und wo kann man dieses Gedicht über die Erschossenen finden?«

»Ich bringe es dir morgen mit in die Schule, ich glaube, ich habe es irgendwo abgeschrieben...«
Ich sagte es in einem Atemzug, denn ich konnte meine Freude kaum bezähmen. Es war der glücklichste Tag meiner Jugend.

4

Eigentlich kann sie mir nichts Neues mehr erzählen!«
Dieser beklemmende Gedanke schoß mir durch den Kopf,
als ich am Morgen auf dem kleinen Bahnhof von Saranza
ankam. Ich sprang aus dem Zug. Ich war der einzige, der
hier ausstieg. Am anderen Ende des Bahnsteigs wartete
meine Großmutter. Sie sah mich, winkte unauffällig und
kam mir entgegen. In diesem Moment, ich lief schon auf
sie zu, überkam mich die Vorahnung, daß sie mir über
Frankreich nichts Neues mehr beibringen konnte, nichts,
was ich nicht schon aus ihren Erzählungen oder aus meinen
vielen Büchern kannte. Wahrscheinlich wußte ich inzwischen mehr als sie ... Als sie mich in ihre Arme schloß,
schämte ich mich für diesen Gedanken, der für mich selbst
überraschend war. Er kam mir vor wie ein unabsichtlicher
Verrat.
Die Befürchtung, zuviel Wissen angehäuft zu haben, hegte
ich übrigens schon seit geraumer Zeit. Ich glich jenem fleißigen Sparer, der hofft, seine Ersparnisse würden ihm in Bälde
eine völlig andere Lebensweise ermöglichen, seinen Blick
auf einen neuen, großartigen Horizont richten und seine
Sicht der Dinge verändern – ja, sogar seinen Gang, seine At-
mung und seine Art, sich mit Frauen zu unterhalten. Sein
Konto wächst unablässig, doch der Bruch mit der Vergangenheit läßt auf sich warten.
Ebenso erging es mir mit meinem französischen Wissens-

schatz. Nicht, daß ich irgendwelchen Gewinn daraus hätte ziehen wollen. Das Interesse meines Klassenkameraden, des Faulpelzes, an meinen Erzählungen genügte mir vollauf. Ich hoffte vielmehr auf einen wunderbaren Kick, auf das Klicken der Feder in einer Spieluhr, das ein Menuett einleitet, und dann würden die Figuren auf dem kleinen Podest tanzen. Die Fülle von Daten und Namen, von Ereignissen und Personen, die ich gesammelt hatte, sollte zu einem nie gesehenen, lebendigen Ganzen verschmelzen, aus ihr sollte sich eine von Grund auf neue Welt herauskristallisieren. Ich hatte mir dieses Frankreich angelesen, hatte es in mein Herz geschlossen, untersucht und erforscht, damit es einen anderen Menschen aus mir machte.

Doch die einzige Veränderung zu Beginn des Sommers war das Fehlen meiner Schwester, die zum Studium nach Moskau gegangen war. Ängstlich vermied ich den Gedanken, unser abendliches Beisammensein auf dem Balkon sei ohne sie vielleicht nicht mehr möglich.

Als suchte ich eine Bestätigung für meine Befürchtungen, begann ich gleich am ersten Abend meine Großmutter nach Frankreich und ihrer Jugend zu fragen. Charlotte antwortete mir bereitwillig, freute sich über mein vermeintlich aufrichtiges Interesse und flickte währenddessen weiter den Kragen einer Spitzenbluse. Sie führte die Nadel mit jener schlichten Eleganz und Geschicklichkeit, die man immer bei einer Frau bewundern kann, die sich, ohne ihre Arbeit aus der Hand zu legen, mit einem Gast unterhält, von dem sie glaubt, er lausche gespannt ihren Erzählungen.

Ich lehnte an der Brüstung des kleinen Balkons und hörte ihr zu. Mechanisch spulte ich meine Fragen ab, und in ihren Antworten tauchten wie ein Echo die vertrauten Bilder und Personen wieder auf, bei denen ich mich in meiner Kindheit tausendfach aufgehalten hatte: der Hundescherer am Seine-Ufer, der Aufmarsch des kaiserlichen Hofstaats auf den Champs-Elysées, die schöne Otero, der Präsident und seine Geliebte bei ihrem letzten Kuß ... Jetzt begriff ich, daß Charlotte uns jeden Sommer dieselben Geschichten erzählt hatte, daß sie stets unserem Wunsch nach unseren Lieblingsmärchen nachgegeben hatte. Ja, genau, es waren Märchen und nichts anderes, die unsere Kindheit bezaubert hatten, und die uns, wie jede wahre Erzählung, nie langweilig geworden waren.

In diesem Sommer war ich vierzehn Jahre alt. Die Zeit der Märchen würde nie mehr wiederkehren. Ich hatte mir inzwischen zuviel Wissen angeeignet, als daß ich mich an ihrem bunten Reigen noch hätte berauschen können. Statt mich über dieses offensichtliche Zeichen meiner Reife zu freuen, trauerte ich an diesem Abend seltsamerweise meinem kindlichen Glauben von einst nach. Denn entgegen meinen Erwartungen schienen meine neuen Kenntnisse den französischen Bilderbogen zu verdunkeln. Kaum wollte ich in das Atlantis unserer Kindheit zurückkehren, da meldete sich auch schon eine schulmeisternde Stimme: Aufgeschlagene Bücher und fett gedruckte Jahreszahlen rückten mir ins Bewußtsein, die Stimme begann zu erläutern, zu vergleichen und zu zitieren. Ich fühlte mich wie von einer seltsamen Blindheit geschlagen.

Plötzlich entstand eine Lücke in unserem Gespräch. Ich hatte mich so in Gedanken verloren, daß ich die letzten Worte von Charlotte – wahrscheinlich war es eine Frage – nicht mehr gehört hatte. Sie hob den Blick, und ich sah ihr verwirrt in die Augen. Ich hatte noch den Klang ihres letzten Satzes im Ohr. Durch die Betonung konnte ich auf seinen Inhalt schließen. Es war die typische Satzmelodie einer Stimme, die mitten im Erzählen abbricht: »Ach, die Geschichte kennen Sie sicher schon. Ich will Sie mit meinen ollen Kamellen nicht langweilen ...« Und trotzdem hofft der Erzähler insgeheim, seine Zuhörer mögen ihn auffordern weiterzuerzählen, da ihnen die Geschichte unbekannt sei oder sie sie vergessen hätten ... Als könnte ich mich nicht erinnern, schüttelte ich leicht den Kopf.

»Nein, ich weiß nicht. Bist du sicher, daß du sie mir schon einmal erzählt hast?«

Ich sah, wie sich das Gesicht meiner Großmutter mit einem heiteren Lächeln überzog. Sie erzählte weiter. Jetzt hörte ich ihr aufmerksam zu. Zum x-tenmal trat mir die schmale Gasse des mittelalterlichen Paris vor Augen, eine kalte Herbstnacht, und an der Wand die düstere Tafel, auf der für immer drei Schicksale und drei Namen aus vergangenen Zeiten vereint waren: Ludwig von Orléans, Johann ohne Furcht, Isabeau von Bayern ...

Ich weiß nicht, warum ich ihr in diesem Moment ins Wort fiel. Zweifellos wollte ich ihr mein Wissen vorführen. Entscheidender war aber vielleicht die Einsicht, die mich unversehens blendete: Ich sah eine alte Dame auf einem Balkon über der grenzenlosen Weite der Steppe sitzen und zum wiederholten Male eine Geschichte erzählen, die sie auswendig kannte und die sie mit der unfehlbaren Präsizion einer Schallplatte herunterbetete, ganz im Sinne jener mehr oder weniger sagenhaften Erzählung, die sich um ein Land rankte, das es nur in ihrer Erinnerung gab ... Unser Beisammensein in der abendlichen Stille kam mir plötzlich albern vor, Charlottes Stimme erinnerte mich an die eines Automaten. Ich griff den Namen einer Person heraus, über die sie gerade gesprochen hatte, und begann zu reden. Von Johann ohne Furcht und seinen heimlichen Unterhandlungen mit den Engländern. Von Paris, wo das Gesetz der Schlächter herrschte, die zu »Revolutionären« geworden waren und ihre Feinde, die tatsächlichen oder angeblichen Burgunder, niedermetzelten. Ich erzählte von dem wahnsinnigen König und von den Galgen auf den Pariser Plätzen. Von den Wölfen, die durch vom Bürgerkrieg verwüstete Vororte streiften. Vom unerhörten Verrat Isabeaus von Bayern, die sich mit Johann ohne Furcht verbündete und den Kronprinz verleugnete, indem sie vorgab, er sei nicht der Sohn des Königs ... Ja, die schöne Isabeau aus unserer Kindheit ...

Plötzlich blieb mir die Luft weg. Ich erstickte an meinen eigenen Sätzen, so viel hatte ich zu sagen.

Nachdem sie kurze Zeit geschwiegen hatte, nickte meine Großmutter sanftmütig und sagte mit großer Ehrlichkeit: »Es freut mich, daß du dich so gut in der Geschichte auskennst!«

Obwohl es sehr aufrichtig klang, glaubte ich, in ihrer Stimme den Widerhall eines uneingestandenen Gedankens herauszuhören: »Es ist schon gut, wenn man sich in der Geschichte auskennt. Doch als ich von Isabeau und der Allée des Arbalétriers und von jener Herbstnacht erzählte, hatte ich etwas ganz anderes im Sinn ...«

Sie beugte sich über ihre Handarbeit und machte ein paar kleine, regelmäßige Stiche. Ich ging durch die Wohnung, dann auf die Straße hinunter. Von ferne ertönte der Pfiff einer Lokomotive. Sein in der milden Abendluft gedämpfter Hall klang wie ein Seufzer, ein unterdrückter Klagelaut.

Zwischen dem Haus, in dem Charlotte wohnte, und der Steppe lag ein kleines, sehr dichtes, ja sogar undurchdringliches Dickicht: wildes Brombeergestrüpp, Haselnußsträucher mit knolligen Ästen, von Brennesseln überwucherte Senken. Selbst wenn wir beim Spielen diese natürlichen Hindernisse überwanden, stellten sich uns andere, von Menschenhand errichtete in den Weg: Zäune aus verwickeltem Stacheldraht, verrostete Panzersperren ... Dieser Ort wurde »Stalinka« genannt nach der Verteidigungslinie, die man während des Krieges aufgebaut hatte. Man fürchtete, die Deutschen könnten bis hierher vordringen. Doch die Wolga und vor allem Stalingrad hatten sie aufgehalten ... Die Verteidigungslinie wurde abgebaut, aber der ganze

158

Müll von Kriegsmaterial blieb in dem Gehölz zurück, das fortan seinen Namen hatte. »Stalinka« nannten es die Bewohner von Saranza und glaubten, ihrer Stadt damit einen Platz in der Geschichte zu sichern.

Es hieß, das Wäldchen sei vermint. Das hielt selbst die größten Angeber davon ab, in diesem Niemandsland mit seinen verrosteten Schätzen herumzustrolchen.

Hinter dem Dickicht der Stalinka führten die Schienen einer Schmalspurbahn vorbei. Dort fuhr ein Zug wie eine Spielzeugeisenbahn, mit einer kleinen, rußgeschwärzten Lokomotive, an der ebenso kleine Wägelchen hingen. Wenn der Lokomotivführer in seinem ölverschmierten Anzug aus dem Fenster lehnte, glaubte man, einer optischen Täuschung zu erliegen und einen Riesen zu sehen. Jedesmal, wenn der Zug einen der Wege kreuzte, die sich am Horizont verloren, pfiff die Lokomotive zärtlich und klagend zugleich. Mit seinem Echo hörte sich dieser Pfiff wie der hallende Ruf eines Kuckucks an. »Die Kukuschka«, sagten wir augenzwinkernd, wenn wir die Lokomotive auf den schmalen, von Löwenzahn und Kamillen überwucherten Gleisen erblickten ...

An diesem Abend folgte ich ihrem Pfiff. Ich ging das Gebüsch am Rande der Stalinka entlang und sah den letzten Waggon, der im Dämmerlicht der lauen Abendstunde verschwand. Selbst dieser kleine Zug verströmte jenen unnachahmlichen, leicht stechenden Eisenbahngeruch, der einen unmerklich an die großen Reisen erinnerte, die man sich in einer Anwandlung von Glück vorgenommen hatte. Aus der Ferne hallte ein melancholisches »Ku-kuu« durch den bläulichen Dunst der Nacht. Ich stellte meinen Fuß auf ein Gleis und spürte noch die Schwingungen, die der nicht mehr zu sehende Zug hinterlassen hatte. Die in ihre Stille zurückgesunkene Steppe schien auf eine Geste, einen Schritt von mir zu warten.

»Wie schön es früher war«, sagte lautlos eine Stimme in mir. »Früher glaubte ich, die Kukuschka fahre in eine unbekannte Ferne, in nirgendwo verzeichnete Länder, in ein Gebirge mit schneebedeckten Gipfeln, an ein Meer, auf dem nachts die Lichter der Schiffe und die Sterne ineinanderflossen. Jetzt weiß ich, daß dieser Zug zwischen der Ziegelei von Saranza und dem Bahnhof verkehrt, wo seine kleinen Waggons entladen werden. Alles in allem eine Strecke von zwei oder drei Kilometern, mehr nicht. Schöne Reise! Und jetzt, wo ich es weiß, werde ich mir nie mehr vorstellen können, daß diese Gleise endlos sind, und damit werde ich mir auch diesen einzigartigen Abend mit seinem kräftigen Steppenduft und seinem gewaltigen Himmel nicht mehr vorstellen können, und auch nicht meinen unerklärlichen, einer seltsamen Notwendigkeit gehorchenden Aufenthalt zu genau dieser Stunde an diesem Schienenstrang mit seinen zersprungenen Schwellen, und ebensowenig das Echo des ›Kukuu‹ im violetten Abendlicht. Früher kam mir das alles ganz natürlich vor...«

Bevor ich in dieser Nacht einschlief, erinnerte ich mich an die rätselhafte Formel, die ich anläßlich des Festbanketts zu Ehren des Zaren gelernt hatte: »Gebratenes Steinhuhn und Ortolan mit Trüffeln gefüllt«. Jetzt wußte ich, daß es sich dabei um ein von Feinschmeckern geschätztes Wild handelte – eine seltene, leckere Delikatesse – mehr nicht. Sooft ich mir diese Worte auch vorsprach, der Zauber wirkte nicht mehr, der einst meine Lungen mit der salzigen Brise von Cherbourg füllte. Verzagt und verzweifelt starrte ich in die Dunkelheit und murmelte, daß es außer mir niemand hören konnte:

»Einen Teil meines Leben habe ich also schon hinter mir!«

Von nun an unterhielten wir uns über belanglose Dinge. Wir merkten, wie sich ein Schirm aus glatten Wörtern zwischen uns schob, der sprachliche Widerhall des Alltags, ein Fluß gängiger Worte, die zu wechseln man sich – aus welchem Grund auch immer – verpflichtet fühlt, um die Stille zu füllen. Verblüfft stellte ich fest, daß Sprechen tatsächlich die beste Art war, das Wesentliche zu verschweigen. Um es zu sagen, hätte man die Worte ganz anders hervorbringen müssen, man hätte sie flüstern, sie in die Geräusche des Abends, in das Strahlen der Dämmerung einflechten müssen. Wieder einmal spürte ich das geheimnisvolle Entstehen einer Sprache, die so anders war als die der abgegriffenen Sätze, einer Sprache, in der ich Charlottes Blick hätte begegnen und ganz leise sagen können:

»Warum zieht es mir das Herz zusammen, wenn ich von ferne den Pfiff der Kukuschka höre? Warum kommt mir ein hundert Jahre zurückliegender Morgen in Cherbourg, dieser Augenblick, den ich nie erlebt habe, in einer Stadt, die ich noch nie gesehen habe – warum kommen mir dieses Licht und dieser Wind soviel lebendiger vor als mein wirkliches Leben? Warum schwebt dein Balkon nicht mehr im malvenroten Abendhimmel über der Steppe? Die traumhafte Klarheit, die ihn umgab, ist zersprungen wie der Kolben eines Alchemisten. Und die Splitter knirschen und hindern uns daran, so wie früher miteinander zu sprechen ... Sind deine Erinnerungen, die ich jetzt in- und auswendig kenne, nicht ein Käfig, der dich gefangen hält? Und besteht unser Leben nicht gerade in jener alltäglichen Verwandlung der bewegten und unmittelbar erlebten Gegenwart in eine Sammlung erstarrter Erinnerungsstücke, die aufbewahrt werden wie aufgespießte Schmetterlinge in einer verstaubten Vitrine? Und warum würde ich ohne zu zögern diese ganze Sammlung hergeben für den einzigartigen säuerlichen Geschmack, den der sagenhafte Silberkelch in jenem Café in Neuilly auf meinen Lippen hinterlassen hat, das ich nur aus meiner Vorstellung kenne? Für

einen einzigen Atemzug der salzigen Luft von Cherbourg?
Für einen einzigen Pfiff der Kukuschka, der wie in meiner
Kindheit klingt?«
Wir versuchten weiterhin die Stille mit überflüssigen
Worten und hohlen Phrasen zu füllen wie ein Danaiden-
faß: »Heute ist es heißer als gestern. Gawrilitsch ist schon
wieder blau... Die Kukuschka ist gestern abend nicht
vorbeigekommen... Sieh mal, da hinten brennt die Steppe!
Nein, es ist nur eine Wolke... Ich setze nochmal Tee auf...
Auf dem Markt gab es heute Wassermelonen aus Usbeki-
stan...«
Das Unsagbare – das verstand ich nun – war auf unergründliche Weise mit dem Wesentlichen verbunden. Das Wesentliche war unsagbar. Nicht mitteilbar. Und alles, was mich
auf dieser Welt mit seiner stummen Schönheit quälte, alles,
was auf Sprache verzichtete, erschien mir von grundlegen-
der Bedeutung. Das Unsagbare war wesentlich.
Diese Gleichsetzung erzeugte in meinem jungen Geist eine
Art intellektuellen Kurzschluß. Und dank ihrer Prägnanz
stieß ich in diesem Sommer auf eine schreckliche Wahrheit:
»Die Menschen sprechen, weil sie Angst vor der Stille haben. Sie sprechen einfach drauf los, unwillkürlich, laut oder
jeder für sich, sie berauschen sich an diesem Brei aus Voka-
len, der an jedem Ding und jedem Lebewesen klebt. Sie
sprechen vom Regen und vom Sonnenschein, vom Geld,
von der Liebe, von nichts. Und selbst wenn sie über ihre in-
nigsten Herzensangelegenheiten sprechen, gebrauchen sie
Worte, die schon hundertmal gesagt wurden, reden sie in
abgedroschenen Phrasen. Sie sprechen um des Sprechens
willen. Sie wollen die Stille bannen...«
Der Kolben des Alchemisten war zerbrochen. Obwohl wir
um die Absurdität unserer Sätze wußten, führten wir weiterhin unsere Alltagsgespräche: »Bald wird es vielleicht Regen geben. Sieh, die große Wolke dort. Nein, dort brennt die

Steppe ... Die Kukuschka ist heute früher dran als sonst ...
Gawrilitsch hat ... Der Tee ist ... Auf dem Markt ...«
Ja, ein Teil meines Lebens lag hinter mir. Meine Kindheit.

Alles in allem waren unsere Gespräche über Regen und Sonnenschein in diesem Sommer nicht ganz ungerechtfertigt.
Es regnete häufig, und aufgrund meiner Traurigkeit sind
mir diese Ferien in verschwommenen, blassen Pastellfarben
in Erinnerung geblieben.
In der Tiefe dieser eintönigen Tage schien manchmal ein
Schimmer jener gemeinsam verbrachten Abende aus den
vergangenen Jahren auf – ein Photo, das ich zufällig im sibirischen Koffer entdeckte, dessen Inhalt seit langem schon
kein Geheimnis mehr für mich war, oder, von Zeit zu Zeit,
eine winzige Einzelheit aus der Familiengeschichte, die mir
noch unbekannt war, und die Charlotte mir mit der zurückhaltenden Freude einer bettelarmen Prinzessin mitteilte, die
unter dem abgewetzten Futter ihrer Geldbörse noch eine
kleine Goldmünze gefunden hat.
So stieß ich an einem verregneten Tag, als ich die Stapel alter
französischer Zeitungen aus dem Koffer durchblätterte, auf
eine Seite aus einer zweifellos vom Beginn des Jahrhunderts
stammenden Zeitschrift. Sie zeigte den nur wenig braun
und grau angelaufenen Abdruck eines jener detailgetreuen
Gemälde, die durch die Genauigkeit und Fülle ihrer Einzelheiten bestechen. Ich verbrachte einen langen, regnerischen
Abend mit der Betrachtung des Bildes, und deshalb prägten
sich mir viele Einzelheiten ein. Unter kahlen Bäumen marschierte ein ungeordneter Haufen alter und von Erschöpfung gezeichneter Soldaten durch die Straßen eines ärm-
lichen Dorfes. Ja, die Soldaten waren sehr alt – sie kamen mir
vor wie Greise mit langem, weißem Haar, das unter breit-
krempigen Hüten hervorragte. Es war das letzte Aufgebot
an Kriegstauglichen, die bei einer allgemeinen Mobil-

machung ausgehoben und schon in den Abgrund des Krieges gerissen worden waren. Ich hatte mir den Namen des Bildes nicht gemerkt, aber das Wort »letzte« war mir gegenwärtig. Es waren die letzten Männer, die sich dem Feind entgegenstellten, die allerletzten, die noch Waffen führen konnten. Diese waren übrigens sehr primitiv: Äxte, alte Säbel, einige Piken. Neugierig musterte ich ihre Kleidung, die schweren Stiefel mit den großen Kupferschnallen, die Hüte, bisweilen ein matter Helm, der aussah wie der Helm eines Konquistadoren, und ihre adrigen Finger, die die Griffe der Piken fest umschlossen... Frankreich, das mir immer im Glanz seiner Schlösser und Paläste, seiner großen historischen Augenblicke vor Augen gestanden war, zeigte sich plötzlich im Antlitz jenes Dorfes aus dem Norden, in dem kleine Häuser sich hinter niedrigen Hecken duckten und verkümmerte Bäume im Winterwind zitterten. Eigenartigerweise fühlte ich mich den alten Soldaten sehr nahe, die über diese schlammige Straße in einen ungleichen Kampf marschierten, der ihren Tod im voraus besiegelte. Nein, ihr Zug hatte nichts Pathetisches. Es waren keine Helden, die ihre Tapferkeit und Opferbereitschaft zur Schau stellten. Es waren einfach Menschen. Vor allem jener großgewachsene, alte Mann mit dem alten Konquistadorenhelm, der, auf eine Pike gestützt, am Ende des Zuges ging. Wie gebannt starrte ich auf sein Gesicht, das mit seinem bitteren Lächeln eine erstaunliche Ruhe ausstrahlte.

In die Melancholie eines Heranwachsenden versunken, erfaßte mich urplötzlich eine verwirrende Freude. Ich meinte, die Ruhe dieses Soldaten angesichts der bevorstehenden Niederlage, des Leidens und des Todes begriffen zu haben. Er war weder stoisch noch sah er einfältig aus, und er marschierte erhobenen Hauptes durch dieses flache, kalte und einförmige Land, das er dennoch liebte und sein »Vaterland« nannte. Er schien unverwundbar zu sein. Den Bruchteil einer Sekunde lang war es, als ob mein und sein Herz im gleichen Takt geschlagen und wir gemeinsam über die Angst, das Schicksal und die Einsamkeit triumphiert hätten. Ich empfand dies wie eine neue Saite in der vielstimmigen Harmonie des Lebens, die Frankreich für mich bedeutete. Sofort suchte ich einen Namen dafür: War es vaterländischer Stolz oder Schneid? Oder vielleicht jene berühmte *Furia francese*, die die Italiener den französischen Soldaten zuschrieben?

Während ich diese Bezeichnungen abwog, verschloß sich mir das Gesicht des alten Soldaten immer mehr, und seine Augen erloschen. Er wurde wieder zu einer Gestalt auf einer alten, bistergrauen Abbildung. Es schien, als hätte er seinen Blick abgewandt, um das Geheimnis zu wahren, dem ich auf der Spur war.

Ein anderer Schimmer aus der Vergangenheit war jene Frau in wattierter Jacke und dicker Tschapka, deren Photo ich in einem Album voller Aufnahmen aus der französischen Zeit unserer Familie entdeckt hatte. Ich erinnerte mich, daß dieses Bild gleich wieder aus dem Album verschwunden war, nachdem ich mich dafür interessiert und Charlotte deshalb angesprochen hatte. Ich versuchte mich zu erinnern, warum meine Frage damals unbeantwortet geblieben war. Die Situation trat mir wieder vor Augen: Ich zeige meiner Großmutter das Photo, doch plötzlich saust ein Schatten an mir vorüber, und ich vergesse meine Frage; mit der Hand fange ich einen eigenartigen Schmetterling an der Wand, eine Sphinx mit zwei Köpfen, zwei Körpern und vier Flügeln.

Vier Jahre später hatte diese doppelte Sphinx für mich nichts Geheimnisvolles mehr an sich: Es waren zwei sich paarende Schmetterlinge, sonst nichts. Ich dachte an Menschen beim Liebesakt, versuchte mir die Bewegung ihrer Körper vorzustellen ... Und plötzlich begriff ich, daß ich seit Monaten, vielleicht seit Jahren schon an nichts anderes als an solche umschlungenen, ineinander verschmolzenen Körper dachte. Ohne mir darüber im klaren gewesen zu sein, und während ich von völlig anderen Dinge sprach, dachte ich jede Sekunde des Tages daran – als hätte die fiebrige Zärtlichkeit der Sphinxen die ganze Zeit in meiner Handfläche gebrannt.

Es schien mir nun endgültig unmöglich, Charlotte nach der Frau in der wattierten Jacke zu fragen. Ein unüberwindbares Hindernis stand zwischen meiner Großmutter und mir: der weibliche Körper, von dem ich träumte, den ich begehrte und in Gedanken hundertmal besessen hatte.

Als Charlotte mir am Abend Tee eingoß, sagte sie zerstreut: »Komisch, die Kukuschka ist noch gar nicht vorbeigekommen ...«

Ich tauchte aus meinen Träumen auf und sah sie an. Unsere Blicke trafen sich. Das ganze Essen über sprachen wir kein Wort mehr.

Drei Frauen haben meine Einstellung, mein Leben verändert.

Ich entdeckte sie zufällig auf der Rückseite eines Zeitungsausschnitts, der im sibirischen Koffer vergraben war. Ich las noch einmal den Bericht über die erste Autorallye »Peking – Paris über Moskau«, als hätte ich mir selbst beweisen müssen, daß es hier nichts Neues mehr zu erfahren gab, daß Charlottes Frankreich sich ganz und gar erschöpft hatte. Gedankenverloren hatte ich die Seite auf den Teppich gleiten lassen und durch die offene Balkontür geblickt. Es war ein besonderer Tag Ende August, kühl und sonnig, und der kalte Wind, der über den Ural wehte, war der erste Vorbote des Herbstes in unseren Steppen. Alles strahlte in einem klaren Licht. Die schwankenden Bäume der Stalinka zeichneten sich deutlich vor dem leuchtend blauen Himmel ab. Eine unverstellte, scharfe Linie markierte den Horizont. Mit bitterer Erleichterung stellte ich fest, daß die Ferien bald zu Ende sein würden. Mit ihnen war auch ein Lebensabschnitt beendet, die ungewöhnliche Entdeckung, daß mein Wissen keine Garantie auf das Glück oder auf einen besonderen Zugang zum Wesentlichen bedeutete, hatte ihn abgeschlossen ... Und noch etwas hatte sich mir gezeigt: Seit langem schon dachte ich an den weiblichen Körper, an Körper von Frauen. Ja, ich beugte mich der Tatsache, daß Mann sein bedeutet, unablässig an Frauen zu denken, daß ein Mann nichts anderes war, als jemand, der von einer Frau träumt! Und daß ich auch zu einem solchen Träumer wurde.

Durch einen komischen Zufall war das Blatt mit der Rückseite nach oben zu Boden geglitten. Ich hob es auf und sah im selben Moment drei Frauen vom Beginn des Jahrhunderts. Ich hatte sie nie zuvor gesehen, denn bisher hatten die Zeitungsausschnitte für mich keine Rückseiten. Die unverhoffte Begegnung weckte meine Neugier. Ich hielt die Abbildung vor das Licht, das vom Balkon kam ...

Und sofort verliebte ich mich in sie. In ihr Aussehen und in ihre zärtlichen, aufmerksamen Augen, von denen man nur zu gut die Gegenwart eines Photographen ablesen konnte, der hinter seinem Stativ unter einer schwarzen Kameraabdeckung steckte.

Sie waren von solcher Weiblichkeit, daß sie unfehlbar ins Herz eines einsamen und schüchternen Heranwachsenden wie mich treffen mußten. Von einer in gewisser Weise typischen Weiblichkeit. Alle drei trugen ein langes, schwarzes Kleid, das die starke Rundung ihrer Brust zur Geltung brachte und ihre Hüften nachzeichnete, aber vor allem betonte der Stoff die unauffällige Wölbung ihres Bauches, bevor er ihre Beine umhüllte und ihre Füße in anmutigen Falten umspielte. Die verschämte Sinnlichkeit dieses leicht gerundeten Dreiecks fesselte meine Aufmerksamkeit am meisten!

Ja, ihre Schönheit war von der Art, daß ein junger, in der Liebe noch unerfahrener Träumer sie unablässig in seinen erotischen Phantasien heraufbeschwören konnte. Sie stellten die Frau im »klassischen« Sinn dar. Die Fleisch gewordene Weiblichkeit. Das Bild der idealen Geliebten. Jedenfalls kamen mir die drei Schönheiten so vor mit ihren großen umschatteten Augen, mit den überbreiten, von dunklen Samtbändern umschlungenen Hüten und dem altmodischen Gesichtsausdruck, der uns auf den Porträts früherer Generationen jedesmal aufs neue wie das Zeichen einer gewissen Einfalt, einer arglosen Offenheit erscheint, die uns heute fehlt, die uns zu Herzen geht und uns Vertrauen einflößt.

Vor allem war ich jedoch höchst erstaunt, wie treffsicher dieser Zufall war: Mit meiner Unerfahrenheit in Sachen Liebe sehnte ich mich nach genau dieser Frau im allgemeinen Sinn, nach einer Frau ohne all die körperlichen Besonderheiten, die einen reifen Mann mit seinem Begehren an ihr aufspüren würde.

Je länger ich die drei Frauen betrachtete, desto größer wurde mein Unbehagen. Sie waren unerreichbar. Nein, nicht im Sinne einer tatsächlichen Unmöglichkeit, ihnen zu begegnen. Seit geraumer Zeit hatte ich gelernt, dieses Hindernis mit meiner erotischen Vorstellungskraft zu überwinden. Ich schloß die Augen und sah meine schönen Spaziergängerinnen – nackt. Durch eine sachkundige Synthese konnte ich ihre Körper wie ein Chemiker aus den einfachsten Bestandteilen zusammenbauen: die Schwere des Schenkels jener Frau, die mich in einem überfüllten Omnibus einmal gestreift hatte, die Kurven der sonnengebräunten Körper am Strand, die Nackten auf Gemälden. Sogar mein eigener Körper diente mir dazu! Ja, trotz des Tabus, dem die Nacktheit und erst recht die weibliche Nacktheit in meiner Heimat unterlag, konnte ich mir sehr wohl vorstellen, wie die Haut eines Busens unter meinen Fingern spannte und wie geschmeidig sich eine Hüfte anfühlte.

Nein, die drei Schönheiten waren auf eine völlig andere Weise unerreichbar... Wenn ich wollte, konnte ich in meinem Bewußtsein die Welt neu erschaffen, in der sie lebten. Blériot fiel mir ein, der zu jener Zeit mit seinem Eindecker den Ärmelkanal überflog, Picasso, der die *Demoiselles d'Avignon* malte... Die Kakophonie der historischen Begebenheiten brauste in meinem Kopf. Doch die drei Frauen blieben starr, leblos – drei Museumsstücke mit einem Etikett: die Damen der Belle Epoque in den Gartenanlagen der Champs-Elysées. Also versuchte ich, sie zu besitzen und sie in meiner Vorstellung zu meinen Geliebten zu machen. Mit Hilfe meiner erotischen Synthese formte ich ihre Körper, und sie bewegten sich auch, aber mit der Steifheit völlig unbeteiligter Puppen, die man aufgestellt und angekleidet hatte, und die sich auf einmal bewegen sollten, als wären sie aus ihrer Lethargie erwacht. Und wie um diesen Anschein von Lähmung zu betonen, förderte die oberflächliche Synthese ein Bild aus meinem Gedächtnis zutage, bei dem es mir den Mund verzog: die schlaffe, nackte Brust, den welken Busen einer alten Trinkerin, die ich einmal am Bahnhof gesehen hatte. Ich schüttelte mich, um die widerliche Vorstellung loszuwerden.

Dann mußte ich mich eben mit einem Museum voller Mumien zufriedengeben, voller Wachsfiguren mit Schildern wie »Drei elegante Damen«, »Präsident Faure und seine Geliebte«, »Alter Soldat in einem Dorf in Nordfrankreich«... Ich schloß den Koffer wieder.

Ich lehnte am Geländer des Balkons und ließ meinen Blick im golden schimmernden Abendlicht über die Steppe schweifen.

»Was hat ihnen ihre Schönheit letztlich genutzt?« fragte ich mich mit einer plötzlichen und hellsichtigen Schärfe, die vielleicht dem Licht des Sonnenuntergangs geschuldet war. »Was haben ihnen ihre hübschen Brüste, ihre Hüften genutzt, was ihre Kleider, die so schmeichelnd ihre Körper formten? So schön sie sind, liegen sie doch in einem Koffer vergraben, in einer staubigen und verschlafenen Stadt irgendwo in der endlosen Ebene: Saranza – ein Ort, von dem sie zu ihren Lebzeiten nie gehört hatten ... Nichts ist von ihnen geblieben bis auf diese Aufnahme, die durch eine unvorstellbare Kette großer und kleiner Zufälle gerettet wurde, weil sie auf der Rückseite eines Berichts über die Automobil-Rallye Peking – Paris aufbewahrt wurde. Sogar Charlotte hat keinerlei Erinnerung an diese drei Frauengestalten. Als einziger auf dieser Erde halte ich den letzten Faden in der Hand, der sie mit der Welt der Lebenden verbindet! Meine Erinnerung ist ihr letzter Zufluchtsort, an dem sie noch einmal verweilen können, bis sie der völligen, unwiderrufbaren Vergessenheit anheimfallen. In gewisser Weise bin ich der Gott ihres wankenden Universums, jenes Stückchens Champs-Elysées, an dem ihre Schönheit noch erstrahlt ...«

Doch ob Gott oder nicht, ich konnte diesen Marionetten kein Leben einhauchen. Ich zog die Feder meines Andenkenkästchens auf, und die drei eleganten Damen trippelten los, der Präsident der Republik umarmte Marguerite Steinheil, der Herzog von Orléans fiel, von heimtückischen Messerstichen durchbohrt, der alte Soldat ergriff seine Pike und warf sich in die Brust ...

»Wie kommt es«, fragte ich mich, »daß von all den Leidenschaften, Schmerzen, Liebschaften und Worten so wenig Spuren zurückbleiben? Welche aberwitzigen Gesetze herrschen in einer Welt, in der das Leben so schöner, begehrenswerter Frauen von einem Zeitungsblatt abhängt, das zu Boden fällt? Hätte sich das Blatt nicht umgedreht, hätte ich sie nie der Vergessenheit entreißen können, und ihr Schicksal wäre endgültig besiegelt gewesen. Welche Dummheit kosmischen Ausmaßes, eine schöne Frau einfach so verschwinden zu lassen! Sie unwiderruflich verschwinden zu lassen! Alle Spuren von ihr auszulöschen, bis kein Schatten, kein Schimmer, kein Zeichen mehr von ihr bleibt ...«

Die Sonne versank hinter der Steppe. Doch über ihr hielt sich lange die kristallklare Helligkeit der kühlen Sommerabende. Hinter dem Wäldchen ertönte der Pfiff der Kukuschka, der in der kalten Luft durchdringender klang. Das Laub der Bäume war bereits mit den ersten gelben Blättern durchsetzt. Wieder erschallte der Pfiff der Lokomotive, diesmal allerdings schwächer, denn sie verschwand in der Ferne.

Als ich in meiner Phantasie zu den drei Schönheiten zurückkehrte, durchzuckte mich plötzlich ein einfacher Gedanke, das letzte Echo der trübsinnigen Überlegungen, in denen ich mich soeben verloren hatte: »Und doch hatte es in ihrem Leben diese kühlen und klaren Herbstabende gegeben, diese Allee mit ihrem laubbedeckten Boden, in der sie stehenblieben und einen kurzen Moment vor der Kamera stillstanden ... Ja, diese hellen Abendstunden im Herbst hatte es in ihrem Leben gegeben.«

Dieser kurze Gedanke bewirkte ein Wunder. Plötzlich konnte ich mich mit all meinen Sinnen in jenen Augenblick versetzen, den das Lächeln der drei Schönheiten aufgehoben hatte. Ich tauchte in eine Atmosphäre herbstlicher Gerüche ein, meine Nasenflügel zitterten von dem durchdringenden, herben Duft der Blätter. Die Sonne stach durch die Zweige, daß ich die Augen zusammenkniff. In der Ferne hörte ich einen offenen Kutschwagen über das Pflaster rollen, und ich hörte das Geplätscher einer Unterhaltung, bei der die drei Frauen munter durcheinanderredeten, bevor sie für die Aufnahme stillstanden ... Ja, ich erlebte diesen Augenblick mit ihnen in vollen Zügen!

Ich war so beeindruckt von meiner Teilhabe an diesem Herbstabend, daß ich mich fast erschrocken von seinem Licht losriß. Plötzlich überkam mich die Angst, ich könnte für immer dort bleiben. Betäubt und geblendet ging ich ins Zimmer zurück und zog noch einmal das Zeitungsblatt hervor.

Die Aufnahme schien zu zittern wie die nasse Oberfläche eines frischen Abzugs mit viel Farbe. Die Perspektive gewann sogleich Tiefe, und meine Augen verloren sich in der Weite des Raums. Vor meinem kindlichen Blick erschienen zwei gleiche Bilder, die langsam ineinander übergingen und in einer räumlichen Vision verschmolzen. Die Aufnahme mit den drei Schönheiten öffnete sich vor mir, holte mich immer mehr in sich hinein. Schon überragten mich Zweige mit großen, gelben Blättern ...

Meine kurz zuvor angestellten Überlegungen (die völlige Vergessenheit, der Tod ...) hatten keine Bedeutung mehr. Es bedurfte keiner Worte, alles lag leuchtend klar vor mir. Ich brauchte nicht einmal mehr das Photo betrachten. Ich schloß die Augen, und der Augenblick war in mir gegenwärtig. Ich ahnte es und freute mich mit den drei Frauen, nach dem süßen Nichtstun in der Sommerhitze wieder die kühle Herbstluft zu atmen, sich nach der neuen Herbstmode zu kleiden und zu den Vergnügungen des Stadtlebens zurückzukehren. Selbst die Aussicht auf Regen und Kälte, die nicht mehr lange auf sich warten lassen würden, steigerte nur den Reiz.

Ihre vor kurzem noch unerreichbaren Körper spürte ich nun wie meinen eigenen, und ich badete mit ihnen im würzigen Duft der verdorrten Blätter, im leichten, sonnendurchwirkten Nebel. Ich ahnte, daß sie der unmerkliche Schauder überkam, mit dem der Körper einer Frau den Herbst begrüßt, diese Mischung aus Freude und Beklemmung, diese heitere Melancholie. Nichts trennte mich mehr von diesen drei Frauen. Wir gingen ineinander auf, und es war sinnlicher und lustvoller als jede körperliche Vereinigung.

Als ich aus diesem Herbstabend heraustrat, war es schon fast dunkel geworden. Erschöpft wie ein Schwimmer, der einen breiten Fluß durchschwommen hat, sah ich mich um und erkannte die mir vertrauten Dinge kaum wieder. Am liebsten hätte ich kehrt gemacht, um wieder bei den drei Spaziergängerinnen aus der Belle Epoque zu sein.

Doch die Zauberkraft, die ich soeben noch entfaltet hatte, schien mir erneut zu entgleiten. Unwillkürlich schuf mein Gedächtnis ein gänzlich anderes Szenario der Vergangenheit. Ich sah einen schönen, schwarz gekleideten Mann in einem prunkvoll eingerichteten Arbeitszimmer. Geräuschlos öffnete sich die Tür, und eine verschleierte Frau trat ein. Mit großer Geste umschlang der Präsident seine Geliebte. Ja, zum hundertstenmal überraschte ich die Liebenden bei ihrem geheimen Stelldichein im Elysée-Palast. Von meinem Gedächtnis herbeizitiert, spielten sie ein weiteres Mal ihre Rollen wie in einem flüchtigen Vaudeville. Aber es genügte mir nicht mehr...

Die Verwandlung der drei Schönheiten ließ mich hoffen, der Zauber könnte noch einmal stattfinden. Jener ganz einfache Satz, der alles ausgelöst hatte, war mir noch gut im Gedächtnis geblieben: »Und doch hatte es im Leben dieser drei Frauen jene kühlen und sonnendurchfluteten...« Wie ein Zauberlehrling stellte ich mir von neuem den Mann mit dem hübschen Schnauzer vor dem dunklen Fenster seines Arbeitszimmers vor und murmelte die Zauberformel: »Und doch hatte es in seinem Leben einen Herbstabend gegeben, an dem er am dunklen Fenster stand, hinter dem sich die kahlen Äste im Garten des Elysées im Wind wiegten...« Ich bemerkte nicht, in welchem Moment sich die Grenze zwischen den Zeiten auflöste ... Der Präsident starrte auf die bewegten Schatten der Bäume. Sein Blick war leer. Seine Lippen berührten fast die Scheibe, für einen kurzen Augenblick beschlug sie von seinem Hauch. Als er es bemerkte, nickte er leicht mit dem Kopf und beantwortete damit die Fragen, die ihn gerade beschäftigt hatten. Ich ahnte, daß er die eigenartige Steifheit der Kleidung am Körper spürte. Er war sich selbst fremd. Ja, er empfand sich als fremdes, angespanntes Wesen, das er durch seine Reglosigkeit bezwingen mußte. Er dachte, nein, er dachte nicht, sondern fühlte irgendwo in dieser regnerischen Finsternis hinter der Scheibe jene ihm immer näher kommende Vertraute, die bald in sein Zimmer treten würde. »Der Präsident der Republik –«, murmelte er kaum hörbar und dehnte dabei jede Silbe, »– der Elysée-Palast ...« Und plötzlich schienen ihm die gewohnten Wörter keinen Bezug zu ihm selbst mehr zu haben. Mit jeder Faser fühlte er den Mann in sich, der in wenigen Augenblicken wieder überwältigt wäre von den sanften und warmen Lippen unter dem von Wassertröpfchen schillernden Schleier ...

Für einige Sekunden spürte ich diese in sich gegensätzlichen Empfindungen auf meinem Gesicht.

Der Zauber dieser verklärten Vergangenheit hatte mich zugleich leidenschaftlich erregt und erschöpft. Nach Luft schnappend saß ich auf dem Balkon und stierte in die Dunkelheit über den Steppen. Ich wurde süchtig nach dieser Verschmelzung der Zeiten, das war klar. Denn kaum hatte ich mich wieder gefaßt, wiederholte ich mein »Sesam-öffne-dich«: »Und doch hatte es im Leben dieses alten Soldaten jenen Wintertag gegeben ...« Ich sah den alten Mann mit seinem Konquistadorenhelm vor mir. Bei seinem Marsch stützte er sich auf seine lange Pike. Sein vom Wind gerötetes Gesicht war in bittere Gedanken versunken. Er dachte an sein Alter und an den Krieg, der noch weiterginge, wenn er

schon nicht mehr da wäre. Plötzlich roch er in der matten
Luft dieses frostigen Tages den Rauch eines Holzfeuers. Der
angenehme, etwas beißende Geruch vermengte sich mit der
Frische des Rauhreifs auf den kahlen Feldern. Der Greis
holte tief Luft und atmete die schneidende Kälte des Winters
ein. Ein Anflug von Lächeln hellte seine strengen Gesichtszüge auf. Er kniff die Augen leicht zusammen. Tatsächlich,
er war dieser Mann, der gierig den eisigen, nach verbren-
nendem Holz duftenden Wind einsog. Er war hier. In
diesem Augenblick. An dieser Stelle ... Die Schlacht, an der
er teilnehmen würde, der Krieg und selbst sein Tod erschienen ihm nun nebensächlich. Es waren kleine Episoden eines
unendlich größeren Schicksals, an dem er teilhaben würde,
ja, an dem er in einem Augenblick der Selbstvergessenheit
schon teilhatte. Mit halb geschlossenen Augen atmete er aus
und lächelte. Er ahnte, daß sich mit dem, was er im Augenblick erlebte, das vorausgeschaute Schicksal zu erfüllen
begann.

Bei Anbruch der Nacht kehrte Charlotte zurück. Ich wußte,
daß sie von Zeit zu Zeit am Spätnachmittag auf den Friedhof ging. Sie jätete Unkraut in dem kleinen Blumenbeet vor
Fjodors Grab, goß, putzte die von einem roten Stern überragte Grabstelle. Als die Sonne unterging, machte sie sich
auf den Heimweg. Sie ging langsam, durchquerte ganz
Saranza und ließ sich dabei bisweilen auf einer Bank nieder. An solchen Abenden setzten wir uns nicht auf den
Balkon ...
Sie betrat die Wohnung. Mit innerer Gespanntheit hörte ich
ihre Schritte im Flur, dann in der Küche. Ich nahm mir erst
gar nicht die Zeit zu überlegen, was ich tat, sondern überfiel
sie gleich mit der Bitte, über das Frankreich ihrer Jugend zu
erzählen – so wie früher.
Ich war in einer Verfassung, in der mir die Momente, die ich

soeben nacherlebt hatte, wie die Erprobung eines seltsamen Wahnsinns vorkamen, der schön und erschreckend zugleich war. Sie zu leugnen war unmöglich, denn ihre Klarheit blieb körperlich gegenwärtig in mir. Ich hatte sie wirklich erfahren. Doch ein hinterhältiger, zweiflerischer Geist, eine Mischung aus Angst und aufbegehrendem gesunden Menschenverstand zwang mich, meine Entdeckung in Abrede zu stellen und das Universum wieder zu zerstören, von dem ich nur einige kleine Ausschnitte gesehen hatte. Ich hoffte, Charlotte würde mir eine beruhigende Geschichte über das Frankreich ihrer Kindheit erzählen. Ich wollte eine vertraute Kindergeschichte, eingängig wie ein Familienphoto, die mich meinen vorübergehenden Wahnsinn vergessen ließ.

Sie antwortete nicht sofort auf meine Frage. Zweifellos hatte sie begriffen, daß es einen ernstzunehmenden Grund dafür geben mußte, daß ich es wagte, unsere Gewohnheiten zu durchbrechen. Bestimmt dachte sie an all die nichtigen Unterhaltungen, die wir seit mehreren Wochen führten, an unser traditionelles Erzählritual in der Abenddämmerung und daran, wie es in diesem Sommer enttäuscht wurde.

Nach kurzem Schweigen antwortete sie seufzend mit einem kleinen Lächeln in den Mundwinkeln: »Aber was könnte ich dir denn noch erzählen? Du weißt doch alles. Warte, vielleicht lese ich dir lieber ein Gedicht vor...«

Es sollte ein Abend werden, wie ich ihn nie wieder erlebt habe. Denn Charlotte konnte das Buch, das sie suchte, nicht finden. Und mit der uns schon bekannten, wunderbaren Freiheit, mit der sie bisweilen die Ordnung der Dinge umstieß, verwandelte die sonst so pünktliche und pedantische Frau den Abend in eine lange durchwachte Nacht. Im Regal stapelten sich die Bücher. Wir kletterten auf den Tisch, um die oberen Regalreihen zu sichten. Das Buch war unauffindbar.

Um zwei Uhr morgens streckte Charlotte aus einem malerischen Durcheinander von Büchern und Möbeln den Kopf hervor und rief: »Ich Dummkopf! Ich habe deiner Schwester und dir doch schon den Anfang des Gedichts vorgelesen, im letzten Sommer, erinnerst du dich? Und dann ... Ich weiß es nicht mehr – jedenfalls haben wir nur die erste Strophe gelesen. Es muß also hier sein.«

Dann beugte sich Charlotte zu einem Schränkchen hinunter, das neben der Balkontür stand, öffnete es. Neben einem Strohhut lag das Buch.

Ich saß auf dem Teppich und lauschte; sie las vor. Im Schein einer Tischleuchte, die wir auf den Boden gestellt hatten, sah ich ihr Gesicht. Unsere Schatten zeichneten sich mit einer furchterregenden Schärfe an der Wand ab. Von Zeit zu Zeit drang ein kalter Windstoß aus der finsteren Steppe durch die Balkontür. Mit ihrer Stimme gab Charlotte den Versen einen Klang, der sich wie ein Echo anhörte, das Jahre gebraucht hatte.

Und jedesmal, wenn sie mir wieder erklingt,
Verjüngt sich meine Seele um zweihundert Jahre ...
In die Zeit Ludwigs des Dreizehnten; und im Geiste seh ich
Langhin ein grünes Hügelland im gelben Schein der
Abendsonne,

Ein Schloß dann, aus Ziegeln, Hausteine an den Kanten,
Die bunten Scheiben rötlich schimmernd,
Umgeben rings von weitem Parkgelände, und ein Fluß,
Der es umspült und zwischen Blumen fließt,

Dann eine Dame, an ihrem hohen Fenster,
Blond mit schwarzen Augen, in ihren alten Gewändern,
Die ich in einem andern Leben vielleicht
Schon einmal sah ... und deren ich mich erinnere!

In dieser außergewöhnlichen Nacht mußten wir uns nichts mehr sagen. Bevor ich einschlief, dachte ich an jenen Mann aus dem Land meiner Großmutter, der vor eineinhalb Jahrhunderten den Mut besaß, von seinem »Wahn« zu erzählen – jenem geträumten Augenblick, der mehr Wahrheit barg als jede nüchtern betrachtete Wirklichkeit.

Am nächsten Morgen stand ich spät auf. Im Zimmer nebenan war schon wieder Ordnung eingekehrt. Der Wind hatte die Richtung geändert und brachte die warme Luft vom Kaspischen Meer mit. Der vergangene Tag und seine Kälte schienen weit zurückzuliegen.

Gegen Mittag gingen wir, ohne uns abgesprochen zu haben, gemeinsam in die Steppe. Wir liefen schweigend Seite an Seite am Gestrüpp der Stalinka entlang. Dann überquerten wir die pfeilgeraden, von Unkraut überwucherten Gleise. Von weitem vernahmen wir den Pfiff der Kukuschka. Dann sahen wir den kleinen Zug zwischen Büschen und Blumen auftauchen. Er kam näher, kreuzte unseren Fußweg und verschwand im Dunst der Hitze. Charlotte blickte ihm nach. Als sie weiterging, murmelte sie leise:

»In meiner Kindheit bin ich einmal mit einem Zug gefahren, der so ähnlich wie die Kukuschka war. Mit ihm fuhren Reisende, und er schlängelte sich mit seinen kleinen Waggons langsam durch die Provence. Wir wollten einige Tage bei einer Tante verbringen, die dort wohnte ... Ich kann mich nicht mehr daran erinnern, wie die Stadt hieß. Aber ich erinnere mich noch an die sonnenüberfluteten Hügel, an das durchdringende Zirpen der Grillen, wenn der Zug an kleinen, verschlafenen Bahnhöfen stoppte. Lavendelfelder erstreckten sich über die Hügel, so weit das Auge reichte. Ja, ich erinnere mich an die Sonne, an die Grillen, an das kräftige Blau und an den Duft, den der Wind durch die offenen Fenster hereintrug ...«

Schweigend ging ich neben ihr her. Ich fühlte, daß »Ku-

178

kuschka« das erste Wort unserer neuen, gemeinsamen Sprache sein würde. Einer Sprache, die das Unsagbare sagen konnte.

Zwei Tage danach verließ ich Saranza. Zum erstenmal in meinem Leben war das Schweigen in den letzten Minuten vor der Abfahrt des Zuges nicht peinlich. Durch das Fenster sah ich Charlotte auf dem Bahndamm zwischen lauter Leuten stehen, die wie Taubstumme gestikulierten aus Furcht, die Abfahrenden könnten sie nicht hören. Charlotte schwieg, und als unsere Blicke sich trafen, lächelte sie. Worte waren nicht mehr nötig ...

III

1

Im Herbst mußte meine Mutter für ein paar Tage ins Krankenhaus, »nur zur Untersuchung«, wie sie uns erklärte. Ich genoß die Zeit ohne sie, wie ich zu meiner Schande gestehen muß, bis zu jenem Nachmittag, als ich das Schulgebäude verließ und erfuhr, sie sei gestorben.

Am Tag nach ihrer Aufnahme im Krankenhaus kehrte bei uns ein angenehmer Schlendrian ein. Mein Vater saß bis ein Uhr morgens vor dem Fernseher. Ich bekam einen Vorgeschmack auf das Erwachsenenleben und kostete die neue Freiheit aus: Jeden Tag versuchte ich, meine Rückkehr nach Hause etwas länger hinauszuzögern, erst neun Uhr, dann halb zehn, dann zehn …

Ich verbrachte diese Abende an einer Kreuzung, wo ich mich im herbstlichen Dämmerlicht, beflügelt von ein bißchen Phantasie, plötzlich in die verregnete Abendstimmung einer westlichen Großstadt versetzt fühlte. In unserer Stadt mit ihren eintönigen, breiten Straßen war dieser Platz einzigartig. Die Straßen mündeten in einen Kreisverkehr, oder vielmehr, sie strebten strahlenförmig von ihm weg und schnitten dabei die Fassaden der angrenzenden Gebäude in große Trapeze. Ich wußte bereits, daß Napoleon in Paris diese Straßenführung zur Vorschrift gemacht hatte, um Zusammenstöße von Fuhrwerken zu vermeiden …

Je dunkler es wurde, desto vollständiger wurde meine Illusion. Es störte mich nicht, daß in einem dieser Häuser das städtische Museum für Atheismus untergebracht war und daß sich hinter den Mauern der anderen überbelegte städtische Wohnungen verbargen. Durch den Regen betrachtete ich das zu einem Aquarell verwässerte Gelb und Blau der Fenster, die Spiegelungen der Straßenlaternen auf dem schmierigen Asphalt, die Umrisse der kahlen Bäume. Ich war allein und frei. Ich war glücklich. Im Flüsterton unterhielt ich mich auf französisch mit mir selbst. Die trapezförmigen Häuserfronten und der Klang dieser Sprache gehörten für mich einfach zusammen ... Ob der Zauber, den ich in diesem Sommer entdeckt hatte, wohl zu einer Begegnung führen würde? Alle Frauen, die meinen Weg kreuzten, schienen darauf zu brennen, mit mir ins Gespräch zu kommen. In jeder halben Stunde, die ich der Nacht abgewann, wurde meine französische Fata Morgana wirklicher. Ich gehörte weder meiner Zeit noch diesem Land mehr an. Nachts auf der kleinen Verkehrsinsel fühlte ich mich auf wunderbare Weise mir selbst fremd.

Die Sonne ödete mich jetzt an, der Tag war überflüssig, ein einziges Warten auf den Abend. Dann fing das wahre Leben an ...

Und doch platzte die Nachricht mitten in den Tag hinein. Ein Tag, an dem der erste Reif mich so sehr blendete, daß ich die Augen zusammenkniff. Als ich an dem Haufen meiner vergnügten Mitschüler vorbeiging, die mich nach wie vor mit ablehnendem Mißtrauen behandelten, hörte ich jemanden sagen:

»Habt ihr schon gehört? Seine Mutter ist gestorben ...«

Neugierige Blicke trafen mich. An seiner Stimme erkannte ich den Sohn unserer Nachbarn. Er hatte geredet ...

Die Beiläufigkeit, mit der er es ausgesprochen hatte, gab mir die Zeit, dem Unfaßbaren ins Auge zu blicken: Meine Mutter war tot. Plötzlich fügten sich die Ereignisse der letzten Tage zu einem Bild zusammen: die häufige Abwesenheit meines Vaters, sein Schweigen, die Ankunft meiner Schwester vor zwei Tagen (also doch keine Semesterferien, wie ich jetzt begriff).

Charlotte öffnete mir. Sie war noch am selben Morgen aus Saranza angereist. Alle wußten also Bescheid! Und ich war noch das Kind, »dem man fürs erste lieber nichts sagt«. Das ahnungslose Kind war weiterhin unbehelligt zu jener »französischen« Straßenkreuzung getrippelt und hatte sich dabei eingebildet, erwachsen, unabhängig und geheimnisvoll zu sein. Ernüchterung war das erste Gefühl, das die Nachricht vom Tod meiner Mutter in mir auslöste. Dann wich es der Scham: Meine Mutter lag im Sterben, und ich kostete mit egoistischer Selbstzufriedenheit meine neue Freiheit aus, träumte mir unter den Fenstern des Museums für Atheismus ein herbstliches Paris zusammen!

Charlotte war die einzige, die während der Trauertage und beim Begräbnis nicht weinte. Mit unbewegter Miene und ruhigem Blick besorgte sie den Haushalt, empfing Besucher, brachte Verwandte unter, die aus anderen Städten angereist waren. Ihre Kühle erregte Mißfallen ...

»Wenn du willst, kannst du zu mir kommen«, sagte sie mir bei ihrer Abreise. Ich nickte und sah Saranza, den Balkon, den Koffer voll alter französischer Zeitungen. Und wieder schämte ich mich: Während wir uns Geschichten erzählten, ging das Leben mit seinen tatsächlichen Freuden und seinen tatsächlichen Leiden weiter; meine Mutter arbeitete, obwohl sie bereits erkrankt war, sie litt, ohne es jemandem zu sagen und ohne mit dem leisesten Wort oder der geringsten Geste zu verraten, daß sie von ihrem baldigen Tod wußte. Und wir unterhielten uns tagelang über die schönen Damen der Belle Epoque ...

Insgeheim war ich erleichtert, als Charlotte abreiste. Ich fühlte mich auf tückische Weise mitschuldig am Tod meiner Mutter. Ja, eine undeutlich empfundene Verantwortung lastete auf mir wie auf dem Zuschauer, der mit seinem Blick einen Seiltänzer ins Schwanken und vielleicht sogar zum Absturz bringt. Von Charlotte hatte ich gelernt, wie man in einer großen Industriestadt an der Wolga die Umrisse von Paris entdeckt, sie hatte mich in diese Traumwelt aus Vergangenem eingesperrt, in der mich die Wirklichkeit nur noch flüchtig erreichte.

Die Wirklichkeit war jene unbewegte Pfütze, die ich bei der Beerdigung mit einem Frösteln auf dem Grund des Grabes sah. Im herbstlichen Nieselregen senkte man den Sarg langsam in dieses schlammige Wasser hinab ...

Auch mit der Ankunft meiner Tante, der älteren Schwester meines Vaters, wehte mir die Wirklichkeit entgegen. Sie wohnte in einer Arbeitersiedlung, wo die Leute um fünf Uhr morgens aufstanden und zu den Toren der riesigen Fabriken in unserer Stadt strömten. Diese Frau brachte die drückende Last und die Härte des Lebens in Rußland mit, eine eigenartige Mischung aus Grausamkeit, Einfühlsamkeit, Trunkenheit, Anarchie, unzerstörbarer Lebensfreude, Tränen, freiwilliger Sklaverei, dumpfer Starrköpfigkeit, überraschendem Feingefühl ... Mit wachsendem Staunen entdeckte ich eine Welt, die Charlottes Frankreich früher ausgeblendet hatte.

Meine Tante befürchtete, mein Vater könnte zu trinken anfangen und seinen Kummer ersäufen wie viele Männer, die sie in ihrem Leben gekannt hatte. Jedesmal wenn sie zu uns kam, wiederholte sie: »Nikolai, laß die Hände vom Bitteren!« – will heißen: vom Wodka. Ohne auf ihre Worte zu achten, stimmte er ihr unwillkürlich zu und beteuerte unter heftigem Kopfschütteln:

»Eines steht jedenfalls fest. Eigentlich hätte ich als erster sterben müssen. Mit dem da ...«

Dann legte er die Hand an seinen kahlen Kopf. Ich wußte,

daß er über dem linken Ohr ein »Loch« hatte, eine Stelle, an der sich nur eine dünne, durchsichtige Haut über eine pochende Ader spannte. Meine Mutter hatte in ständiger Angst gelebt, mein Vater könnte bei einem Handgemenge einen leichten Schlag auf diese Stelle bekommen und tot umfallen ...

»Vor allem, laß das Trinken ...«

»Eigentlich hätte ich als erster sterben müssen ...«

Er fing nicht an zu trinken. Und doch erwiesen sich die Warnungen seiner Schwester auf dumme Weise als gerechtfertigt. Eines Abends im Februar erlitt er während der letzten, kältesten Frostperiode des Winters einen Herzanfall und stürzte in einer verschneiten Gasse zu Boden. Die Milizsoldaten, die ihn im Schnee liegend fanden, glaubten natürlich, er sei betrunken, und brachten ihn in die Ausnüchterungszelle. Erst am folgenden Morgen bemerkte man den Irrtum ...

Wieder stellte sich die Wirklichkeit mit ihrer protzenden Gewalt meinen Schimären entgegen. Ein einziges Geräusch genügte: Der Leichnam war in einem überspannten Pritschenwagen zu uns gebracht worden, in dem es ebenso kalt war wie draußen; als man ihn auf den Tisch legte, klang es wie der dumpfe Aufprall eines Eisklotzes auf Holz.

Ich konnte mir nichts vormachen. In meinem tiefsten Inneren, wo im Wirrwarr der Gedanken die ungeschminkte Wahrheit in Erscheinung tritt, wo man sich ohne Umschweife alles eingesteht, in meiner Seele hatte das Ableben meiner Eltern keine unheilbaren Wunden hinterlassen. Ja, ich gebe sogar zu, bei meinen stillen Selbstgesprächen nicht über die Maßen gelitten zu haben.

Und wenn ich bisweilen weinte, dann weinte ich nicht um sie. Es waren Tränen der Ohnmacht angesichts der bestürzenden Tatsache, daß hier eine ganze Generation getötet,

verstümmelt und um ihre »Jugend« gebracht worden war.
Das Leben von Millionen war ausgelöscht worden. Auf
dem Schlachtfeld waren die Leute wenigstens einen Hel-
dentod gestorben. Die Überlebenden jedoch, die zehn oder
zwanzig Jahre später ihr Leben ließen, schienen ganz
»normal«, »am Alter« zu sterben. Man mußte sehr nahe an
meinen Vater herantreten, um jene leicht nach innen ge-
wölbte Vertiefung über seinem Ohr zu sehen, in der das
Blut pochte. Man mußte meine Mutter gut kennen, um das
Kind in ihr zu sehen, das an jenem ersten Morgen im Krieg
hinter einem dunklen Fenster stand und den dröhnenden,
von seltsamen Lichtern überzogenen Himmel betrachtete.
Um auch jenes bis auf die Knochen abgemagerte junge
Mädchen in ihr zu sehen, das unter Würgen Kartoffelschalen verschlang ...
Ich blickte durch einen Tränenschleier auf ihr Leben. Ich
sah meinen Vater, wie er nach seiner Entlassung aus der
Roten Armee an einem warmen Juniabend in sein Heimatdorf zurückkehrte. Alles war ihm vertraut: der Wald, der
Fluß, die Biegung der Straße. Und plötzlich stand er in
einem Ort, den er nicht wiedererkannte, auf einer rußgeschwärzten Straße, zu beiden Seiten eine Reihe verkohlter
Isbas. Keine Menschenseele war zu entdecken, da war
nichts als die glückseligen Rufe eines Kuckucks im Takt
des Blutes, das unter der brennenden Wunde über seinem
Ohr pochte.
Ich sah meine Mutter. Nachdem sie die Aufnahmeprüfung
für die Universität geschafft hatte, stand die junge Studentin
wie versteinert – in Habachtstellung – vor einer Mauer von
verächtlichen Blicken: Die Partei hatte eine Kommission einberufen, um über ihr »Verbrechen« zu urteilen. Sie wußte, in
dieser Zeit des Kampfes gegen »die Kosmopoliten« war
Charlottes Abstammung, ihr »Franzosentum«, ein schreck-
licher Makel. Vor der Prüfung hatte sie einen Fragebogen

ausgefüllt und mit zitternder Hand geschrieben: »Staatsangehörigkeit der Mutter: russisch«.

Dann hatten sich die beiden gefunden, zwei Menschen, die völlig verschieden waren, die sich auf Grund ihrer zerstörten Jugend aber auch sehr nahe standen. Meine Schwester und ich wurden geboren, und das Leben ging weiter, trotz der Kriege, der verbrannten Dörfer, der Lager.

Ja, wenn ich weinte, dann angesichts ihrer stummen Resignation. Sie klagten niemanden an, forderten keine Wiedergutmachung. Sie lebten und versuchten, uns glücklich zu machen. Mein Vater war sein Leben lang mit seiner Brigade kreuz und quer durch die endlosen Weiten zwischen Wolga und Ural unterwegs gewesen, um Hochspannungsleitungen zu verlegen. Nachdem meine Mutter wegen ihres Verbrechens von der Universität verwiesen worden war, faßte sie nie wieder Mut zu einem erneuten Anlauf. Sie wurde Übersetzerin in einer der großen Fabriken unserer Stadt. Als würde das unpersönliche, technische Französisch die Schuld der französischen Abkunft von ihr nehmen.

Wenn ich auf das Leben der beiden zurücksah, das ganz gewöhnlich und dennoch außerordentlich war, stieg eine unbestimmte Wut in mir auf. Ich wußte nicht genau, gegen wen sie sich richtete. Doch, ich wußte es: gegen Charlotte! Gegen ihre heitere französische Welt. Gegen die unnütze Feinsinnigkeit einer Vergangenheit, die nur in der Vorstellung existierte: Was für ein Wahnsinn, an drei Wesen zu denken, die auf einem Zeitungsschnipsel vom Beginn des Jahrhunderts abgebildet waren, oder zu versuchen, die Gefühlslagen eines verliebten Staatspräsidenten nachzuempfinden! Und jenen Soldaten zu vergessen, den der Winter vor dem Tod rettete, weil er seinen gebrochenen Schädel in einen Gips aus Eis steckte und damit das Blut zu stillen vermochte. Und zu vergessen, daß ich mein Dasein einem Zug verdankte, der sich zwischen den vielen Zügen mit zer-

malmten menschlichen Körpern ins geschützte, hinterste
Rußland vortastete und Charlotte mit den Kindern in Sicherheit brachte ... »Zwanzig Millionen mußten sterben,
damit ihr leben könnt!« Früher ließ mich diese Propaganda gleichgültig. Doch jetzt bekam dieser patriotische
Ruf eine neue, schmerzhafte Bedeutung. Und er traf mich
persönlich.
Wie ein Bär nach einem langen Winterschlaf erwachte Rußland in mir. Es war ein unbarmherziges, schönes, aberwitzi-
ges, ein einzigartiges Rußland. Ein Rußland, das durch sein
finsteres Schicksal gegen den Rest der Welt stand.
Ja, so war es: Als meine Eltern starben, weinte ich bisweilen,
weil ich mich als Russe fühlte. Und weil das Frankreich in
meinem Herzen jetzt manchmal sehr schmerzhaft für mich
war.

Meine Tante, die Schwester meines Vaters, hatte unbeab-
sichtigt zu dieser inneren Wende beigetragen ...
Glücklich, die enge Sozialwohnung in ihrem Arbeiterviertel
verlassen zu können, zog sie mit ihren beiden Söhnen, meinen älteren Cousins, bei uns ein. Nicht, daß sie uns eine andere Lebensweise aufdrängen und die Spuren unserer Vergangenheit verwischen wollte. Sie lebte einfach so, wie sie es
konnte. Und das Besondere an unserer Familie – ihr sehr be-
scheidenes Franzosentum, das so weit vom wirklichen
Frankreich entfernt war wie die technischen Übersetzungen
meiner Mutter – verschwand wie von selbst.
Meine Tante war eine Frau aus der Stalinzeit. Stalin war seit
zwanzig Jahren tot, doch sie hatte sich nicht verändert. Nicht
aus Verehrung für den höchsten Führer. Ihr erster Mann war
im verheerenden Durcheinander der ersten Kriegstage gefallen. Meine Tante wußte, wer für diesen vernichtenden
Kriegsbeginn verantwortlich war, und erzählte es jedem, der
es hören wollte. Der Vater ihrer beiden Kinder, mit dem sie

nie verheiratet war, hatte acht Jahre in einem Lager zugebracht. »Weil er eine zu spitze Zunge hatte«, sagte sie.

Nein, ihr Stalinismus zeigte sich vor allem an ihrer Art und Weise zu sprechen, sich zu kleiden, anderen in die Augen zu blicken, als befände man sich noch immer mitten im Krieg und aus dem Radio könnte noch jederzeit die düstere und pathetische Stimme ertönen, die den unaufhaltsamen Vormarsch auf Moskau meldete, der die Gesichter erstarren ließ: »Nach heldenhaften, blutigen Gefechten haben sich unsere Armeen aus Kiew zurückgezogen ... aus Smolensk ... aus ...« Sie lebte noch immer in den Jahren, in denen Nachbarn mit einem stummen, ängstlichen Wink aus den Augen auf ein Haus wiesen, aus dem in der Nacht eine Familie in einem schwarzen Wagen fortgebracht worden war ...

Sie trug ein großes, braunes Dreieckstuch, einen alten Mantel aus grobem Stoff, im Winter Filzstiefel, im Sommer Halbschuhe auf dicken Sohlen. Es hätte mich nicht gewundert, wenn ich gesehen hätte, wie sie einen Armeeumhang und Soldatenstiefel anzog. Und wenn sie die Tassen auf den Tisch stellte, sahen ihre dicken Hände aus, als würde sie wie im Krieg in einer Waffenfabrik Granathülsen am Fließband herstellen ...

Der Vater ihrer Kinder, den ich bei seinem Vatersnamen Dimitritsch nannte, besuchte uns manchmal, und dann hallte seine rauhe Stimme durch unsere Küche, daß man meinte, sie würde nach einem mehrjährigen Winter erst langsam wieder auftauen. Meine Tante und er hatten nichts mehr zu verlieren und fürchteten nichts. Immer angriffslustig und mit verzweifelter Dreistigkeit redeten sie über alles. Obwohl der Mann viel trank, wurde sein Blick nicht trübe. Nur seine Kiefer preßte er mehr und mehr zusammen, als hülfe es ihm, hie und da einige deftige Lagerflüche anzubringen. Er hat mir das erste Glas Wodka eingeschenkt. Und durch ihn konnte ich mir das unsichtbare Rußland vorstellen, diesen von Stacheldraht und Wachtürmen umzingelten Kontinent. In diesem Land, das keiner betreten durfte, bekamen die einfachsten Worte fürchterliche Bedeutung und brannten auf der Zunge wie jener »Bittere«, den ich aus einem dicken, geschliffenen Glas trank.

Eines Tages erzählte er von einem kleinen See in der Taiga, der elf von zwölf Monaten im Jahr zugefroren war. Nach dem Willen des Lagerkommandanten wurde sein Grund zum Friedhof: Das war einfacher, als im Dauerfrost Gräber auszuheben. Und die Häftlinge starben wie die Fliegen ...

»Einmal wollten wir im Herbst zehn oder fünfzehn ins Wasser schmeißen. Es gab dort ein Loch im Eis. Da habe ich all die anderen gesehen, die Toten von früher. Sie waren nackt. Ihre Klamotten hatte man natürlich behalten. Ja, sie lagen nackt unter dem Eis ohne die geringste Spur von Verwesung. Fast wie ein Stück *Cholodet*!«

Das Wort *Cholodet*, Eisbein in Sülze – ein Teller davon stand gerade auf unserem Tisch –, wurde ein grauenhaftes Wort für mich, denn in seinem markerschütternden Klang waren Eis, Fleisch und Tod vereint.

Am meisten litt ich bei ihren nächtlichen Gesprächen unter der unanfechtbaren Liebe zu Rußland, die ihre offenen Bekenntnisse in mir weckten. Mit dem scharfen Wodka kämpfend, empörte sich mein Verstand: »Dieses Land ist monströs! Seine Bewohner beschäftigen sich am liebsten mit dem Bösen, mit Folter, Leid und Selbstverstümmelung. Warum liebe ich es trotzdem? Warum liebe ich es für seinen Irrsinn? Für seine grauenhaften Auswüchse? Ich sehe darin einen höheren Sinn, der mit keinem logischen Gedanken zu erfassen ist ...«

Diese Liebe war eine ständige Zerreißprobe. Je düsterer das Rußland wurde, das ich entdeckte, desto quälender fühlte ich meine Verbundenheit mit ihm. Als müßte ich mir die Augen ausreißen, die Ohren zustopfen und das Denken verbieten, um es zu lieben.

Eines Abends sprachen meine Tante und ihr Lebensgefährte über Berija.

Aus den Gesprächen unserer Gäste hatte ich schon früher herausgehört, welches Grauen sich hinter diesem Namen verbarg. Wenn sie ihn nannten, schwang Verachtung mit, die sich trotz des Entsetzens mit einem Hauch Anerkennung paarte. Ich war zu jung, um zu begreifen, was in dem beängstigenden Schattenreich geschah, in dem sich das Leben des Tyrannen abspielte. Ich ahnte gerade einmal, daß es sich um irgendeine menschliche Schwäche handelte. Wenn sie auf ihn zu sprechen kamen, dämpften sie die Stimme, und normalerweise bemerkten sie genau zu diesem Augenblick meine Anwesenheit und schickten mich aus der Küche ...

Von nun an waren wir zu dritt in der Küche. Drei Erwachsene. Meine Tante und Dimitritsch jedenfalls hatten nichts vor mir zu verbergen. Sie erzählten, und durch die blauen Tabakwolken, durch den Dunst des Alkohols sah ich einen großen, schwarzen Wagen mit getönten Scheiben. Trotz seiner beeindruckenden Größe schlich er wie ein leeres Taxi durch die Straßen. Er rollte mit heimtückischer Langsamkeit, stand beinahe und lauerte. Dann startete er schnell wieder, als müßte er jemanden einholen. Neugierig beobachtete ich, wie er die Straßen Moskaus auf und ab fuhr. Plötzlich überkam mich eine Ahnung vom Zweck dieser Veranstaltung: Der schwarze Wagen verfolgte Frauen. Junge, schöne Frauen. Er fuhr im Schrittempo neben ihnen her. Hinter den undurchsichtigen Scheiben saß jemand, der sie musterte. Dann ließ er von ihnen ab. Manchmal aber faßte er einen Entschluß, und der Wagen folgte ihr in eine Seitenstraße hinein ...

Dimitritsch hatte keinen Grund, mich zu schonen. Ohne Umschweife erzählte er mir alles. Der Mann auf der Rückbank des Wagens war ein kleiner Dicker mit Glatze und einem Kneifer, der in den feisten Backen verschwand: Berija. Er suchte sich eine Frau aus, nach der ihn gelüstete. Dann nahmen seine Handlanger die Passantin fest. Dafür bedurfte es damals nicht einmal eines Vorwands. Die Frau wurde zu seinem Amtssitz gebracht und vergewaltigt. Man brach ihren Willen mit Alkohol, Drohungen, Folter...

Dimitritsch sagte nicht, was hinterher aus diesen Frauen wurde. Er wußte es selbst nicht. Jedenfalls sind sie nie wieder gesehen worden.

Ich verbrachte einige schlaflose Nächte, stand mit leerem Blick und nasser Stirn am Fenster. Ich dachte an Berija und diese Frauen, die nur noch eine Nacht zu leben hatten. Mir rauchte der Schädel, als hätte er gebrannt. Ich spürte einen sauren, metallischen Geschmack im Mund und stellte mir vor, der Vater oder der Verlobte oder der Ehemann der jungen Frau zu sein, die von dem schwarzen Wagen verfolgt wurde. Für einige Augenblicke, länger konnte ich es nicht aushalten, schlüpfte ich in die Haut jenes Mannes, fühlte seine Angst, seine Tränen, seine nutzlose, ohnmächtige Wut und seine Verzweiflung. Denn jeder wußte, wie diese Frauen verschwanden! Mein Magen zog sich in einem schrecklichen Krampf zusammen. Ich öffnete die Fensterklappe, griff in den auf dem Fenstersims liegenden Schnee und rieb mir das Gesicht damit ab. Es brachte nur für kurze Zeit Kühlung. Jetzt sah ich den hinter der dunklen Fensterscheibe kauernden Mann. In den Gläsern seines Kneifers spiegelten sich die Rundungen der Frauen. Er sichtete sie, betastete sie, wägte ihre Reize ab. Dann suchte er sich eine aus...

Und ich? Ich verabscheute mich! Denn ich empfand trotz allem Bewunderung für diesen Späher. Ja, in mir gab es jeman-

194

den, der sich mit Abscheu, Widerwillen und Scham an der Macht dieses Mannes mit dem Kneifer erhitzte. Alle Frauen gehörten ihm! Er spazierte durch das riesige Moskau wie durch einen Harem. Und am meisten fesselte mich seine Gleichgültigkeit. Er brauchte keine Zuneigung, er kümmerte sich nicht darum, was seine Auserwählten für ihn empfanden. Er suchte sich eine Frau aus, begehrte sie und besaß sie noch am selben Tag. Dann vergaß er sie. Und all die Schreie, das Jammern, die Tränen, das Röcheln, das Flehen, die Flüche, die er manchmal zu hören bekam, waren die Würze, die den Genuß der Vergewaltigung noch steigerten.

Zu Beginn der vierten Nacht verlor ich das Bewußtsein. Kurz bevor ich in Ohnmacht fiel, glaubte ich plötzlich, die rasenden Gedanken einer jener mißbrauchten Frauen erfaßt zu haben, die plötzlich begriff, daß man sie unter keinen Umständen verschonen würde. Dieser Gedanke, der sich durch die Betäubung, den Schmerz, den Ekel der mit Alkohol abgefüllten Frau gebohrt hatte, dröhnte auch in meinem Kopf, bis ich niedersank.

Als ich wieder zu mir kam, fühlte ich mich wie neu geboren. Ich war ruhiger und auch gefeiter. Wie ein Kranker, der nach einer Operation wieder laufen lernt, schritt ich Wort für Wort langsam voran. Ich mußte Ordnung in mir schaffen. In der Dunkelheit murmelte ich einige kurze Sätze, mit denen ich mir Klarheit über mich selbst verschaffte:

»In meiner Haut sitzt also jemand, der bei diesen Gewalttaten zusehen kann. Ich kann ihm befehlen zu schweigen, doch er bleibt da. Denn eigentlich ist alles erlaubt. Das habe ich von Berija gelernt. Und wenn Rußland mich fesselt, dann weil es keine Grenzen kennt, weder im Guten noch im Bösen. Vor allem im Bösen nicht. In diesem Land kann ich einen Mann beneiden, für den Frauen Freiwild sind. Und ich kann mich dafür verachten. Ich kann in Gedanken bei dieser gequälten Frau sein, die von einem schwitzenden

Fleischkloß erdrückt wird. Ich kann ihren letzten klaren Gedanken erraten: der Gedanke an den Tod, der nach dieser scheußlichen Paarung auf sie wartet. Und das Verlangen haben, zusammen mit ihr zu sterben. Denn mit diesem Doppelgänger, der in einem steckt und Berija bewundert, kann man doch unmöglich weiterleben ...«

Ja, ich war Russe. Auf noch verworrene Weise verstand ich nun, was dies bedeutete: nämlich all die sich im Schmerz windenden Geschöpfe, die verbrannten Dörfer und die nackten Leichen im Eis der gefrorenen Seen im Herzen zu bewahren. Es bedeutete, sich in die Verzweiflung dieser Herde von einem Satrapen vergewaltigter Frauen hineinzuversetzen. Das grauenhafte Gefühl, an diesem Verbrechen beteiligt zu sein. Und besessen zu sein von dem Verlangen, all diese alten Geschichten noch einmal durchzumachen – um das Leiden, das Unrecht und den Tod in ihnen auszumerzen. Um den schwarzen Wagen in den Straßen von Moskau einzuholen und ihn mit einem gewaltigen Schlag zu vernichten. Um mit angehaltenem Atem zu sehen, wie eine junge Frau die Haustür aufstößt, die Treppe zu ihrer Wohnung hochsteigt ... Und um die Geschichte neu zu schreiben, um die Welt zu reinigen und dem Bösen aufzulauern und all diesen Menschen einen Platz in meinem Herzen zu geben, damit sie eines Tages in eine vom Bösen befreite Welt hinaustreten könnten. Um ihren Schmerz zu teilen, solange man auf diesen Tag wartet. Und sich für jede Schwäche zu hassen. Sich bis zum Wahnsinn, bis zur Bewußtlosigkeit für sie einzusetzen. Und jeden Tag am Rande des Abgrunds zu leben. Ja, das ist Rußland.

So klammerte ich mich in meiner jugendlichen Verwirrung an mein neues Selbstbild. Es wurde für mich zum Leben selbst, einem Leben, das – davon war ich überzeugt – meine französische Traumwelt für immer vertreiben würde.

Dieses Leben erwies schnell seine Haupteigenschaft (für die uns der Alltag blind macht) – seine völlige Unwahrscheinlichkeit.

Früher hatte ich in einer Buchwelt gelebt. Ich arbeitete mich am Faden einer Liebesgeschichte oder Kriegserzählung von einer Person zur anderen vor. Doch an jenem Märzabend, der so warm war, daß meine Tante das Fenster geöffnet hatte, wurde mir klar, daß das Leben keiner Logik folgte, daß es keinen inneren Zusammenhang besaß. Und daß vielleicht nur der Tod vorhersehbar war.

An diesem Abend erfuhr ich, was meine Eltern immer vor mir verheimlicht hatten. Es handelte sich um jene verworrene Geschichte, die sich in Zentralasien zugetragen hatte und deren Eckpunkte Charlotte, die bewaffneten Männer, ihre Hast, ihre Schreie waren. Früher hatten sich mir nur diese verschwommenen und kindlichen Bilder von ihren Erzählungen eingeprägt. Die Andeutungen der Erwachsenen waren für mich einfach unverständlich.

Jetzt sprachen sie so deutlich, daß mir schwarz vor Augen wurde. Während meine Tante die dampfenden Kartoffeln auf einer Platte anrichtete, wandte sie sich wie beiläufig an unseren Gast, der neben Dimitritsch saß:

»Natürlich leben sie da unten nicht so wie wir. Sie beten täglich fünfmal zu ihrem Gott, das muß man sich mal vorstellen! Sie haben nicht einmal einen Eßtisch. Ja, sie essen auf dem Boden. Oder vielmehr auf einem Teppich. Aber ohne Löffel, mit bloßen Fingern!«

Um die Unterhaltung in Gang zu halten, gab unser Gast zu bedenken:

»Na, was heißt das schon, nicht so wie wir! Ich war letzten Sommer in Taschkent. Weißt du, da ist es gar nicht so anders ...«

»Und warst du auch in der Wüste?« Glücklich, einen brauchbaren Aufhänger für eine angeregte, freundschaftliche Unterhaltung beim Essen gefunden zu haben, hob sie ihre Stimme: »Ich meine, richtig in der Wüste? Seine Großmutter zum Beispiel...«, meine Tante wies mit dem Kinn in meine Richtung, »diese Cherl..., Chourl..., na, diese Französin – was sie dort erlebt hat, ist alles andere als lustig. Sie war damals noch blutjung, und die Basmatten, diese Banditen, die sich gegen die sowjetische Herrschaft auflehnten, haben ihr an einer Straße aufgelauert und sie vergewaltigt. Aber wie... bestialisch! Und zwar alle, einer nach dem anderen. Es waren, glaube ich, sechs oder sieben. Und du meinst, sie sind so wie wir... Hinterher haben sie ihr eine Kugel in den Kopf gejagt. Zum Glück hat der Mörder nicht richtig gezielt. Und dem Bauern, der sie auf seiner Karre mitgenommen hatte, haben sie die Kehle durchgeschnitten wie einem Schaf... So wie wir – also ich muß schon sagen...«

»Aber hör mal, die Zeiten sind doch längst vorbei...« mischte Dimitritsch sich ein.

Und sie unterhielten sich weiter, tranken zusammen Wodka und aßen. Durch das offene Fenster drangen die vertrauten Geräusche vom Hof. Der Abend war blau und mild. Sie redeten und redeten und merkten dabei nicht, daß ich auf meinem Stuhl erstarrt war, daß ich nicht mehr atmete, nichts mehr sah und ihrer Unterhaltung nicht mehr folgte. Schließlich ging ich wie ein Schlafwandler aus der Küche auf die Straße hinunter und stapfte an diesem klaren Frühlingsabend durch den Schneematsch, als käme ich vom Mars.

Nein, ich war nicht schockiert über diese Geschichte in der Wüste. Auf solch platte Weise erzählt, würde sie, das ahnte ich, niemals von dieser Schlacke aus alltäglichen Worten und Gesten befreit werden können. Ihr Grauen blieb stumpf angesichts der kräftigen, nach einer Gurke greifenden Finger, dem Auf und Ab des Adamsapfels am Hals unseres wodkatrinkenden Gastes und dem fröhlichen Kreischen der

Kinder auf dem Hof. Es war wie mit dem abgerissenen Arm, den ich eines Tages neben zwei ineinander verkeilten Autos liegen sah. Irgend jemand hatte ihn bis zur Ankunft des Krankenwagens in Zeitungspapier gewickelt. Die auf dem blutenden Fleisch klebenden Druckbuchstaben und Photos verwandelten ihn in etwas beinahe Belangloses.

Wirklich erschüttert war ich darüber, wie unwahrscheinlich doch vieles im Leben ist. Eine Woche zuvor hatte ich vom Geheimnis um Berija erfahren, von seinem Harem aus vergewaltigten und anschließend ermordeten Frauen. Jetzt wieder von einer Vergewaltigung – diesmal von einer jungen Französin, in der ich, so schien es mir, niemals Charlotte sehen könnte.

Es war zuviel auf einmal. Das Übermaß schaffte mich. Dieser zufällige, unsinnige, aber nicht von der Hand zu weisende Zusammenhang brachte meine Gedanken völlig durcheinander. In einem Roman, so sagte ich mir, hätte man dem Leser nach der grausigen Geschichte mit den in Moskau entführten Frauen die Möglichkeit gegeben, sich über viele Seiten hinweg davon zu erholen. Er hätte sich auf das Erscheinen eines Helden einstimmen können, der den Tyrannen niederstreckte. Doch das Leben scherte sich nicht um ausgewogene Zusammenhänge. Es kippte seinen Inhalt einfach aus. Alles ging drunter und drüber. Es stolperte blind einher und verdarb so unser aufrichtiges Mitleid, dämpfte unseren gerechten Zorn. Das Leben war im Grunde eine endlos verworrene Rohfassung, in der die Ereignisse aufgrund der mangelhaften Anordnung ineinandergriffen und die viel zu zahlreichen Personen sich am Sprechen hinderten, am Leiden und daran, für ihre besondere Art geliebt oder gehaßt zu werden.

Ich war hin- und hergerissen, zwischen der Geschichte Berijas und dem Los der jungen Frauen, deren Leben unter dem letzten, lustvollen Röcheln ihres Schänders zu Ende ging, und dem Bericht von der jungen Frau, die man in den Sand geworfen, geschlagen und gemartert hatte und die Charlotte gewesen sein soll. Eine eigenartige Unempfindlichkeit beschlich mich. Ich war enttäuscht und machte mir meiner stumpfen Gleichgültigkeit wegen Vorwürfe.

Noch in derselben Nacht erschienen mir alle Überlegungen falsch, die ich mir über die besänftigende Willkür des Lebens gemacht hatte. In einer Art Dämmerschlaf sah ich noch einmal den in eine Zeitung gewickelten Arm ... Nein, diese alltägliche Verpackung machte ihn hundertmal furchtbarer. Die Wirklichkeit mit all ihren Zufällen war bei weitem unerhörter als die Fiktion. Ich schüttelte den Kopf, um das Bild von dem auf der blutigen Haut klebenden und kleine Blasen werfenden Zeitungspapier zu verscheuchen. Da trat mir plötzlich klar und ungetrübt im überhellen Licht der Wüste ein anderes Bild in allen Einzelheiten vor Augen. Im Sand ausgestreckt sah ich den Körper einer jungen Frau. Ein Körper, der sich nicht mehr rührte, trotz der rasenden Zuckungen der Männer, die sich wie wilde Tiere auf ihn stürzten. Die Decke, auf die ich starrte, färbte sich grün. Ich empfand einen solchen Schmerz, daß ich in meiner Brust fühlen konnte, wie jede Faser meines Herzens brannte. Das Kissen in meinem Nacken war hart und rauh wie der Sand ...

Was jetzt geschah, überraschte mich selbst. Erbittert begann ich, mich zu ohrfeigen. Erst unterdrückte ich die Schläge, dann drosch ich gnadenlos auf mich ein. Ich fühlte, daß sich in den tiefen Sumpf meiner Gedanken jemand eingenistet hatte, der diesen Frauenkörper voller Lust betrachtete ...

Ich schlug auf mich ein, bis die Haut meines geschwollenen, tränenüberströmten Gesichts so schmierig war, daß es mich anwiderte. Bis der andere, der in mir steckte, endgültig zum Schweigen gebracht war. Dann stolperte ich über mein Kissen, das ich in meiner Wut aus dem Bett geschleudert hatte, zum Fenster. Eine dünne Mondsichel stand am Himmel.

Zarte, vor Kälte zitternde Sterne knirschten wie das Eis unter den Schritten eines späten Heimkehrers auf dem Hof. Die Luft kühlte die Schwellungen in meinem Gesicht.

»Ich bin Russe«, sagte ich plötzlich mit halblauter Stimme zu mir.

2

Dank jenes jungen, eine noch unschuldige Sinnlichkeit ausstrahlenden Körpers war ich bald wieder kuriert. An einem Apriltag glaubte ich wirklich, den schlimmsten Winter meiner Jugend endgültig hinter mir zu haben, und mit ihm das Unglück, die Toten und die bedrückenden Entdeckungen, die er mir gebracht hatte.

Das Wesentliche jedoch war, daß es meine französische Ader nicht mehr zu geben schien. Als wäre es mir gelungen, dieses zweite Herz in meiner Brust zu ersticken. Die letzten Stunden seines Todeskampfes fielen auf jenen Nachmittag im April, mit dem für mich ein neues Leben ohne Trugbilder beginnen sollte.

Ich sah sie von hinten; sie stand unter Bäumen vor einem massiven Holztisch aus ungehobelten Kiefernbrettern. Ein Ausbilder beobachtete ihre Handgriffe und warf von Zeit zu Zeit einen Blick auf die Stoppuhr in seiner Hand.

Sie muß ungefähr so alt gewesen sein wie ich, fünfzehn Jahre, ein Mädchen, dessen von der Sonne umstrahlte Gestalt mich überwältigte. Sie baute gerade eine Maschinenpistole auseinander, um sie anschließend so schnell wie möglich wieder zusammenzusetzen. Es geschah bei den paramilitärischen Wettkämpfen, an denen mehrere Schulen aus unserer Stadt teilnahmen. Wir traten der Reihe nach vor den Tisch, warteten auf das Startzeichen des Ausbilders, stürzten uns auf die Kalaschnikow und zerlegten ihren

schweren Maschinensatz. Kaum lagen die auseinander-
genommenen Teile auf den Brettern, bauten wir sie in einem
komischen Rückwärtsgang der Handgriffe wieder zusammen. Einige Wettkämpfer ließen die schwarze Rückstellfe-
der fallen, andere verwechselten die Reihenfolge, in der die
Teile zusammengesetzt werden mußten..., Sie dagegen –
das war mein erster Eindruck – tanzte vor dem Tisch. Sie
trug eine Joppe und einen khakifarbenen Rock, auf ihren
rotbraunen Locken saß ein Schiffchen, und ihr Körper bewegte sich im Rhythmus ihrer Handgriffe. Sie mußte viel
geübt haben, um mit der glatten, wuchtigen Waffe so geschickt umgehen zu können.
Ich sah sie an wie vom Blitz getroffen. Alles an ihr war
unkompliziert und lebendig! Ihre Hüften nahmen die Arm-
bewegungen auf und wiegten sich leicht. Ihre starken, gebräunten Beine bebten. Sie freute sich selbst über ihre Ge-
schmeidigkeit, die ihr sogar solch überflüssige Bewegungen
erlaubte wie jenes rhythmische Wölben und Straffen ihres
hübschen, muskulösen Pos. Ja, sie tanzte. Und ich brauchte
nicht einmal ihr Gesicht zu sehen, um zu erraten, daß sie
lächelte.
Ich verliebte mich in die unbekannte junge Rothaarige.
Zweifellos war es in erster Linie eine körperliche Begierde,
ich war hingerissen von ihrem Körper und seiner noch kindlichen Größe, die so sehr im Widerspruch zu ihren schon
weiblichen Formen stand. Ich brachte meinen Auftritt hinter
mich, zerlegte alle Teile und baute sie wieder zusammen,
doch meine Glieder waren wie taub. Ich benötigte mehr als
drei Minuten und landete damit bei den Unbegabten...
Doch mehr noch als die Lust, diesen Körper zu umschlingen
und unter meinen Fingern den Firnis dieser sonnengebräunten Haut zu spüren, fühlte ich ein neues, namenloses
Glück in mir aufsteigen.
Der aus rohen Planken gezimmerte Tisch stand am Wald-

rand. Dazu schien die Sonne, und es duftete nach dem letzten Schnee, der sich in das Dunkel des Unterholzes zurückgezogen hatte. Alles war von göttlicher Schlichtheit. Und strahlte. Wie dieser Körper mit seiner noch nicht ausgereiften Weiblichkeit. Wie mein Begehren. Wie die Befehle des Ausbilders. Kein Schatten aus der Vergangenheit trübte die Klarheit dieses Augenblicks. Ich atmete, begehrte, folgte ohne nachzudenken den Anweisungen. Und mit unsagbarer Freude spürte ich, wie sich in meinem Kopf der Klumpen trauriger und wirrer Gedanken vom Winter auflöste ...
Die junge Rothaarige vor der Maschinenpistole schwang leicht die Hüften. Die Sonne schien durch den dünnen Stoff ihrer Joppe und zeichnete die Umrisse ihres Körpers nach. Ihre feuerroten Locken kräuselten sich um die Mütze. Und wie aus der Tiefe eines Brunnens hallten dumpf und düster jene albernen Namen wider: Marguerite Steinheil, Isabeau von Bayern ... Daß diese verstaubten Reliquien einst mein Leben ausgemacht haben sollen, war unfaßbar für mich. Ich hatte ohne Sonne, lustlos im Dämmerlicht der Bücher gelebt. Auf der Suche nach einem Phantomland hatte ich einer Fata Morgana nachgejagt, dem von Gespenstern bevölkerten Frankreich der Vergangenheit ...
Der Ausbilder stieß einen Freudenschrei aus und hielt seine Stoppuhr hoch, damit es alle sehen konnten: »Eine Minute fünfzehn Sekunden!« Das war eine Rekordzeit. Die Rothaarige drehte sich um, strahlte. Sie nahm ihre Mütze ab und schüttelte den Kopf. Ihr Flammenhaar leuchtete in der Sonne, ihre Sommersprossen sprühten wie Funken. Ich schloß die Augen.

Am nächsten Tag umschlossen meine Hände zum erstenmal in meinem Leben eine geladene Kalaschnikow, und ich entdeckte die einzigartige Lust, diese Waffe abzufeuern, ihr nervöses Zucken an der Schulter zu spüren und zu sehen, wie sich in der Ferne eine Figur aus Sperrholz mit Löchern überzog. Ihre starken Rückstöße, ihre männliche Kraft waren für mich eine höchst sinnliche Erfahrung.

Ab der ersten Feuersalve herrschte brausende Stille in meinem Kopf. Seit der Junge zu meiner Linken, der vor mir dran war, abgedrückt hatte, war ich wie betäubt. Mit dem fortwährenden Surren im Ohr, den sprühenden Funken der Sonne auf den Wimpern und dem strengen Duft der Erde unter meinen Füßen war ich glücklich wie nie zuvor.

Endlich kehrte ich ins Leben zurück. Endlich entdeckte ich einen Sinn. Ich erlebte das Glück, einfach einem Befehl zu folgen: Schießen, in Reih und Glied marschieren, Hirsebrei aus Blechnäpfen essen! Sich von der Gruppe mitreißen und von anderen führen zu lassen. Von denjenigen, die wußten, was das höchste Ziel war. Die die ganze Last der Verantwortung für uns trugen, die uns leicht und rein und durchscheinend machten. Auch das Ziel war einfach und klar: die Verteidigung des Vaterlands. Viel zu schnell ging ich in diesem großartigen Ziel auf, tauchte ich in der Masse meiner Kameraden unter, die auf wunderbare Weise von der Verantwortung befreit war. Ich warf Übungsgranaten, schoß, baute ein Zelt auf. Und war glücklich. Selig. Genesen. Mit Verwunderung erinnerte ich mich manchmal an den Heranwachsenden, der in einer Stadt am Rande der Steppe ganze Tage damit verbracht hatte, über Leben und Tod von drei Frauen zu sinnieren, die er in einem Haufen alter Zeitungen erblickt hatte. Hätte mir jemand diesen Träumer gezeigt, ich hätte ihn zweifellos nicht wiedererkannt. Ich hätte mich nicht wiedererkannt ...

Am nächsten Tag beobachteten wir mit dem Ausbilder die Ankunft einer Panzerkolonne. Zuerst machten wir eine immer größer werdende, graue Wolke am Horizont aus. Dann begann der Boden unter unseren Sohlen gewaltig zu zittern. Die Erde bebte. Die Wolke färbte sich gelb, stieg hinauf zur

Sonne und verdunkelte sie. Das metallische Rasseln der Panzerketten übertönte alle Geräusche. Die erste Kanone durchstieß die Staubwand, der Panzer des Kommandeurs wurde sichtbar, dann ein zweiter, ein dritter... Und bevor sie anhielten, fuhren die Panzer einen engen Bogen, um sich der Reihe nach nebeneinander aufzustellen. Dabei ratterten ihre Ketten noch wütender und rissen lange Narben ins Gras.

Hypnotisiert von dieser Machtdemonstration des Reiches, stellte ich mir plötzlich vor, wie diese Panzer – unsere Panzer! – eines Tages den ganzen Erdball durchpflügen könnten. Es hätte nur eines knappen Befehls bedurft. Nie zuvor empfundener Stolz erfüllte mich ...

Und ich war fasziniert von der kühnen Männlichkeit der Soldaten, die aus den Geschütztürmen kletterten. Sie glichen sich alle, waren aus demselben harten und festen Holz geschnitzt. Ich wußte, daß die düsteren Gedanken, die mich während des Winters gequält hatten, ihnen nichts anhaben könnten. Nein, im leichten Fluß ihrer Gedanken, der schlicht und eindeutig war wie die Befehle, die sie ausführten, hätte der ganze Seelenschlamm nicht eine Sekunde Bestand gehabt. Ich war schrecklich neidisch auf ihr Leben. Dort unter der Sonne zeigte es sich ohne jeden Makel, es zeigte sich in ihrer Kraft, ihrem männlichen Geruch, ihren staubigen Militärjacken. Und irgendwo war da auch diese junge Rothaarige, diese Kindfrau, dieses Liebesversprechen. Ein einziger Wunsch beherrschte mich: Eines Tages würde ich aus dem engen Turm eines Panzers steigen, erst auf die Ketten, dann auf die weiche Erde springen und in wohliger Ermattung der Frau entgegengehen, die mich erwartete.

Dieses tatsächlich sehr sowjetische Leben, ein Leben, das ich bisher nur am Rande gestreift hatte, begeisterte mich. Plötzlich hatte ich eine glänzende Lösung meiner Probleme vor

Augen: In seinen gemächlichen kollektivistischen Alltag eintauchen. Leben, wie alle lebten! Panzerführer sein, dann, nach der Entlassung, in einer großen Fabrik an der Wolga zwischen schweren Maschinen Stahl gießen und jeden Samstag zum Fußball ins Stadion gehen. Vor allem jedoch wissen, daß dieser geruhsame, vorhersehbare Gang der Dinge von einem großen Vorhaben gekrönt wäre, das der Welt das Heil brächte – jenem Kommunismus, der uns eines Tages das ewige Glück bescheren, unsere Gedanken läutern und uns alle gleich machen würde ...

In diesem Moment fegten Jagdbomber im Tiefflug über die Wipfel des Waldes und unsere Köpfe hinweg. Sie flogen in Dreiergruppen, ließen den Himmel unter einer Explosion zerbersten. In Wellen brandeten sie heran, zerfetzten die Luft und schnitten sich mit ihren Dezibel in mein Hirn.

Später, in der abendlichen Stille, betrachtete ich ausgiebig die menschenleere Ebene, auf der hie und da die dunklen Streifen des umgepflügten Grases zu erkennen waren. In diesem Moment fiel mir ein, daß es einmal ein Kind gegeben hatte, das von einer sagenhaften Stadt träumte, die sich über diesem dunstverhangenen Horizont erhob ... Dieses Kind gab es nicht mehr. Ich war geheilt.

Seit diesem denkwürdigen Tag im April wurde ich von meinen Mitschülern akzeptiert. Sie nahmen mich mit jener gönnerhaften Großzügigkeit in ihrem Kreis auf, die man Neulingen, eifrigen Bekehrten oder reuigen Sündern entgegenbringt. Und das war ich. Von nun an tat ich alles, um ihnen zu zeigen, daß ich meine Abgrenzung endgültig aufgegeben hatte. Daß ich war wie sie. Und mehr noch: Daß ich bereit war, alles zu tun, um mein Außenseitertum zu sühnen. Außerdem hatte sich die Schülerschaft in der Zwischenzeit gewandelt. Die Welt der Erwachsenen immer besser nachahmend, hatte sie sich in verschiedene Gruppen gespalten. Ja, sie bildete fast soziale Klassen! Ich konnte drei unterscheiden. Sie deuteten bereits auf die Zukunft dieser Jugendlichen voraus, die gestern noch eine einheitliche kleine Meute waren. Jetzt gab es bei uns eine Gruppe »Proletarier«. Es war die größte, und zu ihr zählten vor allem die Sprößlinge der Arbeiterfamilien, die in den Werkshallen des riesigen Binnenhafens beschäftigt waren. Daneben hatte sich ein Kern von mathematisch Begabten, künftigen »Technars« herausgebildet. Früher mit den Proletariern vermischt und ihnen untergeordnet, lösten sie sich nun immer mehr von diesen und belegten die vorderen Plätze in der Schulhierarchie. Schließlich gab es den am schwersten zugänglichen, elitärsten und auch zahlenmäßig kleinsten Klüngel, den Klüngel der heranwachsenden »Intelligenzia«.

Ich pendelte zwischen diesen drei Klassen hin und her. Meine Zwischenstellung wurde von allen anerkannt. Und von einem bestimmten Moment an hielt ich mich sogar für unersetzlich. Dank ... Frankreich!

Denn nachdem ich von meinen Träumen geheilt war, begann ich zu erzählen. Ich war glücklich darüber, denen, die mich in ihrer Mitte aufgenommen hatten, meinen über Jahre hinweg angesammelten Anekdotenschatz weitergeben zu können. Meine Geschichten gefielen ihnen. Schlachten in den Katakomben, in Gold aufgewogene Froschschenkel, ganze Straßenzüge in Paris, in denen die Liebe käuflich war – mit diesen Themen heimste ich mir den Ruf eines begnadeten Geschichtenerzählers ein.

Ich plapperte drauflos und fühlte, daß ich vollständig genesen war. Die Anflüge von Wahn, die mich früher in schwindelerregende Fühlung mit der Vergangenheit gebracht hatte, blieben aus. Frankreich war nur noch ein Erzählstoff, für meine Mitschüler war es unterhaltsam, fremdartig, und es wurde aufregend, wenn ich von der »französischen« Art und Weise zu lieben erzählte. Doch im großen und ganzen unterschieden sich meine Geschichten nicht sehr von anderen Zoten und Witzen, die wir uns in den Pausen erzählten, während wir hastig an unseren Zigaretten zogen. Ich stellte ziemlich schnell fest, daß ich meine Erzählungen über Frankreich dem Geschmack meiner Zuhörerschaft anpassen mußte. Dieselbe Geschichte änderte sich im Ton, je nachdem, ob ich sie den »Proletariern«, den »Technars« oder den »Intellektuellen« erzählte. Stolz auf mein Unterhaltungstalent, wechselte ich zwischen Erzählformen, bediente mich verschiedener Stilhöhen und wählte meine Worte genau aus. Um den »Proletariern« zu gefallen, hielt ich mich zum Beispiel lange bei den hitzigen Liebesspielen des Staatspräsidenten und Marguerites auf. Ein Mann, zudem noch Staatspräsident, der starb, weil er zu heftig liebte – allein die Vorstellung versetzte sie in Verzückung. Die »Technars« waren eher für die Psychologie der Handlung und ihre plötzlichen Umschwünge empfänglich. Sie wollten wissen, was nach diesem Glanzstück der Liebe aus Marguerite geworden war. Deshalb erzählte ich von dem geheimnisvollen Doppelmord in der Impasse Ronsin, von jenem entsetzlichen Maimorgen, als man Marguerites Ehemann mit einer Zugschnur erdrosselt aufgefunden hatte, und daneben lag ihre Schwiegermutter, an ihrem eigenen Gebiß erstickt ... Ich vergaß auch nicht zu erwähnen, daß der Ehegatte, seines Zeichens Kunstmaler, mit öffentlichen Aufträgen überhäuft wurde, solange seine Frau ihre Beziehungen zu hochgestellten Persönlichkeiten pflegte. Und daß es nach einer anderen Version einer der Nachfolger ihres Geliebten Félix Faure war, offenbar ein Minister, der vom Ehegatten überrascht wurde ...

Die »Intellektuellen« dagegen schien dieses Thema nicht zu berühren. Manchmal gähnten einige von ihnen sogar, um zu zeigen, wie sehr es sie langweilte. Von dieser aufgesetzten Gelassenheit rückten sie nur ab, wenn sie einen Aufhänger

für ein Wortspiel fanden. So wurde der Name »Faure«
schnell Opfer eines solchen: »einem Faure etwas geben« bedeutete auf russisch soviel wie »einem Rivalen gegenüber
Punkte verlieren«. Dünkelhaftes Lachen über den gelehrten
Witz erschallte. Ein anderer nahm lässig schmunzelnd den
Ball auf, indem er auf die Sturmspitze beim Fußball an-
spielte und einwarf: »Was für ein forward, dieser Faure!«
Mit gespielt einfältiger Miene kam einer auf die *Forto-
tschka*, die Fensterluke zu sprechen ... Die Unterhaltungen
in diesem kleinen Zirkel bestanden fast nur aus Wortverdre-
hungen, geschraubten Sätzen und Wendungen, die nur in
diesem Kreis verstanden wurden. Halb bewundernd, halb
erschrocken stellte ich fest, daß ihre Sprache sich von der
uns umgebenden Welt losgelöst hatte – sie brauchte keine
Sonne, keinen Wind. Bald gelang es mir, mühelos mit diesen
Wortjongleuren mitzuhalten ...
Paschka, der Faulpelz, mit dem ich früher Angelausflüge
unternommen hatte, war der einzige, bei dem meine Wandlung keinen Beifall fand. Manchmal gesellte er sich zu uns,
hörte unseren Gesprächen zu, und sobald ich begann, über
Frankreich zu erzählen, sah er mich argwöhnisch an.
Einmal hatte ich mehr Zuhörer als gewöhnlich um mich
geschart. Meine Erzählung muß besonders interessant
gewesen sein. Nach einem Roman des armen Spiwalski,
dem man sämtliche Todsünden angelastet hat und der in
Paris umgebracht worden ist, erzählte ich von den Liebenden, die auf der Flucht durch das untergehende Zaren-
reich eine lange Nacht in einem fast leeren Zug verbracht
hatten und deren Wege sich am nächsten Tag für immer
trennten ...
Meine Zuhörerschaft kam diesmal aus allen drei Kasten –
Proletariersöhne und zukünftige Ingenieure waren ebenso
darunter wie Intelligenzler. Ich beschrieb die leidenschaft-
lichen Umarmungen im dunklen Zugabteil, während der

Zug durch tote Dörfer und über brennende Brücken brauste. Meine Zuhörer lauschten gespannt. Sicher fiel es ihnen leichter, sich dieses Liebespaar im Zug vorzustellen als einen Staatspräsidenten mit seiner Geliebten in einem Palais. Um den Liebhabern von Wortspielen zu genügen, schilderte ich den Halt des Zuges in einer Provinzstadt: Der Held zog das Fenster herunter und fragte die wenigen Menschen auf dem Bahnsteig nach dem Namen der Ortschaft. Doch keiner konnte ihm weiterhelfen. Es war eine Stadt ohne Namen! Sie war von Fremden bevölkert. Die Ästheten seufzten zufrieden auf. Und mit einer geschickten Rückblende kehrte ich in das Zugabteil zu den rastlosen Liebesabenteuern meiner ungewöhnlichen Fahrgäste zurück ... Genau in diesem Moment tauchte über dem versammelten Haufen Paschkas zerzauster Kopf auf. Er lauschte ein paar Minuten, dann brummte er mit seinem rauhen Baß, der meine Stimme ohne weiteres übertönte:

»Na, bist du jetzt zufrieden? Genau das wollen diese Heuchler doch hören. Wie sie alle nach deinen Lügenmärchen lechzen!«

Keiner hätte es gewagt, Paschka alleine entgegenzutreten. Aber in der Menge fühlten sie sich stark. Murrend machten sie ihrer Entrüstung Luft. Um die Gemüter zu besänftigen, schlug ich einen versöhnlichen Ton an und erläuterte:

»Nein, Paschka! Ich erzähle aus einem autobiographischen Roman. Der Typ ist wirklich nach der Revolution mit seiner Geliebten aus Rußland geflohen. Und später wurde er dann in Paris ermordet ...«

»Und warum erzählst du ihnen dann nicht, was auf dem Bahnhof geschehen ist? Hä?«

Ich war sprachlos. Plötzlich erinnerte ich mich, daß ich meinem Freund, dem Faulpelz, die Geschichte bereits erzählt hatte. Am Morgen war das Liebespaar in einer verschneiten Stadt am Schwarzen Meer angekommen. Gemeinsam saßen sie in einem leeren Gasthaus an einem vereisten Fenster und tranken heißen Tee. Jahre später trafen sie sich in Paris wieder und gestanden sich, daß ihnen diese kurzen Morgenstunden mehr bedeuteten als die schönsten Liebesnächte in ihrem ganzen Leben. Ja, dieser fahle, glanzlose Morgen, der dumpfe Schall der Nebelhörner, und sie, innig vereint im mörderischen Sturm der Geschichte ...

Von dieser Gaststätte redete Paschka also ... Die Schulglocke half mir aus der Klemme. Meine Zuhörer drückten ihre Zigaretten aus und strömten ins Klassenzimmer. Noch immer sprachlos, mußte ich mir eingestehen, daß keiner meiner Erzählstile – sei es der, mit dem ich die »Prolos« ansprach, der für die »Technars« oder die Sprachkunststückchen, die die »Intellektuellen« so liebten –, daß keine meiner Sprachen den verborgenen Zauber jenes verschneiten Morgens am Abgrund der Zeit einfangen konnte, weder sein Licht noch seine Stille. Außerdem hätte dieser Moment keinen meiner Mitschüler interessiert! Er war zu einfach, bot keine erotischen Reize, keine Handlung, keine Wortspielereien.

Auf dem Rückweg von der Schule fiel mir ein, daß ich meinen Schulkameraden noch nie erzählt hatte, wie der verliebte Präsident am dunklen Fenster des Elysée-Palasts in der Stille lauerte. Wie er dort ganz allein in die Herbstnacht hinausblickte und auf eine Frau wartete, die ihr Gesicht unter einem im Dunst schimmernden Schleier verbarg und die irgendwo in dieser dunklen, verregneten Welt zu ihm unterwegs war. Wer hätte mir schon zugehört, wenn ich angefangen hätte, von diesem Schleier zu erzählen, auf dem sich in der Herbstnacht Tröpfchen bildeten.

Paschka versuchte noch zwei- oder dreimal ziemlich ungeschickt, mich meinen neuen Freunden zu entreißen. Einmal lud er mich zum Angeln an der Wolga ein. Mit einem etwas abfälligen Blick lehnte ich vor allen Schülern ab. Einen kurzen Moment stand er uns gegenüber – allein, zögernd, und trotz seiner breiten Schultern seltsam zerbrechlich ... Ein anderes Mal paßte er mich auf dem Heimweg ab und bat mich, ihm das Buch von Spiwalski mitzubringen. Ich versprach es ihm. Am nächsten Tag hatte ich es vergessen.

Unsere Gruppe hatte ein neues Vergnügen entdeckt, das auch mich völlig in Beschlag nahm: den Wonneberg.

Wonneberg – so hieß in unserer Stadt die riesige Tanzfläche unter freiem Himmel auf einer Bergkuppe über der Wolga. Keiner von uns konnte richtig tanzen. Doch wir wiegten die Hüften im Takt und hatten in Wirklichkeit nur eines im Sinn: eine Frau in unseren Armen zu halten, sie zu berühren, sie für uns zu gewinnen. Um die Scheu zu verlieren. Bei unseren abendlichen Streifzügen auf dem Wonneberg lösten sich die Kasten und Klüngel auf. Wir standen unter Hochspannung, und unser Begehren machte uns alle gleich. Nur die Soldaten, die Ausgang hatten, blieben unter sich. Eifersüchtig beobachtete ich sie.

Eines Abends hörte ich jemanden nach mir rufen. Die Stimme schien aus den Baumkronen zu kommen. Ich sah hinauf. Es war Paschka! Ein hoher Holzzaun umgab die Tanzfläche. Dahinter wucherte ein wildes Gestrüpp, ein Dickicht wie in einem ungepflegten Park, der wieder zu einem Wald wird. Ich erblickte ihn auf dem großen Ast eines Ahornbaums, der über den Zaun ragte.

Ich hatte gerade die Tanzfläche verlassen, nachdem ich aus Tolpatschigkeit gegen die Brüste meiner Tanzpartnerin gestoßen war. Es war das erste Mal gewesen, daß ich mit einem Mädchen getanzt hatte, das schon eine so reife Frau war. Meine Handflächen auf ihrem Rücken waren schweißnaß. Eine unerwartete musikalische Verzierung brachte mich derart durcheinander, daß ich einen falschen Schritt machte und mit dem Brustkorb gegen ihren Busen prallte.

213

Es wirkte stärker als jeder elektrische Schlag! Die sanfte Schmiegsamkeit der weiblichen Brust ließ mich den Kopf verlieren. Ich hatte kein Ohr mehr für die Musik, ich tappte von einem Bein auf das andere und anstelle des schönen Gesichts meiner Tänzerin sah ich nur noch ein leuchtendes Oval. Als das Orchester verstummte, ließ sie mich wortlos stehen und verschwand sichtlich verärgert. Ich glitt zwischen den Paaren hindurch über die Tanzfläche, als liefe ich über Eis, und ging.

Ich wollte allein sein, wieder zu mir kommen, Atem schöpfen. Ich marschierte den Weg neben der Tanzfläche auf und ab, kühlte meine glühende Stirn im Wind, der von der Wolga heraufwehte. »Vielleicht wollte sie absichtlich mit mir zusammenstoßen«, durchfuhr es mich plötzlich. Vielleicht wollte sie mich fühlen lassen, wie weich ihr Busen ist, und mich ermuntern, nur ich in meiner kindischen und schüchternen Art hatte es nicht verstanden? Dann hatte ich vielleicht eine einzigartige Gelegenheit verpaßt!

Ich schlug die Augen nieder wie ein Kind, das eine Tasse zerbrochen hat und nun hofft, im Moment der Dunkelheit würde alles wieder in Ordnung kommen: Warum konnte das Orchester das Lied nicht noch einmal spielen? Warum konnte ich nicht noch einmal mit meiner Partnerin tanzen und alles wiederholen, bis zu dem Moment, wo wir uns aneinanderdrückten? Nie zuvor hatte ich die körperliche Nähe einer Frau so stark empfunden und zugleich erlebt, wie sie mir ihren Körper unwiderruflich entzog. Ich würde sie nie wieder spüren ...

In diese wehmütigen Gedanken platzte die Stimme des im Blätterwerk verborgenen Paschka. Ich hob die Augen. Er lümmelte auf einem großen Ast und lächelte mir zu:

»Kletter hoch! Ich mach dir Platz!« sagte er und zog die Beine an.

Paschka, der sich in der Stadt ungeschickt und behäbig bewegte, war in der freien Natur wie verwandelt. Wie eine große Raubkatze, die sich auf diesem Ast von einem nächtlichen Beutezug ausruhte...

Unter anderen Umständen wäre ich seiner Aufforderung nicht nachgekommen. Aber was hatte er dort oben verloren? Zu meiner Neugier kam, daß ich mich auf frischer Tat ertappt fühlte. Als hätte er auf dem Ast meine erhitzten Gedanken lesen können. Er streckte mir die Hand entgegen, und ich schwang mich zu ihm hinauf. Der Baum war ein echter Beobachtungsposten.

Von oben betrachtet, sah das Wogen Hunderter sich umschlingender Körper ganz anders aus. Einerseits wirkte es komisch, wie alle auf der Stelle traten, andererseits schien es einer bestimmten Logik zu gehorchen. Die Körper tummelten sich, blieben einen Tanz lang zusammen, gingen wieder auseinander, klebten bisweilen über mehrere Lieder aneinander. Auf unserem Baum konnte ich mit einem Blick all die Techtelmechtel ins Auge fassen, die sich auf der Tanzfläche anbahnten: Rivalitäten, Aufforderungen, Verrat, Liebe auf den ersten Blick, Trennung, Erklärungen... Ein wachsamer Ordner bereitete jedem Handgemenge ein schnelles Ende. Vor allem aber sah man hinter dem Schleier aus Musik und den Ritualen des Tanzes das Begehren aufblitzen. In der wogenden Menschenmenge entdeckte ich das junge Mädchen, dessen Brüste ich gestreift hatte. Eine Weile folgte ich ihr von einem Partner zum anderen.

Ich spürte, daß mich dieses Kreisen insgesamt unterschwellig an etwas erinnerte. »Das Leben!« hauchte mir plötzlich wortlos eine Stimme ein, und meine Lippen wiederholten tonlos: »Das Leben...« Diese Vermengung stummer, vom Begehren getriebener Körper, die mit zahllosen Ablenkungsmanövern ihren Trieb zu verbergen suchten. Das Leben... »Und wo ist mein Platz darin?« fragte ich mich und ahnte, daß die Antwort auf diese Frage eine erstaunliche Wahrheit ans Licht brächte, mit der sich endgültig alles klären würde.

Vom Ende der Allee drangen laute Stimmen zu uns. Meine Klassenkameraden machten sich auf den Heimweg. Ich umklammerte den Ast, wollte herunterspringen. Als habe er die Hoffnung aufgegeben, mich zurückhalten zu können, hörte ich Paschkas von Enttäuschung bittere Stimme: »Warte! Jetzt machen sie gleich die Scheinwerfer aus. Du wirst sehen, der Himmel ist voller Sterne! Wenn wir höher hinaufklettern, sehen wir den Schützen ...«

Ich hörte nicht auf ihn und sprang hinunter. Das dicke Wurzelwerk, das den Boden durchzog, stach schmerzhaft in meine Fußsohlen. Dann rannte ich, um meine Klassenkameraden einzuholen, die heftig gestikulierend davongingen. Was würden sie wohl zu meiner vollbusigen Tanzpartnerin sagen? Ich wollte mit ihnen reden, mich durch das Gespräch beruhigen. Es war höchste Zeit, ins Leben zurückzukehren. Und mit höhnischem Vergnügen parodierte ich die komische Frage, die mich soeben noch bewegt hatte: »Wo bin ich denn? Wo war ich denn? Na, auf einem Baum neben diesem Dummkopf Paschka ... Neben dem wahren Leben!«

Durch einen sonderbaren Zufall (ich wußte bereits, daß die Wirklichkeit aus den unwahrscheinlichsten Wiederholungen besteht, denen Romanschriftsteller hinterherjagen, als wollten sie ein schweres Versäumnis aufholen) trafen wir uns am nächsten Tag wieder. Wir waren befangen wie zwei Freunde, die sich am Abend das Herz ausgeschüttet, ihre Seelen in überschwenglichen Geständnissen rückhaltlos offenbart haben, und sich am nächsten Morgen mit der dem Alltag angemessenen Skepsis und Klarheit wiederbegegnen.

Obwohl die Tanzdiele noch geschlossen hatte – es war erst

sechs Uhr abends –, trieb ich mich dort herum. Ich wollte um jeden Preis der erste Tanzpartner meiner Tänzerin vom Vorabend sein. Abergläubisch hoffte ich, daß sich die Zeit zurückspulen ließe und ich meine Scherben wieder kitten könnte.

Paschka tauchte zwischen den Sträuchern auf, sah mich, zögerte kurz, dann kam er mir mit seiner Angelausrüstung entgegen. Er hatte einen großen Laib Schwarzbrot unter den Arm geklemmt, von dem er Stücke abriß und sie genußvoll kaute. Wieder fühlte ich mich ertappt. Er richtete seine Augen auf mich, musterte abschätzig mein sauberes Hemd mit dem weit aufgeknöpften Kragen und meine modische Hose mit den ausgestellten Hosenbeinen. Dann nickte er mir zum Abschied zu und ging seiner Wege. Ich seufzte erleichtert auf. Doch plötzlich wandte er sich um und rief mir barsch zu:

»Komm, ich zeige dir etwas! Komm schon! Du wirst es nicht bereuen.«

Hätte er meine Antwort abgewartet, ich hätte seine Einladung stammelnd zurückgewiesen. Doch er ging weiter, ohne sich nach mir umzusehen. Unentschlossen folgte ich ihm.

Wir gingen zur Wolga hinunter und liefen den Hafen entlang, vorbei an riesigen Kränen, Werkstätten und Lagerhallen aus Wellblech. Weiter stromabwärts schlugen wir uns in die Büsche und durchquerten ein weites Brachland mit Halden ausgedienter Flußboote, verrosteter Stahlgerüste und fauliger, zu Pyramiden aufgeschichteter Baumstämme. Paschka versteckte seine Leinen und Netze unter einem der wurmzerfressenen Langhölzer und begann, von einem Boot zum anderen zu springen. Es fanden sich auch eine aufgegebene Landungsbrücke und Stege auf Schwimmpontons, die unter unseren Füßen nachgaben. Paschka auf den Fersen, hatte ich nicht bemerkt, wann wir den festen Boden verlas-

217

sen und die schwimmende Insel aus treibenden Booten betreten hatten. Ich umklammerte ein zerbrochenes Geländer, sprang auf eine Art Barke, hüpfte mit einem Satz von Bord zu Bord, schlitterte über das feuchte Holz eines Floßes . . .

Schließlich gelangten wir zu einem Seitenarm des Stroms mit steil abfallender, von blühendem Holunder überwucherter Böschung. In einem phantastischen Drunter und Drüber drängten sich alte Schiffsrümpfe aneinander, so daß man die Ufer nicht mehr ausmachen konnte.

Auf der Bank eines kleinen Bootes ließen wir uns nieder, überragt von der mit Brandspuren gezeichneten Flanke eines Kahns. Als ich den Kopf zurücklegte, sah ich oben auf der Brücke des Kahns eine Leine, die entlang der Kabine gespannt war: Ausgebleichte Stoffetzen schaukelten leicht im Wind – Wäsche, die schon seit Jahren trocknete . . .

Der Abend war schwül und dunstig. Der Geruch des Wassers mischte sich mit den flauen Ausdünstungen des Holunders. Ab und zu sahen wir von weitem in der Mitte der Wolga ein Schiff vorbeiziehen; kurz darauf rollten träge Wellen heran und wälzten sich durch unseren Seitenarm. Unser Boot begann zu schwanken, rieb sich am schwarzen Rumpf des Lastkahns. Der ganze, halb versunkene Friedhof wurde lebendig. Ein Tau quietschte, das Wasser schlug dumpf gegen einen Ponton, Schilf raschelte.

»Ist ja Wahnsinn, diese Reling!« rief ich. Ich wußte, daß dieses Wort irgend etwas mit der Schiffahrt zu tun hatte.

Paschka blickte verwirrt zu mir herüber, wollte etwas erwidern, überlegte es sich dann noch einmal. Ich stand auf, denn ich hatte es eilig, zum Wonneberg zurückzukehren. Plötzlich faßte mich mein Freund kräftig am Handgelenk, zog mich auf meinen Sitz zurück und flüsterte aufgeregt: »Warte! Sie kommen!«

Jetzt hörte ich Schritte. Zuerst das Klatschen von Absätzen im nassen Lehm der Böschung, dann das Trommeln von

Schritten auf einem hölzernen Steg. Zuletzt ein metallisches Hämmern über uns auf der Brücke des Lastkahns ... Schon drangen gedämpft Stimmen aus seinem Bauch zu uns.

Paschka richtete sich auf und preßte seinen großen Leib gegen den Rumpf des Kahns. Erst jetzt bemerkte ich drei Bullaugen. Die Scheiben waren zerbrochen und von innen mit Sperrholz vernagelt, durch das sich, wie von einer Klinge geschlagen, breite Ritzen zogen. Mein Freund blieb vor dem Bullauge rechts stehen, während er mir mit der Hand bedeutete, dasselbe zu tun. Ich klammerte mich an eine vorkragende Blechkante des Rumpfs und schwang mich hinter das linke Bullauge. Das Bullauge in der Mitte blieb frei.

Was ich durch den Schlitz zu sehen bekam, war wenig aufregend, aber ungewöhnlich. Eine Frau, von der ich nur den Kopf im Profil und den Oberkörper sah, schien sich wie an einem Tisch mit beiden Ellbogen abzustützen. Ihre Hände bewegten sich nicht, und ihr Gesicht wirkte entspannt, beinahe so, als hätte sie geschlafen. Nur ihre Anwesenheit auf diesem Kahn war seltsam. Wenngleich ... Sie nickte mit dem Kopf, und ihr helles, krauses Haar wurde ein wenig geschüttelt. Es sah aus, als würde sie ständig einem unsichtbaren Gesprächspartner beipflichten.

Ich wandte mich von meinem Bullauge ab und schielte zu Paschka hinüber. »Was soll es hier denn zu sehen geben?« fragte ich verwundert. Doch er klebte mit den Handflächen am abgeschuppten Rumpf des Kahns und drückte seine Stirn gegen das Sperrholz.

Ich wechselte zum benachbarten Bullauge und spähte angestrengt durch eine der vielen Ritzen im Holz ...

Es war, als ob unser Boot sinken würde oder den überbordenden Seitenarm hinabtriebe, als ob das Schiffbord des Kahns in den Himmel ragte. Atemlos vor Aufregung hing ich an dem harten Stahl der Kante und versuchte, im Auge zu behalten, was ich erblickte und was mir die Sinne raubte.

Es war der stämmige und nackte, weiße Hintern einer Frau. Durch den Schlitz sah ich, noch immer von der Seite, die Hüften einer knieenden Frau, ihre Beine, ihre erschreckend mächtigen Schenkel und einen Teil ihres Rückens. Hinter dem riesigen Hintern sah ich einen ebenfalls knienden Soldaten, der Hose und Jacke aufgeknöpft hatte. Seine Hände umklammerten die Hüften der Frau. Er zog sie an sich, als wollte er in die Fülle ihres Körpers eintauchen, und gleichzeitig stieß er sie mit heftigen Stößen zurück.

Das Boot begann unter unseren Füßen zu schwanken. Die Wellen eines Schiffes, das die Wolga stromaufwärts fuhr, hatten es erreicht.

Ich kam aus dem Gleichgewicht. Ein Schritt nach links bewahrte mich vor dem Sturz. Ich hing wieder vor dem Bullauge, in das ich zuerst gesehen hatte. Ich preßte die Stirn an seine Blecheinfassung. Durch die Ritzen sah ich dieselbe Frau wie zuvor, ihr Kraushaar, ihr gleichgültiges, schläfriges Gesicht. Sie trug eine weiße Bluse, stützte sich auf eine Art Tischtuch und nickte noch immer zustimmend mit dem Kopf, wobei sie zerstreut ihre Finger betrachtete.

Erst das eine Bullauge, dann das andere. Hier: diese Frau mit den schläfrigen Lidern, der unauffälligen Frisur und den Alltagskleidern. Dort: die weiße Haut des hochgestreckten nackten Hinterns, in dem ein daneben schmächtig wirkender Mann versank, die dicken Schenkel, die wuchtigen Bewegungen der Hüften... Auf Grund meiner Unerfahrenheit war ich von diesem Anblick so durcheinander, daß ich keinerlei Verbindung zwischen den beiden Bildern herstellen konnte. Es war unmöglich, den Oberkörper der Frau mit diesem Unterkörper zusammenzubringen!

Vor Erregung kam es mir plötzlich vor, als wäre der Kahn gekippt und ich läge bäuchlings auf seinem Rumpf. Wie eine Eidechse kroch ich zu dem Bullauge mit der nackten Frau. Sie war noch immer zu sehen, doch die gewaltigen Rundungen ihrer Pobacken bewegten sich nicht mehr. Der Soldat, nun mir zugewandt, knöpfte ungeschickt seine Hose zu. Ein zweiter, kleiner als der erste, kniete jetzt hinter dem weißen Po. Seine Bewegungen waren von nervöser, ängstlicher Hastigkeit. Als er aber mit Kräften begann, die dicken weißen Halbrunde gegen seinen Bauch zu stoßen, sah er dem ersten zum Verwechseln ähnlich. Es gab keinen Unterschied in dem, was sie taten.

In meinen Augen tanzten schon schwarze Nadeln. Meine Beine gaben nach. Mein Herz hämmerte an dem rostigen Metall, daß seine heftigen, atemlosen Schläge auf dem ganzen Schiff widerhallten. Die nächsten Wellen rollten heran und schüttelten unser Boot. Der Kahn stand wieder aufrecht. Ich hatte meine eidechsenhafte Beweglichkeit verloren und rutschte zum ersten Bullauge. Die Frau in der weißen Bluse nickte mechanisch mit dem Kopf und betrachtete dabei ihre Hände. Ich sah, wie sie mit einem Fingernagel am anderen kratzte, um den Lack abzuschälen ...

Die Schritte ertönten nun in umgekehrter Reihenfolge: erst das Hämmern der Absätze auf der Brücke, dann das Trommeln auf den Brettern des Stegs und das Klatschen im weißen Lehm. Ohne mich eines Blickes zu würdigen, sprang Paschka vom Deck unseres Bootes auf einen halb versunkenen Ponton, dann auf einen Landungssteg. Wie eine Stoffpuppe hüpfte ich ihm mit weichen Knien hinterher.

Als wir wieder am Ufer waren, setzte er sich auf den Boden, zog die Schuhe aus und krempelte die Hose bis zu den Knien hoch. Dann bog er das Schilf zur Seite und watete ins Wasser. Er stieß die Wasserlinsen beiseite und wusch sich mit lustvollem Grunzen – von weitem hätte man es für Hilfeschreie halten können – ausgiebig das Gesicht.

Es war ein großer Tag in ihrem Leben. An diesem Juniabend würde sie sich zum erstenmal einem ihrer jungen Freunde hingeben und mit einem der Tänzer schlafen, die auf der Kuppe des Wonnebergs das Tanzbein schwangen.

Sie war eher zierlich. Ihr Gesicht hatte keine auffälligen Züge und hob sich durch nichts von anderen ab. Den rötlichen Schimmer ihres Haars konnte man nur bei Tageslicht erkennen. Unter den Scheinwerfern auf dem Berg oder im blauen Schein der Straßenlaternen wirkte sie einfach blond.

Ich hatte erst einige Tage zuvor herausgefunden, wie man üblicherweise einen Liebespartner fand. Ich beobachtete das Gewimmel auf der Tanzfläche, in dem unter Hochspannung zuckende Jugendliche durcheinanderwirbelten, Gruppen bildeten und wieder auseinanderschwärmten, um etwas einzuüben, was mir bisweilen dumm und einfach, bisweilen märchenhaft geheimnisvoll und tiefsinnig erschien: die Liebe.

Sie muß bei einer dieser Gruppen überzählig gewesen sein. Wie die anderen hatte sie im Gebüsch, das an den Hängen des Bergs wuchs, heimlich getrunken. Als sich ihr stürmischer kleiner Kreis schließlich in Paare auflöste, bescherte ihr der rechnerische Zufall keinen Partner, und sie war allein geblieben. Die Pärchen hatten sich verdrückt. Sie war angetrunken. Denn sie war keinen Alkohol gewohnt, hatte aber mit den anderen mithalten und ihre Angst vor dem großen Tag besiegen wollen. Deshalb hatte sie eifrig und zuviel getrunken. Was sollte sie jetzt mit sich anfangen? Jede Faser ihres Körpers fieberte vor Anspannung und Ungeduld. Sie war zur Tanzfläche zurückgekehrt. Dort wurden bereits die Scheinwerfer gelöscht.

All das habe ich mir erst später zusammengereimt ... An diesem Abend sah ich nur ein junges Mädchen, das bei Nacht im Park auf und ab ging, immer um den bleichen

222

Lichtkranz einer Straßenlaterne herum. Wie ein Nachtfalter, den der Lichtstrahl anzieht. Ihre Art zu gehen erstaunte mich: Federleicht und doch angestrengt setzte sie einen Fuß vor den anderen, als würde sie auf einem Seil tanzen. Ich begriff, daß sie mit jeder Bewegung gegen ihre Trunkenheit ankämpfte. Ihr Gesicht wirkte verschlossen. Sie setzte alle Kräfte für ein einziges Bemühen ein – nicht zu stürzen, keinen Verdacht aufkommen zu lassen, auf dem Rand des Lichtkreises weiterzugehen, bis die dunklen Bäume mit ihren rauschenden Zweigen nicht mehr auf sie einstürzten oder vor ihr zurücksprangen.

Ich näherte mich ihr, trat in den blauen Lichtkranz der Straßenlaterne. Plötzlich war sie (ihr schwarzer Rock, ihre helle Bluse) der begehrte Körper. Ja, sie wurde im Nu zu der Frau, von der ich immer geträumt hatte. Obwohl sie so schwach war, daß sie keuchte, obwohl die Trunkenheit ihre Gesichtszüge aufgeweicht hatte, obwohl mich vieles an ihrem Körper und ihrem Gesicht hätte abstoßen müssen, fand ich sie jetzt schön.

Bei der nächsten Runde prallte sie gegen mich und sah zu mir auf. Nacheinander erschienen die unterschiedlichsten Ausdrücke in ihrem Gesicht – Angst, Wut, Lächeln. Schließlich siegte das Lächeln, ein weiches Lächeln, das nicht mir, sondern jemand anderem zu gelten schien. Sie faßte mich am Arm. Gemeinsam gingen wir den Berg hinunter.

Anfangs plapperte sie pausenlos. Ihre junge, vom Wein schleppend gewordene Stimme konnte sich auf keinen gleichmäßigen Tonfall einpendeln. Mal flüsterte sie, dann schrie sie fast. Sie klammerte sich an meinen Arm, strauchelte von Zeit zu Zeit, stieß dann einen Fluch aus, wobei sie sich eilig, aber fröhlich die Hand vor den Mund hielt. Oder sie riß sich plötzlich von mir los, als hätte ich sie gekränkt, um sich einen Augenblick später wieder an meine Schulter zu schmiegen. Ich ahnte, daß meine Gefährtin mir eine seit langem einstudierte Liebeskomödie vorspielte – ein Spiel, mit dem sie ihrem Partner zeigen wollte, daß sie nicht irgendwer war. Doch in ihrer Trunkenheit verwechselte sie die Reihenfolge dieser kleinen Einlagen. Und ich war ein schlechter Schauspieler; gebannt von der Aussicht auf dieses plötzlich erreichbare weibliche Wesen und vor allem von der traumhaften Leichtigkeit, mit der ich diesen Körper besitzen würde, blieb ich stumm. Ich hatte immer geglaubt, einer solchen Einladung müßten eine lange, gefühlsmäßige Einstimmung, zahllose Worte und ein sehr geschickter Flirt vorausgehen. Ich schwieg und fühlte den kleinen Busen, den sie gegen meinen Arm drückte. Und während meine Begleiterin pausenlos faselte, verwahrte sie sich gegen die Aufdringlichkeit eines Phantoms, blies einen Moment lang die Backen auf und setzte einen Schmollmund auf, um dann ihren unsichtbaren Liebhaber in einen, wie sie meinte, schmachtenden Blick zu hüllen. Dabei war er nur benebelt vom Wein und ihrer Erregung.

Ich brachte sie an den einzigen Ort, den ich mir als unser Liebesnest vorstellen konnte – zu der schwimmenden Insel, wo ich Anfang des Sommers mit Paschka die Prostituierte mit den Soldaten beobachtet hatte.

In der Dunkelheit mußte ich mich in der Richtung geirrt haben. Nachdem wir lange zwischen den schlummernden Booten umhergewandert waren, setzten wir uns auf eine alte Flußfähre, deren Rampe mit zerborstenem Geländer im Wasser versank.

Plötzlich schwieg sie. Sie wurde wohl langsam wieder nüchtern. Ich sah, wie sie im Dunkeln angespannt wartete, und tat nichts. Ich wußte nicht, wie ich es anfangen sollte. Auf den Knien tastete ich die Planken ab, warf hier einen Strang abgewetzte Schnur, da einen Haufen vertrockneter Algen ins Wasser. Zufällig streifte ich bei meinen Aufräumarbeiten ihr Bein. Ich ließ meine Finger darüber gleiten, und sie bekam Gänsehaut.

Sie blieb stumm bis zum Schluß. Scheinbar abwesend, überließ sie mir mit geschlossenen Augen ihren von kleinen Schauern erbebenden Körper: Mit meinen hastigen Bewegungen mußte ich ihr sehr weh getan haben. Der heiß erträumte Vorgang löste sich in eine Vielzahl ungeschickter, linkischer Handgriffe auf. Der Liebesakt ähnelte, so könnte man sagen, einer überstürzten, kopflosen Grabung. Die Knie, die Ellbogen standen mit eigenartiger anatomischer Starre im Weg.

Die Lust flammte auf wie ein Streichholz im Eiswind – ein Feuer, an dem man sich gerade noch die Finger verbrennen konnte, bevor es verlosch und einen blinden Fleck in den Augen zurückließ.

Ich versuchte, sie zu küssen (ich glaubte, dies sei der Zeitpunkt, an dem man es tun müßte); an meinem Mund spürte ich ihre stark zerbissenen Lippen ...

Am meisten erschreckte mich, daß ich schon eine Sekunde danach kein Verlangen mehr nach ihren Lippen hatte, und auch nicht nach den spitzen Brüsten in ihrer weit geöffneten Bluse oder den schlanken Schenkeln, über die sie rasch ihren Rock gezogen hatte. Ihr Körper wurde mir gleichgültig, nutzlos. In meiner dumpfen körperlichen Befriedigung war ich mir selbst genug. »Weshalb bleibt sie bloß halbnackt hier liegen?« fragte ich mich übellaunig. Unter meinem Rücken spürte ich die Unebenheiten der Planken, meine Handfläche brannte – ich hatte mir ein paar Splitter zugezogen. Der Wind führte den scharfen Geruch stehender Gewässer mit sich.

Vielleicht gab es in dieser nächtlichen Stunde einen Moment des Vergessens, vielleicht wurde ich für einige Minuten vom Schlaf übermannt. Denn ich sah das Schiff nicht herankommen. Als wir die Augen aufschlugen, überragte uns bereits sein riesiger weißer Rumpf, über dem unzählige Lichter blitzten. Ich hatte geglaubt, unser Liebesnest läge verborgen in einer der vielen, von rostigen Wracks zugestellten Buchten. Das Gegenteil war der Fall. Wir hatten in der Finsternis die Spitze der Landzunge erreicht, die fast bis zur Flußmitte vorsprang ... Plötzlich standen die drei hell erleuchteten Stockwerke eines langsam flußabwärts fahrenden Dampfers vor unserer alten Fähre. Und vor dem dunklen Himmel zeichneten sich die Umrisse der Fahrgäste ab. Auf der obersten Brücke wurde unter glühenden Lichtern getanzt. Die Klänge eines mitreißenden Tangos ergossen sich über uns und hüllten uns ein. Mit ihrem sanften Licht schienen sich die Kabinenfenster uns entgegenzuneigen und einen Blick in das zu gewähren, was sich dahinter im Verborgenen abspielte ... Die Flutwelle des vorbeifahrenden Dampfers war so gewaltig, daß sich unser Floß wie bei einer Rutschpartie mit schwindelerregendem Tempo halb um sich selbst drehte. Das Schiff mit seinem Licht und seiner Musik schien uns zu umrunden. Genau in diesem Augenblick drückte sie meine Hand und schmiegte sich an mich. Alle Wärme ihres Körpers schien sich in diesem Händedruck verdichten zu können, und ich fühlte sie, als hielte ich einen zitternden Vogel in der Hand. Ihre Arme, ihre Taille waren so biegsam wie die Seerosen, deren glitschige Stengel ich einmal umarmt hatte, als ich im Wasser einen Strauß pflückte ...

Doch schon verschwand das Schiff in der Dunkelheit. Der Tango verhallte. Es nahm die Nacht mit sich auf seine Fahrt nach Astrachan. Zögernd stieg ein fahles Licht um unsere Fähre auf. Uns bei diesem zaghaften Tagesanbruch mitten in einem großen Fluß auf den feuchten Planken eines Floßes zu sehen, machte mich auf seltsame Weise glücklich. Am Ufer zeichneten sich immer deutlicher die Umrisse des Hafens ab.

Sie wartete nicht auf mich. Ohne mich anzusehen, sprang sie von einem Boot zum anderen. Mit der Hast und Scheu einer jungen Ballerina nach einem mißlungenen Abgang brachte sie sich in Sicherheit. Ich folgte der hüpfenden Tänzerin auf ihrer Flucht mit stockendem Atem. Sie konnte jeden Augenblick auf dem nassen Holz ausrutschen, auf einen losen Steg treten, zwischen zwei Booten ins Wasser stürzen und von den Schiffsrümpfen, die sich über ihr schlössen, unter Wasser gedrückt werden. Mit der Kraft meines Blickes hielt ich sie von allzu gewagten Sprüngen im Morgennebel zurück.

Einen Augenblick später sah ich sie am Ufer. Es war so still, daß man den Sand unter ihren Schritten leise knirschen hörte. Das war die Frau, der ich vor einer Viertelstunde noch so nahe war. Jetzt ging sie weg. Ich spürte einen bisher unbekannten Schmerz: Eine Frau geht weg und streift die unsichtbaren Bande ab, die uns noch verbinden. So wurde sie auf diesem einsamen Ufer zu einem einzigartigen Wesen – zu einer Frau, die ich liebte, die wieder unabhängig von mir wurde, die mir fremd wurde und die bald wieder mit anderen sprechen, lachen ... und leben würde!

Als sie hörte, daß ich ihr hinterherrannte, drehte sie sich um. Ich sah ihr bleiches Gesicht, ihr Haar. Jetzt erst merkte ich, daß sie rotblond war. Sie lächelte mir nicht zu, sondern betrachtete mich schweigend. Ich vergaß, was ich ihr eine Minute zuvor noch hatte sagen wollen, als ich den Sand unter ihren Schuhen knirschen gehört hatte. »Ich liebe dich« wäre eine unsägliche Lüge gewesen. Allein der Anblick ihres zerknitterten schwarzen Rocks, ihrer kindlich dünnen Arme sprengte alle Liebesgeständnisse der Welt. Es war undenkbar, ihr ein Wiedersehen am selben oder am nächsten Tag vorzuschlagen. Die Nacht, die wir zusammen verbracht hatten, konnte sich nicht wiederholen. Sie war einzigartig wie das vorbeifahrende Fährschiff, wie der Schlummer, der uns

überwältigte, wie ihr Körper in der Kühle des schlafenden
großen Flusses.

Ich versuchte, es ihr zu sagen. Ich sprach zusammenhanglos
vom knirschenden Sand unter ihren Schritten, von der Einsamkeit auf diesem Fluß, von ihrer Zerbrechlichkeit in dieser Nacht, die mich an Seerosenstengel erinnert hatte. Von
einem plötzlichen Glücksgefühl überwältigt, fühlte ich, daß
ich ihr auch von Charlottes Balkon, von unseren Abenden
über der Steppe, von den drei Damen, die an einem Herbstmorgen über die Champs-Elysées spazierten, erzählen
mußte ...

Sie verzog verächtlich und gleichwohl ängstlich das Gesicht. Ihre Lippen bebten.

»Du spinnst wohl!« fiel sie mir mit jenem näselnden Ton ins
Wort, mit dem die Mädchen vom Wonneberg aufdringliche
Verehrer abwimmelten.

Ich erstarrte. Sie rannte zu den vorgelagerten Hafengebäu-
den hinauf und verschwand bald zwischen ihren wuchtigen
Schatten. Vor den Werkstoren tauchten die ersten Arbeiter
auf.

Wenige Tage später schnappte ich im abendlichen Gewimmel auf dem Wonneberg eine Unterhaltung zwischen meinen Mitschülern auf, die nicht bemerkt hatten, daß ich nahe
bei ihnen stand. Eine der Tänzerinnen aus ihrem Kreis habe
sich, so sagten sie, über ihren Partner beschwert, der es nicht
verstanden habe, sie zu lieben (sie drückten sich erheblich
derber aus). Anscheinend hatte sie ihnen lustige Einzelheiten (»zum Totlachen!« bekräftigte einer von ihnen) über
ihren ungeschickten Liebhaber verraten. Ich spitzte die Ohren und hoffte, ein paar erotische Tricks mitzubekommen.
Plötzlich nannte ihn einer beim Namen: »Franzus« – Franzose auf russisch. Aus dem Gelächter hörte ich das Tuscheln,
mit dem sich zwei Freunde flüsternd verabredeten:

228

»Heute abend nach dem Tanz kümmern wir uns um sie. Zu zweit – einverstanden?«

Ich erriet, daß es immer noch um sie ging. Ich verließ fluchtartig meinen Lauschposten und eilte zum Ausgang. Sie sahen mich. Ein kurzes Flüstern verfolgte mich: »Franzus! Franzus...« Dann wurde es durch die ersten Takte Musik übertönt.

Ohne jemandem Bescheid zu geben, reiste ich am nächsten Tag nach Saranza ab.

3

Ich fuhr in das verschlafene, in den Steppen versunkene Städtchen, um Frankreich auszulöschen. Es mußte Schluß sein mit diesem Frankreich von Charlotte, das mich zu einem Sonderling gestempelt hatte, unfähig, in der Wirklichkeit zu leben.

Ich malte mir aus, wie ich es mit einem gewaltigen Aufschrei, einem wütenden Brüllen zerschlüge. So würde ich meinem Aufbegehren am bestem Luft verschaffen können. Noch wußte ich nicht, welche Worte mit diesem Aufheulen hervorquellen würden. Ich war überzeugt, sie kämen von selbst, sobald Charlottes unerschütterlicher Blick auf mir ruhte. Im Augenblick war mein Schrei noch stumm. Nur ein Wirbel bunt gemischter Bilder durchströmte mich.

Ich sah einen Kneifer im stickigen Halbdunkel eines großen, schwarzen Wagens funkeln. Berija suchte sich eine Frau für die Nacht aus. Und der Nachbar gegenüber, ein lächelnder, friedfertiger Rentner, goß Blumen auf seinem Balkon und hörte dem Plärren eines Kofferradios zu. Ein Mann mit stark tätowierten Armen saß in unserer Küche und erzählte von einem zugefrorenen See voll nackter Leichen. Doch in dem Wagen dritter Klasse, mit dem ich nach Saranza reiste, schien keiner der Fahrgäste diese unvereinbaren Widersprüche zu bemerken. Sie lebten weiter. In aller Ruhe.

Mit meinem Schrei wollte ich all diese Bilder über Charlotte ausgießen. Ich erwartete eine Antwort von ihr. Ich forderte eine Erklärung, wollte, daß sie sich rechtfertigt. Denn sie hatte mir diese französische Empfindsamkeit vermacht – ihre Empfindsamkeit – und mich dazu verurteilt, in einer quälenden Zwischenwelt zu leben.

Ich würde von meinem Vater und dem »Loch« in seinem Schädel erzählen, von diesem kleinen Krater, in dem sein Leben pulsierte. Und von meiner Mutter, die uns ihre beklemmende Angst vor dem plötzlichen Ertönen der Türklingel am Abend eines Feiertages hinterlassen hatte. Beide waren tot. Unbewußt haderte ich mit Charlotte, weil sie meine Eltern überlebt hatte. Ich nahm es ihr übel, daß sie beim Begräbnis meiner Mutter so gefaßt gewesen war. Und daß sie in Saranza ein sehr europäisches Leben führte, mit all seiner praktischen Vernunft und seinem Ordnungssinn. Sie verkörperte für mich den Westen, den kühlen Verstand des Westens, gegen den die Russen einen unverwüstlichen Groll hegen. Sie stand für jenes Europa, das mit seiner Zivilisation wie von einer uneinnehmbaren Festung herablassend auf die barbarischen Auswüchse unseres Elends blickte, auf Kriege, in denen wir wie die Fliegen starben, auf Revolutionen, deren Drehbücher im Westen geschrieben worden waren ... Viel von meinem jugendlichen Aufbegehren war an dieses angeborene Mißtrauen geknüpft.

Der französische Zweig in mir, von dem ich glaubte, er sei eingegangen, blühte noch immer und versperrte mir die Sicht. Er spaltete die Wirklichkeit in zwei Teile. Wie den Körper der Frau, die ich durch die beiden Bullaugen heimlich beobachtet hatte: Im einen war die Frau mit der weißen Bluse zu sehen, die ruhig und völlig unauffällig war, im anderen die mit dem gewaltigen Hintern, dem wirkungsvollen Instrument der Lust, das den übrigen Körper beinahe überflüssig machte.

Und dennoch wußte ich, daß beide Bilder zu einer einzigen Frau gehörten. Wie die beiden Hälften meiner geteilten

Wirklichkeit. Meine von Frankreich beherrschte Einbildungskraft benebelte meinen Kopf, als sei ich betrunken, denn sie setzte eine trügerisch lebendige Scheinwelt vor die Wirklichkeit.

Mein Aufschrei nahm Gestalt an. Die Bilder, die sprachlich zu werden begannen, drehten sich immer schneller vor meinen Augen: Berija, der seinen Fahrer anbrummt: »Gib Gas! Fahr der dort nach! Mal sehen ....«, mein Großvater Fjodor als Weihnachtsmann verkleidet bei seiner Verhaftung an Heiligabend, das verbrannte Heimatdorf meines Vaters, die mageren Arme meiner jungen Geliebten, Kinderarme mit blauen Venen, dazu dieser alles erschlagende, hochgereckte Hintern und die Frau, die den roten Lack von ihren Fingernägeln kratzte, während sich ein Mann über ihren Unterleib hermachte, und die kleine Tasche vom Pont-Neuf und der »Verdun« und der ganze Wust aus Frankreich, der meine frühe Jugend verpfuscht hatte!

Auf dem Bahnsteig von Saranza blieb ich einen Augenblick stehen. Aus Gewohnheit sah ich mich nach Charlotte um. Dann schimpfte ich mich spöttisch einen Narren. Niemand wartete auf mich. Meine Großmutter hatte keine Ahnung von meinem Besuch! Außerdem war der Zug, mit dem ich anreiste, ein ganz anderer als jener, der mich jeden Sommer in diese Stadt brachte. Diesmal kam ich nicht am Morgen, sondern am Abend in Saranza an. Und der unglaublich lange, für diesen kleinen Provinzbahnhof viel zu große Zug setzte sich schwerfällig wieder in Bewegung, um nach Taschkent weiterzufahren, zu den asiatischen Randgebieten des Sowjetreichs. Urgentsch, Buchara, Samarkand – die Stationen auf seiner Fahrt klangen mir in den Ohren. Asien lockte, die tiefe, schmerzhafte Sehnsucht eines jeden Russen.

Diesmal war alles anders.

Die Tür war nicht abgesperrt. Damals wurden Wohnungstüren erst zugeschlossen, wenn die Nacht anbrach. Wie im Traum stieß ich sie auf. Ich hatte mir diesen Augenblick schon in allen Einzelheiten ausgemalt, ich glaubte, bis aufs Wort genau zu wissen, was ich Charlotte sagen, wessen ich sie anklagen würde ...

Als ich jedoch das kaum vernehmbare Knarren der Tür hörte, das mir so vertraut war wie die Stimme eines Verwandten, und als ich in den leichten Wohlgeruch trat, der Charlottes Wohnung immer durchzog, fühlte ich, wie mir die Worte abhanden kamen. Nur wenige Bruchstücke gellten mir noch in den Ohren:

»Berija! Und der Alte, der in aller Ruhe seine Gladiolen gießt. Und die zweigeteilte Frau, von vorne und von hinten! Und der Krieg, fast schon vergessen! Und deine Vergewaltigung! Und dieser Koffer mit den alten französischen Zeitungen, den du nach Sibirien geschleppt hast und den ich hinter mir herziehe wie ein Häftling seine Kugel! Und unser Rußland, das du als Französin nie verstehen wirst! Und mein Mädchen, um das sich jetzt die beiden Dreckskerle kümmern!«

Sie hatte mich nicht kommen hören. Ich sah sie vor der Balkontür sitzen. Sie beugte ihr Gesicht über ein helles Kleidungsstück auf ihren Knien, die Nadel glitzerte (ich weiß nicht warum, doch wenn ich mich an Charlotte erinnere, sehe ich sie immer einen Spitzenkragen flicken) ...

Ich hörte ihre Stimme. Sie sang in einer Art schleppendem Sprechgesang, ein melodiöses, mit Pausen durchsetztes Murmeln, das ihren stummen Gedanken Raum gab. Ihr Lied war halb gesummt, halb gesprochen. In der schwülen, schläfrigen Abendatmosphäre waren diese Töne erfrischend wie der helle Klang eines Cembalos. Ich lauschte den Worten, und einige Sekunden lang meinte ich, eine fremde, unbekannte Sprache zu hören – eine Sprache, die

ich nicht verstand. Dann erkannte ich sie: Es war französisch. Charlotte sang langsam, seufzte bisweilen und ließ
zwischen den Strophen Raum für die unergründliche Stille
der Steppe.
Es war jenes Lied, das mir als kleines Kind so sehr gefallen
hatte, das jetzt meinen ganzen Ärger auf sich zog.

> *In jeder Ecke unseres Bettes*
> *Ein Strauß von Immergrün ...*

»Genau diese französische Gefühlsduselei«, dachte ich wütend, »hindert mich am Leben.«

> *Und dort würden wir schlafen*
> *Bis ans Ende der Welt ...*

Nein, ich konnte es nicht mehr hören!
Ich trat ins Zimmer und sprach sie ganz unvermittelt, mit
gewollter Schroffheit auf russisch an:
»Ich bin da! Wetten, damit hast du nicht gerechnet!«
Zu meiner Überraschung, auch zu meiner Enttäuschung, sah
Charlotte mich mit ruhigem Blick an. Ich las in ihren Augen
jene unerschütterliche Selbstbeherrschung, die man im täglichen Kampf mit Schmerz, Angst und Gefahren erwirbt.
Nachdem sie sich mit wenigen unaufdringlichen und scheinbar belanglosen Fragen davon vergewissert hatte, daß ich
keine schlechten Nachrichten brachte, ging sie in den Flur
und rief meine Tante an, um sie von meiner Ankunft zu un-
terrichten. Und wieder staunte ich darüber, wie gewandt
Charlotte sich mit einer Frau unterhielt, die so anders war als
sie. Ihre Stimme, mit der sie soeben noch eine alte französische Weise gesungen hatte, nahm eine leicht umgangs-
sprachliche Färbung an. In wenigen Worten konnte sie alles
erklären und es so darstellen, als wäre ich nicht ausgerissen,

sondern lediglich zu einer unserer üblichen sommerlichen Zusammenkünfte gefahren. »Sie versucht, uns nachzuahmen«, dachte ich, als ich sie reden hörte, »Sie äfft uns nach!« Charlottes Gelassenheit und der sehr russische Klang ihrer Stimme steigerten nur noch meinen Groll.

Ich begann, auf jedes ihrer Worte zu lauern. Irgendwann würde ich platzen. Charlotte, dachte ich, würde mir sicher »Schneebällchen« anbieten, unsere Lieblingsnachspeise, und dann könnte ich loslegen und diese französischen Kinkerlitzchen entlarven. Oder sie würde versuchen, die Atmosphäre unserer früheren Abende wieder heraufzubeschwören, und anfangen, von ihrer Kindheit zu erzählen, von irgendeinem Hundescherer am Ufer der Seine ...

Doch Charlotte schwieg – und schenkte mir kaum Aufmerksamkeit. Als hätte meine Anwesenheit die Stimmung eines für sie alltäglichen Abends in keiner Weise durcheinandergebracht. Von Zeit zu Zeit traf mich ihr Blick, sie lächelte mir zu, dann verschleierte sich ihr Gesicht wieder.

Die Schlichtheit des Abendessens erstaunte mich. Es gab weder »Schneebällchen« noch irgendeine andere Leckerei aus meiner Kindheit. Verblüfft stellte ich fest, daß Charlotte sich gewöhnlich von ebendiesem Schwarzbrot und dem dünnen Tee ernährte.

Nach dem Essen wartete ich auf dem Balkon auf sie – unter denselben Blumenranken und mit demselben Blick über die endlose, in der Hitze dampfende Steppe. Und zwischen zwei Rosensträuchern schaute der Bacchant hervor. Plötzlich überkam mich die Lust, diesen Kopf über das Geländer zu werfen, die Blumen auszureißen, die stille Ebene mit meinem Schrei zu erschüttern. Ja, Charlotte würde kommen und sich auf ihrem kleinen Stuhl niederlassen, würde ein Stoffende auf ihren Knien ausbreiten ...

Sie kam, doch statt sich auf ihren Platz zu setzen, lehnte sie sich neben mir ans Geländer. So hatten früher meine Schwe-

ster und ich Seite an Seite zugesehen, wie die Steppe langsam in der Dunkelheit versank, während unsere Großmutter erzählte.

Ja, sie lehnte sich mit ihrem Ellenbogen auf das rissige Holz-
geländer und schaute in die grenzenlose, von einem durch-
scheinenden Violett überzogene Weite. Und ohne mich anzusehen, sagte sie plötzlich geistesabwesend, als redete sie
mit jemand anderem als mit mir, und mit nachdenklicher
Stimme:

»Seltsam ... Vor einer Woche habe ich auf dem Friedhof eine
Frau getroffen. Ihr Sohn liegt im selben Gang begraben wie
dein Großvater. Wir unterhielten uns über sie, über ihren
Tod und den Krieg. Wovon sonst sollte man über Gräbern
sprechen? Ihr Sohn war einen Monat vor Kriegsende verwundet worden. Unsere Soldaten marschierten schon auf
Berlin zu. Täglich betete sie (sie war gläubig oder war es in
der Zeit des Wartens geworden), man möge ihren Sohn noch
eine Woche im Krankenhaus behalten. Oder noch drei
Tage ... Er fiel bei den letzten Gefechten in Berlin. Er war
schon bis in die Stadt gekommen ... Sie erzählte es mir mit
ganz schlichten Worten. Selbst die Tränen, die ihr beim Beten über die Wangen liefen, waren schlicht. Und weißt du,
woran mich ihre Geschichte erinnert hat? An einen verwundeten Soldaten in unserem Krankenhaus. Er hatte Angst davor, an die Front zurückzukehren, deshalb riß er jede Nacht
seine Wunde mit einem Schwamm auf. Ich erwischte ihn dabei und meldete es dem Oberarzt. Der Verwundete bekam
von uns einen Gips verpaßt, und als die Wunde nach einiger
Zeit verheilt war, kehrte er an die Front zurück ... Weißt du,
damals leuchtete mir das ein, es schien mir nur gerecht zu
sein. Und jetzt bin ich ein wenig ratlos. Das Leben liegt hinter mir, und plötzlich erscheint alles in einem neuen Licht.
Vielleicht kommt es dir dumm vor, aber manchmal stelle ich
mir die Frage, ob ich diesen jungen Soldaten nicht in den

Tod geschickt habe. Und ich sage mir, daß es wahrscheinlich irgendwo im tiefsten Rußland eine Frau gegeben hat, die jeden Tag darum betete, daß man ihn so lange wie möglich im Krankenhaus behält. Genau wie die Frau auf dem Friedhof. Ich weiß nicht, ob... Ich muß immer an das Gesicht dieser Mutter denken. Verstehe mich richtig – obwohl es überhaupt nicht zutrifft, bilde ich mir jetzt ein, in ihrer Stimme habe der Hauch eines Vorwurfs gelegen. Ich weiß nicht, wie ich mir das erklären soll...«

Sie verstummte, und geraume Zeit stand sie reglos mit weit geöffneten Augen da. In ihren Pupillen schien noch das Licht der untergegangenen Sonne zu leuchten. Ich stand da wie angewurzelt und betrachtete sie von der Seite, außerstande, meinen Kopf zu drehen, die Haltung meiner Arme zu ändern oder meine verschränkten Finger zu lösen...

»Ich werde dein Bett beziehen«, sagte sie schließlich und ging ins Zimmer.

Ich streckte mich und sah mich erstaunt um. Charlottes kleiner Stuhl, ihre türkise Nachttischlampe, der steinerne Bacchant mit seinem wehmütigen Lächeln, dieser schmale Balkon über der nächtlichen Steppe – alles kam mir auf einmal so zerbrechlich vor! Mit Befremden erinnerte ich mich an meine Lust, diese unbedeutende, vergängliche Nische zu zertrümmern... Der Balkon schien mir jetzt winzig, so winzig, als sähe ich ihn aus weiter Ferne. Ja, er war winzig, und nichts schützte ihn.

Am nächsten Tag wehte ein heißer, trockener Wind durch Saranza. Die Sonne brannte auf die Straßen. In den Winkeln tanzten kleine Staubwirbel. Dann setzte ein schallendes Geschmetter ein – auf dem Hauptplatz spielte eine Militärkapelle, und der ungestüme Wind trug das Getöse der Märsche bis zu Charlottes Haus. Plötzlich trat wieder Stille ein, man hörte den Sand gegen die Fenster prasseln und das aufgeregte Surren einer Fliege. Einige Kilometer vor Saranza hatten an diesem Tag Manöver begonnen.

Wir waren lange unterwegs. Erst durchquerten wir die Stadt, dann wanderten wir über die Steppe. Charlottes Stimme klang ruhig und unbeteiligt wie am Abend zuvor auf dem Balkon. Ihre Worte verschmolzen mit dem fröhlichen Geschepper der Kapelle, und als der Wind sich plötzlich legte, ertönte die Musik mit befremdlicher Klarheit in der stillen, nur vom Sonnenlicht bewohnten Steppe.

Sie erzählte von ihrem kurzen Aufenthalt in Moskau zwei Jahre nach Kriegsende ... An einem strahlenden Nachmittag im Mai ging sie durch die gewundenen Gassen der Presnia zur Moskwa hinunter, und dabei fühlte sie, daß sie wieder auflebte, sich vom Krieg erholte, auch von der Angst und selbst – was sie sich nicht einzugestehen wagte – von Fjodors Tod oder vielmehr von seiner quälenden, täglichen Abwesenheit. An einer Straßenecke schnappte sie einen Teil aus einem Gespräch zwischen zwei Frauen auf, die an ihr vorübergingen. »Die Samoware ...«, sagte die eine. »Ach, ein guter Tee ...«, ergänzte Charlotte in Gedanken. Als sie auf den Platz trat und vor dem mit wuchtigen Brettern umzäunten Markt mit seinen Holzbuden und Kiosken stand, begriff sie, daß sie die Frauen mißverstanden hatte. Auf einer Art fahrbarem Untersatz näherte sich ihr ein Mann ohne Beine und streckte ihr seinen einzigen Arm entgegen:

»Einen Rubel für einen Krüppel, schöne Frau!«

Charlotte trat unwillkürlich ein paar Schritte beiseite, denn der Fremde sah aus, als entstiege er just einem Grab. Jetzt erst bemerkte sie, daß es rings um den Markt von Kriegsversehrten, sogenannten »Samowaren«, wimmelte. In ihren Kisten, die teils auf kleinen Rädern mit Gummireifen, teils nur auf einfachen Rollen liefen, sprachen sie die Leute am Ausgang des Marktes an und bettelten um Geld oder Tabak.

Manche gaben ihnen etwas, andere beschleunigten ihre Schritte, wieder andere fluchten und hielten ihnen eine Standpauke: »Ihr bekommt doch schon Geld vom Staat? Es ist eine Schande!« Einige der Samoware, fast ausnahmslos junge Männer, waren sichtlich betrunken. Alle hatten einen bohrenden, leicht wahnsinnigen Blick. Drei oder vier dieser Kisten bestürmten Charlotte. Die Soldaten rammten ihren Stock in den festgestampften Boden des Platzes, wanden sich, um durch heftiges Wippen ihres Körpers schneller in Fahrt zu kommen. Trotz ihrer Anstrengung sah es fast aus wie ein Spiel.

Charlotte blieb stehen, zog hastig einen Geldschein aus ihrer Handtasche und gab ihn dem ersten, der sie erreichte. Er konnte ihn jedoch nicht greifen, denn an seiner ihm verbliebenen Hand – es war die linke – fehlten die Finger. Er drückte den Schein in seine Kiste, beugte sich vor, streckte seinen Stumpf nach Charlotte aus, streifte ihren Knöchel. Und dann sah er mit bitteren, irren Augen zu ihr hinauf ...

Bevor sie überhaupt begriff, was geschah, war schon ein anderer Krüppel, der noch beide Arme und Hände hatte, neben dem ersten aufgetaucht. Brutal griff er in die Kiste des Einarmigen und fischte den zerknüllten Geldschein unter ihm hervor. Charlotte stieß ein »Oh!« aus, dann öffnete sie wieder ihre Handtasche. Doch der Soldat, der ihr Bein gestreichelt hatte, schien sich mit seinem Schicksal abgefunden zu haben, denn er hatte seinem Angreifer schon den Rücken zugewandt und war die kleine, steile Gasse hinaufgerollt, deren Ende in den Himmel reichte ... Charlotte stand einen Augenblick unentschlossen da. Sollte sie ihm hinterherlaufen? Sollte sie ihm noch einmal Geld geben? Sie sah, wie andere Samoware sich mit ihren Kisten auf den Weg zu ihr machten. Sie fühlte sich schrecklich. Sie hatte Angst und schämte sich. Ein barscher, heiserer Schrei gellte durch das eintönige Lärmen auf dem Platz.

Charlotte fuhr herum. Blitzschnell hatte sie die Situation erfaßt. Unter dem ohrenbetäubenden Rattern der Rollen raste der Einarmige mit seiner Kiste das abschüssige Sträßchen herunter. Um seine wahnsinnige Fahrt zu steuern, stieß er sich immer wieder mit seinem Stumpf vom Boden ab. Und aus seinem zu einer scheußlichen Fratze verzerrten Mund ragte ein Messer, das er mit den Zähnen festhielt. Der Krüppel, der ihm sein Geld gestohlen hatte, hatte kaum Zeit, seinen Stock zu fassen, da wurde er schon von der Kiste des Einarmigen gerammt. Blut spritzte. Charlotte sah, wie zwei andere Samoware sich auf den Einarmigen stürzten, der den Kopf schüttelte und dadurch den Körper seines Gegners aufschlitzte. Noch mehr Messer blitzen zwischen Zähnen. Aus allen Ecken ertönte jetzt Geheul. Kisten prallten aufeinander. Starr vor Schreck über das ausufernde Gemetzel, wagten die Passanten nicht einzugreifen. Wieder raste ein Soldat in voller Geschwindigkeit das Sträßchen hinunter und warf sich, die Klinge zwischen den Kiefern, in das grauenerregende Gemenge der Krüppel... Charlotte versuchte, sich zu nähern, doch der Kampf spielte sich beinahe am Erdboden ab – sie hätte kriechen müssen, um dazwischenzugehen. Schon eilten Milizsoldaten herbei, und schrille Pfiffe aus ihren Trillerpfeifen ertönten. Die Zuschauer lösten sich aus ihrer Erstarrung. Einige liefen schnell davon. Andere zogen sich zurück, um im Schutz der Pappeln das Ende des Kampfes zu beobachten. Charlotte sah, wie sich eine Frau bückte, um einen Samowar aus dem Haufen von Körpern herauszuziehen; dabei rief sie immer wieder mit flehender Stimme: »Ljoscha! Du hast mir doch versprochen, nicht mehr hierherzukommen! Du hast es mir versprochen!« Sie trug ihren verstümmelten Mann weg wie ein Kind. Charlotte wollte sehen, ob ihr Einarmiger noch da war. Ein Milizsoldat stieß sie zurück...

240

Wir gingen immer geradeaus, ließen Saranza hinter uns. Das Getöse der Militärkapelle war in der Stille der Steppe untergegangen. Wir hörten nur noch das Rauschen des Grases im Wind. Und in dieser endlosen Weite aus Hitze und Licht vernahm ich Charlottes Stimme wieder:

»Sie prügelten sich eigentlich nicht um das geraubte Geld. Nein! Sie prügelten sich – das wußte jeder –, um sich am Leben zu rächen. Weil es so grausam war und so dumm. Weil es diesen Maihimmel über ihnen gab. Sie prügelten sich, als wollten sie es jemandem zeigen. Aus Verachtung für denjenigen, der diese Frühlingsluft und ihre verstümmelten Leiber in ein einziges Leben packte.«

»Stalin? Oder Gott?« hätte ich beinahe gefragt, doch die Steppenluft machte die Wörter spröde, schwer auszusprechen.

Wir waren so weit wie nie zuvor gegangen. Saranza war schon seit geraumer Zeit im flimmernden Dunst am Horizont untergetaucht. Wir konnten nicht anders, als ziellos weiterzulaufen. Hinter mir spürte ich fast körperlich den Schatten eines kleinen Platzes in Moskau.

Schließlich gelangten wir an einen Bahndamm. Die Schienen bildeten eine surreale Grenze in dieser endlos gleichförmigen Landschaft, in der man sich nur an der Sonne und am Himmel orientieren konnte. Es gab kleine Schluchten, gewaltige, mit Sand gefüllte Erdspalten, die wir umgehen mußten, dann stiegen wir in ein Tal hinab. Plötzlich schimmerte Wasser im Gestrüpp der Weiden. Wir lächelten uns an und riefen wie aus einem Munde:

»Die Sumra!«

Wir waren an einem fernen Nebenfluß der Wolga angelangt, einem jener verborgenen Flüsse irgendwo in der riesigen Steppe, die man nur kennt, weil sie in den großen Fluß münden.

Bis zum Abend saßen wir im Schatten der Weiden ... Dann, auf dem Heimweg, beendete Charlotte ihre Erzählung:

»Zuletzt hatte die Stadtverwaltung die Nase voll von all den Kriegsversehrten auf dem Platz, von ihrem Geschrei und ihren Raufereien. Vor allem aber boten sie alles andere als ein glanzvolles Bild vom großen Sieg. Weißt du, Soldaten sind gern gesehen, wenn sie tapfer sind und lächeln oder... wenn sie auf dem Feld der Ehre gefallen sind. Aber diese Krüppel... Kurz und gut, eines Tages fuhren Lastwagen vor, und die Milizsoldaten rissen die Samoware aus ihren Kistern und warfen sie auf die Ladefläche. Wie Holzkloben auf eine Telega. Ein Moskauer hat mir erzählt, daß man sie auf eine Insel im Norden Rußlands verfrachtet hat, wo es große Seen gibt. Man hat ein altes Lepraheim für sie hergerichtet. Im Herbst versuchte ich, etwas über diesen Ort herauszufinden. Ich überlegte, ob ich nicht dorthin gehen sollte, um zu arbeiten. Doch als ich im Frühjahr in jenes Gebiet reiste, sagte man mir, daß es auf der Insel keinen Kriegsversehrten mehr gebe und das Lepraheim endgültig geschlossen worden sei... Es war übrigens eine sehr schöne Gegend. Mit Fichten, soweit das Auge reichte, mit großen Seen und, nicht zu vergessen, einer vollkommen reinen Luft...«

Nachdem wir eine Stunde gegangen waren, bat Charlotte mich mit müdem Lächeln:

»Warte einen Augenblick, ich muß mich kurz setzen.«

Sie setzte sich ins trockene Gras und streckte die Beine aus. Ich ging unwillkürlich ein paar Schritte weiter, dann drehte ich mich nach ihr um. Wieder war es, als sähe ich sie aus ungewöhnlicher Entfernung oder aus großer Höhe: eine weißhaarige Frau in einem sehr schlichten Kleid aus hellem Satin, die auf dem Boden saß, eine Frau inmitten dieser unermeßlichen Weite, die sich vom Schwarzen Meer bis zur Mongolei erstreckte und die man »die Steppe« nannte. Meine Großmutter... Ich betrachtete sie aus jener unerklärlichen Distanz, die ich am Vorabend für eine Art optische

Täuschung gehalten und meiner angespannten Gemütsver-
fassung zugeschrieben hatte. Ich glaubte, die schwindelerregende Fremdheit spüren zu können, die Charlotte häufig
empfinden mußte: fast die Fremdheit einer Außerirdischen.
Da saß sie nun unter diesem violetten Himmel und schien
im malvenfarbenen Gras ganz allein auf diesem Planeten zu
sein. Über ihr gingen die ersten Sterne auf. Und ihr Frankreich, ihre Jugend war weiter entfernt als dieser bleiche
Mond – sie hatte sie in einem anderen Sternsystem, unter
einem anderen Himmel zurückgelassen ...
Sie schaute auf. Ihre Augen schienen mir größer als sonst.
Sie sprach französisch, und es klang wie der Nachhall einer
letzten Botschaft aus dem fernen Sternsystem.
»Weißt du, Aljoscha, manchmal kommt es mir vor, als be-
griffe ich nichts vom Leben in diesem Land. Als wäre ich
noch immer eine Fremde. Obwohl ich schon fast ein halbes
Jahrhundert hier lebe. Die Geschichte mit den Samowaren ... Also, das begreife ich nicht. Als sie kämpften, gab es
tatsächlich Menschen, die zuschauten und lachten!«
Sie machte Anstalten aufzustehen. Mit ausgestrecktem Arm
eilte ich ihr entgegen. Sie lächelte mir zu, als sie meine Hand
ergriff. Und während ich mich zu ihr hinunterbeugte, murmelte sie einige wenige Worte in einer solchen Entschieden-
heit und mit einem solchen Ernst, daß ich völlig verdutzt
war. Möglich, daß ich sie im Kopf ins Russische übersetzte
und sie so behalten konnte. Während Charlotte mit ihrem
Französisch alles in einem Bild auszudrücken vermochte,
blieb es mir mit einem langen Satz im Gedächtnis: Der einarmige »Samowar« sitzt mit dem Rücken an den Stamm einer
gewaltigen Fichte gelehnt und betrachtet schweigend das
Glitzern der Wellen, die hinter den Bäumen verebben.
Und in der russischen Übersetzung, die sich in mein Gedächtnis eingeschrieben hat, fügte Charlotte wie zur Recht-
fertigung hinzu:

»Und manchmal denke ich, daß ich dieses Land besser verstehe als die Russen selbst. Denn ich bewahre das Bild vom Gesicht dieses Soldaten schon so lange in mir. Am Ufer des großen Sees bekam ich nämlich eine Ahnung von seiner Einsamkeit...«

Sie stand auf und ging, auf meinen Arm gestützt, langsam weiter. Ich spürte, wie der angriffslustige und geladene Jüngling, der gestern in Saranza angekommen war, aus mir heraustrat und sich verflüchtigte.

So begann unser Sommer, der letzte Sommer, den ich in Charlottes Haus verbrachte. Am nächsten Morgen erwachte ich mit dem Gefühl, endlich zu mir gefunden zu haben. Ich war erfüllt von einer großen inneren Ruhe, meine Bitternis verschmolz mit Gelassenheit. Ich brauchte mich nicht mehr mit der französischen und der russischen Hälfte in mir herumschlagen. Ich akzeptierte sie beide.

Von nun an verbrachten wir fast jeden Tag an den Ufern der Sumra. Mit einer großen Feldflasche Wasser, Brot und Käse bepackt, brachen wir in den frühen Morgenstunden auf. Am Abend nutzten wir das erste frische Lüftchen und kehrten zurück.

Jetzt, da wir den Weg kannten, erschien er uns nicht mehr so weit. Wir entdeckten in der einförmigen, sonnendurchfluteten Steppe tausenderlei Anhaltspunkte, die uns schnell vertraut wurden. Den Granitbrocken, der mit seinem Glimmer von weitem in der Sonne funkelte. Einen Sandstreifen, der wie eine winzige Wüste aussah. Die von Brombeergestrüpp überwucherte Stelle, die man umgehen mußte. Als Saranza aus unserem Blick verschwand, wußten wir, daß sich bald die Linie des Bahndamms vom Horizont lösen würde, daß bald die Gleise schimmern würden. Und wenn wir diese Grenze erst einmal überschritten hatten, waren wir beinahe schon am Ziel, denn hinter den Schluchten, deren Gräben sich jäh in die Steppe einschnitten, gewahrten wir bereits den Fluß. Er schien auf uns zu warten ...

Charlotte ließ sich nahe am Strom im Schatten der Weiden mit einem Buch nieder. Ich schwamm und tauchte bis zur Erschöpfung, durchquerte mehrfach den flachen, nicht sehr breiten Strom. In Ufernähe reihten sich viele kleine, mit dichtem Gras bewachsene Inselchen aneinander, die gerade so viel Platz boten, daß man sich darauf ausstrecken und sich vorstellen konnte, man befände sich auf einer einsamen Insel mitten im Ozean.

Im Sand liegend, lauschte ich der unergründlichen Stille der Steppe. Unsere Gespräche ergaben sich wie von selbst, als kämen sie mit dem Funkeln der Sonne auf der Sumra und dem Rascheln der langen Weidenblätter in Gang. Charlotte hatte die Hände auf dem offenen Buch liegen, blickte über den Fluß in die von der Sonne versengte Steppe und begann zu erzählen. Mal antwortete sie auf meine Fragen, mal nahm sie ahnungsvoll vorweg, was mir auf dem Herzen lag.

Während dieser langen Nachmittage in der Steppe, wo in der Hitze jeder Halm vor Trockenheit knirschte, erfuhr ich, was man mir früher aus Charlottes Leben verheimlicht hatte. Und was mein kindlicher Verstand nicht hatte begreifen können.

Ich erfuhr, daß jener Soldat aus dem Ersten Weltkrieg, der ihr den kleinen Stein in die Hand gedrückt hatte, den wir »Verdun« nannten, tatsächlich ihre erste Liebe war, der erste Mann in ihrem Leben. Sie hatten sich allerdings nicht beim feierlichen Aufmarsch am 14. Juli 1919 kennengelernt, sondern zwei Jahre später, wenige Monate vor Charlottes Abreise nach Rußland. Ich erfuhr auch, daß dieser Soldat keinerlei Ähnlichkeit mit den Helden unserer kindlichen Vorstellungswelt aufwies, die schnauzbärtig und mit glänzenden Orden behängt waren. Es stellte sich heraus, daß er

eher mager war, ein bleiches Gesicht und einen schwer-
mütigen Blick hatte. Er hustete viel. Seine Lungen waren
während eines der ersten Gasangriffe verätzt worden. Und
er war nicht bei der großen Truppenparade aus den Reihen
getreten und auf Charlotte zugegangen, um ihr den »Verdun« zu geben, sondern hatte ihr diesen Talisman auf dem
Bahnhof überreicht, am Tag ihrer Abfahrt nach Moskau. Er
war überzeugt, sie bald wiederzusehen.

An einem dieser Tage sprach sie auch über ihre Vergewaltigung. Ihre Stimme klang ruhig, als wollte sie sagen: »Du
weißt ja sicher schon, um was es sich dabei handelt ... Es ist
wohl kein Geheimnis mehr für dich.« Mit einem lockeren
und mehrfach lässig wiederholten »Ja, ja« bestätigte ich die
Vermutung, die aus ihrer Stimme herauszuhören war. Als
ich am Ende ihrer Geschichte aufstand, hatte ich große
Angst, Charlotte verändert vorzufinden und in ein Gesicht
zu blicken, in dem die Vergewaltigung einen unauslösch-
lichen Ausdruck hinterlassen hatte. In meinem Gedächtnis
hat sich aber vor allem ihr leuchtender Blick, ihr strahlendes
Gesicht eingeprägt.
Ein Mann mit Turban in einem langen, sehr schweren Mantel, der viel zu warm ist in Anbetracht des Wüstensands
ringsum. Seine Schlitzaugen gleichen zwei Rasierklingen,
sein rundes, bronzen gebräuntes Gesicht glänzt vor
Schweiß. Er ist jung. Mit hektischen Bewegungen sucht er
nach dem Griff seines gebogenen Dolchs, den er am Gürtel
befestigt hat. Das Gewehr hängt auf der anderen Seite. Die
wenigen Sekunden scheinen nicht zu vergehen. Denn die
Wüste und der Mann mit den hastigen Bewegungen werden
durch einen kleinen Spalt gesehen, durch eine winzige Öffnung zwischen den Lidern. Eine Frau liegt am Boden, ihr
Kleid ist zerrissen, die aufgelösten Haare werden halb vom
Sand bedeckt. Sie scheint für immer mit dieser leeren Land-

schaft zu verschmelzen. Ein Rinnsal von Blut fließt über ihre linke Schläfe. Aber sie lebt. Die Kugel hat ihre Kopfhaut aufgerissen und sich in den Sand gebohrt. Der Mann verrenkt sich, um an die Waffe zu gelangen. Er möchte diesen Körper auf handfeste Weise töten – er möchte ihm die Kehle durchschneiden, damit ein Blutstrom den Sand unter ihm tränkt. Der Dolch, den er sucht, ist kurz zuvor, als er sich mit weit zurückgeschlagenen Mantelschößen auf dem geschundenen Körper der Frau abmühte, auf die andere Seite gerutscht. Wütend zerrt er an seinem Gürtel und schleudert ihr haßerfüllte Blicke ins starre Gesicht. Plötzlich hört er ein Wiehern. Er dreht sich um. Seine Kumpane galoppieren schon in der Ferne über einen Kamm. Ihre Umrisse zeichnen sich deutlich am Himmel ab. Mit einemmal kommt er sich seltsam allein vor: Außer ihm gibt es nur noch die Wüste im Abendlicht und diese im Sterben liegende Frau. Mißmutig spuckt er aus, versetzt dem reglosen Körper mit seinem spitzen Stiefel einen Tritt und springt behende wie ein Wüstenluchs in den Sattel. Als die Hufe nicht mehr zu hören sind, öffnet die Frau langsam die Augen. Und zögernd, als müßte sie es wieder lernen, beginnt sie zu atmen. Die Luft schmeckt nach Stein und Blut ...

Das Säuseln der Weiden mischte sich in Charlottes Stimme. Sie schwieg. Ich dachte an die Wut dieses jungen Usbeken: »Er mußte ihr um jeden Preis die Kehle durchschneiden, ein totes Stück Fleisch aus ihr machen!« Und mit der Schärfe meines schon männlichen Verstandes begriff ich, daß dies nicht einfach nur Grausamkeit war. Jetzt erinnerte ich mich an die ersten Minuten nach dem Liebesakt, in denen der soeben noch begehrte Körper plötzlich nutzlos wurde, in denen es unangenehm wurde, ihn zu sehen, ihn zu berühren, ja, in denen er beinahe Feindschaft heraufbeschwor. Mir fiel meine junge Gefährtin und unsere gemeinsame Nacht auf dem Floß ein: Ich war wirklich böse auf sie gewesen, weil ich sie nicht mehr begehrte, weil ich enttäuscht war, weil sie noch immer an meiner Schulter hing ... Nachdem ich diesen Gedanken zu Ende gedacht hatte und der erschreckende und zugleich reizvolle, männliche Egoismus nackt vor meinen Augen stand, kam ich zu dem Schluß: »Eigentlich müßte die Frau nach dem Liebesakt verschwinden!« Und ich hatte wieder das Bild der hektisch nach dem Dolch suchenden Hand vor mir.

Mit einem Satz war ich auf den Beinen und drehte mich zu Charlotte um. Ich wollte von ihr eine Antwort auf die Frage, die mich seit Monaten quälte und die ich mir tausendmal gestellt hatte: »Sag mir mit einem Wort, mit einem Satz: Was ist Liebe?«

Doch Charlotte, die sicherlich glaubte, eine folgerichtigere Frage vorwegzunehmen, ergriff als erste das Wort.

»Und weißt du, was mich gerettet hat? Oder vielmehr, wer mich gerettet hat ... Hat man dir das auch erzählt?«

Ich sah sie an. Nein, der Bericht von der Vergewaltigung hatte keine Spuren auf ihrem Gesicht hinterlassen. Nur das zitternde Lichtspiel von Schatten und Sonne in den Blättern der Weiden überzog ihr Gesicht.

Eine »Saiga« hatte sie gerettet, eine jener Wüstenantilopen mit riesigen, einem gestutzten Elefantenrüssel gleichenden Nüstern und einem – in erstaunlichem Gegensatz dazu stehenden – scheuen, zärtlichen Blick. Charlotte hatte ihre Herden oft durch die Wüste springen sehen ... Als sie schließlich wieder aufstehen konnte, erblickte sie eine Saiga, die langsam eine Düne erklomm. Ohne nachzudenken, ganz instinktiv, folgte Charlotte ihr – das Tier war der einzige Anhaltspunkt in dieser endlosen Hügellandschaft aus Sand. Wie im Traum (über der Wüste dieselbe trügerische, fliederfarbene Leere) gelang es ihr, sich dem Tier zu nähern. Die Saiga floh nicht. Im Zwielicht des Sonnenuntergangs sah Charlotte schwarze Flecken im Sand. Es war Blut. Das Tier sank zu Boden, warf heftig den Kopf herum und riß sich

248

wieder hoch, schwankte auf seinen langen, zitternden Beinen und machte einige wilde Sprünge. Dann brach es erneut zusammen. Es war tödlich verwundet. Vielleicht von den Männern, die auch sie beinahe getötet hatten. Es war Frühling. Die Nacht war eisig kalt. Charlotte kauerte sich zusammen und schmiegte sich an den Rücken des Tieres. Die Saiga rührte sich nicht mehr. Ein Beben zog mehrfach über ihre Haut. Ihr pfeifender Atem klang wie das Seufzen eines Menschen, wie ein Flüstern. Starr vor Kälte und Schmerz, wurde Charlotte immer wieder von diesem Murmeln geweckt: Was wollte das Tier ihr wohl sagen? Einmal, als sie mitten in der Nacht erwachte, wunderte sie sich über etwas, das in ihrer unmittelbaren Nähe im Sand funkelte. Wie ein Stern, der vom Himmel gefallen war... Charlotte beugte sich zu diesem schimmernden Fleck. Sie sah in das große, offene Auge der Saiga – ein wunderschönes, zartes Sternbild spiegelte sich in diesem Kosmos voll Tränen... Sie bemerkte nicht, wann das Herz dieses Wesens, dem sie ihr Leben verdankte, zu schlagen aufhörte... Am Morgen glänzte Reif über der Wüste. Charlotte blieb eine Weile bei dem reglosen, von weißen Kristallen überzogenen Körper stehen. Dann erklomm sie langsam die Düne, an der das Tier am Vorabend gescheitert war. Als sie den Kamm erreicht hatte, stieß sie ein »Ah« hervor, das durch den Morgen hallte. Zu ihren Füßen lag ein See im rosafarbenen Licht der ersten Sonnenstrahlen. Dorthin hatte es die Saiga gezogen. Noch am selben Abend fand man Charlotte an seinem Ufer.

Als sie bei Anbruch der Nacht durch die Straßen von Saranza gingen, erzählte Charlotte noch von einem rührenden Nachspiel ihrer Geschichte.

»Dein Großvater«, sagte sie kaum hörbar, »hat diese Geschichte nie erwähnt. Niemals... Und er liebte Sergej, deinen Onkel, wie seinen eigenen Sohn. Vielleicht sogar noch mehr. Es ist hart für einen Mann, wenn er es hinnehmen muß, daß sein erstes Kind aus einer Vergewaltigung stammt. Besonders weil Sergej, wie du weißt, keinem in der Familie ähnlich sieht. Aber er hat es nie erwähnt . . .«

Ich merkte, wie ihre Stimme leicht zitterte. »Sie liebte Fjodor«, dachte ich. »Durch ihn wurde dieses Land, in dem sie so viel gelitten hat, zu dem ihren. Und sie liebt ihn noch immer. Nach so vielen Jahren der Trennung. Sie liebt ihn, wenn sie bei Nacht über die Steppe in die endlose Weite Rußlands blickt. Sie liebt ihn.«

Wieder erkannte ich die Liebe in ihrer ganzen schmerzhaften Schlichtheit. Sie war unerklärlich. Unaussprechlich. Wie der Schimmer eines Sternbilds im Auge eines verwundeten Tieres in der von Eis überzogenen Wüste.

Als ich mich durch Zufall einmal versprach, wurde ich auf die verwirrende Tatsache gestoßen, daß ich nicht mehr dasselbe Französisch sprach wie früher . . .

Ich stellte Charlotte eine Frage und verhaspelte mich dabei. Wahrscheinlich war ich über eines jener Wortpaare gestolpert, die sich zum Verwechseln ähnlich sind und von denen es im Französischen viele gibt. Es waren Wortzwillinge wie »*percepteur – précepteur*« (Finanzbeamter und Hauslehrer) oder »*discerner – décerner*« (erkennen – zuerkennen). Wenn ich früher solche Wörter verwechselt hatte und heimtückischen Doppeln wie jenem gewagten »*luxe – luxure*«(Pracht und Wollust) auf den Leim gegangen war, erntete ich den Spott meiner Schwester, und Charlotte verbesserte mich verständnisvoll . . .

Diesmal brauchte ich niemanden, der mir das richtige Wort einflüsterte. Nach kurzem Zögern verbesserte ich mich selbst. Viel stärker als dieses kurze Schwanken war die überraschende Einsicht, daß ich gerade eine Fremdsprache sprach!

Also waren die Monate des Aufbegehrens nicht ohne Folgen

250

geblieben. Nicht, daß es mir fortan schwerer gefallen wäre, mich französisch auszudrücken. Aber es gab einen Bruch. Als Kind tauchte ich in die Klangfülle von Charlottes Sprache ein. Ich schwamm darin, ohne mich zu fragen, warum dieser Farbfleck im Gras, dieses bunte, duftende, kräftige Leuchten einmal männlich war und durch seinen Namen *zwetok* anscheinend eine raschelnde, zerbrechliche, kristallene Beschaffenheit zugeschrieben bekam, und warum es ein anderes Mal – wenn es zu einer *fleur*, zu einer »Blume« wurde – in eine wollene, samtweiche weibliche Aura gebettet war.

Später fiel mir dazu die Geschichte von dem Tausendfüßler ein, der, nach seiner Tanztechnik befragt, sofort über seine zahllosen Beine stolperte, die er sonst unwillkürlich richtig eingesetzt hatte.

Mein Fall war nicht ganz so hoffnungslos. Seit dem Tag, an dem ich einen Versprecher selbst verbessert hatte, stellte sich mir unumgänglich die Frage nach der »Technik«. Ich bediente mich des Französischen jetzt wie eines Werkzeugs, dessen Wirkung ich abschätzte. Ja, es war ein von mir unabhängiges Werkzeug, und wenn ich es zur Hand nahm, machte ich mir von Zeit zu Zeit klar, welche Besonderheiten in seiner Verwendung lagen.

So verwirrend meine Entdeckung auch war, sie verlieh mir einen scharfen Sinn für Stilfragen. Dieses geschliffene, ausgefeilte Sprachwerkzeug einzusetzen, hieß nichts anderes – so sagte ich mir, – als in der Sprache der Literatur zu reden. In den Anekdoten aus Frankreich, mit denen ich das Jahr über meine Mitschüler unterhielt, hatte ich bereits den ersten Ansatz zu einer literarischen Ausdrucksweise bemerkt: Hatte ich sie nicht mal so und mal so erzählt, um mal den »Proletariern«, mal den »Ästheten« zu gefallen? Die Literatur erwies sich als ein ständiges Staunen angesichts des endlosen Redeflusses, in dem die Welt zerging. Französisch, meine »Großmuttersprache«, war für mich, wie ich nunmehr erkannte, die Sprache, in der dieses Staunen besonders lebendig war.

Ja, seit diesem längst verflossenen Tag am Ufer eines kleinen, sich irgendwo durch die Steppe ziehenden Flusses kommt es vor, daß ich mich mitten in einem auf französisch geführten Gespräch daran erinnere, welches Befremden mich damals ergriff: Eine grauhaarige Dame mit großen, ruhigen Augen sitzt mit ihrem Enkel in einer menschenleeren, von der Sonne versengten Ebene, die in ihrer unermeßlichen Abgeschiedenheit nicht russischer sein könnte, und sie unterhalten sich auf französisch, als wäre es die natürlichste Sache der Welt... Die Szene tritt mir vor Augen, verwundert höre ich mich französisch reden, ich gerate ins Stottern, ich könnte mein Französisch an den Nagel hängen. Seltsamerweise oder vielmehr logischerweise natürlich, sehe und spüre ich es am allerdeutlichsten genau in den Momenten, in denen ich zwischen beiden Sprachen stehe.

Es war vielleicht am selben Tag, an dem ich »Hauslehrer« statt »Finanzbeamter« sagte und damit in das stumme Zwischenreich der Sprachen trat, als ich Charlottes Schönheit entdeckte...

Mir ein Bild von ihrer Schönheit zu machen, schien mir zuerst etwas Unerhörtes. Im damaligen Rußland verwandelte sich jede Frau, die die Fünfzig überschritt, in eine »Babuschka« – in ein Wesen, über dessen Weiblichkeit und erst recht über dessen Schönheit sich Gedanken zu machen, verrückt gewesen wäre. Es war unmöglich zu sagen: »Meine Großmutter ist schön.«

Charlotte muß damals ungefähr vierundsechzig oder fünfundsechzig gewesen sein. Und dennoch war sie schön, wenn sie lesend unter Weiden an der steilen und sandigen Böschung der Sumra saß, wenn die Sonne durch die Zweige schien und ihr Kleid mit einem Netz aus Schatten und Licht überzog. Ihr graues Haar hatte sie im Nacken zusammengebunden. Von Zeit zu Zeit ruhten ihre Augen mit einem leichten Lächeln auf mir. Ich versuchte zu begreifen, was an diesem Gesicht, an diesem überaus schlichten Kleid eine solche Schönheit ausstrahlte, daß es mir fast peinlich war, sie zu bemerken.

Nein, Charlotte war keine »Frau ohne Alter«. In ihren Zügen war nichts von der ängstlichen Schönheit eines »gepflegten« Gesichts zu sehen, wie es für Frauen typisch ist, die ständig im Kampf gegen ihre Falten liegen. Sie versuchte nicht, ihr Alter zu verbergen. Doch das Altern bewirkte bei ihr nicht dieses Zusammenziehen, das die Gesichter ausmergelt und den Körper abzehrt. Mein zärtlicher Blick umfing den silbernen Schimmer ihres Haars, die Linien in ihrem Gesicht, ihre leicht gebräunten Arme, ihre nackten Füße, die fast das träge dahinfließende Wasser der Sumra berührten... Und mit ungewöhnlicher Wonne bemerkte ich, wie die Lichtflecken, die von den durch das Blätterwerk dringenden Sonnenstrahlen gemalt wurden, auf dem geblümten Stoff ihres Kleides verschwammen. Die Umrisse ihres Körpers verloren sich unmerklich in der strahlenden Helligkeit, die sie umgab, die Farbe ihrer Augen löste sich wie bei einem Aquarell im leuchtenden Blau des Himmels auf, und wenn sie die Seiten umblätterte, nahmen die Bewegungen ihrer Finger das Wiegen der langen Weidenzweige auf. Das Geheimnis ihrer Schönheit lag also in diesem Ineinanderfließen!

Ihr Gesicht, ihr Körper zogen sich nicht aus Angst vor dem beginnenden Alter zusammen, sondern waren erfüllt von Wind und Sonne, von den herben Düften der Steppe, von der Frische unter den Weiden. Durch ihre Anwesenheit fand diese menschenleere Weite zu einer erstaunlichen Harmonie. Charlotte war da, und in der Einöde der von der Hitze versengten Ebene stellte sich ein unbegreiflicher Gleichklang ein: das Singen des Windes, der strenge Geruch des feuchten Lehms und der würzige Duft trockenen Grases, das Spiel aus Licht und Schatten unter den Zweigen. Ein einzigartiger Augenblick, der sich in der unterschiedslosen Abfolge der Tage, Jahre und Zeiten nicht wiederholen könnte ...

Ein Augenblick, der nicht verging.

Zuerst entdeckte ich Charlottes Schönheit. Und fast zur gleichen Zeit ihre Einsamkeit.

An jenem Tag saß ich an der Böschung und hörte ihr aufmerksam zu. Sie sprach über das Buch, das sie zu unseren Ausflügen mitnahm. Seit meinem Versprecher achtete ich bei unseren Gesprächen stets darauf, wie meine Großmutter sich in der französischen Sprache ausdrückte. Ich verglich ihre Wortwahl mit den Autoren, die ich las, und ebenso mit den wenigen französischen Zeitungen, die in unser Land kamen. Ich war mit allen Besonderheiten ihres Französisch vertraut, kannte ihre Lieblingswendungen, ihre eigene Art, Sätze zu bilden, ihren Wortschatz und sogar die Patina der Zeit, die ihre Rede charakterisierte – die Färbung der »Belle Epoque« ...

Diesmal hatte ich neben all den linguistischen Beobachtungen einen überraschenden Einfall: »Diese Sprache ist seit nunmehr einem halben Jahrhundert von ihrer Welt vollkommen abgeschnitten, sie wird kaum gesprochen und kämpft sich wie eine Pflanze, die auf einem nackten Felsen Wurzeln schlagen will, durch eine Wirklichkeit, die ihrem Wesen fremd ist ...« Und dennoch hatte Charlottes Französisch eine außerordentliche Kraft bewahrt, eine reine, geballte Kraft, und die bernsteinerne Klarheit eines alten Weins. Diese Sprache hatte sibirische Schneestürme und den brennenden Sand der zentralasiatischen Wüste überdauert. Und auch diese Landschaft am Ufer des Flusses in der endlosen Steppe war von ihrem Klang erfüllt ...

Jetzt wußte ich um die Einsamkeit dieser Frau, die sich mir in ihrer erschütternden und alltäglichen Schlichtheit zeigte. »Sie hat niemanden, mit dem sie sprechen kann ...«, dachte ich bestürzt: »Niemanden, mit dem sie französisch sprechen kann ...« Plötzlich verstand ich, welche Bedeutung die wenigen Wochen für Charlotte haben mußten, die wir jeden Sommer gemeinsam verbrachten. Mir wurde klar, daß jenes Französisch, dieses Weben von Sätzen, das mir so natürlich erschien, für ein ganzes Jahr erstarrte, sobald ich abreiste, und daß es vom Russischen, vom Rascheln der Seiten und von der Stille ersetzt wurde. Dann ging Charlotte einsam durch die düsteren, verschneiten Straßen von Saranza ...

Am nächsten Tag war ich bei einem Gespräch zwischen meiner Großmutter und Gawrilitsch zugegen, dem Trunkenbold und Stein des Anstoßes im Hinterhof. Die Bank der Babuschkas war leer – sie waren wohl geflohen, als sie ihn kommen sahen. Die Kinder versteckten sich hinter den Pappeln. Aus ihren Fenstern schauten die Bewohner des Hauses neugierig in die Arena: Wagte es diese seltsame Französin doch, das Ungeheuer anzusprechen. Wieder fiel mir ein, wie einsam meine Großmutter war. In meinen Augen spürte ich ein leichtes Zucken: »Das ist also ihr Leben: dieser Innenhof, der versoffene Gawrilitsch, diese riesige, schwarze Isba gegenüber mit all den Familien, die dort zusammengepfercht wohnen ...« Charlotte kam herein. Sie keuchte ein wenig, aber sie lächelte, und in ihren Augen standen Tränen der Freude.

»Weißt du«, fragte sie auf russisch, als hätte sie nicht genügend Zeit gehabt, von einer Sprache zur anderen zu wechseln, »worüber ich mich mit Gawrilitsch unterhalten habe? Über den Krieg. Er hat bei der Verteidigung von Stalingrad am selben Frontabschnitt gekämpft wie dein Vater. Er erzählt mir oft davon. Heute hat er von einer Schlacht an der Wolga berichtet. Sie wollten von den Deutschen einen Hügel zurückerobern. Er sagte, er habe nie zuvor ein solches Durcheinander aus brennenden Panzern, zerrissenen Leibern und blutiger Erde gesehen. Am Abend gehörte er zu dem Dutzend Überlebender, die auf dem Hügel übriggeblieben waren. Er stieg zur Wolga hinunter, denn er kam um vor Durst. Dort, am Ufer, erblickte er das vollkommen ruhige Wasser, den weißen Sand, das Schilf und die Fischbrut, die schnell Reißaus nahm, als er sich zeigte. Er fühlte sich wie in seiner Kindheit, in seinem Dorf...«

Je mehr ich ihr zuhörte, desto weniger erschien mir Rußland, das Land ihrer Einsamkeit, unvereinbar mit ihrem »Franzosentum«. Tief bewegt dachte ich, daß der große, betrunkene Mann mit dem bitteren Gesicht, dieser Gawrilitsch, es niemals gewagt hätte, jemand anderem seine Gefühle mitzuteilen. Man hätte ihm ins Gesicht gelacht: Erst Stalingrad und der Krieg, dann plötzlich Schilf und Fischbrut! Keiner auf dem Hof hätte sich überhaupt die Mühe gemacht, ihm zuzuhören – was hat ein Betrunkener schon Wichtiges zu erzählen? Er hatte mit Charlotte darüber gesprochen. Er hatte ihr vertraut, konnte sicher sein, von ihr verstanden zu werden. In diesem Augenblick verband ihn mehr mit dieser Französin als mit all den anderen Hausbewohnern, die ihn, stets auf ein kostenloses Spektakel erpicht, nur begafften. Er hatte sie aus düsteren Augenwinkeln fixiert und bei sich geraunt: »Da sind sie – wie im Zirkus...« Plötzlich hatte er Charlotte mit einer Einkaufstasche über den Hof kommen sehen. Er hatte Haltung angenommen und sie gegrüßt. Kurz darauf hatte er mit schlagartig aufgeheiterter Miene zu erzählen begonnen: »Und wissen Sie was, Charlotta Nobertowna? Unter unseren Füßen war keine Erde mehr, wir standen auf zerstückelten Leibern. So was hatte ich seit Kriegsbeginn noch nicht erlebt. Und am Abend, als wir die Deutschen besiegt hatten, bin ich zur Wolga runtergegangen. Und dort, was soll ich sagen...«

Als wir am frühen Morgen aufbrachen, kamen wir an der großen, schwarzen Isba vorbei. Sie dröhnte schon vom Lärm ihrer Bewohner. Man hörte das wütende Zischen von Öl auf einem Herd, eine Frau und ein Mann stritten lautstark miteinander, Stimmen schwirrten durcheinander, und aus verschiedenen Radios erklang Musik... Ich zog spöttisch die Brauen hoch und warf Charlotte einen kurzen Blick zu. Sie begriff auf der Stelle, was mein Lächeln besagen sollte. Doch der große, munter werdende Ameisenhaufen schien sie nicht zu interessieren.

Erst als wir die Steppe erreichten, unterhielt sie sich mit mir.

»Im letzten Winter«, sagte sie auf französisch, »habe ich der guten alten Frossia einmal Medikamente gebracht. Du weißt schon, die Babuschka, die immer als erste verschwindet, wenn Gawrilitsch auftaucht. Es war eiskalt an dem Tag. Und ich hatte Mühe, die Haustür aufzudrücken...«

Charlotte erzählte weiter, und während ihre schlichten Worte den Klang, den Duft und die matten, nebligen Farben der kalten Tage annahmen, staunte ich immer mehr. Sie rüttelte an der Türklinke, bis die Tür mit einem durchdringenden Knirschen nachgab, wobei die Umrahmung aus Eis zerbarst. Beim Eintritt in das große Holzhaus stand sie vor einer Treppe, die über die Jahre schwarz geworden war. Die Stufen unter ihren Schritten ächzten kläglich. Die Flure waren vollgestellt mit alten Schränken, großen Pappkartons, die an den Wänden aufgestapelt waren, Fahrrädern. Matte Spiegel boten unerwartete Einblicke in diesen höhlenartigen Kosmos. Der Duft von verbranntem Holz schwebte in den dunklen Gängen und mischte sich unter die Kälte, die Charlotte in ihren Mantelfalten mitbrachte... Am Ende eines Flurs im ersten Stock sah meine Großmutter eine junge Frau mit einem Baby auf dem Arm. Sie stand bei einem von Eisspiralen überzogenen Fenster. Reglos, mit leicht gesenktem Haupt, sah sie in die tanzenden Flammen eines großen Ofens, der mit geöffneter Tür in einer Ecke des Flurs stand. Hinter der vereisten Fensterscheibe erlosch blau und klar das winterliche Abendlicht.

Charlotte hielt einen Moment inne, dann fuhr sie mit zögernder Stimme fort:

»Weißt du, es war sicher nur Einbildung, aber ihr Gesicht war so blaß, hatte so feine Züge . . . Dieselben Linien wie die Eisblumen auf der Scheibe. Ja, als hätten sie sich von den Eisblumen auf der Scheibe gelöst. Nie zuvor hatte ich eine so zerbrechliche Schönheit gesehen. Wie eine auf Eis gemalte Ikone . . .«

Wir gingen lange Zeit schweigend nebeneinander her. Die Grillen zirpten laut, und allmählich öffnete sich die Steppe vor uns. Doch weder ihr spröder Klang noch ihre Hitze hinderten mich, weiter die eisige Luft der großen, schwarzen Isba in meiner Lunge zu bewahren. Ich sah das mit dem Reif überzogene Fenster, das blaue Schimmern der Kristalle, die junge Frau mit ihrem Kind. Charlotte hatte französisch gesprochen. Die französische Sprache war bis in diese Isba vorgedrungen, die mir wegen ihres finsteren, bedrückenden und sehr russischen Innenlebens immer unheimlich war. Und dort, in den tiefsten Winkeln, erstrahlte ein Fenster im Licht. Ja, sie hatte auf französisch davon erzählt. Sie hätte ebensogut russisch sprechen können. Das hätte diesem Moment, den sie heraufbeschworen hatte, keinen Abbruch getan. Also gab es eine Sprache, die dazwischen vermittelte, eine Sprache, die universell war! Wieder kam mir diese Welt, dieses Reich zwischen den Sprachen in den Sinn, die ich dank meines Versprechers entdeckt hatte, die »Sprache des Staunens« . . .

An diesem Tag ging mir zum erstenmal der begeisternde Gedanke durch den Kopf: »Könnte man diese Sprache nicht schreibend ausdrücken?«

258

Eines Nachmittags, als wir am Ufer der Sumra saßen, ertappte ich mich bei dem Gedanken an Charlottes Tod. Oder vielmehr dachte ich im Gegenteil an die Unmöglichkeit ihres Todes...

Die Hitze war an diesem Tag besonders drückend gewesen. Charlotte hatte ihre Leinenschuhe ausgezogen, raffte ihr Kleid bis zu den Knien hoch und watete im Wasser. Von einer der kleinen Inseln sah ich zu, wie sie den Fluß hinunterging. Wieder kam es mir vor, als beobachtete ich sie, die Steppe und den Fluß mit seinem weißen Sand aus ungeheurer Ferne. Ja, als säße ich im Korb eines Heißluftballons. In späterer Zeit erfuhr ich, daß wir auf diese Weise Orte und Gesichter betrachten, die wir unbewußt bereits in die Vergangenheit versetzt haben. Ja, ich sah ihr aus dieser vermeintlichen Distanz zu, aus dieser Zukunft, der all meine jungen Kräfte entgegenstrebten. Mit der verträumten Unbekümmertheit eines jungen Mädchens watete sie durch das Wasser. Ihr Buch lag aufgeschlagen unter den Weiden im Gras. Plötzlich stand Charlottes ganzes Leben in strahlender Helligkeit vor mir. Es war wie eine Serie von zuckenden Lichtblitzen: Frankreich zu Beginn des Jahrhunderts, Sibirien, die Wüste, dann wieder endlose Schneegestöber, der Krieg, Saranza... Ich hatte nie zuvor die Möglichkeit gehabt, das Leben eines Menschen auf diese Weise – von seinem Anfang bis zu seinem Ende – zu überblicken und zu sagen: Dieses Leben ist vollbracht. Es würde in Charlottes Leben nichts anderes mehr geben als Saranza, die Steppe und – den Tod.

Ich richtete mich auf meiner kleinen Insel auf und starrte dieser Frau nach, die gemächlich im Strom der Sumra watete. Da überkam mich ein Glücksgefühl, wie ich es nie zuvor gekannt hatte. Ich flüsterte: »Nein, sie wird nicht sterben.« Im gleichen Augenblick drängte es mich zu begreifen, woher ich diese Gewißheit jenseits meiner Gefühle nahm, woher ich dieses Vertrauen schöpfte. Hatte nicht gerade dieses Jahr im Zeichen des Todes meiner Eltern gestanden?

Doch statt zu einer vernünftigen Erklärung zu gelangen, sprudelte in einem überwältigenden Durcheinander eine Flut von Eindrücken an mir vorüber: ein Vormittag, an dem im Paris meiner Träume die Sonne durch den dichten Nebel stach, der nach Lavendel duftende Wind, der sich in einem Eisenbahnwaggon verfing, der Pfiff der Kukuschka in der lauen Abendluft, der weit zurückliegende Augenblick, als Charlotte in einer schrecklichen Kriegsnacht den ersten Schnee fallen sah, dazu das Bild, das sich mir gerade bot – diese zierliche Frau mit ihrem weißen Tuch über dem grauen Haar, eine Frau, die gedankenverloren im klaren Wasser eines Flusses spaziert, der durch die grenzenlose Steppe fließt ...

Einerseits kamen mir diese Bilder flüchtig vor, andererseits hatten sie den Charakter von Ewigkeit. Ich fühlte eine berauschende Gewißheit: Sie verhinderten auf geheimnisvolle Weise Charlottes Tod. Ich ahnte, daß die Begegnung in der finsteren Isba, diese junge Frau vor dem vereisten Fenster – die auf Eis gemalte Ikone –, daß selbst die Erzählung Gawrilitschs, das Schilf, die Fischbrut an einem Abend im Krieg, ja, daß sogar diese kurzen Lichtblicke dazu beitrugen, daß der Tod sie nicht auslöschen würde. Und das Wundervollste war: Es brauchte nicht bewiesen, erklärt oder aufgezeigt zu werden. Ich schaute Charlotte zu, die ans Ufer zurückkehrte, um sich an ihren Lieblingsplatz unter den Weiden zu setzen, und ich wiederholte mir, als wäre es eine sofort einleuchtende Tatsache: »Nein, all diese Momente werden nie vergehen.«

Als ich zu ihr zurückkehrte, sah meine Großmutter zu mir auf und sagte:

»Heute morgen habe ich zwei unterschiedliche Übersetzungen eines Sonetts von Baudelaire abgeschrieben. Ich möchte sie dir gerne vorlesen. Es wird dir Spaß machen.«

Ich dachte, es würde sich wieder um eine jener stilistischen Sonderbarkeiten handeln, die Charlotte gerne für mich aus ihren Büchern herausfischte, um mich darüber rätseln zu lassen. Ich nahm meinen Kopf zusammen, wollte ihr zeigen, wie gut ich französisch sprach. Ich konnte beim besten Willen nicht ahnen, daß dieses Sonett von Baudelaire eine echte Befreiung für mich sein würde.

Ich kann nicht leugnen, daß die Sehnsucht nach einer Frau in diesem Sommer wie ein ständiger Druck auf all meinen Sinnen lastete. Ohne mir darüber bewußt zu sein, durchlebte ich die schmerzvolle Übergangszeit von der allerersten körperlichen Liebe, die häufig kaum mehr als eine kurze Begegnung ist, zu den Liebesbeziehungen, die folgen würden. Dieser Übergang kann mitunter schwieriger sein als der von der Unschuld zur ersten Begegnung mit einem weiblichen Körper.

Selbst in einem gottverdammten Nest wie Saranza war diese vielgestaltige, nicht faßbare und in zahllosen Ausführungen auftretende Frau auf seltsame Weise gegenwärtig. Leiser, unaufdringlicher als in den großen Städten, aber um so aufreizender. Dieses Mädchen etwa, das mir eines Tages bei glühender Hitze auf einer menschenleeren, staubigen Straße begegnete. Sie war groß, gut gebaut, von jener vor Gesundheit strotzenden Stämmigkeit, wie man sie häufig auf dem Lande antrifft. Die Bluse spannte über ihren vollen, runden Brüsten. Ihr Minirock schmiegte sich an ihre drallen Oberschenkel. Wegen der spitzen Absätze ihrer weißen Lackschuhe wirkte ihr Gang ein wenig geziert. Die modische Kleidung, das geschminkte Gesicht und ihr eckiger Gang, vor allem aber die in ihrer körperlichen Üppigkeit und in ihren Bewegungen fast tierische Sinnlichkeit verliehen ihrer Erscheinung auf der verlassenen Straße einen surrealen Charakter. Und das am hellen Nachmittag, bei dieser betäubenden Hitze! In einer vor sich hinschlummernden Kleinstadt! Warum? Wozu? Ich konnte es mir nicht verkneifen, mich verstohlen nach ihr umzusehen. Ja, ihr nachzublicken, ihren strammen, braun glänzenden Waden, ihren Schenkeln, den beiden Hälften ihres Hinterns, die sich geschmeidig bei jedem Schritt hoben. Ich war wie vor den Kopf gestoßen, denn folglich mußte es in diesem ausgestorbenen Saranza ein Zimmer, ein Bett geben, in dem dieser Körper sich ausstreckte und mit gespreizten Beinen einen anderen Körper empfing. Ein naheliegender Gedanke, der mich aber in grenzenlose Verblüffung stürzte. Wie selbstverständlich und unerhört zugleich das alles doch war!

Oder auch der nackte Arm einer Frau, der sich eines Abends hinter einem Fenster zeigte. Es war in einer gewundenen, von starr herabhängendem Blattwerk überwölbten Gasse: Plötzlich bewegte sich dieser bis zur Schulter entblößte, schneeweiße, sehr rundliche Arm einige Sekunden auf und ab, um den Mousseline-Vorhang vor einem dunklen Zimmer zuzuziehen. Und durch eine mir damals noch unbekannte hellsichtige Eingebung hatte ich die erwartungsvolle Ungeduld dieser Bewegung begriffen, hatte ich verstanden, was hinter dem Fenster auf die Frau wartete, die mit nacktem Arm den Vorhang zuzog... Ich hatte die Kühle und Glätte ihres Arms sogar auf meinen Lippen gespürt.

Bei jeder dieser Begegnungen hallte eine eindringliche Stimme wider: Du mußt diese Unbekannten auf der Stelle verführen, du mußt sie einfach haben, ihren Körper in den Reigen der von dir begehrten Frauen aufnehmen. Und jede verpaßte Gelegenheit war eine Niederlage, ein unwiederbringlicher Verlust, eine Leerstelle, die andere Frauen nur teilweise ausfüllen konnten. In solchen Augenblicken war mein Begehren kaum auszuhalten!

Ich hatte es nie gewagt, dieses Thema bei Charlotte anzuschneiden. Geschweige denn, mit ihr über die zweigeteilte

Frau auf dem Kahn oder über meine Nacht mit der betrunkenen jungen Tänzerin zu sprechen. Doch bestimmt ahnte sie von sich aus, was mich bedrückte. Denn ohne sich das geringste Bild von dieser durch die Bullaugen beobachteten Prostituierten oder von dem rothaarigen Mädchen auf der alten Fähre machen zu können, erkannte sie, wie mir scheint, mit großer Genauigkeit, wie es um meine Erfahrung in Sachen Liebe stand. Durch meine Fragen, mein Ausweichen, meine vorgetäuschte Gleichgültigkeit gegenüber einigen heiklen Themen und sogar durch mein Schweigen vermittelte ich ihr unbewußt das Bild eines Anfängers in der Liebe. Doch ich merkte nichts davon, wie jemand, der vergißt, daß der Schatten an der Wand die Handgriffe verrät, die er verbergen wollte.

Als ich Charlotte über Baudelaire sprechen hörte, hielt ich es daher für eine zufällige Übereinstimmung, daß in der ersten Strophe seines Sonetts die Gegenwart einer Frau angedeutet wird:

> *Wenn ich gesenkten Lids im Herbst in warmer Nacht*
> *Die Rüche deines heißen Busens atmend sauge,*
> *Entfalten selige Küsten sich vor meinem Auge,*
> *Die regungsloser Sonne Gleißen angefacht.*

»Siehst du«, fuhr meine Großmutter teils russisch, teils französisch fort, denn jetzt verglich sie die Übersetzungen, »bei Brussow wird aus dem ersten Vers: An einem Herbstabend, mit geschlossenen Augen ... etc. Bei Balmont: Wenn ich geschlossenen Auges an einem schwülen Sommerabend ... Mir scheint, beide machen es sich zu leicht mit Baudelaire. Denn in seinem Sonett ist dieser »warme Herbstabend« ein ganz besonderer Augenblick, ja, dieser überraschend warme Abend mitten im Herbst ist fast eine Gnade, ein einzigartiger Lichtblick in einer Zeit von Regenfällen und Lebensnöten. In ihrer Übersetzung haben sie den Gedanken Baudelaires verstümmelt: »An einem Herbstabend« oder »an einem schwülen Sommerabend« ist geistlos, oberflächlich. Bei ihm hingegen birgt dieser Moment einen Zauber, der an die milden Tage im Spätsommer erinnert ...«

Charlotte gab ihrem Kommentar wie immer den Anschein von Laienhaftigkeit, um ihr häufig weitreichendes Wissen zu verschleiern, denn sie fürchtete, es könnte der Eindruck entstehen, sie bilde sich etwas darauf ein. Aber ich hörte nur den Klang ihrer mal russisch, mal französisch sprechenden Stimme.

Statt der Besessenheit vom weiblichen Körper, von der allgegenwärtigen Frau, die mich in ihren unerschöpflich vielen Gestalten bestürmte, fühlte ich nun eine große Erleichterung. Eine Klarheit wie in jenem »Herbst in warmer Nacht«. Und die innere Gelassenheit, die sich einstellt, wenn man beinahe wehmütig den schönen Körper einer Frau betrachtet, die sich nach der Liebe in matter, glücklicher Zufriedenheit ausstreckt. Einen nackten Körper, dessen Anblick eine Kette von Erinnerungen auslöst, Erinnerungen an Düfte, an Lichter ...

Der Fluß schwoll schon an, bevor der Sturm unseren Platz erreichte. Wir rafften uns erst auf, als wir die Weiden unter dem Wind in ihrem Wurzelwerk ächzen hörten. Der Himmel färbte sich violett, dann schwarz. Das Gras richtete sich auf, die Steppe erstarrte und bot nunmehr gleißende aschgraue Ansichten. Ein würziger, scharfer Geruch und die Kälte der ersten Regenschauer durchdrangen uns. Und während Charlotte das Handtuch zusammenfaltete, auf dem wir zu Mittag gegessen hatten, beendete sie ihre Ausführungen:

»Aber am Schluß, im letzten Vers, zeigt sich in der Übersetzung ein echtes Paradox. Brussow übertrifft Baudelaire!

Baudelaire spricht nämlich von Matrosenliedern auf jener Insel, die aus den »Rüchen deines heißen Busens« geboren ist. In seiner Übersetzung gibt Brussow dies als die »in mehreren Sprachen schmetternden Matrosenstimmen« wieder. Das Herrliche daran ist, daß man im Russischen nur ein Adjektiv braucht, um dies auszudrücken. Man muß zugeben, diese in mehreren Sprachen schmetternden Matrosenstimmen sind bei weitem lebendiger als die ein wenig abgeschmackte Romantik der Matrosenlieder. Es bestätigt, was wir neulich festgestellt haben: Der Übersetzer von Prosa ist Sklave des Autors, der Übersetzer von Gedichten ist sein Rivale. Übrigens gibt es in diesem Sonett ...«

Sie konnte den Satz nicht mehr beenden. Unter unseren Füßen begann das Wasser zu rinnen und schwemmte meine Kleider, einige Blatt Papier und einen von Charlottes Leinenschuhen weg. Der von Regen schwere Himmel ergoß sich über die Steppe. Wir beeilten uns, zu retten, was noch zu retten war. Ich packte meine Hose, mein Hemd, die glücklicherweise beim Abdriften in den Zweigen der Weiden hängengeblieben waren, und mit knapper Not konnte ich auch Charlottes Leinenschuh aus dem Wasser fischen. Dann noch die Seiten, auf denen die Übersetzungen abgeschrieben waren. Der Platzregen verwandelte sie im Nu in kleine Papierkugeln mit dicken Tintenflecken.

Wir spürten unsere Angst nicht – das ohrenbetäubende Krachen des Donners fegte mit seinem Getöse alle Gedanken weg. Der Wolkenbruch sperrte unsere zitternden Körper ein. Bis auf die Haut durchnäßt, hatten wir das Gefühl, nackt in dieser Sintflut unterzugehen, die Himmel und Erde gleichmachte.

Wenige Minuten später strahlte wieder die Sonne. Von der Anhöhe der Uferböschung blickten wir über die Steppe. Sie zitterte im Glanz von tausend Funken, die in allen Regenbogenfarben schillerten. Ja, sie schien aufzuatmen. Wir sahen uns lächelnd an. Charlotte hatte ihr weißes Kopftuch verloren, ihr nasses Haar fiel in dunkelbraunen Strähnen über ihre Schultern. Auf ihren Wimpern schimmerten kleine Regentropfen. Das durchnäßte Kleid klebte an ihrem Körper. »Sie ist jung. Und sehr schön. Trotz ihres Alters«, tönte unwillkürlich die Stimme in mir, die uns nicht gehorcht und uns mit einer Offenheit erschrickt, die zwar keine Unterschiede macht, die aber ausspricht, was wir uns zu sagen verbieten.

Am Bahndamm hielten wir an. In der Ferne sahen wir einen langen Güterzug auf uns zukommen. An dieser Stelle blieb oft ein keuchender Zug stehen und versperrte uns für einen kurzen Augenblick den Weg. Wir freuten uns über dieses Hindernis, für das zweifellos irgendeine Weiche oder ein Hauptsignal verantwortlich war. Wir standen vor einer langen Wand staubiger Waggons, auf die erbarmungslos die Sonne herunterbrannte. Sie strahlten eine gewaltige Hitze aus. Und nur das Zischen der Lokomotive weiter vorn brach die Stille der Steppe. Jedesmal packte mich die Lust, die Weiterfahrt nicht abzuwarten, sondern unter den Wagen durchzuschlüpfen, um auf die andere Seite der Gleise zu gelangen. Aber Charlotte hielt mich zurück, indem sie sagte, sie habe gerade den Pfiff gehört. Manchmal dauerte die Warterei wirklich zu lange, dann kletterten wir über die offene Plattform, die damals alle Güterwaggons besaßen, auf die andere Seite. In diesen Sekunden herrschte eine fröhliche Eile: Könnte der Zug nicht plötzlich weiterfahren und uns in sagenhafte, unbekannte Gegenden mitnehmen?

Dieses Mal konnten wir nicht warten. Wir waren so durchnäßt, daß wir vor Einbruch der Dunkelheit zu Hause sein mußten. Ich kletterte als erster auf die Plattform und streckte Charlotte, die das Trittbrett erklomm, die Hand entgegen. In diesem Augenblick setzte sich der Zug in Bewegung. Wir hasteten über die Plattform. Ich hätte noch abspringen können.

Aber Charlotte ... Wir stellten uns in die Ladeöffnung, in die der Wind immer heftiger hineinpfiff. Die Spur unseres Pfades verlor sich in der Weite der Steppe.

Nein, wir waren unbesorgt. Wir wußten, daß der Zug an einem der nächsten Bahnhöfe anhalten würde. Ich hatte sogar den Eindruck, daß Charlotte in gewisser Weise froh über unser unvorhergesehenes Abenteuer war. Sie schaute über die vom Sturm wieder zum Leben erwachte Steppe. Ihr Haar flatterte im Wind vor dem Gesicht. Mit einer raschen Handbewegung strich sie es von Zeit zu Zeit zurück. Obwohl die Sonne schien, setzte bisweilen ein leichter Nieselregen ein. Charlotte lächelte mir durch diesen funkelnden Schleier zu.

Was sich auf dieser über die Steppe ratternden Plattform eines Güterwaggons ereignete, ähnelte der Verzauberung eines Kindes, das nach langem, vergeblichen Suchen in den kunstvoll verwirrten Linien eines Bildes eine Figur oder einen versteckten Gegenstand entdeckt. Sobald es ihn erblickt, nehmen die verschlungenen Linien des Bildes einen neuen Sinn an; sie werden mit neuem Leben erfüllt.

Einen solchen Wandel erfuhr mein innerer Blick. Plötzlich sah ich! oder vielmehr: fühlte ich mit all meinen Sinnen das leuchtende Band, das diesen in seinem Glanz erstrahlenden Moment mit all den großen Augenblicken vereinte, die ich früher erlebt hatte: mit dem längst vergangenen Abend an Charlottes Seite, mit dem melancholischen Pfiff der Kukuschka, mit jenem Vormittag in Paris, der in meiner Vorstellung in einen von der Sonne durchstochenen Nebel getaucht war, und mit der Nacht auf dem Floß, als ich meine erste Geliebte in den Armen hielt und plötzlich ein großes Fährschiff über uns aufragte, mit den Abenden meiner Kindheit, die, wie es schien, schon einem anderen Leben angehörten. Zusammen bildeten diese Augenblicke jetzt eine Welt, die einzigartig war, die ihren eigenen Rhythmus hatte, ihre eigene Atmosphäre und ihre eigene Sonne – fast ein anderer Planet. Ein Planet, auf dem der Tod dieser Frau mit den großen grauen Augen unfaßbar war. Auf dem der weibliche Körper zu einer langen Reihe erträumter Augenblicke führte. Und auf dem meine »Sprache des Staunens« für jeden verständlich wäre.

Es war dieselbe Welt, die sich auf der Fahrt im Güterwaggon vor uns ausbreitete. Ja, auch der Bahnhof, an dem der Zug schließlich anhielt, gehörte dazu. Wie der vom Regen blankgewaschene, menschenleere Bahnsteig. Und die wenigen Passanten mit ihren Alltagssorgen. Es war dieselbe Welt, nur mit anderen Augen gesehen.

Während ich Charlotte half, von der Plattform herunterzuklettern, versuchte ich, diesen »anderen Blick« zu bestimmen. Denn um jenen anderen Planeten zu erkennen, mußte man sich auf eine einzigartige Weise verhalten. Bloß wie?

»Komm, laß uns etwas essen«, riß mich meine Großmutter aus meinen Gedanken und ging auf die Gaststätte zu, die sich in einem Flügel des Bahnhofs befand.

Der Speisesaal war leer, die Tische ungedeckt. Wir setzten uns an ein offenes Fenster mit Blick auf einen von Bäumen gesäumten Platz. An den Fassaden der Gebäude hingen lange rote Spruchbänder mit den üblichen Parolen zum Ruhm der Partei, des Vaterlands, des Friedens ... Ein Kellner kam an unseren Tisch und unterbreitete uns mit mürrischer Stimme, daß der Sturm die Stromversorgung unterbrochen habe und das Restaurant deshalb schließe. Ich wollte schon aufstehen, doch Charlotte blieb mit betonter Höflichkeit hartnäckig. Die altmodischen Formeln, die sie benutzte und von denen ich wußte, daß sie dem Französischen entliehen waren, machten bei den Russen immer Eindruck. Der Mann zögerte kurz, dann verschwand er. Sie hatte ihn offensichtlich aus dem Konzept gebracht.

Er brachte uns ein in seiner Bescheidenheit erstaunliches Es-

268

sen: einen Teller mit einem Dutzend Wurstscheiben, dazu, fein aufgeschnitten, eine große Gewürzgurke. Vor allem aber stellte er eine Flasche Wein auf den Tisch. Ich hatte noch nie auf eine solche Weise zu Abend gegessen. Auch dem Kellner mußte aufgegangen sein, was für ein ungewöhnliches Paar wir waren, und er dürfte sich über diese kalte Mahlzeit sehr gewundert haben. Er lächelte und brummte etwas über das Wetter, als wollte er sich für den Empfang entschuldigen, den er uns bereitet hatte.

Wir blieben die einzigen Gäste im Speisesaal. Der Wind, der durch das Fenster blies, roch nach nassem Laub. Am Himmel türmten sich vom Sonnenuntergang grau und violett gefärbte Wolken. Manchmal quietschten die Reifen eines Autos auf dem nassen Asphalt. Mit jedem Schluck Wein verdichtete sich der Eindruck dieser Geräusche und Farben: die Kühle, die auf den Bäumen lastete, die glänzenden, vom Regen geputzten Scheiben, die roten Spruchbänder an den Häuserwänden, das Quietschen der nassen Reifen, der immer noch stürmische Himmel. Ich spürte, wie sich allmählich alles, was wir in diesem leeren Speisesaal erlebten, von der Gegenwart und dem Alltag löste, und diesen Bahnhof, diese fremde Stadt hinter sich ließ ...

Regenschweres Laub, lange, rote Streifen an den Fassaden, nasser Asphalt, quietschende Reifen, ein grau-violetter Himmel. Ich drehte mich zu Charlotte um. Sie war nicht mehr da ...

... Und ich sitze nicht mehr in jenem Bahnhofsrestaurant mitten in der Steppe, sondern in einem Pariser Café – draußen geht ein Frühlingstag zu Ende. Der Himmel ist stürmisch, grau und violett, Autoreifen quietschen auf dem nassen Asphalt, das üppige Blattwerk der Kastanienbäume ist noch ganz frisch, von der anderen Seite leuchten die Markisen eines Restaurants rot über den Platz. Und nach zwan-

zig Jahren habe ich diese Farbtöne wiedererkannt und den Taumel jenes Augenblicks noch einmal erlebt. Mir gegenüber sitzt eine junge Frau, die mit sehr französischer Anmut ein Gespräch über belanglose Dinge führt. Ich betrachte ihr lächelndes Gesicht und unterbreche ihren Redefluß von Zeit zu Zeit mit einem Kopfnicken. Diese Frau steht mir sehr nahe. Ich liebe ihre Stimme und ihre Art zu denken. Ich kenne ihren Körper, die Harmonie seiner Bewegungen ...
»Ob ich ihr wohl erzählen kann, was ich vor zwanzig Jahren auf einem leeren Bahnhof in der russischen Steppe erlebt habe?« frage ich mich; dabei weiß ich genau, daß ich es nicht tun werde.

An jenem zwanzig Jahre zurückliegenden Abend ist Charlotte bereits aufgestanden und richtet ihre Haare im Spiegel des offenen Fensters, dann gehen wir. Und mit der angenehmen Herbe des Weins zergeht auf meinen Lippen der Satz, den ich nie auszusprechen wagte: »Trotz ihres weißen Haars und allem, was sie durchgemacht hat, ist sie noch schön, denn in ihren Augen, auf ihrem Gesicht und auf ihrem Körper sind jene lichten, schönen Augenblicke immer noch deutlich zu sehen ...«

Charlotte tritt aus dem Bahnhofsgebäude. Trunken von meiner unaussprechlichen Entdeckung folge ich ihr. Über der Steppe bricht die Nacht an. Eine Nacht, die schon seit zwanzig Jahren über dem Saranza meiner Kindheit liegt.

Zehn Jahre später traf ich Charlotte für ein paar Stunden wieder, bevor ich ins Ausland fuhr. Ich kam sehr spät am Abend an und mußte am nächsten Morgen in aller Frühe nach Moskau weiter. Es war eine frostige Nacht im Spätherbst. In Charlotte weckte sie die bedrückenden Erinnerungen an all die Abschiede, die sie erlebt hatte, an all die Nächte des Lebewohls ... Wir schliefen nicht. Sie ging und kochte Tee für mich, während ich durch ihre Wohnung spazierte, die mir seltsam klein vorkam und mich sehr rührte, weil ich in ihr all die vertrauten Dinge getreulich wiederfand.

Ich war fünfundzwanzig Jahre alt. Ich hatte Reisefieber. Ich wußte bereits, daß ich lange fortbleiben würde. Zumindest wußte ich, daß sich dieser Aufenthalt in Europa länger als die geplanten zwei Wochen hinziehen würde. Es schien mir, als brächte meine Abreise unser erstarrtes Reich ins Wanken, als redeten seine Bewohner nur noch von meiner Flucht, als begönne hinter der Grenze mit der ersten Handbewegung, mit dem ersten Satz ein neues Zeitalter. Ich war bereits erfüllt von den neuen Gesichtern, die ich dort sehen würde, vom Licht der Landschaften, von denen ich träumte, von den Gefahren, die ich zu meistern hätte.

Fröhlich und mit dem selbstgefälligen Egoismus, der für einen jungen Mann typisch ist, fragte ich sie:

»Du könntest doch auch ins Ausland reisen! Nach Frankreich zum Beispiel. Hättest du nicht Lust dazu?«

Ihre Gesichtszüge blieben unverändert. Sie schaute einfach zu Boden. Ich hörte den pfeifenden Singsang des Teekessels, das Klirren des eisigen Schnees an der dunklen Scheibe.

»Ach, weißt du«, antwortete sie schließlich müde lächelnd, »als ich 1922 nach Sibirien kam, habe ich die Hälfte oder vielleicht ein Drittel der Strecke zu Fuß zurückgelegt. Das ist so weit wie von hier nach Paris. Und du meinst, ich müßte dazu in so ein modernes Flugzeug steigen ...«

Sie lächelte erneut und sah mir in die Augen. Trotz der Heiterkeit verriet mir der Tonfall ihrer Stimme eine tiefe Bitternis. Beschämt nahm ich eine Zigarette und ging auf den Balkon.

Dort, in der eisigen Nacht der Steppe, glaubte ich endlich zu verstehen, was Frankreich für sie bedeutete.

IV

1

Beinahe hätte ich Charlottes Frankreich ganz und gar vergessen ... in Frankreich.

In jenem Herbst lagen meine Ferien in Saranza zwanzig Jahre zurück. Am Tag, als unser Radiosender die letzte Sendung auf russisch ausstrahlte, wurde mir klar, was für eine Entfernung dieses feierliche »zwanzig Jahre später« bedeutete. Als ich am Abend die Redaktionsräume verließ, stellte ich mir vor, wie sich zwischen jener Stadt in Deutschland und dem unter dem Schnee schlummernden Rußland eine endlose Ebene auftat. Der ganze, in dunkler Nacht liegende Raum, der am Abend zuvor noch von unseren Stimmen erfüllt war, versank nunmehr, so schien es mir, im betäubenden Rauschen der freien Frequenzen ... Das Ziel unserer Dissidenten- und Untergrundsendungen war erreicht. Das verschneite Imperium erwachte und öffnete sich der Welt. Bald bekäme dieses Land einen anderen Namen, eine andere Regierung, eine andere Geschichte und andere Grenzen. Ein neues Land entstünde. Wir waren überflüssig geworden. Der Radiosender wurde eingestellt. Meine Kollegen sagten sich mit gespielter Fröhlichkeit, aber herzlich Lebewohl und gingen ihrer Wege. Einige wollten vor Ort, in München, ein neues Leben beginnen, andere ihre Koffer packen und nach Amerika auswandern. Die am wenigsten realistischen träumten davon, zurückzukehren und wieder in den Schneestürmen zu stehen wie vor zwanzig Jahren ...

Niemand machte sich etwas vor. Wir wußten, daß nicht nur unser Radiosender verschwand, sondern unsere ganze Epoche unterging. Was wir gesagt, geschrieben und gedacht hatten, wofür wir gekämpft und was wir verteidigt hatten, was wir geliebt, verachtet und gefürchtet hatten – das alles gehörte jetzt dieser Vergangenheit an. Und wir standen vor dieser Leere wie Wachsfiguren in einem Kuriositätenkabinett, wie Relikte eines untergegangenen Reichs.

Im Zug nach Paris versuchte ich, diesen langen, fern von Saranza verbrachten Jahren einen Namen zu geben. Das Exil als Lebensform? Die stumpfsinnige Notwendigkeit des Überlebens? Ein Leben, das nur zur Hälfte gelebt worden und unter dem Strich verpfuscht war? Ich konnte keinen Sinn in diesen Jahren finden. Deshalb bemühte ich mich, sie in das zu verwandeln, was gemeinhin als das Bleibende im Leben eines Menschen erachtet wird: in Erinnerungen an eindrückliche Reisen (»Seither habe ich die halbe Welt gesehen!« sagte ich mir mit kindischem Stolz) und an die Frauen, die man geliebt hat ...

Doch die Reiseerinnerungen blieben matt, die Frauen eigenartig leblos. Bisweilen durchbrachen sie auch das Dunkel der Erinnerung mit dem starren, verstörten Blick einer Puppe.

Nein, diese Jahre waren nur eine lange Reise gewesen, bei der es mir manchmal gelang, irgendwo ein Ziel zu sehen. Ich erfand es, wenn ich mich aufmachte oder während ich schon unterwegs war, oder sogar erst bei meiner Ankunft, wenn ich erklären mußte, was ich an diesem Tag, in dieser Stadt, in diesem und keinem anderen Land suchte.

Ja, eine Reise von nirgendwo nach anderswo. Sobald mir der Ort, an den ich gelangte, vertraut wurde, und ich es mir in meinem Tagesablauf behaglich machen konnte, mußte ich ihn verlassen. Diese Reise kannte nur zwei Zeiten: die Ankunft in einer fremden Stadt und die Abreise aus einer

276

Stadt, deren Fassaden gerade erst unter meinem Blick lebendig zu werden begannen. Sechs Monate zuvor war ich in München angekommen und hatte mir beim Verlassen des Bahnhofs mit viel Sinn fürs Praktische gesagt, daß ich zuerst ein Hotel finden müsse, dann eine möglichst nahe bei meiner Arbeitsstelle liegende Wohnung . . .

Am Morgen in Paris hatte ich für einen kurzen Moment das Gefühl, wirklich zurückgekehrt zu sein: In einer Straße unweit des Bahnhofs, einer Straße, die an diesem nebligen Morgen noch kaum erwacht war, sah ich durch ein offenes Fenster in ein Zimmer, dessen schlichte Einrichtung eine Ruhe und Alltäglichkeit ausstrahlte, die mir rätselhaft war. Eine brennende Lampe auf dem Tisch, eine dunkle, alte Holzkommode, ein Bild, das ein wenig schief an der Wand hing – mich fröstelte, so fern und doch vertraut erschien mir die Behaglichkeit dieses Heims, in das mir flüchtig Einblick gewährt worden war. Die Treppe hochsteigen, an die Tür klopfen, ein Gesicht erkennen, willkommen geheißen werden . . . Ich beeilte mich, dieses Bild eines freudigen Wiedersehens aus meinen Gedanken zu verjagen, denn es kam mir damals vor wie die Gefühlsduselei eines Landstreichers.

Das Leben ermattete zusehends. Die Zeit blieb stehen, war nur noch wahrnehmbar am Verschleiß der Sohlen auf dem nassen Asphalt, an der Folge von Geräuschen, die ich bald in- und auswendig kannte und die der Luftzug von morgens bis abends über die Flure des Hotels trug. Vor dem Fenster in meinem Zimmer wurde ein Gebäude abgerissen. Mitten im Bauschutt stand eine tapezierte Wand. An der bunten Fläche hing ein rahmenloser Spiegel, in dem sich die Tiefe des fliehenden Himmels spiegelte. Jeden Morgen fragte ich mich, ob ich diesen Widerschein noch sehen würde, wenn ich die Vorhänge aufzöge. Auch dieses morgendliche Innehalten gliederte die stillstehende Zeit, an die ich mich mehr und mehr gewöhnte. Selbst der Gedanke, daß dieses Leben eines Tages zu beenden sei, daß ich mit dem wenigen, was mich noch mit diesen Herbsttagen, mit dieser Stadt verband, brechen müßte, daß ich mich vielleicht umbringen sollte – selbst dieser Gedanke wurde mir zur Gewohnheit ... Und als ich eines Morgens das dumpfe Krachen eines Einsturzes hörte und an der Stelle der Mauer auf eine staubende Leere hinter den Vorhängen blickte, erschien mir dieser Gedanke eine wundervolle Lösung für alles.

Einige Tage später dachte ich wieder daran ... Ich saß vom Nieselregen durchnäßt auf einer Bank an einem Boulevard. In der Betäubung, die mich mit dem Fieber erfaßt hatte, führte ich eine Art stummen Dialog mit mir: Ein verängstigtes Kind unterhielt sich mit einem Mann. Der Erwachsene, selbst sehr bedrückt, versuchte das Kind zu beruhigen, indem er mit gespielt fröhlicher Stimme sprach. Die aufmunternde Stimme sagte mir, daß ich aufstehen, ins Café zurückgehen, ein Glas Wein trinken und noch eine Stunde im Warmen bleiben könnte. Daß ich in die feuchtwarme U-Bahn hinuntergehen könnte. Oder daß ich versuchen könnte, noch eine Nacht im Hotel zu bleiben, auch wenn ich nicht mehr wußte, wovon ich es bezahlen sollte. Oder ich könnte, wenn es erforderlich sein sollte, in jene Apotheke an der Ecke des Boulevards gehen, mich in einen Ledersessel setzen, mich nicht rühren und schweigen, und wenn es einen Menschenauflauf um mich geben würde, könnte ich leise flüstern: »Lassen Sie mich noch eine Minute in diesem Licht, in dieser Wärme sitzen. Dann gehe ich, ich verspreche es Ihnen.«

Der scharfe Wind, der über den Boulevard fegte, brachte einen feinen, unermüdlichen Sprühregen mit sich. Ich stand auf. Die ermunternde Stimme in mir war verstummt. Mein Kopf fühlte sich an, als wäre er in einen brennenden Wattebausch gehüllt. Ich wich einem Passanten aus, der ein kleines Mädchen an der Hand führte. Ich befürchtete, das Kind mit meinem glühenden Gesicht und meinem Schüttelfrost zu erschrecken. Als ich die Straße überqueren wollte, stolperte ich über den Bordstein und ruderte mit den Armen wie ein Seiltänzer. Bremsen quietschten, das Auto verfehlte mich um Haaresbreite. Ich spürte, wie die Tür kurz meine Hand streifte. Der Fahrer machte sich die Mühe, die Scheibe herunterzulassen und mich zu verfluchen. Ich sah sein wutentbranntes Gesicht, doch die Worte erreichten mich seltsamerweise ganz langsam und wie durch Watte gedämpft. Im selben Augenblick durchfuhr mich ein einfacher, einleuchtender Gedanke: »Das wäre es, was ich bräuchte. Einen Zusammenstoß, einen solchen, aber viel härteren Zusammenprall mit Metall. Einen Zusammenstoß, der meinen Kopf, meine Kehle, meine Brust zertrümmerte. Erst diesen Zusammenstoß, und dann die sofortige, endgültige Ruhe.« Autohupen drangen durch den Fieberschleier, der auf meinem Gesicht brannte. Aberwitzigerweise bildete ich mir ein, ein Polizist würde mich verfolgen. Ich beschleunigte den Schritt, stapfte durch ein aufgeweichtes Rasenstück. Ich schnappte nach Luft. Mein Blick zersplitterte in tausend Stücke. Am liebsten hätte ich mich verkrochen wie ein Tier.

Die Leere einer breiten, im Nebel liegenden Allee hinter einem großen, offenen Portal zog mich an. Von zwei Baumreihen eingerahmt schien es im matten Abendlicht zu schwimmen. Plötzlich hallten schrille Pfiffe durch die Allee. Ich bog in einen schmaleren Gang ab, rutschte auf einer glatten Steinplatte aus, zwängte mich zwischen eigenartige, graue Würfel. Schließlich kauerte ich mich entkräftet hinter einen von ihnen nieder. Noch einmal ertönten die Pfiffe, dann verstummten sie. In der Ferne hörte ich die Gittertür des Portals knarren. Auf der porösen Wand des Würfels las ich etwas, das ich nicht sogleich verstand: *Familiengrab im Erbrecht Nr ... Im Jahre 18 ...*

Irgendwo hinter den Bäumen ertönte wieder ein Pfiff, dann hörte ich jemanden sprechen. Zwei Männer, offenbar Friedhofswärter, eilten die Allee hinauf.

Langsam kam ich wieder auf die Beine. Trotz der Erschöpfung und Benommenheit, mit der sich die Krankheit ankündigte, spürte ich den Schimmer eines Lächelns auf meinem Gesicht: »Das Lächeln muß eine Eigenschaft der Dinge dieser Welt werden. Genau wie das Gravitationsgesetz.«

Jetzt waren alle Eingänge des Friedhofs geschlossen. Ich ging um die Grabstätte, hinter der ich niedergesunken war. Ihre verglaste Tür gab meinem Druck ohne weiteres nach. Innen kam sie mir beinahe geräumig vor. Die Steinplatten waren bis auf den Staub und einige welke Blätter sauber und trocken. Ich konnte mich nicht mehr auf den Beinen halten. Ich setzte mich, dann streckte ich mich auf dem Stein aus. Mein Kopf streifte im Dunkeln einen hölzernen Gegenstand. Ich tastete nach ihm. Es war ein Betschemel. Ich legte meinen Nacken auf den abgewetzten Samt. Eigenartig – er fühlte sich warm an, als hätte gerade jemand darauf gekniet . . .

In den ersten beiden Tagen verließ ich meinen Zufluchtsort nur, um Brot zu kaufen und mich zu waschen. Ich kehrte sofort zurück, legte mich hin und fiel in einen fiebrigen Schlaf, der nur von den Pfiffen bei Schließung des Friedhofs für einige Minuten unterbrochen wurden. Das große, von Nebel verhangene Portal quietschte, und die Welt schrumpfte auf jenes poröse Mauerwerk zusammen, das ich berühren konnte, wenn ich meine Arme nach beiden Seiten ausstreckte, bestand nur noch aus dem Schimmern der schmutzigen Scheiben in der Tür und dem Hall der Stille, die ich unter den Steinplatten zu hören glaubte . . .

Bald verlor ich jedes Zeitgefühl und wußte nicht mehr, welcher Tag war. Ich erinnere mich nur daran, daß ich mich eines Nachmittags schließlich ein wenig besser fühlte. Die Sonne war wieder hervorgekommen. Langsam und mit zusammengekniffenen Augen ging ich ... nach Hause. Jawohl, nach Hause! Das dachte ich zumindest, und als ich mich bei diesem Gedanken ertappte, mußte ich laut lachen. Dabei wäre ich beinahe an einem Hustenanfall erstickt, der so heftig war, daß sich die Passanten nach mir umdrehten. Diese über ein Jahrhundert alte Grabkammer im wenig besuchten Teil des Friedhofs, in dem es keine berühmten Gräber zu besichtigen gab, war – mein Zuhause. Verblüfft gestand ich mir ein, daß ich dieses Wort seit meiner Kindheit nicht mehr verwendet hatte ...

An jenem Nachmittag las ich im Licht der Herbstsonne, die das Innere meiner Kammer erhellte, die Inschriften auf den Marmorschildern an den Wänden. Die kleine Kapelle gehörte den Familien Belval und Castelot. Und die kurzen Grabinschriften auf den Schildern zeichneten in Stichpunkten ihre Geschichte nach.

Ich war noch zu schwach. Ich las ein oder zwei Inschriften und setzte mich dann keuchend wie nach einer großen Anstrengung auf die Grabplatten. Mir war schwindlig. *Geboren am 27. September 1837 in Bordeaux. Gestorben am 4. Juni 1888 in Paris.* Vielleicht hatten diese Jahreszahlen den Schwindel verursacht. Mit der Hellsichtigkeit eines Halluzinierenden drang ich in die bezeichnete Epoche ein. *Geboren am 6. März 1849. Von Gott zurückgerufen am 12. Dezember 1901.*

Die Zeiträume füllten sich mit Geräuschen, mit Figuren, geschichtliche und literarische Ereignisse flossen ineinander. Ein Strom von Bildern, die gestochen scharf und so lebendig waren, daß es mich beinahe schmerzte. Ich glaubte, das Knistern des langen Kleides einer Dame beim Erklimmen einer Pferdekutsche zu hören. In dieser einfachen Handlung versammelte sie die Lebenserfahrung aller unbekannten Frauen, die gelebt, geliebt, gelitten, den Himmel betrachtet und diese Luft geatmet hatten ... Ich spürte an meinem Körper die plumpe Steifheit jenes ehrwürdigen Herren im schwarzen Anzug: die Sonne, den Hauptplatz einer Provinzstadt, die Reden, die völlig neuen republikanischen Embleme ... Die Kriege, die Revolutionen, das Gewimmel des Volks, die Feiern – für einen kurzen Moment gerannen sie in einer Person, einem Lichtstrahl, einer Stimme, einem Lied, einer Feuersalve, einem Gedicht, einem Gefühl. Und zwischen Geburt und Tod floß wieder der Strom der Zeit. *Geboren am 26. August 1861 in Biarritz. Verstorben am 11. Februar 1922 in Vincennes ...*

Langsam ging ich von einer Inschrift zur anderen: *Rittmeister bei den Dragonern Ihrer Majestät. Generalleutnant. Historienmaler des französischen Heeres: Afrika, Italien, Syrien, Mexiko. Leiter der Heeresverwaltung. Vorsitzender des Staatsratsausschusses. Schriftstellerin. Hoher Senatsrat a.D. Leutnant des 224. Infanterieregiements. Verdienstkreuz mit Palmzweigen. Gestorben für Frankreich ...* Schatten eines Reiches, das einst an allen Ecken und Enden der Welt geglänzt hatte ... Die jüngste Inschrift war auch die kürzeste: *Françoise, 2. November 1952 – 10. Mai 1969.* Sechzehn Jahre, jedes weitere Wort wäre zuviel gewesen.

Ich setzte mich auf die Steinplatten, schloß die Augen. Ich fühlte, wie mich die geballte Lebenserfahrung all dieser Menschen ergriff. Und ohne mich zu bemühen, meine Gedanken in Wort zu kleiden, murmelte ich:

»Ich spüre die Atmosphäre, in der sie lebten und starben. Ich fühle, wie unerklärlich die Geburt an jenem Tag vor mehr als einem Jahrhundert, am 26. August 1861 in Biarritz war, wie unfaßbar und einzigartig, und ausgerechnet in Biarritz. Ich ahne, wie gebrechlich dieses Mädchen war, das am 10. Mai 1969 verstarb, ich spüre all dies wie meine eigenen, stärksten Empfindungen ... Diese Unbekannten sind mir nahe.«

In der Nacht machte ich mich auf den Weg. Die Steinmauer war an dieser Stelle nicht hoch. Doch der Saum meines Mantels blieb an einer der Eisenspitzen auf der Mauer hängen. Es fehlte nicht viel, und ich wäre gestürzt. Der blaue Kegel einer Straßenlaterne beschrieb ein Fragezeichen in der Dunkelheit. Der Beinahesturz kam mir sehr lang vor; ich hatte den Eindruck, in einer unbekannten Stadt zu landen. Ihre Gebäude sahen zu dieser nächtlichen Stunde aus wie Baudenkmäler einer verlassenen Stadt. Es roch nach feuchtem Waldboden.

Ich trottete eine menschenleere Straße hinunter. Alle Straßen, denen ich folgte, führten bergab – als wollten sie mich immer weiter in dieses undurchsichtige Vorstadtgewucher hineinziehen. Die wenigen Autos, denen ich begegnete, schienen der Stadt auf kürzestem Wege so schnell wie möglich entkommen zu wollen. Ein Clochard erwachte, als ich an seinem Panzer aus Kartons vorüberging. Er streckte den Kopf heraus, das Schaufenster gegenüber warf sein Licht auf ihn. Er war Afrikaner. In seinen eingesunkenen Augen spiegelte sich der stille Wahn, dem er sich ergeben hatte. Er redete etwas. Ich beugte mich zu ihm, aber ich verstand nichts. Es war bestimmt seine Muttersprache... Seine Zufluchtsstätte aus Pappkartons war mit seltsamen Schriftzeichen bedeckt.

Als ich über die Seine kam, wurde es am Himmel langsam hell. Ich ging nun wieder wie ein Schlafwandler. Die fieberhafte Beschwingtheit meiner Genesungszeit war verschwunden. Ich bewegte mich, als stapfte ich im noch dichten Schatten der Häuser, die sich über mir krümmten und sich um mich schlossen, denn mir war wieder schwindlig. Die Masse der Gebäude entlang des Ufers und auf der Seine-Insel wirkte wie eine gigantische Kulisse in einem dunklen Kino, wenn die Scheinwerfer abgeschaltet sind. Ich wußte schon nicht mehr, warum ich den Friedhof verlassen hatte.

Auf der hölzernen Brücke drehte ich mich mehrfach um. Ich glaubte, Schritte hinter mir zu hören. Oder das Hämmern des Blutes in meinen Schläfen. Noch dumpfer klang dieser Widerhall auf der gekrümmten Straße, die mich taumeln ließ wie in der Steilkurve einer Rutschbahn. Ich machte eine plötzliche Kehrtwendung, meinte kurz eine Frauengestalt in langem Mantel gesehen zu haben, die unter einem Gewölbe verschwand. Kraftlos, aber aufrecht, lehnte ich mich an eine Hauswand. Die Welt begann sich aufzulösen, die Wand gab unter meiner Hand nach, die Fenster rannen an den bleichen Häuserfassaden herunter.

Wie aus heiterem Himmel tauchten plötzlich diese in eine dunkel angelaufene Metallplatte gravierten Worte auf. Ich klammerte mich an das, was sie besagten: Auf dieselbe Weise gibt einem Menschen, der kurz davor ist, dem Rausch oder dem Wahnsinn zu verfallen, eine Maxime Halt, deren einfache, aber unfehlbare Logik ihn vor der dunklen Seite der Welt bewahrt ... Das kleine Schild war einen Meter über dem Boden angebracht. Ich las die Inschrift drei- oder viermal: HOCHWASSER, JANUAR 1910.

Es war nicht Teil der Erinnerung, sondern das Leben selbst. Kein Leben aus zweiter Hand, sondern echtes Erlebnis. Ich war offenbar besonders empfänglich für ganz einfache Sinneseindrücke. Die Wärme des Holzgeländers auf einem Balkon an einem milden Sommerabend. Der herzhafte Duft von trockenen Kräutern. In der Ferne der wehmütige Pfiff einer Lokomotive. Das Geraschel der Seiten eines Buches im Schoß einer von Blumen umgebenen Frau. Ihr graues Haar. Der Klang ihrer Stimme ... Und jetzt kam zu diesem Knistern und dieser Stimme das Rauschen weit herabhängender Weidenzweige hinzu – ich war bereits am Ufer jenes Flusses, der sich in der endlosen, sonnigen Weite der Steppe verlor. Ich sah die Frau mit den grauen Haaren, die, in eine

Träumerei versunken, langsam im Wasser watete. Sie wirkte so jung. Und vom Bild dieser Jugendlichkeit war es nicht weit zur Plattform eines Güterwagens, an dem die im Licht von Regentropfen funkelnde Ebene vorbeiflog. Ich sah die Frau vor mir, die mich anlächelte und dabei die nassen Strähnen aus ihrem Gesicht strich. Ihre Wimpern glänzten in den letzten Sonnenstrahen ...

HOCHWASSER. JANUAR 1910. Ich vernahm die Stille im Nebel, das Plätschern des Wassers, wenn ein Boot vorbeikam. Ein kleines Mädchen preßte die Stirn gegen die Scheibe und betrachtete die blasse, spiegelnde Fläche einer überfluteten Straße. Mit jeder Faser meines Körpers fühlte ich diesen stillen Morgen zu Beginn des Jahrhunderts in einer großen Pariser Wohnung ... Mit diesem Morgen begann eine Reihe anderer Morgenbilder an mir vorbeizuziehen. Ein Morgen in einer von goldenem Herbstlaub bedeckten Allee. Kies knirschte. Drei Frauen in langen, schwarzen Seidenkleidern mit großen, von Federn geschmückten Hüten und Schleiern entschwanden langsam, als wollten sie diesen Moment, das Sonnenlicht und die Stimmung einer untergehenden Zeit mit sich nehmen ... Und noch ein Morgen: Charlotte (jetzt erkannte ich sie) in Begleitung eines Mannes in den hallenden Straßen von Neuilly, dem Neuilly ihrer Kindheit. Charlotte, freudig erhitzt, in der Rolle eines Stadtführers. Ich glaubte, den Schimmer des klaren Morgenlichts auf jedem Pflasterstein zu erkennen, das Zittern jedes Blattes wahrzunehmen und diese fremde Stadt mit den Augen des Begleiters von Charlotte zu sehen, diese Straßen, die ihren Blicken so vertraut waren.

In diesem Augenblick verstand ich, daß Charlottes Atlantis mich seit meiner Kindheit diesen geheimnisvollen Zusammenklang der unvergänglichen Augenblicke hatte ahnen lassen. Ohne mein Zutun begleiteten sie mich wie ein zwei-

285

tes, unsichtbares, unerkanntes Leben. Wie ein Schreiner, der von morgens bis abends damit beschäftigt ist, Stuhlbeine zu bearbeiten oder Bretter zu hobeln, nicht bemerkt, daß die Spitzen seiner Späne ein hübsches Ornament aus schillerndem Harz auf dem Boden hinterlassen, dessen durchscheinende Helligkeit heute den Sonnenstrahl anlockt, der durch ein schmales, mit Werkzeugen vollgestelltes Fenster fällt, und morgen den bläulichen Schimmer des Schnees.

Jetzt zeigte sich, wie grundlegend dieses Leben für mich war. Ich mußte es unbedingt wieder in mir aufblühen lassen, ich wußte nur noch nicht, wie. Ich mußte durch stille Gedächtnisarbeit lernen, wie diese Augenblicke aufeinander aufbauten. Ich mußte lernen, ihre Unvergänglichkeit trotz der alltäglichen Gewohnheiten, trotz der Ausdruckslosigkeit gewöhnlicher Wörter zu bewahren. Ich wollte im Bewußtsein dieser Unvergänglichkeit leben ...

Kurz vor Schließung des Portals kehrte ich zum Friedhof zurück. Es war ein klarer Abend. Ich setzte mich auf die Türschwelle, zog mein seit langem nutzloses Adreßbuch hervor und begann zu schreiben:

Mein Leben »über den Gräbern« ist wie geschaffen dafür, jenes andere, grundlegende Leben zu entdecken, aber auch, um es in Aufzeichnungen wiedererstehen zu lassen, über deren Stil ich mir noch nicht im klaren bin. Oder besser gesagt: Dieser Stil soll von nun an meine Lebensweise sein. Es wird kein anderes Leben geben außer diesen Augenblicken, die auf einem Blatt Papier lebendig werden ...

Aus Mangel an Papier brach mein Manifest bald ab. Es niederzuschreiben war aber ein außerordentlich wichtiger Schritt für mein Vorhaben. Behauptete ich doch in diesem großtönenden Credo, nur am Rande des Grabes oder über dem Grab geschaffene Werke seien auch nach langer Zeit noch von Bestand. Ich führte die epileptischen Anfälle der einen an, das Asthma und das mit Kork ausgekleidete Zimmer der anderen, und wieder andere lebten im Exil vergraben wie in den tiefsten Höhlen... Der hochtrabende Ton dieses Glaubensbekenntnisses verschwand bald. An seine Stelle trat jener Notizblock, den ich am nächsten Tag von meinem letzten Geld kaufte, und auf dessen erste Seite ich einfach schrieb:

Charlotte Lemonnier. Biographische Aufzeichnungen

Übrigens verließ ich noch am selben Morgen die Grabkammer der Belvals und Castelots für immer. Ich erwachte mitten in der Nacht. Ein undenkbarer, unsinniger Gedanke fuhr mir wie eine Kugel durch den Kopf. Ich mußte ihn mir laut vorsagen, um zu ermessen, wie unwahrscheinlich er war.
»Und wenn Charlotte noch lebt?«
Verdutzt stellte ich mir vor, wie sie auf ihren kleinen, von Blumen überwachsenen Balkon trat und sich über ein Buch beugte. Seit Jahren schon hatte ich keine Nachricht mehr aus Saranza erhalten. Es war also durchaus möglich, daß Charlotte noch immer so ähnlich lebte wie zu meiner Kindheit. Sie mußte jetzt weit über achtzig sein, aber dieses Alter erreichte sie nicht in meiner Erinnerung. Für mich blieb sie immer dieselbe.
Da begann dieser Traum in mir Gestalt anzunehmen. Ich muß im Schein seines Lichts erwacht sein: Charlotte wiederfinden, sie nach Frankreich holen ...
Der Aberwitz dieses Vorhabens, ausgesprochen von einem auf Steinplatten in einer Grabkammer ausgestreckten Landstreicher, war so offensichtlich, daß ich es mir erspare, darauf einzugehen. Ich beschloß, vorerst nicht über die Einzelheiten nachzudenken, sondern Tag für Tag mit dieser

unvernünftigen Hoffnung im Herzen weiterzuleben. Von dieser Hoffnung zu leben.

In jener Nacht konnte ich nicht mehr einschlafen. Ich hüllte mich in meinen Mantel und ging ins Freie. Die laue Luft des Spätherbstes war dem Nordwind gewichen. Ich blieb stehen und betrachtete die tiefhängenden Wolken, die nach und nach in ein fahles Grau getaucht wurden. Mir fiel ein, daß Charlotte im Scherz, aber nicht zum Spaß, einmal zu mir gesagt hatte, nach all ihren Reisen durch das riesige Rußland sei es für sie nicht unvorstellbar, zu Fuß nach Frankreich zu kommen ...

Anfänglich, in den langen Monaten der Not und Obdachlosigkeit, ähnelte mein verrückter Traum ein wenig dieser von Trauer erfüllten Kühnheit. Ich stellte mir eine schwarz gekleidete Frau vor, die bei Tagesanbruch an einem düsteren Wintermorgen in eine kleine Grenzstadt käme. Am Saum ihres Mantels klebten Schlammspritzer, und in ihrem großen Umschlagtuch steckte kalter Nebel. Am Rand eines kleinen, verschlafenen Platzes stieße sie die Tür zu einem Café auf und setzte sich neben einen Heizkörper ans Fenster. Der Wirt brächte ihr eine Tasse Tee. Und während sie die Fronten der ruhig daliegenden Fachwerkhäuser durch das Fenster betrachtete, würde sie leise murmeln: »Frankreich ... Ich bin wieder in Frankreich. Nach ... nach einem ganzen Leben.«

2

Ich verließ die Buchhandlung und ging durch die Stadt
zu der Brücke über die in der Sonne glitzernde Garonne.
Ich dachte an die Filme von einst, in denen mit Hilfe eines
schönen alten Tricks mehrere Jahre im Leben des Helden
in wenigen Sekunden übersprungen werden konnten.
Die Handlung brach ab, und auf der dunklen Leinwand erschien ein Schriftzug, der mir in seiner Direktheit und Offenheit immer gefallen hatte: »Zwei Jahre später«, oder:
»Drei Jahre waren vergangen«. Doch wer würde heutzutage den Mut haben, dieses altmodische Verfahren an-
zuwenden?
»Drei Jahre waren vergangen« – genau dieses Gefühl hatte
ich, als ich in einer von der Hitze niedergedrückten Provinzstadt eine leere Buchhandlung betrat, in deren Auslage mein
neuestes Buch stand. Der Friedhof, die Grabstätte der Belvals und Castelots, und dann dieses Buch mit dem bunten
Schutzumschlag unter dem Hinweis: »Französische Neuer-
scheinungen«...
Am Abend erreichte ich die Wälder der Landes. Ich hatte
vor, diese von Kiefern bedeckte Hügellandschaft in zwei
oder vielleicht auch mehr Tagen zu durchwandern. Dahinter wartete geduldig wie zu allen Zeiten der Ozean. Zwei
Tage, zwei Nächte... Dank meiner »Aufzeichnungen« hatte
sich die Zeit für mich auf erstaunliche Weise verdichtet. Ich
lebte in der versunkenen Welt Charlottes, und doch schien

es mir, als hätte ich die Gegenwart nie zuvor so stark wahrgenommen! Jene Landschaften der Erinnerung gaben diesem Stück Himmel zwischen den Nadelzweigen, dieser Lichtung, die wie ein Fluß aus Bernstein im Abendlicht leuchtete, ihr einzigartiges Gepräge.

Als ich mich am Morgen wieder auf den Weg machte (aus einem angeritzten Pinienstamm, den ich am Vorabend nicht bemerkt hatte, flossen Tränen aus Harz – Perlen aus »Edelstein«, wie man in dieser Gegend dazu sagte), erinnerte ich mich plötzlich an ein Regal im hintersten Winkel der Buchhandlung: »Osteuropäische Literatur«. Ich hätte größenwahnsinnig werden können, aber dort standen meine ersten Bücher zwischen denen von Lermontow und Nabokow. Was mich angeht, so war es schlicht und einfach ein literarischer Schwindel. Denn meine Bücher waren französisch geschrieben und von den Verlegern abgelehnt worden: Ich galt als »russischer Kauz, der anfing, französisch zu schreiben«. Aus Verzweiflung hatte ich daraufhin einen Übersetzer erfunden und das Manuskript als Übersetzung aus dem Russischen getarnt an die Verlage gesandt. Es wurde angenommen, veröffentlicht und für seine gelungene Übersetzung gelobt. Mit Bitterkeit, später mit einem Lächeln, stellte ich fest, daß der Fluch meiner französisch-russischen Herkunft noch nicht verschwunden war. Doch während ich als Kind den Franzosen in mir verbergen mußte, war jetzt meine russische Abstammung der Stein des Anstoßes.

Am Abend, ich hatte schon einen Platz zum Schlafen gefunden, las ich noch einmal die letzten Seiten meiner »Aufzeichnungen«. Am Vortag hatte ich geschrieben: »In der großen Isba gegenüber von Charlottes Haus ist ein zweijähriger Junge gestorben. Ich sehe den Vater des Kindes eine längliche, mit rotem Stoff überspannte Kiste ans Geländer der Außentreppe lehnen – ein kleiner Sarg! Seine puppenhaften Ausmaße erschrecken mich. Ich muß unbedingt einen Platz

unter dem Himmel, auf der Erde finden, wo ich mir dieses Kind lebendig vorstellen kann. Der Tod eines Kindes, das viel jünger ist als ich, bringt die Ordnung des Universums durcheinander. Ich renne zu Charlotte. Sie bemerkt meine Angst und sagt mir etwas ganz Einfaches, was mich aber sehr erstaunt: ›Erinnerst du dich noch an die Zugvögel, die wir im Herbst gesehen haben?‹ – ›Ja, sie sind über den Hof geflogen und dann verschwunden.‹ – ›Ganz genau, aber sie sind weitergeflogen, irgendwohin in ferne Länder, wir können sie dort nur nicht mehr sehen, denn so weit reicht unser Blick nicht. Und genauso geht es denen, die sterben ...‹«
Im Schlaf glaubte ich, die Zweige länger und heftiger als sonst rauschen zu hören. Als hätte sich der Wind keinen Augenblick gelegt. Am Morgen entdeckte ich, daß es das Rauschen des nahen Meeres war. Ohne es zu bemerken, hatte ich mein Lager am Abend vor Müdigkeit dort aufgeschlagen, wo der Wald in den umbrandeten Dünen versank.
Ich blieb den ganzen Vormittag auf der einsamen Böschung sitzen und beobachtete das unmerkliche Ansteigen der Flut ... Als das Meer sich langsam wieder zurückzog, machte ich mich wieder auf den Weg. Ich ging barfuß über den harten, nassen Sand und wandte meine Schritte jetzt nach Süden. Ich dachte an die Umhängetasche, die meine Schwester und ich als Kinder »die Tasche vom Pont-Neuf« genannt hatten und an die kleinen, mit Papier umwickelten Steine darin. Es gab einen »Fécamp«, einen »Verdun«, und auch einen »Biarritz«, ein Name, der uns an einen Quarz erinnerte, und nicht an die Stadt, von der wir damals nichts wußten. Ich würde vielleicht zehn oder zwölf Tage am Meer entlanggehen müssen, um jene Stadt zu erreichen, von der sich ein winziger Splitter bis in die Tiefe der russischen Steppen verirrt hatte.

3

Im September erhielt ich über einen gewissen Alex Bond
die ersten Nachrichten aus Saranza ...
»Mr. Bond« war eigentlich ein russischer Geschäftsmann,
ein typischer Vertreter der Generation »neuer Russen«, die
sich damals in allen westlichen Hauptstädten bemerkbar
machten. Häufig kürzten sie ihre Namen ab, wie viele
Amerikaner, und machten sich auf diese Weise, meist ohne
es zu wissen, zu Helden von Spionageromanen oder zu
Außerirdischen, die den Science-Fiction-Geschichten der
fünfziger Jahre entsprungen sein könnten. Bei unserer ersten Begegnung hatte ich Alex Bond alias Alexej Bondartschenko geraten, das französische Pendant zu seinem
Namen zu nehmen und sich als Alexis Tonnelier vorzustellen, anstatt ihn so zu verstümmeln. Ohne die Mundwin-
kel zu verziehen, setzte er mir ernsthaft die Vorteile eines
kurzen und gut klingenden Namens in der Geschäftswelt
auseinander ... Ich hatte den Eindruck, Rußland immer
weniger zu verstehen, ich sah nur noch seine Bonds, seine
Kondrats, seine Feds ...
Als er nach Moskau reiste, ließ er sich von meiner rührenden
Geschichte erweichen und willigte ein, einen Umweg über
Saranza zu machen. Nichts lag weiter außerhalb meiner
Vorstellungskraft, als daß jemand dorthin fahren, durch die
Straßen der Kleinstadt gehen und Charlotte besuchen könn-
te. Alex Bond war in Saranza nur »zwischen zwei Zügen

292

ausgestiegen«, wie er sagte. Und ohne zu ahnen, was Charlotte mir bedeutete, plapperte er am Telefon, als handelte es sich um den Austausch von Neuigkeiten nach den Ferien: »Oh, Gott, was für ein finsteres Kaff! Na, jetzt weiß ich wenigstens, wie das tiefe Rußland ist, ha, ha. All die Straßen, die sich in der Steppe verlieren. Und diese Steppe, soweit das Auge reicht ... Na, Ihrer Großmutter geht es jedenfalls ausgezeichnet, machen Sie sich keine Sorgen. Ja, sie ist noch sehr rührig. Nein, ich habe sie nicht angetroffen. Eine Nachbarin sagte mir, sie sei auf einer Versammlung. Die Bewohner des Hauses haben ein Hilfskomitee oder so etwas ähnliches gegründet, um eine alte Isba zu retten, die im Hinterhof steht und die abgerissen werden soll, ein riesiges Gebäude, das schon zwei Jahrhunderte gesehen hat. Ihre Großmutter war also ... Nein, ich habe sie nicht selbst gesehen, ich bin nur zwischen zwei Zügen ausgestiegen, denn am Abend mußte ich unbedingt in Moskau sein. Aber ich habe ihr eine kurze Nachricht hinterlassen ... Sie können sie besuchen. Jetzt darf jeder rein. Ha, ha, ha. Der Eiserne Vorhang ist nur noch ein Sieb, wie man so schön sagt ...«

Ich hatte nur meine Flüchtlingsausweise und eine Reiseerlaubnis für »alle Länder mit Ausnahme der UdSSR«. Am Tag nach dem Telefongespräch mit dem Vertreter des »neuen Rußlands« ging ich aufs Polizeipräsidium, um mich nach den behördlichen Voraussetzungen für eine Einbürgerung zu erkundigen. Ich versuchte die heimtückische Stimme in meinem Kopf zu ersticken, die mir ständig einflüsterte: »Du mußt jetzt unbedingt das Rennen gegen die Uhr aufnehmen. Charlotte ist so alt, daß jedes Jahr ihr letztes, jeder Monat ihr letzter sein kann.«

Deshalb wollte ich ihr weder schreiben noch sie anrufen. Ich fürchtete abergläubisch, meine Pläne könnten durch ein paar unbedeutende Worte durchkreuzt werden. Ich brauchte so schnell wie möglich einen französischen Paß, um nach Saranza fahren und Abend für Abend mit Charlotte reden zu können. Dann würde ich sie nach Paris mitnehmen. In meiner Vorstellung ließ sich das alles traumhaft einfach und in Windeseile bewerkstelligen. Doch plötzlich wurden die Aussichten trüber, und ich fand mich in einem zähen Magma wieder, das meine Betriebsamkeit schwer beeinträchtigte – der Zeit.

Das Zusammentragen der Unterlagen, um die man mich gebeten hatte, beruhigte mich: Es gab nicht ein Schriftstück, das schwierig aufzutreiben gewesen wäre, und ich stieß auf keine bürokratischen Fallstricke. Nur der Arztbesuch hinterließ einen unangenehmen Eindruck bei mir. Obwohl die Untersuchung nur fünf Minuten dauerte und, alles in allem, sehr oberflächlich war: Mein Gesundheitszustand sollte sich als vereinbar mit der französischen Staatsbürgerschaft herausstellen. Nachdem er mich abgehört hatte, forderte mich der Arzt auf, mich mit gestreckten Beinen nach vorne zu beugen und mit den Fingerspitzen den Boden zu berühren. Ich fügte mich. Mein Übereifer muß ein plötzliches Unbehagen ausgelöst haben. Der Arzt schien verlegen und stammelte: »Danke, ist in Ordnung«, als hätte er Angst, ich könnte mich, weil es so schön war, noch einmal vornüberneigen. Häufig genügt eine Winzigkeit unseres Verhaltens, um den alltäglichsten Situationen einen anderen Sinn zu geben: Zwei Männer im engen Untersuchungszimmer einer Arztpraxis unter grellem weißen Licht; und plötzlich beugt sich einer von ihnen tief hinunter, berührt den Boden vor den Füßen des anderen und verharrt einen Moment lang, als würde er auf die Erlaubnis warten, sich wieder aufrichten zu dürfen.

Beim Verlassen der Arztpraxis dachte ich an die vielen Gefangenen, die in Konzentrationslagern durch ähnliche Körperübungen ausgesiebt worden waren. Doch dieser völlig übertriebene Vergleich erklärte nicht mein Unbehagen.

Es lag wirklich an der Beflissenheit, mit der ich dem Befehl nachgekommen war. Ich stieß wieder auf sie, als ich die Seiten meiner Akte durchblätterte. Überall fiel mir der Drang auf, überzeugend zu sein. Und obwohl auf dem Fragebogen gar nicht danach gefragt wurde, hatte ich meine entfernt französische Herkunft erwähnt. Ja, ich hatte Charlotte aufgeführt, als wollte ich jedem Einwand zuvorkommen und jeden Argwohn im vorhinein zerstreuen. Und als ich es bemerkte, konnte ich mich des Eindrucks nicht mehr erwehren, sie in gewisser Weise verraten zu haben.

Ich mußte einige Monate warten. Mir wurde sogar mitgeteilt, wie lange es dauern würde, bis mein Antrag bearbeitet wäre. Im Mai sollte alles erledigt sein. Und sogleich erstrahlten jene noch kaum vorstellbaren Frühlingstage in einem einzigartigen Licht, lösten sich aus dem Kreislauf der Monate und bildeten eine Welt für sich, die ihre eigene Zeit, ihr eigenes Klima hatte.

Für mich war es die Zeit der Vorbereitungen, vor allem aber der langen stummen Zwiegespräche mit Charlotte. Wenn ich durch die Straßen ging, hatte ich das Gefühl, alles mit ihren Augen zu sehen. Eine dringende, geflüsterte Botschaft schien darin zu liegen, jenen verlassenen Quai oder die im Wind zitternden Pappeln so zu sehen, wie sie sie gesehen hätte, und wie sie auf den Klang der Pflastersteine unter unseren Schuhen zu hören, auf einem kleinen alten Platz, dessen provinzielle Ruhe mitten in Paris das Versprechen eines einfachen, glanzlosen, aber glücklichen Lebens enthielt.

Ich begriff, daß ich während der drei Jahre, die ich nun in Frankreich lebte, mein langsam und im Verborgenen reifendes Vorhaben nie aufgegeben hatte. Mein Traum hatte sich zu einer Vision entwickelt, die der Wirklichkeit viel näher kam. Ich sah nicht mehr das verschwommene Bild einer schwarz gekleideten Frau, die zu Fuß durch eine Grenzstadt ging, sondern ich sah mich meine Großmutter am Bahnhof abholen und sie zu dem Hotel bringen, in dem sie während ihres Parisaufenthalts wohnen würde. Wenn die schlimmste Zeit des Elends zu Ende ginge – konnte ich mir weiter vorstellen –, würde ich ein bequemeres Zuhause als dieses Hotelzimmer für sie suchen, etwas, wo sich Charlotte richtig wohl fühlen könnte ...

Vielleicht verdanke ich es diesen Träumen, daß ich sowohl die materielle Not als auch die oft furchtbaren Demütigungen ertrug, von denen die ersten Schritte in der Welt der Bücher begleitet sind, wenn das Buch, das verletzlichste Organ unseres Seins, zur Handelsware wird. Eine Ware, die versteigert, an Marktständen feilgeboten und verramscht wird. Mein Traum war ein Gegengift – und die Tagebuchaufzeichnungen eine Zuflucht.

In den Monaten des Wartens veränderte sich die Topographie von Paris. Wie auf manchen Stadtplänen, in denen jedes Arrondissement mit einer anderen Farbe unterlegt ist, schrieb ich der Stadt verschiedene Farbtöne und Schattierungen zu, die von Charlottes Gegenwart bestimmt waren. Es gab Straßen, in deren sonnendurchfluteter Stille am frühen Morgen das Echo ihrer Stimme zu vernehmen war. Es gab Straßencafés, in denen ich sie von einem langen Spaziergang erschöpft ausruhen sah, Schaufenster und Fassaden, die sich unter ihrem Blick mit der leichten Patina der Erinnerung überzogen.

Diese traumartige Topographie wies natürlich auch weiße Flecken im bunten Mosaik der Arrondissements auf. Auf unseren ziellosen Streifzügen mieden wir die architektonischen Kühnheiten der letzten Jahre. Charlottes Parisaufenthalt würde viel zu kurz sein, um all diese neuen Pyramiden, Glastürme und Triumphbögen anzusehen und sich mit ihnen vertraut zu machen. Starr reckten sich ihre Silhouetten in einer fremdartigen, futuristischen Zukunft empor, die die unerschöpfliche Gegenwart unserer Spaziergänge nicht trüben würde.

Auch das Stadtviertel, in dem ich wohnte, wollte ich Charlotte nicht zeigen ... Als Alex Bond zu unserem Treffen kam, rief er spöttisch: »Also, alles was recht ist, hier sind wir nicht mehr in Frankreich, sondern in Afrika!« Dann hielt er mir einen Vortrag, dessen Inhalt mir bekannt vorkam, denn die meisten Vertreter des »neuen Rußlands« ergehen sich in derlei Ausführungen. Da steckte alles drin: die Entartung des Westens und der absehbare Untergang des weißen Europas, die Invasion der neuen Barbaren (»uns Slawen eingeschlossen«, hatte er hinzugefügt, um genau zu sein). Er malte einen neuen Mohammed an die Wand, »der eure Beaubourgs alle niederbrennen wird«, und einen neuen Dschingis Khan, »der mit dem ganzen demokratischen Schnickschnack Schluß machen wird«. Unter dem Eindruck des nicht enden wollenden Stroms Farbiger vor dem Straßencafé, in dem wir saßen, schlichen sich die Hoffnung auf ein vom jungen Blut der Barbaren regeneriertes Europa, die Verheißung eines totalen ethnischen Krieges und das Vertrauen auf eine weltweite Vermischung der Rassen in die apokalyptischen Visionen seiner Rede ... Er war nicht vom Thema abzubringen. Er mußte sich einerseits dem untergehenden Westen zugehörig fühlen, denn er hatte eine helle Haut und eine europäische Bildung, und sich andererseits zu den neuen Hunnen zählen. »Nein, Sie können mir sagen, was Sie wollen, es gibt einfach zuviel Kanaken!« schloß er seinen Vortrag und hatte dabei bereits vergessen, daß er ihnen eine Minute zuvor noch die Rettung des alten Kontinents anvertraut hatte ...

Auf unseren Spaziergängen in meinen Träumen machten wir einen Bogen um diesen Stadtteil und das intellektuelle Gewäsch, das seine sozialen Verhältnisse hervorriefen.

Nicht daß Charlotte an seinen Bewohnern Anstoß hätte nehmen können. Sie war die Emigrantin schlechthin, sie hatte immer in einem Milieu gelebt, das von der äußersten Vielfalt der Völker, Kulturen und Sprachen geprägt war. Von Sibirien bis in die Ukraine, vom Norden Rußlands bis zur Steppe war sie überall Menschen unterschiedlichster Abstammung begegnet, die das Weltreich umgewälzt hatte. Sie hatte sie während des Krieges im Lazarett gepflegt, wo angesichts des Todes alle gleich waren, wo sich die operierten Leiber durch nichts mehr unterschieden ...

Nein, die neue Bevölkerung dieses alten Pariser Viertels hätte Charlotte nicht beeindrucken können. Ich wollte sie nicht dorthin bringen, weil es dort passieren konnte, daß man die Straße überquerte, ohne ein Wort Französisch zu hören. Es gab Leute, die in diesem Dschungel eine neue Welt heraufziehen sahen, andere sprachen von einer Katastrophe! Aber wir suchten nicht das Exotische, weder in der Architektur noch bei den Menschen. Die Welt, in die wir während dieser Tage eintauchten, so dachte ich, wäre eine noch viel fremdere.

Das Paris, in das ich Charlotte zurückführen wollte, war nur ein Teil von Paris, in gewisser Hinsicht sogar ein trügerischer Teil. Mir fielen Nabokows Memoiren ein, in denen er von den letzten Tagen seines Großvaters erzählt. Jener dachte, er sähe von seinem Bett aus hinter einem Vorhang aus dickem Stoff Mimosatrauben in der strahlenden Sonne des Mittelmeers hängen. Er lächelte, glaubte in der Frühlingssonne von Nizza zu liegen. Ohne zu ahnen, daß er mitten im Winter in Rußland starb, und daß diese Sonne nur eine Lampe war, die seine Tochter hinter dem Vorhang angebracht hatte, um ihm diese süße Illusion zu geben ...

Ich wußte, daß Charlotte alles sähe, auch wenn sie meiner Marschroute folgen würde. Die Lampe hinter dem Vorhang könnte sie nicht täuschen. Ich sah den kurzen Blick, den sie mir vor irgendeiner unbeschreiblichen, zeitgenössischen Skulptur zuwerfen würde. Ich hörte ihre feinsinnigen, humorvollen Kommentare, in denen sich ein Zartgefühl ausdrückte, das die dumpfe Streitlust des Kunstwerks nur noch deutlicher hervortreten ließe. Auch das Stadtviertel, in dem ich wohnte und das ich umgehen wollte, entginge ihrem Blick nicht ... In meiner Abwesenheit würde sie allein dorthin gehen und nach einem Haus in der Rue de l'Ermitage suchen, wo einst ein Soldat aus dem Ersten Weltkrieg wohnte, der ihr einen kleinen Stahlsplitter geschenkt hatte, den wir als Kinder den »Verdun« nannten ...

Ich wußte auch, daß ich mein Möglichstes tun würde, um nicht über Bücher zu sprechen. Und daß wir trotzdem sehr viel darüber sprächen, oft bis spät in die Nacht hinein. Denn das Frankreich, das eines Tages in der Steppe von Saranza aufgetaucht war, verdankte seine Geburt den Büchern. Ja, es war seiner Natur nach ein Bücherland, ein Land aus Wörtern, dessen Flüsse wie Strophen flossen, dessen Frauen in Alexandrinern weinten und dessen Männer mit provenzalischen Sirventes miteinander fochten. Als Kinder hatten wir Frankreich nämlich durch seine Literatur entdeckt, durch sein von einem Autor ausgefeiltes, in Sonette gegossenes Wortmaterial. Es war fester Bestandteil unserer Familienlegende, daß ein kleines Buch mit abgegriffenem Umschlag und mattem Goldschnitt Charlotte auf all ihren Reisen begleitet hat. Als letztes Bindeglied zu Frankreich. Oder vielleicht als Aussicht, jederzeit in seinen Bann treten zu können. »Es gibt eine Weise, für die ich / den ganzen Rossini, Mozart und Weber hingäbe ...« – wie oft hatten diese Verse in der Einsamkeit des sibirischen Schnees »ein Schloß dann, aus Ziegeln, Hausteine an den Kanten / die bunten Scheiben rötlich schimmernd ...« erstehen lassen? Frankreich ging für uns in seiner Literatur auf. Und wahre Literatur verstand sich auf den Zauber, uns mit einem Wort, einer Strophe oder einem Vers in einen unvergänglichen Augenblick der Schönheit zu versetzen.

Ich hätte Charlotte gerne gesagt, daß diese Literatur in Frankreich tot war. Und daß ich unter den zahllosen zeitgenössischen Werken, die ich seit meinen Anfängen als Schriftsteller verschlungen habe, vergeblich nach dem Buch suchte, das ich mir in einer sibirischen Isba auf ihrem Schoß hätte vorstellen können. Das dort aufgeschlagen hätte liegen können, unter ihren Augen, in denen eine winzige Träne funkeln würde ...

In meinen Selbstgesprächen mit Charlotte wurde ich wieder zu einem Heranwachsenden. Mein jugendlicher Drang, immer das Äußerste zu wollen, der längst unter den Tatsachen des Lebens erstickt war, erwachte wieder. Ich suchte erneut nach dem vollkommenen, einzigartigen Werk, ich träumte von einem Buch, da durch seine Schönheit die Welt neu erschaffen könnte. Und ich sah meine Großmutter lächeln und verständnisvoll antworten wie einst auf dem Balkon in Saranza:

»Erinnerst du dich noch an die engen Wohnungen in Rußland, die unter der Last der Bücher fast durchbrachen? Bücher unter dem Bett, in der Küche, im kleinen Vestibül, bis unter die Decke gestapelt. Und die selten aufzutreibenden Bücher, die einem für eine Nacht geliehen wurden und die es bis punkt sechs Uhr früh zurückzugeben galt. Andere Bücher wurden auf der Schreibmaschine abgeschrieben, in sechs Kopien mit Karbonpapier darunter; und wie oft bekam man das sechste, nahezu unleserliche und deshalb ›blind‹ genannte Exemplar? Du siehst, es ist schwer, Vergleiche anzustellen. In Rußland war der Schriftsteller ein Gott. Von ihm erhoffte man das Weltgericht und zugleich das Himmelreich auf Erden. Hast du in Rußland jemals gehört, daß über den Preis eines Buchs geredet worden wäre? Nein, denn das Buch hatte keinen Preis! Auf ein Paar Winterschuhe konnte man verzichten, man fror sich lieber die Zehen ab, aber ein Buch mußte gekauft werden...«

Charlottes Stimme brach ab, als wollte sie mir zu verstehen geben, daß dieser Buchkult in Rußland nur noch eine Erinnerung sei.

»Und was ist mit diesem einzigartigen, vollkommenen Buch, das Weltgericht und Himmelreich zugleich ist?« wandte der Jugendliche ein, zu dem ich wieder geworden war.

Dieses fieberhafte Flüstern riß mich aus der Unterhaltung, die ich mir ausgedacht hatte. Verschämt wie jemand, der bei einem Selbstgespräch überrascht wird, richtete ich mein Augenmerk auf mich selbst. Ich sah einen Mann, der in einem kleinen, dunklen Zimmer mit den Armen fuchtelt. Dazu ein schwarzes Fenster, das weder Vorhänge noch Fensterläden benötigt, denn es geht auf eine Ziegelsteinwand hinaus. Ein Zimmer, das mit drei Schritten zu durchmessen ist, in dem sich die Gegenstände aus Platzmangel stapeln, übereinander schieben, ineinander verwickeln und durcheinander geraten: eine alte Schreibmaschine, ein elektrischer Kocher, Stühle, an der Wand Regalbretter, Dusche, Tisch, Kleidungsstücke an Nägeln hängend, die an Gespenster erinnern. Und überall Papier, Blätter, Manuskripte und Bücher, die diesem überfüllten Zimmer eine Art logischen Irrsinn verleihen. Hinter der Fensterscheibe beginnt eine regnerische Winternacht, und irgendwo aus dem Labyrinth der baufälligen Häuser ertönt arabische Musik, klagend und frohlockend zugleich. Und der Mann trägt einen hellen Wintermantel (es ist sehr kalt). Seine Hände stecken in fingerlosen Halbhandschuhen. Ohne sie kann er in dem eisigen Zimmer nicht auf der Maschine schreiben. Er spricht zu einer Frau. Was er erzählt, bezeugt ein Vertrauen, das man häufig nicht einmal aufbringt, wenn man mit seiner Stimme allein ist. Ohne Angst davor, dumm oder in lächerlicher Weise pathetisch zu erscheinen, befragt er sie nach dem einzigartigen, vollkommenen Werk. Er weiß, sie wird ihm antworten ...

Wenn Charlotte nach Frankreich käme, dachte ich noch, bevor ich einschlief, würde sie bestimmt versuchen zu verstehen, was aus jener Literatur geworden war, die in Sibirien ein winziges, aus wenigen alten Büchern bestehendes französisches Archipel für sie gebildet hatte. Und ich stellte mir vor, wie ich eines Abends in die Wohnung käme, in der sie leben würde, und auf einer Tischkante oder Fensterbank ein aufgeschlagenes Buch entdeckte – ein zeitgenössisches Buch, das Charlotte in meiner Abwesenheit läse. Ich würde mich über die Seiten beugen, und mein Blick fiele auf diese Zeilen:

Es war der mildeste Morgen jenes Winters. Die Sonne schien wie in den ersten Apriltagen. Der Rauhreif schmolz, und das nasse Gras glänzte wie von Tau benetzt ... Während ich die wenigen Vormittagsstunden damit verbracht hatte, mir tausenderlei Dinge noch einmal vor Augen zu führen – und meine Melancholie unter den Winterwolken immer größer wurde –, war der alte Garten und dieser Bogen aus Weinreben ganz vergessen, in dessen Schatten sich mein Lebensweg entschieden hatte ... Diese Schönheit sollte sich in meinem Leben widerspiegeln, und ich wollte wissen, wie das zu bewerkstelligen sei. Die Reinheit dieser Landschaft, die Klarheit, die Unergründlichkeit und das Wunder dieser Begegnung von Wasser, Stein und Licht ist alles, was man kennen muß, was man vor allem anderen achten soll. Diese Harmonie ist kein Trugbild. Es gibt sie wirklich, und es drängt mich, von ihr zu sprechen ...

4

Junge Verlobte am Vorabend der Hochzeitsfeier oder Menschen, die gerade umgezogen sind, müssen das Verschwinden des Alltags als Glück empfinden. Es kommt ihnen vor, als dauerten die Festtage oder die fröhliche Unordnung des Einrichtens ewig, als würden sie zum eigentlichen Lebensinhalt, zu dem leichten, prickelnden Stoff, aus dem ihr Dasein besteht.

In den letzten Wochen meines Wartens lebte ich in einem ähnlichen Rausch. Ich gab mein kleines Zimmer auf und mietete eine Wohnung, die ich allenfalls vier oder fünf Monate lang bezahlen konnte. Es war mir egal. Aus dem Zimmer, in dem Charlotte wohnen sollte, sah man über das blaugraue Meer der Dächer, in denen sich der Aprilhimmel spiegelte... Ich lieh mir, soviel ich konnte, kaufte Möbel, Vorhänge, einen Teppich und das ganze Gewimmel von Haushaltsgeräten, auf die ich in meiner alten Behausung immer verzichtet hatte. Ansonsten blieb die Wohnung leer, ich schlief auf einer Matratze. Nur das künftige Zimmer meiner Großmutter machte nun einen bewohnbaren Eindruck.

Je näher der Monat Mai kam, desto größer wurden diese glückliche Gedankenlosigkeit und der verschwenderische Wahn. Ich begann, in Trödelläden nach kleinen, alten Gegenständen zu stöbern, die das noch viel zu gewöhnlich aussehende Zimmer nach meiner Vorstellung beleben sollten. Bei einem Antiquitätenhändler fand ich eine Tischlampe. Als er sie anmachte, um sie mir vorzuführen, stellte ich mir das Gesicht Charlottes in ihrem Schein vor. Ich konnte nicht ohne diese Lampe in die Wohnung zurückgehen. Ich füllte das Wandregal mit alten, ledergebundenen Büchern und Illustrierten vom Beginn des Jahrhunderts. Jeden Abend breitete ich auf dem runden Tisch, der in der Mitte des ausgeschmückten Zimmers stand, meine neuesten Trophäen aus: ein halbes Dutzend Gläser, ein alter Blasebalg, ein Stapel alter Postkarten ...

Ich konnte mir noch so oft vorsagen, daß Charlotte Saranza nie für längere Zeit verlassen würde, und schon gar nicht Fjodors Grab, und daß sie in einem Hotel ebenso bequem untergebracht wäre wie in diesem zusammengestoppelten Museum, ich brachte es nicht fertig, mit dem Kaufen und Verschönern aufzuhören. Denn selbst ein Mensch, der mit der Zauberkraft der Erinnerung vertraut ist, mit der Kunst, vergangene Augenblicke wieder heraufzubeschwören, bleibt den fetischartigen Gegenständen aus der Vergangenheit ganz und gar verhaftet: wie jener Zauberkünstler, dem Gott die Gabe verliehen hatte, Wunder zu vollbringen, der sich jedoch lieber auf die Geschicklichkeit seiner Finger und doppelbödige Koffer stützte, weil sie den Vorteil hatten, seinen Verstand nicht zu trüben.

Der wahre Zauber, soviel war mir klar, träte mit dem bläulichen Widerschein auf den Dächern zutage, mit der ätherischen Unbeständigkeit der Umrisse, wenn Charlotte am Morgen nach ihrer Ankunft bei Tagesanbruch ihr Fenster öffnen und hinausblicken würde. Und mit dem Klang der ersten französischen Worte, die sie an irgendeiner Straßenecke mit jemandem wechseln würde ...

An einem der letzten Abende meines Wartens merkte ich plötzlich, daß ich betete ... Es war natürlich kein Gebet, das dem kirchlichen Kanon entsprach. Ich hatte nie auch nur eines gelernt, denn ich war im aufklärerischen Licht eines kämpferischen und in seinen unablässigen Kreuzzügen gegen Gott beinahe religiösen Atheismus aufgewachsen. Nein, es war mehr eine Art laienhaftes und wirres Bittgesuch, und es blieb unklar, an wen es gerichtet war. Nachdem ich mich bei dieser ungewöhnlichen Handlung auf frischer Tat ertappt hatte, zog ich sie schleunigst ins Lächerliche. Angesichts meines gottlosen Lebens in der Vergangenheit, dachte ich damals, hätte ich dasselbe sagen können wie der Matrose in einer Erzählung Voltaires: »Viermal war ich in Japan, und jedesmal bin ich über ein Kruzifix gestolpert.« Ich nannte mich einen Heiden, einen Götzenanbeter. Trotz meiner Spöttelei brach das undeutliche Gemurmel nicht ab, das ich tief in mir vernommen hatte. Seine Tonlage hatte etwas Kindliches. Als ob ich meinem unbekannten Gegenüber einen Handel vorschlüge: Ich begnügte mich mit weiteren zwanzig, sogar mit fünfzehn, ach, was sage ich, meinetwegen auch mit zehn Jahren meines Lebens, wenn nur dieses Wiedersehen und diese wiedererstehenden Augenblicke zustande kämen ...

Ich stand auf und öffnete die Tür zum Zimmer nebenan. Es lag im Halbdunkel des Frühlingsabends, erfüllt von einer unausgesprochenen Erwartung. Selbst der alte Fächer, den ich erst vor zwei Tagen gekauft hatte, schien seit vielen Jahren auf diesem niedrigen Tischchen zu liegen, im fahlen Widerschein der Nacht auf den Fliesen.

Es war ein glücklicher Tag. Einer dieser trägen und wolkenverhangenen Tage, die sich zwischen die Feiertage Anfang Mai schleichen. Am Morgen nagelte ich einen großen Garderobenständer an die Wand. Daran konnte man mindestens ein Dutzend Kleidungsstücke aufhängen. Ich stellte mir nicht einmal die Frage, ob wir so etwas im Sommer brauchen würden.

In Charlottes Zimmer stand das Fenster offen. Jetzt sah man hier und da kleine hellgrüne Inseln zwischen den silbergrauen Dächern: die ersten Blätter.

Am Vormittag fügte ich meinen »Aufzeichnungen« noch eine kurzes Fragment hinzu. Ich erinnerte mich, daß Charlotte mir in Saranza einmal von ihrem Leben in Paris nach dem Ersten Weltkrieg erzählt hatte. Sie meinte, daß die Stimmung der Nachkriegszeit, aus der, ohne daß es jemand hätte ahnen können, bald eine Vorkriegszeit werden sollte, von etwas zutiefst Falschem geprägt gewesen sei. Von falschem Jubel, viel zu frühem Vergessen. Das erinnerte sie auf eigenartige Weise an die Reklamesprüche, die sie während des Kriegs in den Zeitungen gelesen hatte: »Heizen Sie ohne Kohlen!« – und dann wurde erklärt, wie man »Papierkugeln« nutzen könnte. Oder: »Hausfrauen! Wascht Eure Wäsche ohne Feuer!« Und sogar: »Sparen Sie Holz: Heiße Brühe ohne Feuer!«... Damals hoffte Charlotte, bei ihrer Rückkehr mit Albertine, die sie aus Sibirien zurückholen wollte, wieder in das alte Frankreich aus der Zeit vor dem Krieg zu kommen...

Während ich diese Zeilen schrieb, fiel mir ein, daß ich Charlotte bald so viele Fragen stellen und tausenderlei Einzelheiten in Erfahrung bringen könnte, zum Beispiel, wer jener Herr im Frack auf einem unserer Familienphotos war und warum eine Hälfte der Aufnahme sorgfältig abgeschnitten worden war. Ich wollte sie auch nach der Frau in der gefütterten Jacke fragen, über deren Photo zwischen all den Aufnahmen aus der Belle Epoque ich mich einst so gewundert hatte...

Als ich am späten Nachmittag endlich aus dem Haus ging, lag dieser cremefarbene Umschlag in meinem Briefkasten. Er trug den Stempel des Polizeipräsidiums. Ich blieb auf dem Bürgersteig stehen und brauchte lange, um ihn zu öffnen, das heißt, ich habe ihn ungeschickt aufgerissen...

Die Augen begreifen häufig schneller als der Verstand, besonders wenn es sich um eine Nachricht handelt, die letzterer nicht verstehen will. Für einen kurzen Augenblick hält sich alles die Waage, und der Blick versucht, die unerbittliche Wortkette aufzubrechen, als ob er die Botschaft noch abändern könnte, bevor der Verstand ihren Sinn erfaßt.

Die Buchstaben hüpften vor meinen Augen, durchsiebten mich mit Wortsplittern und Satzpfeilen. Dann stach das eine, entscheidende Wort ins Auge, das in Großbuchstaben und gesperrt gedruckt war, als ob es skandiert werden sollte: UNZULÄSSIG. Und begleitet vom Pochen des Bluts in meinen Schläfen, las ich weitere Begründungsformeln: »Ihre Lage entspricht nicht...«, »tatsächlich erfüllen Sie nicht alle...«. Ich blieb mindestens eine Viertelstunde wie gelähmt stehen und starrte auf diesen Brief. Irgendwann ging ich einfach ziellos weiter, denn ich hatte vergessen, wohin ich eigentlich wollte.

Ich dachte noch nicht an Charlotte. In den ersten Minuten schmerzte mich am meisten die Erinnerung an meinen Arztbesuch, an das absurde Hinunterbeugen zum Boden und an meinen Übereifer; beides kam mir jetzt doppelt nutzlos und erniedrigend vor.

Erst als ich nach Hause zurückkehrte, wurde mir richtig bewußt, was passiert war. Ich hängte meine Jacke an den Garderobenständer. Durch die Tür am Ende des Flurs sah ich in Charlottes Zimmer... Es war also nicht die ZEIT (Wie sehr man sich doch vor Großbuchstaben in acht nehmen muß!), an der mein Vorhaben zu scheitern drohte, es waren vielmehr die knappen, maschinegeschriebenen Sätze, mit denen ein kleiner Beamter seine Entscheidung kundtat. Ein Mann, den ich nie kennenlernen würde und der mich nur indirekt aus dem Fragebogen kannte. An ihn hätte ich eigentlich meine stümperhaften Gebete richten müssen...

Am nächsten Tag legte ich schriftlich Widerspruch ein.

Einen »formlosen Widerspruch«, wie mein Briefpartner es nannte. Nie zuvor hatte ich einen so heuchlerischen, so hochmütig dummen und zugleich flehenden Brief geschrieben.

Ich bemerkte nicht mehr, wie die Tage verflogen. Mai, Juni, Juli. Es gab nur noch diese Wohnung, in der ich alte Möbel und Gefühle angehäuft hatte, dieses stillgelegte Museum, dessen nutzloser Kustos ich war, und die Abwesenheit derjenigen, auf die ich wartete. Meinen »Aufzeichnungen« hatte ich seit dem Tag, an dem ich die Ablehnung erhalten hatte, keine neuen mehr hinzugefügt. Ich wußte, daß unsere Wiederbegegnung, auf die ich trotz allem noch hoffte, sogar die Anlage des Manuskripts verändern würde.

In diesen Monaten wurde ich häufig mitten in der Nacht durch ein und denselben Traum wach. Eine Frau in einem langen, dunklen Mantel traf an einem stillen Wintermorgen in einer kleinen Grenzstadt ein.

Ein altes Spiel: Man sucht sich ein Adjektiv, das eine extreme Eigenschaft bezeichnet, zum Beispiel »abscheulich«. Dann sucht man nach einem Synonym, das ihm sehr nahe kommt, dieselbe Eigenschaft jedoch weniger drastisch ausdrückt, »grauenhaft« beispielsweise. Das nächste Adjektiv wiederholt diese unmerkliche Abschwächung: »schrecklich« und so weiter. Jedesmal geht man bei der Wortwahl eine kleine Stufe zurück: »unannehmbar«, »betrüblich«, »unangenehm«. Und schließlich kommt man bei einem einfachen »schlecht« an, erreicht über »mangelhaft«, »mittelmäßig«, »halbwegs« die Talsohle und beginnt mit »ausreichend«, »befriedigend«, »annehmbar«, »angemessen«, »angenehm« den Aufstieg zu »gut«, um nach einem Dutzend Adjektiven bei »bemerkenswert«, »ausgezeichnet« und »phantastisch« zu landen.

Die Nachrichten, die ich Anfang August aus Saranza erhielt,

mußten eine ähnliche Wandlung durchlaufen haben. Denn von Alex Bond, dem sie als erstem überbracht wurden (er hatte seine Moskauer Telefonnummer bei Charlotte hinterlassen), bis zu mir hatten diese Nachrichten und das kleine Paket, das sie begleitete, eine lange Reise gemacht und waren durch viele Hände gegangen. Und bei jedem Weiterleiten schwand ihr tragischer Sinn ein wenig mehr, verblaßte ihre Traurigkeit. Und so klang die Stimme des Unbekannten sehr fröhlich, der mir am Telefon verkündete:
»Hören Sie, ich hab da ein kleines Paket für Sie. Es ist von ... ach, eigentlich weiß ich nicht, von wem. Jedenfalls ist Ihre Verwandte verschieden ... In Rußland. Aber Sie wissen sicher schon Bescheid. Ja, Sie hat Ihnen ein Testament hinterlassen, ha, ha ...«
Er wollte eigentlich scherzhaft »eine Erbschaft« sagen. Versehentlich oder vielmehr auf Grund jener sprachlichen Nachlässigkeit, die ich insbesondere bei den »neuen Russen« häufig bemerkt hatte, für die Englisch die Hauptverkehrssprache war, sprach er von einem »Testament«.
In der Empfangshalle eines der besten Pariser Hotels wartete ich lange auf ihn. Die eisige Leere in den Spiegeln zu beiden Seiten der Sessel paßte vollkommen zu meinem leeren Blick und zur Leere in meinem Kopf.
Als der Unbekannte aus dem Aufzug kam, ließ er einer strahlenden, hoch aufgeschossenen Blondine den Vortritt, deren Lächeln an alle und an niemanden gerichtet schien. Ein zweiter Mann mit breiten Schultern folgte ihm.
»Val Grig«, stellte sich der Unbekannte vor, schüttelte mir die Hand und empfahl mir seine Begleiter mit den Worten: »Meine hübsche Dolmetscherin. Mein zuverlässiger Leibwächter.«
Ich wußte, daß ich die Einladung an die Bar nicht ausschlagen konnte. Val Grig zuzuhören, würde das Dankeschön für den Dienst sein, den er mir erwiesen hatte. Er brauchte

mich, um den Genuß und den Luxus dieses Hotels, seinen Aufstieg zum »International Businessman« und die Schönheit seiner »hübschen Dolmetscherin« voll auskosten zu können. Er sprach von seinen Erfolgen und von der katastrophalen Lage in Rußland, vermutlich ohne sich bewußt zu machen, daß es zwischen diesen beiden Dingen einen komischen Zusammenhang gab, nämlich den von Ursache und Wirkung. Die Dolmetscherin, die seine Geschichten zweifellos schon mehr als einmal gehört hatte, schien mit offenen Augen zu schlafen. Der Leibwächter musterte die Leute, die kamen und gingen, als müßte er seine Anwesenheit rechtfertigen. »Es wäre leichter«, fiel mir plötzlich ein, »meine Empfindungen einem Marsmenschen zu erklären als diesen dreien ...«

Ich öffnete das Päckchen in der Metro. Eine Visitenkarte von Alex Bond fiel auf den Boden. Mit ein paar Beileidsworten und einer Entschuldigung (Taiwan, Kanada ...) dafür, daß er mir dieses Paket nicht persönlich übergeben konnte. Vor allem aber der Todestag Charlottes: der 9. September des Vorjahres!

Ich achtete nicht mehr auf die Haltestellen und kam erst an der Endstation wieder zu mir. Im September letzten Jahres ... Alex Bond war im August vor einem Jahr in Saranza gewesen. Wenige Wochen später hatte ich meinen Einbürgerungsantrag gestellt. Vielleicht zur selben Zeit, als Charlotte starb. Während all der Monate des Wartens, in denen ich Eingaben gemacht und Pläne geschmiedet hatte, war sie schon nicht mehr am Leben gewesen. Das alles hatte sich nach ihrem Tod abgespielt, und nichts mehr konnte dieses vollbrachte Leben noch erreichen ... Das Päckchen war von der Nachbarin aufbewahrt und erst im Frühjahr an Bond geschickt worden. Auf dem Packpapier standen einige Worte von Charlottes Hand: »Ich bitte Sie, diesen Umschlag Alexej Bondartschenko zukommen zu lassen, der so freundlich sein wird, ihn meinem Enkel zu überbringen.«

An der Endstation nahm ich den nächsten Zug zurück. Während ich den Umschlag öffnete, dachte ich schmerzlich erleichtert, daß mein Vorhaben letztendlich nicht an der Entscheidung eines Beamten gescheitert war, sondern an der Zeit. Einer Zeit voll beißender Ironie, die uns mit ihren Launen und Unwägbarkeiten ihre uneingeschränkte Macht in Erinnerung bringt.

Der Umschlag enthielt ungefähr zwanzig mit einer Heftklammer zusammengehaltene Blätter. Das war alles. Ich erwartete einen Abschiedsbrief, und deshalb begriff ich nicht, warum er so lang war. Ich wußte ja, wie gering Charlottes Neigung zu feierlichen Erklärungen und verbalen Gefühlsäußerungen war. Da ich die Geduld einer fortlaufenden Lektüre nicht aufbringen konnte, überflog ich die ersten Seiten, ohne irgendwo Formulierungen zu entdecken, wie »wenn Du diese Zeilen liest, werde ich nicht mehr am Leben sein«, auf die zu stoßen ich befürchtete.

Zu Beginn schien sich der Brief auch an niemanden zu richten. Schnell von einem Absatz zum nächsten über die Zeilen hinweghuschend, dachte ich schon, es handle sich um eine Geschichte, die keinen Zusammenhang mit unserem Leben in Saranza, unserem französischen Atlantis und dem unmittelbar bevorstehenden Ende aufwies, auf das Charlotte mich hätte hinweisen können ...

Ich verließ die Metro, wollte aber nicht gleich nach Hause gehen. Deshalb setzte ich mich auf eine Parkbank und las zerstreut weiter. Jetzt war klar, daß Charlottes Geschichte nichts mit uns zu tun hatte. Sie beschrieb in einer sehr feinsinnigen und genauen Sprache das Leben einer Frau. Aus Unaufmerksamkeit mußte ich die Stelle überlesen haben, wo meine Großmutter darstellte, wie sie diese Frau kennengelernt hatte. Aber es war mir auch nicht wichtig. Denn das

Leben dieser Frau war nur eines von vielen weiblichen Schicksalen, eines der vielen tragischen Schicksale aus der Stalinzeit, die uns in unserer Jugend bestürzten, und der Schmerz darüber war längst abgestumpft. Diese Frau, die Tochter eines Kulaken, war als junges Mädchen in die Sümpfe Westsibiriens verbannt worden. Nach dem Krieg wurde sie der »Propaganda gegen die Kolchosen« angeklagt und in ein Lager gesteckt ... Ich überflog diese Seiten wie ein Buch, das ich auswendig kannte: das Lager, die Zedern, die von den bis zur Taille im Schnee versinkenden Gefangenen gefällt werden mußten, die übliche, alltägliche Grausamkeit der Wachen, die Krankheiten, der Tod. Und die unter der Drohung einer Waffe oder einer unmenschlichen Arbeitslast erzwungenen Liebesnächte, der mit einer Flasche Schnaps erkaufte Beischlaf ... Das Kind, das diese Frau zur Welt brachte, verbüßte die Strafe seiner Mutter, so lautete damals das Gesetz. In den »Frauenlagern« gab es eine besondere Baracke für solche Geburten. Die Frau starb wenige Monate vor der während des politischen Tauwetters verkündeten Amnestie unter den Rädern eines Traktors. Das Kind mußte ungefähr zweieinhalb Jahre alt gewesen sein ...

Der Regen vertrieb mich von meiner Bank. Ich steckte Charlottes Brief in meine Jacke und rannte zu *unserer* Wohnung. Die Geschichte war noch nicht zu Ende, doch sie schien mir sehr typisch: Bei den ersten Hinweisen auf eine Liberalisierung holten alle Russen die in der Tiefe ihres Gedächtnisses vergrabenen, zensierten Teile der Vergangenheit ans Tageslicht. Und sie begriffen nicht, daß die Geschichte diese unzähligen kleinen Gulags gar nicht benötigte. Ein einziger, denkwürdiger und allgemein als Klassiker anerkannter Gulag genügte vollkommen. Als Charlotte diese Zeilen an mich richtete, muß sie im Begeisterungstaumel über die neue Meinungsfreiheit in dieselbe Falle gegangen sein wie viele andere auch. Die rührende Überflüssigkeit dieser Sendung schmerzte mich. Von neuem konnte ich die verächtliche Gleichgültigkeit der Zeit ermessen. Diese Gefangene mit ihrem Kind schwankte über dem Abgrund des endgültigen Vergessens und wurde einzig von diesen wenigen handgeschriebenen Seiten zurückgehalten. Und Charlotte selbst?

Ich öffnete die Tür. Der Luftzug ließ die Flügel eines offenstehenden Fensters dumpf gegen die Wand schlagen. Ich ging in das Zimmer meiner Großmutter, um es zu schließen...

Ich dachte an ihr Leben. Ein Leben, das so unterschiedliche Epochen umfaßte wie den Beginn des Jahrhunderts, dieses fast schon archaische Zeitalter, mindestens ebenso legendär wie das Reich Napoleons, und das Ende unseres Jahrhunderts, das Jahrtausendende. Dazwischen all die Revolutionen, Kriege, gescheiterten Utopien und erfolgreichen Schreckensherrschaften. Das Wesentliche davon hatte sie selbst erlebt in ihren leidvollen wie in ihren glücklichen Erfahrungen. Und diese mitreißende Fülle ihres Lebens sollte bald dem Vergessen anheimfallen wie dieser winzige Gulag, in dem die Gefangene und ihr Kind lebten.

Ich blieb einen Augenblick vor Charlottes Fenster stehen. Wochenlang hatte ich mir vorgestellt, wie sie hier hinausblicken würde...

Mehr zur Beruhigung meines Gewissens als aus Interesse entschloß ich mich am Abend, Charlottes Bericht zu Ende zu lesen. Ich war wieder bei der Gefangenen, den entsetzlichen Grausamkeiten im Lager und diesem Kind, das ein paar ruhige Augenblicke in diese harte und schmutzige Welt gebracht hatte... Charlotte schrieb, sie habe damals die Erlaubnis bekommen, in das Lazarett zu gehen, in dem die Frau verstarb.

Plötzlich verwandelte sich die Seite, die ich in der Hand

hielt, in ein dünnes Silberblatt. Ja, sie blendete mich mit einem metallischen Glanz und schien einen kalten, trockenen Ton von sich zu geben. Eine Zeile leuchtete – wie der Glühfaden einer Glühbirne, der einem in die Augen sticht. Der Brief war auf Russisch geschrieben, und nur für diese eine Zeile hatte Charlotte auf das Französische zurückgegriffen, als wäre sie sich ihres Russischen nicht mehr sicher gewesen. Oder als ob das Französische, diese Sprache aus einem anderen Zeitalter, es mir ermöglichen sollte, einen gewissen Abstand zu dem zu wahren, was sie mir nun mitteilen würde:

»Diese Frau, die Maria Stepanowna Dolina hieß, war Deine Mutter. Und sie wollte, daß man Dir dies so lange wie möglich verschwieg...«

Ein kleiner Umschlag war an die letzte Seite geheftet. Ich öffnete ihn. Er enthielt ein Photo, das ich sogleich wiedererkannte: eine Frau in gefütterter Jacke und mit einer großen Tschapka, deren Ohrenschützer heruntergeklappt waren. Auf einem kleinen, weißen Rechteck aus Stoff, das neben der Knopfleiste aufgenäht war, stand eine Nummer. In ihren Armen lag ein Baby in einen Kokon aus Wolldecken gehüllt...

In der Nacht stieß ich in meiner Erinnerung auf das Bild, das ich immer für eine Art vorgeburtliche Ahnung gehalten hatte, die ich auf meine französischen Vorfahren zurückführte. Als Kind war ich sehr stolz darauf, denn ich sah darin den Beweis meines französischen Erbteils. Es war jener sonnige Herbsttag am Saum eines Waldes: Ich hatte immer die Anwesenheit einer Frau gespürt, die ich nicht sehen konnte, die reine Luft und die silbernen Spinnfäden, die in der strahlenden Helligkeit schwebten... Jetzt begriff ich, daß dieser Wald die endlose Taiga war, und daß der reizende Spätsommertag bald in einem sibirischen Winter verschwinden würde, der neun Monate dauerte. Der in meiner

314

französischsprachigen Vorstellungswelt schwerelose, silbrige Altweibersommer war in Wirklichkeit ein Zaun aus neuem, noch nicht verrostetem Stacheldraht. Und meine Mutter war mit mir auf dem Gelände des »Frauenlagers« spazierengegangen ... Das war meine allererste Kindheitserinnerung.

Zwei Tage später gab ich die Wohnung auf. Der Vermieter war am Vortag gekommen und hatte einer gütlichen Einigung zugestimmt: Ich überließ ihm sämtliche Möbel und Museumsstücke, die ich über mehrere Monate zusammengetragen hatte ...

Ich hatte kaum geschlafen. Um vier Uhr früh war ich bereits auf den Beinen. Ich packte meinen Rucksack und wollte noch am Morgen weggehen und wieder meine gewohnte Wanderschaft aufnehmen. Bevor ich die Tür hinter mir zumachte, warf ich einen letzten Blick in Charlottes Zimmer. Ins graue Morgenlicht getaucht, erinnerte seine Stille nicht mehr an ein Museum. Nein, es schien nicht mehr unbewohnt zu sein. Ich zögerte einen Augenblick, dann griff ich ein altes Buch, das auf dem Fensterbrett lag, und ging hinaus.

Die Straßen lagen im Schlaf und waren menschenleer. Je weiter ich voranschritt, desto mehr öffneten sich mir ihre Fluchten.

Ich dachte an die »Aufzeichnungen« in meinem Rucksack. Heute abend oder morgen, so nahm ich mir vor, würde ich das neue Fragment hinzufügen, das mir letzte Nacht in den Sinn gekommen war. Es handelte sich um ein Ereignis während meines letzten Sommeraufenthalts bei meiner Großmutter in Saranza. An einem Tag hatte Charlotte, statt den üblichen Pfad zu nehmen, der uns immer in die Steppe führte, den Weg unter den Bäumen jenes mit Kriegstrümmern überfüllten Wäldchens genommen, das die Ortsansässigen »Stalinka« nannten. Ich war ihr unsicheren Schrittes gefolgt: Gerüchte warnten davor, daß man im Gestrüpp der Stalinka auf eine Mine treten könnte ... Charlotte war mitten auf einer großen Lichtung stehengeblieben und hatte »Sieh doch!« gemurmelt. Ich hatte drei oder vier gleichartige Pflanzen gesehen, die uns bis zu den Knien reichten. Sie hatten große ziselierte Blätter, und ihre Ranken klammerten sich an dünne Stöckchen, die im Boden steckten. War es junger Ahorn? Oder waren es kleine Johannisbeersträucher? Der Grund für Charlottes Freude war mir rätselhaft. Ich konnte sie nicht verstehen.

»Es sind Weinreben, echte Rebstöcke«, sagte sie schließlich.

»Ach, so ...«

Ihre Enthüllung steigerte meine Neugier nicht. Ich konnte diese bescheidene Pflanze nicht mit dem Kult des Weins in Verbindung bringen, dem man in der Heimat meiner Großmutter frönte. Wir blieben im Herzen der Stalinka einige Minuten vor Charlottes heimlicher Pflanzung stehen ...

Bei dem Gedanken an diese Rebstöcke fühlte ich einen kaum zu ertragenden Schmerz und gleichzeitig eine tiefe Freude. Eine Freude, die mir zuerst schändlich vorgekommen war. Charlotte war tot, und wo einst die Stalinka war, hatte man nach dem Bericht von Alex Bond ein Stadion gebaut. Es konnte keinen handfesteren Beweis für das vollkommene, endgültige Verschwinden geben. Aber die Freude überwog. Sie entsprang jenem Augenblick auf einer Waldlichtung im Steppenwind und der stillen Freude jener Frau, die vor vier Rebstöcken stand, unter deren Blättern ich jetzt die jungen Trauben ahnen konnte.

Beim Gehen betrachtete ich von Zeit zu Zeit das Photo der Frau in der gefütterten Jacke. Jetzt sah ich, was ihren Zügen eine entfernte Ähnlichkeit mit den Frauen aus den Photoalben meiner Adoptivfamilie verlieh. Es war dieses leichte

Lächeln, das dank Charlottes zauberhafter Formel – »petite pomme!« – auf den Gesichtern erschienen war. Ja, die Frau mußte bei der Aufnahme vor dem Lagerzaun im stillen diese geheimnisvollen Silben gesprochen haben ... Ich blieb einen Augenblick stehen und studierte ihre Augen. »Ich werde mich mit dem Gedanken anfreunden müssen, daß diese Frau, die jünger ist als ich, meine Mutter ist«, sagte ich mir schließlich.

Ich packte das Photo ein und ging weiter. Als ich an Charlotte dachte, spürte ich ihre Gegenwart in den schlummernden Straßen mit derselben leisen, sich plötzlich einstellenden Gewißheit wie das eigene Leben.

Mir fehlten nur noch die Worte, die es erzählen würden.

Didier van Cauwelaert

Das Findelkind

Roman

192 Seiten, gebunden

»Ich habe meine Laufbahn als Findelkind wider Willen begonnen. Als Zugabe zum gestohlenen Auto, um genau zu sein.« Wer so anfängt, dem fällt auch dann noch etwas ein, wenn ihn sein Vaterland buchstäblich in die Wüste schickt. Vor dem realistischen Hintergrund der Fremdenfeindlichkeit ist Cauwelaert eine Romankomödie voller Gefühle und Sarkasmus gelungen, »ein kleines Meisterwerk, das in Form einer Satire über die aktuelle Einwanderungspolitik wie nebenbei eine Allegorie der Literatur enthält« (Le Monde). Eine hinreißend komische Burleske mit zärtlichen Untertönen aus Frankreich. Ausgezeichnet mit dem Prix Goncourt 1994.

Hoffmann und Campe